Romy Hausmann
Marta schläft

Es ist Jahre her, dass man Nadja für ein grausames Verbrechen verurteilt hat. Nach ihrer Haftentlassung wünscht sie sich nichts sehnlicher, als ein normales Leben zu führen. Doch dann geschieht ein Mord. Und ein abgelegenes Haus wird zum Schauplatz eines bizarren Spiels – denn Nadjas Vergangenheit macht sie zum perfekten Opfer. Und zur perfekten Mörderin …
Ein tief unter die Haut gehender Psychothriller über Schuld, Vergeltung und die Frage, ob ein Täter je wieder frei sein kann.

Romy Hausmann, Jahrgang 1981, hat sich 2019 mit ihrem Thrillerdebüt ›Liebes Kind‹ an die Spitze der deutschen Spannungsliteratur (Nr.-1-SPIEGEL-Bestseller) geschrieben. 2020 folgte mit ›Marta schläft‹ ihr zweiter Bestseller. Übersetzungen ihrer Bücher erscheinen in 25 Ländern, die Filmrechte wurden hochkarätig verkauft. Romy Hausmann wohnt mit ihrer Familie in einem abgeschiedenen Waldhaus in der Nähe von Stuttgart. Weitere Informationen unter www.romy-hausmann.de

Romy Hausmann

Marta schläft

Thriller

dtv

Von Romy Hausmann
sind bei dtv außerdem erschienen:
Liebes Kind
Perfect Day

MIX
Papier aus verantwortungsvollen Quellen
FSC® C083411
FSC www.fsc.org

Ungekürzte Ausgabe 2022

Umschlaggestaltung: ZERO Werbeagentur GmbH
Umschlagmotiv: plainpicture.com/Anja Weber-Decker
Satz: C.H.Beck.Media.Solutions, Nördlingen
Gesetzt aus der Adobe Garamond 11,25/14,75˙
Druck und Bindung: CPI books GmbH, Leck
Printed in Germany · ISBN 978-3-423-21989-1

Für dich, Karl.
Möge dein großes, leuchtend buntes Herz
dir immer den richtigen Weg weisen.
Danke, dass ich deine Mama sein darf.

hope is a dangerous thing
for a woman like me to have
– – – but I have it.
lana del rey

Mein Engel,

ich habe dir Dutzende von Briefen geschrieben und es niemals mehr bereut als heute, dass ich keinen davon je abgeschickt habe. Ich hätte es tun sollen. Müssen. *Du hast ein Recht darauf, zu erfahren, was damals wirklich geschah. Es von mir zu erfahren, in meinen Worten, von denen ich immer glaubte, sie genügten nicht. Ich weiß nicht, woran du dich erinnerst. Ob sich irgendwo in deinem Hinterkopf noch ein Fetzen unseres letzten Treffens versteckt. Ich, wie ich dir versprach, den bösen Mann zu fangen. Ich, wie ich dich mit dem Meer lockte, und du, wie du den Eindruck haben musstest, dass du dich auf mich verlassen konntest. Dass alles wieder gut werden würde und ich diejenige wäre, die dafür sorgte.*
Jetzt sind alle Worte hinfällig, und ich kann dir diesen, meinen vielleicht letzten Brief, nur noch in Gedanken schreiben.
Es ist vorbei, mein Engel.
Ich soll heute sterben.
Genau wie sie.

Er hat gewonnen.

Nadja

Eine Panikattacke ist Stehen am Rand einer weißen Klippe. *Nicht nach unten schauen*, sage ich mir, lege den Kopf in den Nacken, versuche zu atmen. Über mir schieben sich schiefergraue Wolken über den eben noch lavendelfarbenen Himmel. Ich höre Geräusche. Es klingt wie ein Regen, der sein Stakkato gegen eine Fensterscheibe drischt.

Das ist kein Regen, wird mir klar. Es ist Gestein, das unter meinen Füßen bröckelt. Ich will einen Schritt zurücktreten. Kann nicht. Ich gerate ins Taumeln, verliere das Gleichgewicht. Ich rudere mit den Armen, weil ich es nicht wahrhaben will. Weil ich jedes Mal denke, ich hätte eine Chance.

Ich habe keine.

Ich falle und schreie stumm.

Das Wasser …

Ich blinzele. Ein Süßigkeitenregal schwappt auf mich zu, eine Eistruhe rutscht näher, wie von Wellen gepackt. Mein Körper liegt verdreht auf einem kalten Steinboden. Der schwankt. Ich bin seekrank, würge an einem Schlückchen Galle. In der Ferne Stimmengewirr und hektisches Gewusel. *Was ist passiert?*, will ich fragen – so ein Unsinn. Ich weiß genau, was passiert ist. Ich bin von der Klippe gestürzt, zum vierten Mal in diesem Monat. Es ist Samstag, der zwanzigste Juli. Vier Stürze innerhalb von zwanzig Tagen. Ich sollte dankbar sein, es war schon schlimmer. Ich fasse nach der pochenden Stelle auf meiner Stirn, fühle eine leichte Erhebung, eine Beule, und etwas Feuchtes. Blut. Ich muss mit dem Kopf aufgeschlagen sein. Mein Kreislauf. Meine Augenlider, die flattern wie Insektenflügel. Die Ohnmacht will mich holen. Ich würde um Hilfe rufen, wäre ich nicht längst ertrunken. Im roten Wasser.

Keine Sorge, sie schläft nur.

Ich wache auf.

Der Boden unter mir ist wieder fest; ich muss gestrandet sein. Jemand zerrt mich hoch zum Sitzen, fragt: »Geht's wieder?«

Ich glaube, ich nicke. Suche nach Orientierung. Das Süßigkeitenregal, die Eistruhe. Der Verkaufsraum einer kleinen, leicht heruntergekommenen Tankstelle an der A13. Super für 1,51 Euro, Diesel für 1,43. Ich habe den alten Land Rover vor eine der beiden Zapfsäulen gelenkt, bin ausgestiegen, habe mich umgeblickt wie eine Getriebene.

Da war niemand. Kein anderes Fahrzeug, das nach mir zur Tankstelle einfuhr, keins, das schon da gewesen wäre, um mich zu erwarten. Erleichterung. Durch die Scheibe des Verkaufsraums sah ich den Kassierer neugierig den Hals recken. Also tat ich etwas Normales, Unauffälliges. Ich füllte meinen Tank, verriegelte das Auto, ging zum Bezahlen.

»Bestimmt nur der Kreislauf«, höre ich einen Mann. Sein Gesicht ist vorerst nur ein verschwommener Fleck;

ich vermute aber, es handelt sich um den Tankstellenkassierer. Ich erinnere mich an ein rot-blau kariertes Kurzarmhemd und bellende Lachgeräusche, die unter seinem nikotinverfärbten Schnauzer hervordrangen, als er beim Herausgeben des Wechselgeldes einen Witz machte. »Schluckt ganz schön, so 'ne alte Dame, was?« Er meinte den Land Rover.

»Ist ja auch kein Wunder, bei der Bullenhitze heute«, sagt er jetzt. Diesmal meint er mich. Die Frau, die gerade von einer Sekunde auf die andere vor seiner Kasse kollabiert ist. Wieder ein bellendes Lachen, anschließend: »Annelies, hol doch mal eine Flasche Wasser!«

Langsam klärt sich meine Sicht. Ich versuche, auf die Beine zu kommen, bin ungeschickt dabei. »Nicht so hastig!« Der Schnauzbartmann fasst mich stützend am Arm. Mein rechtes Knie zittert, als hätte man mir das Gelenk rausgetreten und die frei gewordene Stelle mit Gelee ausgefüllt. »Ach, du je, Sie Arme.« Er heftet seinen Blick an meine blutende Stirn. Ich öffne den Mund, um ihm zu sagen, dass es mir gut geht. Dass ich bloß empfindlich bin und sehr nervös, dass ich – abgesehen von gestern Abend – seit meiner Führerscheinprüfung nie wieder ein Auto gesteuert habe und die Fahrt bis hierhin die Hölle gewesen ist – jede Spurverengung bedeutete, dass ich gleich einen Unfall hätte, jedes Auto, das hinter mir fuhr, dass ich verfolgt wurde – und dass es alles in allem wahrscheinlich bloß eine Frage der Zeit gewesen ist, bis meine Angst in einer ausgewachsenen Panikattacke gipfeln würde. In einem Sturz über den Klippenrand, mitten hinein ins rote Wasser.

Aus: Brief #9

Die neue Therapeutin rät mir, meine Träume aufzuschreiben. Ich weiß nicht, was das bringen soll. Ich träume doch ohnehin immer nur dasselbe. Immer und immer wieder die Salinen von Aigues-Mortes … Erinnerst du dich überhaupt noch daran, an dieses Bild? Aigues-Mortes, wie es auf dem Kalenderblatt vom Juni abgedruckt war. Alles auf dem Foto sah falsch aus, so als hätte man es auf möglichst verstörende Art und Weise nachkoloriert. Unter einem lavendelfarbenen Himmel erhob sich ein stechend weißer Salzberg über einem blutroten Gewässer. Du hattest mich gefragt, wie das sein konnte: rotes Wasser. »Sieht aus wie Blut«, fandst du. »Ein ganzer See voller Blut.«
»Nein, nein«, hatte ich entgegnet und dir erklärt, dass es durch bestimmte halophile Bakterien zu dieser sonderbaren Verfärbung kam und dass »halophil« vom griechischen Wort »halos« für »Salz« abgeleitet wurde. Nur, dass »Aigues-Mortes« aus dem Französischen übersetzt so viel heißt wie »totes Wasser«, behielt ich für mich. Ich wollte nicht, dass du Angst bekamst.

Nadja

Ich klappe den Mund zu, ohne etwas gesagt zu haben. Stattdessen will ich der Besorgnis des Schnauzbartmanns einfach ein Lächeln entgegensetzen. Natürlich war es bloß die – wie er sie nannte – *Bullenhitze*, die zu meinem Zusammenbruch geführt hat. Es gibt keinen Grund, mir zu misstrauen.

Mein Lächeln stockt, als im gleichen Moment ein Schreck durch meinen Körper fährt wie ein Stromstoß. Vor mir auf dem Boden liegt, fallen gelassen, meine Handtasche und daneben, aufgefächert wie die Fransen eines alten Wischmopps: die blonde Perücke. Reflexartig reiße ich die Hände nach oben, befühle meinen Kopf, ertaste streng zusammengefasstes Haar – mein eigenes. Der aufmerksame Schnauzbartmann bückt sich, reicht mir die Perücke und wendet sich höflich ab, als ich sie mir mit zittrigen Fingern überstülpe. Früher hatte ich mir oft vorgestellt, blond und damit ein ganz neuer Mensch zu sein. Jetzt, wo der akkurate hellblonde Pony schräg über meinem rechten Auge hängt, fühle ich mich nur noch unsäglich dumm.

»Wasser!« Eine Frau in bunt geblümter Kittelschürze stürmt mit einer Flasche aus Richtung der Kühlregale heran. Ihr dicker Körper bebt unter aufgeregten, schnellen Schritten. Mir ist zum Heulen. Statt nach der Wasserflasche zu greifen, bitte ich um meine Handtasche. Ich öffne sie und krame. Portemonnaie, Haus- und Autoschlüssel, der Zettel mit der Wegbeschreibung, Handy, Kaugummi. Schließlich, wonach ich gesucht habe: der Blister mit meinen Tabletten. Der Tankstellenkassierer beobachtet mich. Unter seinem neugierigen Blick verwerfe ich den Gedanken an mein Medikament. Ich will nicht, dass er mich für krank hält, und ohnehin wäre es wohl eine schlechte Idee, jetzt etwas einzunehmen. Ich muss fahrtüchtig bleiben, ich bin noch nicht am Ziel.

»Nun trinken Sie doch mal einen Schluck!«, beharrt die Schürzenfrau. In der einen Hand hält sie immer noch die Wasserflasche, mit der anderen streichelt sie meine Wange. Als sie dabei ihren Arm bewegt, rieche ich süßlichen Schweiß und Bratöl. »Sie ist ganz weiß, Herbert«, sagt sie zu dem Mann, er daraufhin: »Vielleicht sollten wir lieber einen Krankenwagen rufen«, und ich: »Nein, bitte nicht.«

Herbert und seine Frau Annelies. Sie erinnert mich an Tante Evelyn, die ich gar nicht anders kannte als in einer ihrer Kittelschürzen. Dazu die Hände in die breiten Hüften gestemmt und dieser Ausdruck in ihrem sonst so fröhlichen Knautschgesicht: *Mein Gott, was hast du denn jetzt schon wieder angestellt, Kind?* Sie sehen vom Wasser ab und finden, dass ich stattdessen einen Schnaps gebrauchen könnte. Zwetschge, selbstgebrannt. Viel besser angeblich als der Industriefusel, den Herbert in kleinen Fläschchen zum Verkauf an der Kasse stehen hat.

»Nicht nötig, der Krankenwagen, es geht schon wieder«, bekräftige ich noch einmal, was sinnlos klingen muss für das Tankstellenehepaar, denn keiner hat dahingehend ein weiteres Wort verloren. Herbert sagt trotzdem: »Okay, wie Sie wollen.«

Sie eskortieren mich in ein nach kaltem Rauch riechendes Büro hinter dem Verkaufsraum. Es ist kaum groß genug, uns alle zu fassen, zumal fast die Hälfte der Fläche von einem Schreibtisch eingenommen wird. Dahinter, auf einem Drehstuhl, sitzt ein kleiner Junge. Ich schätze ihn auf sechs oder sieben Jahre. Dünne rotblonde Löckchen, ein schmales, bleiches Gesicht, spitzes Kinn. Ein zartes Pflänzchen, das im Nikotindunst zu gedeihen versucht. Vor ihm liegen Malsachen, ein Zeichenblock und eine Schachtel Buntstifte. Er ist ganz versunken und merkt erst auf, als Annelies sagt: »Hoch mit dir, Timmy. Wir brauchen den Stuhl für die arme Frau.« Der Junge erhebt sich wortlos. Starrt aus großen, stechend blauen Augen. Ich nestele erst verschämt an meiner Perücke herum, dann an meinem Shirt. Ich komme mir vor wie ein Clown. Herbert rollt den Stuhl um den Schreibtisch herum und macht eine Geste: »Bitte sehr.«

Ich nehme Platz, drehe mich so, dass ich Timmys Blick entgehe. Was mir nicht gelingt. Er tritt nun ebenfalls nach vorne, seine Augen weiterhin auf mich gerichtet. Er sei ihr Enkel, sagt Annelies und tätschelt seinen Kopf. Sie passten auf ihn auf, während sich ihre Tochter, Timmys Mutter, um ihre Ausbildung in einer Plastilin-Fabrik bei Zossen kümmere. Ich nicke eifrig, auch wenn ich eigentlich nichts hören will von Familie. Und ich will erst recht nicht, dass der Kleine mich so ansieht, wie er es gerade tut. In seinen Augen erkenne ich hunderte von gebrochenen Versprechen. Und den Tod.

April 2014
(fünf Jahre zuvor)

Nelly Schütt liebte Filme. Das war schon immer so gewesen. Ihre Eltern betrieben in dritter Generation einen Gasthof auf dem platten mecklenburgischen Land; nichts Besonderes – vier Fremdenzimmer, genießbare Küche und ein Anstandsmaß an Sauberkeit. Hier strandete, wer auf der Durchreise oder zu geizig für ein Hotel war. An der Hirschhorngarderobe hinter der Bleiglastür, die zum Speiseraum führte, hingen die Träume ihrer Mutter – dort war neben den Mänteln der wenigen Gäste immer genügend Platz. Manchmal hörte Nelly sie weinen. Ihrem Vater gefiel das Leben als »der junge Schütt vom Goldenen Kalb«; sobald er fertig war mit dem Spülen der Bierhumpen, saß er am Kopfende des Stammtischs und schimpfte mit auf die Verlodderei der Großstädter. Im Film ihrer Eltern hatte Nelly nie mehr als eine Statistenrolle gespielt, schon als Kleinkind war sie ständig im Weg gewesen. Sie rannte ihnen in den unmöglichsten Momenten zwischen die Beine – *Mensch, Nelly!* –, es regnete Bier und glitschige braune Soße, Bratenscheiben landeten klatschend auf dem Boden, es gab Scherben. Eine Weile wurde sie daher von Ort zu Ort gerückt wie ein Tischgedeck – wie eine der kleinen Vasen mit den Kunströschen darin oder die Gewürzstreuer –, bis man außerhalb von

Küche und Gastraum hinter der Rezeption schließlich den perfekten Platz für sie gefunden hatte. Dort saß sie nun bei ihrem Großvater, der sich um die Verwaltung der Fremdenzimmer kümmerte, erst auf seinen Knien, später auf einem eigenen Stuhl. Zusammen vertrieben sie sich die Zeit mit Großvaters geliebten alten Schwarzweißfilmen, die in Endlosschleife über einen VHS-Rekorder auf einem kleinen Röhrenfernseher liefen. Nelly lernte schnell. Großvater sagte: »›Gefährliche Begegnung‹«, und sie – sechsjährig – antwortete wie aus der Pistole geschossen: »1944, Regie: Fritz Lang. In den Hauptrollen: Edward G. Robinson und Joan Bennett.« Der Großvater lachte und reichte Nelly aus der Glasschale auf dem Rezeptionstresen ein Karamellbonbon, das erst an den Zähnen und dann am Gaumen klebte. Anschließend schob er das Videoband ein und drückte auf den Abspielknopf.

In ›Gefährliche Begegnung‹ verliebte sich der Universitätsprofessor Richard (Edward G. Robinson) in das Gemälde einer schönen jungen Frau, das im Fenster einer Kunstgalerie ausgestellt war. Kurz darauf lernte er die Frau (Joan Bennett) nach dem Besuch eines Herrenclubs leibhaftig kennen: Sie hieß Alice. Richard, dessen Ehefrau und Kinder gerade Verwandte besuchten und dem es vermutlich an Bestätigung fehlte, begleitete die schöne Alice in deren Wohnung. Dort tranken sie gerade etwas miteinander, als plötzlich Alice' Liebhaber Claude auftauchte und sich blindwütig auf Richard stürzte. In Notwehr tötete Richard Claude mit einer Schere. Verzweifelt beschlossen er und Alice, den Mord zu vertuschen; Richard versprach, sich um alles zu kümmern.

Großvater sagte: »›Gefährliche Begegnung‹«, und die fünfzehnjährige Nelly gab zurück: »Was für ein Idiot, dieser Richard. Wie kann man nur so viele Fehler machen?«

Und Richard machte Dutzende. Zuerst transportierte er den toten Claude auf dem Rücksitz seines Wagens; er hatte vor, die Leiche in ein Waldgebiet zu bringen und dort zu verstecken. Doch bereits unterwegs, auf einer Brücke mit Mautstelle, fiel er dem diensthabenden Brückenwächter durch seine Schusseligkeit auf – er ließ doch ernsthaft das Geld für die Brückenüberquerung fallen, sodass der Wächter beinahe durch das Seitenfenster einen Blick auf die Leiche erhascht hätte. Im Wald selbst hinterließ Richard Reifenspuren und Fußabdrücke und blieb überdies an einem Stacheldraht hängen, wodurch er seinen Anzug zerriss und sich sogar verletzte. Ein Stück Stoff und sein Blut – alles Beweise, die die Polizei nach dem Auffinden von Claudes Leiche ebenfalls schnell sicherstellen würde. Und dann verplapperte er sich auch noch ständig bei seinem besten Freund, der als Staatsanwalt in die polizeilichen Ermittlungen involviert war.

Großvater sagte schulterzuckend: »Richard ist Universitätsprofessor, Mädelchen. Ein ganz normaler Kerl, der im Leben nicht vorhatte, einen anderen Menschen zu töten, und nun in Panik ist. Er ist kein abgebrühter Verbrecher, der tagtäglich Morde begeht und Leichen verschwinden lässt.«

Großvater hatte schon recht, fand Nelly, und doch machte Richard sie auf eine unerklärliche Art einfach nur wütend. So wie alles sie inzwischen einfach nur noch wütend machte. Das eingekesselte Leben auf dem Dorf. Ihre

Mutter, die immer nur sinnlos rumheulte. Ihr Vater und seine Stammtischbrüder, die auf die Stadt schimpften, ohne jemals selbst dort gewesen zu sein. Auf ihren eigenen Film, dieses zähe, langatmige, effektlose Drama. Auf die Übernachtungsgäste, die kamen und genau wussten, wann sie wieder fahren würden. *Durften*. Und manchmal sogar auf Großvater, der nichts anderes tat, als seine Zeit mit den dummen alten Filmen zu verschwenden.

Großvater sagte nicht mehr: »›Gefährliche Begegnung‹«; er war mittlerweile gestorben. Die zweiundzwanzigjährige Nelly konnte sich seine Stimme nur noch denken, wenn sie auf die Play-Taste am Videorekorder drückte. Dann seufzte sie schwer. Wegen Großvater und weil sie ihn so schmerzlich vermisste. Weil es einsam war, hinter dem Rezeptionstresen ohne ihn. Und wegen Richard. Er war ein guter Mensch. Er war da irgendwie hineingeraten, in diesen ganzen Schlamassel mit Alice und Claude. Nelly wusste jetzt selbst, wie das war – in etwas hineinzugeraten, ganz ohne Absicht und bösen Willen. Wie gerne hätte sie das der Frau gesagt, die an diesem Morgen mit ihrem Auto auf den Hof gerollt und kurz darauf zu ihr an die Rezeption getreten war. Die kein Zimmer wollte, sondern reden. Etwas klarstellen. Und Nelly warnen.

In Nellys Kopf tanzten die richtigen Sätze. Die Erklärungen, die Entschuldigungen, aber auch die Dinge, die sie hätte sagen können, um sich zu verteidigen. Der Gegenangriff. Stattdessen sagte sie gar nichts, kein Wort. Sie blieb stumm wie ein Fisch. Nickte nur, schämte sich und hoffte, dass die Frau, nachdem sie gegangen war, nie, nie wieder zurückkommen würde.

Aus: Brief #11

Habe mit dem Meterstab, den der Vormieter bei seinem Auszug auf dem Fensterbrett in der Küche liegen gelassen hat, den Flur ausgemessen. Würde mir so gerne einen Teppich kaufen. Habe immer kalte Füße, wenn ich morgens aus dem Schlafzimmer komme und über den Flur zum Bad gehe. Die Fliesen sind so kalt, dass meine Fußsohlen davon schmerzen; die Kälte zieht durch jeden Knochen, selbst, wenn ich zwei Paar Socken übereinander trage. Habe die Maße notiert und den Zettel daraufhin zerknüllt. Kein Teppich. Ich denke, es ist schon richtig, wenn es wehtut. Es kann gar nicht schmerzhaft genug sein.
Ich frage mich, wie du lebst. Habt ihr eine große Wohnung? Seid ihr schön eingerichtet? Ich kann meine Möbelstücke an einer Hand abzählen. In der Küche ein Tisch und ein Stuhl, im Schlafzimmer ein Bett, eine Kommode, ein Kleiderschrank und der Fernseher. Das Wohnzimmer ist leer; ich halte seine Tür stets geschlossen. Nur manchmal, wenn ich nachts aus dem Schlaf hochschrecke, stehe ich auf und gehe hinein. Dann sitze ich in meinem Schlafanzug in der Mitte des Raums auf dem nackten Parkettboden und atme gegen die Dunkelheit an. Ab und zu fährt draußen ein Auto vorbei, dessen Scheinwerferlicht die Zimmer-

decke mit Formen bespielt. Ich erkenne vieles darin: Fische mit verkümmerten Schwanzflossen, Blitze, Streitäxte oder den Miniaturumriss von Afrika.
Meine Therapeutin sagt, dass ich vermutlich einfach noch etwas Zeit brauche. Aber wie lange denn noch? Wie wird man normal? Ich meine, ich versuche es doch. Ich habe eine Wohnung und einen Job. »Sie sollten unter Menschen gehen«, das sagt sie auch, meine Therapeutin. »Normal wird man, indem man Normales tut.«
Normal … *Ich kann mir nicht einmal einen Teppich kaufen.*

Nadja

Timmy glotzt immer noch, ich mache die Augen zu. Eine Geschichte fällt mir ein. Die Geschichte von der Frau, die durch Wände und Türen blicken konnte, sogar durch die vielen Schichten eines Menschen hindurch, bis in sein tiefstes Inneres. Eines Tages bat ein Mädchen sie darum, dass sie es durchschauen möge; es wollte unbedingt wissen, wie es aussah unter seinem Hautanzug, dem Knochengerüst und dem ganzen Adergewirr. Ich höre Timmy ungeduldig mit den Füßen scharren, so als könnte er meine Gedanken lesen und drängte darauf, zu erfahren, wie die Geschichte weitergeht. Mein Bruder Janek war genauso. Ich hatte kaum angesetzt, etwas zu erzählen, als er schon anfing mit seinem ständigen »Und dann?«.

Ich blinzele. Stelle fest, dass Timmys Blick nicht mehr durch mich hindurch-, sondern in die Luft geht. Dabei knetet er seine kleinen Hände vor dem Bauch. Er fühlt sich nicht wohl in meiner Gegenwart. Am liebsten würde ich ihm sagen: »Denk dir nichts. Es geht mir nicht anders mit dir.«

Herbert und Annelies haben uns alleine gelassen, um den Schnaps und den Erste-Hilfe-Kasten zu holen. Zumindest Letzteres war gelogen, denn der Erste-Hilfe-Kasten hängt hier im Büro an der holzvertäfelten Wand, direkt neben einem vergilbten Bikinimädchenkalender, der seit zwei Jahren abgelaufen ist. Außerdem höre ich sie tuscheln, vor der geschlossenen Bürotür. Annelies sagt, irgendetwas stimme hier nicht. Sie fragt Herbert, ob ihm aufgefallen sei, wie nervös ich meine Handtasche durchsucht habe, und dann die Sache mit der Perücke – äußerst seltsam. Herbert entgegnet nichts; ich stelle mir vor, wie er unbeeindruckt die Schultern zuckt. Doch Annelies scheint nicht aufgeben zu wollen. Sie habe Tabletten in meiner Tasche gesehen, möglicherweise Drogen, was mein sonderbares Verhalten erklären könnte. »Vielleicht ist sie gefährlich.«

»Und was willst du jetzt tun? Die Polizei rufen?« Herbert klingt belustigt, was mich erleichtern sollte, doch diesmal schweigt Annelies. Vielleicht hat sie genickt. Ich atme abgehackte Stöße. Die Polizei wird meine Papiere sehen wollen. Ich werde behaupten, ich hätte sie zu Hause vergessen, doch schließlich wird eine kurze Anfrage über das Funkgerät genügen, um zweifellos festzustellen, dass der Land Rover nicht mir gehört.

Mir ist schlecht. Ich sollte nicht hier sein. Ich sollte zu Hause sein, an einem Samstag wie an jedem. Ich sollte meine Wohnung putzen und den beruhigenden Geruch von Ajax inhalieren. Später würde ich mich überwinden, zu dem kleinen Lebensmittelladen nach Charlottenburg zu fahren. Ich würde mich mit einem Blumenkohl, einer Grapefruit, ein paar Äpfeln und einer Tüte Mirabellen beladen und mit abgewandtem Gesicht über den leidigen Versuch des Besitzers lachen, meinen Namen herauszufinden. Ich sei die einzige Stammkundin, die er nicht persönlich begrüßen könne, hatte er einmal gesagt und, als ich mich dennoch nicht erweichen ließ, entschieden, sich im wöchentlichen Wechsel immer wieder neue Namen für mich auszudenken. Letzten Samstag hieß ich Frau Schmidt, in der Woche zuvor Fräulein Wagner.

»Jetzt lass doch einfach gut sein, Anne«, höre ich Herbert, bevor die Klinke geht und er mit einer Flasche klarer Flüssigkeit zurückkommt. Annelies wackelt ihm hinterher, in der Hand einen Waschlappen, den sie mir reicht, damit ich die Wunde auf meiner Stirn säubern kann. Ihr Blick ist durchdringend; ich kann förmlich spüren, wie sie jedes Detail aufsaugt, um es im Fall des Falles möglichst genau wiedergeben zu können.

Sie war ungefähr 1,65 Meter groß, Herr Kommissar. Sie trug eine von diesen billigen Kaufhausperücken und ein wildbuntes T-Shirt mit einem aufgedruckten Papagei, der statt Pupillen zwei daumennagelgroße neongrüne Strasssteine hatte.

Meine Wunde brennt, ich lege den Waschlappen beiseite und bedanke mich. Annelies nickt, dann schneidet sie ein Stück von einer Heftpflasterrolle aus dem Erste-Hilfe-Kasten. Ich wende den Kopf ab, als sie auf mich zutritt, und sage: »Lieber kein Pflaster, danke. Ist besser, wenn Luft drankommt.« Das hat Tante Evelyn auch immer gesagt, wenn wir uns beim Spielen die Knie aufgeschlagen hatten.

Annelies sieht nicht überzeugt aus.

»Aber vielleicht müssen Sie sogar genäht werden.«

Ich nicke, etwas zu heftig. In meinem Schädel pocht weiterhin der Schmerz.

»Ich fahre direkt von hier aus zum nächsten Notdienst und lasse es anschauen.«

Sie legt den Kopf schräg, seziert mich.

»Mensch, jetzt beruhig dich, Anne«, sagt Herbert, der indes die Schnapsflasche aufgedreht hat, und lacht. »Du siehst doch, dass es ihr gut geht.« Er reicht mir die Flasche; ich greife zu. Die Zwetschge ätzt in meiner Kehle. Ich denke an gestern Abend, an den teuren Chardonnay mit Laura. Ich war glücklich – ich muss verrückt sein.

Annelies schnalzt mit der Zunge.

»Also, ich habe kein gutes Gefühl, Sie in diesem Zustand weiterfahren zu lassen …«

»Quatsch«, fährt Herbert dazwischen. »Sieh sie dir doch an, sie hat schon wieder etwas Farbe im Gesicht.«

»Du bist kein Arzt«, zischt seine Frau. »Was, wenn sie eine Gehirnerschütterung hat? Nachher kriegen wir noch Ärger wegen unterlassener Hilfeleistung. Oder stell dir vor, wir lassen sie weiterfahren und sie verursacht einen Unfall! Dann wären wir am Ende mitschuldig.«

»Ach was«, entgegnet Herbert und macht eine Handbewegung in meine Richtung. Ich deute sie, indem ich ihm die Schnapsflasche zurückreiche, woraufhin er mir zulächelt und sie seinerseits sofort ansetzt.

»Woher kommen Sie eigentlich?«, will Annelies als Nächstes wissen.

»Aus Berlin.«

»Berlin«, staunt Herbert langgezogen, als handle es sich um eine Stadt in einem exotischen Zauberland, weit, weit weg. Dabei liegt Berlin gerade mal eine knappe Stunde von hier entfernt, sogar für mich, die sich während der

Fahrt durchweg unterhalb der Geschwindigkeitsbegrenzungen gehalten hat.

»Und wo soll's hingehen?«

»In den Spreewald«, antworte ich. »Wochenendausflug.«

»Aha«, macht Annelies. »Spreewald, schön da.«

»Spreewald«, wiederholt Herbert nach einem weiteren großen Schluck und klingt bedeutsam. »Kennen Sie die Geschichte von der Entstehung des Spreewalds?«

Ich schüttele vorsichtig den Kopf.

»Ich weiß nur, was Fontane über den Spreewald gesagt hat. Dass es dort wie in Venedig sei, vor 1500 Jahren, als sich die ersten Fischerfamilien ansiedelten.«

Herbert zieht eine verwucherte Augenbraue hoch, die rechte.

»Fontane«, erkläre ich. »Der Dichter.«

Stille, nur der Deckenventilator surrt.

»Also«, sagt Herbert. »Der Legende nach wurde der Spreewald vom Teufel höchstpersönlich erschaffen. Zufällig allerdings.« Unter seinem Schnauzer bebt ein schnapsbeseeltes Lachen. »Angeblich spannte er zwei Höllenochsen vor einen Pflug, um damit das Bett der Spree aufzubrechen. Aber die Tiere gingen ihm durch und rannten wie wild drauflos, kreuz und quer, wobei der Pflug Tausende von tiefen Furchen hinterließ, die sich schließlich mit Wasser füllten. Tada, der Spreewald mit seinem weit verzweigten Netz an Fließen und Kanälen.« Er zwinkert verschwörerisch. »Sind Sie sicher, dass Sie da wirklich hinwollen?«

»Herbert«, nölt Annelies und streckt die Hand aus nach

der Flasche, die er gerade wieder zum Mund führen will. »Das reicht jetzt. Es ist Samstagvormittag, noch nicht mal halb elf.«

Helllichter Tag – sie hat recht. Noch so eine Dummheit. Ich war gleich dafür gewesen, bis zum Einbruch der Dunkelheit zu warten, aber Laura meinte, so viel Zeit bleibe uns nicht. Ich muss aufstoßen, schmecke Zwetschge. Herbert hält es für ein Kompliment an seine Schnapsbrennerfähigkeiten und lacht wieder. Annelies' Blick gefällt mir nicht.

»Ich denke, ich kann jetzt weiterfahren«, sage ich. »Es geht mir wirklich schon besser. Vielen Dank für Ihre Hilfe.« Ich deute auf meine Stirn und füge lächelnd »Keine Sorge, ich lass das anschauen« hinzu.

Annelies schüttelt den Kopf.

»Kommt gar nicht in Frage. Sie bleiben schön hier.«

Nur ein Wimpernschlag, und ich stehe wieder am Klippenrand. Unter mir lauert das Wasser, bröckelt Gestein. Der Wind schiebt wie im Schnelldurchlauf graue Wolken über den Lavendelhimmel. Ich höre ihn flüstern, den Wind. Er flüstert: *Du!* Ich setze einen Fuß zurück, doch hinter mir hat sich Annelies aufgebaut, die schon die Arme nach vorne streckt, bereit, mich zu stoßen. *Sie bleiben schön hier*, wiederholt sie und bricht in ein garstiges Lachen aus. Ich zwinkere wild, zwinkere mich zurück in die Realität. Ich sitze immer noch im Büro der Tankstelle. Ich muss weg von hier, dringend.

Aber zuerst soll ich noch was essen, es seien noch Bratkartoffeln von gestern Abend übrig. Annelies lächelt; ich würge. Es ist der Gedanke, dass sie mich mit ihren Bratkartoffeln ablenken will, während sie heimlich doch noch die Polizei alarmiert. Die kommen und mich befragen würde. Die kommen, mich befragen und mitnehmen würde. Die mich einsperren würde in eine Zelle, in der es keine Pritsche gibt, nur eine durchgelegene, nackte Matratze. Ringsum starrende Wände aus Beton, auf dem rissigen Boden ein dünnes Bett aus gräulichem Zementstaub und abgeschälten Farbschuppen; Zementstaub und Farbpartikel auch unter meinen Fingernägeln.

Irgendetwas reißt in mir, ich brülle: »Lasst mich in Ruhe!«

Annelies zuckt zusammen, Timmy verschwindet eingeschüchtert hinter Herberts Beinen. Ich springe von meinem Stuhl auf, schnappe mir meine Handtasche – raus hier. Aus dem Büro, durch den Verkaufsraum, aus der Glastür, über den Tankstellenvorplatz zum Auto. Ich schlüpfe hinter das Lenkrad, rase davon und bin für einen Moment erleichtert. Bis ich im Rückspiegel Annelies entdecke, die unter der Benzinpreisanzeige steht und mir nachblickt. In der einen Hand ein Stück Papier oder ein kleiner Notizblock, in der anderen ein Stift. *Das Nummernschild*, denke ich und dresche meine Faust gegen das Lenkrad.

Was zum Teufel hast du getan, Mädchen?

Aus: Brief #12

Jahrestag.
So viel Blut, überall.
Auf dem Boden. Auf dem Vorleger. An der Wand.
Sogar bis an die Decke ist es gespritzt.
Das Wasser ist rot. Totes Wasser.

Mai 2014

Nelly Schütt war seit Tagen nervös. Mindestens so nervös wie Richard in ›Gefährliche Begegnung‹, als er und Alice plötzlich erpresst wurden. Claude war nämlich von einem Mann beschattet worden, der ihm mehrmals zu Alice gefolgt war und nun sehr richtig vermutete, dass sie etwas mit dem Mord zu tun hatte. Zumal dieser Mann auf der Suche nach Beweisen in Alice' Wohnung dann auch noch Claudes Taschenuhr fand, die Alice eindeutig mit Claude in Verbindung brachte. Aus Angst und um zukünftige Erpressungsversuche auszuschließen, planten Alice und Richard, auch ihn zu töten. Alice sollte ihn vergiften. Als das misslang und sich zudem sämtliche polizeilichen Ermittlungen in Richards Richtung verdichteten, sah dieser keinen Ausweg mehr und nahm eine Überdosis Schlafmittel in der Absicht, Selbstmord zu begehen.

Im Gegensatz zu Richard jedoch würde Nelly nicht aufgeben, egal, wie ausweglos ihr in manchen Momenten alles schien. Es war kein Verbrechen, sich zu verlieben. Das sagte sie sich immer wieder, wenn das Telefon klingelte und die Frau, die sie kürzlich an der Rezeption aufgesucht hatte, am Apparat war, um sie an ihr Gespräch zu erinnern. Nelly solle die Finger von ihm lassen, sie mache alles kaputt. Nelly solle die Finger von ihm lassen, sie zerstöre eine Familie. Nelly solle die Finger von ihm lassen, sonst würde sie es bereuen. Nelly legte auf, jedes Mal.

Sie hatte gleich vermutet, dass Paul verheiratet war, als er vor einem knappen halben Jahr ein Zimmer bei ihr mietete. Ein freundlicher, charmanter Mann, der sie vom Aussehen her an Victor Mature erinnerte (›Der Todeskuss‹, 1947, Regie: Henry Hathaway), einer, der schon auf den ersten Blick zu gut wirkte, um wahr oder Single zu sein. Aus dem Anmeldebogen, den sie die Übernachtungsgäste ausfüllen ließ, erfuhr sie, dass er einundvierzig war und aus Berlin kam. Sie gab ihm Zimmer Vier, das hatte ihrer Meinung nach die schönsten Vorhänge. Cremefarben mit Streublumenmuster, im Gegensatz zu den anderen drei Zimmern mit Vorhängen aus ockerbraunem Cordstoff, die schon weit vor Nellys Geburt dort gehangen haben mussten.

Nach dem Abendessen, das Paul in der Gaststube ihrer Eltern eingenommen hatte, stieß sie zu ihm, als er sich auf dem Hof gerade eine Zigarette ansteckte. Sie wusste selbst nicht genau, was sie dazu bewogen hatte, ihren Platz hinter der Rezeption zu verlassen und ausgerechnet in diesem Moment hinauszugehen, es war wohl einfach so ein Gefühl gewesen. Eins, das wuchs und wucherte, je länger sie sich mit Paul unterhielt. Er sei geschäftlich unterwegs, von Berlin hoch nach Lübeck. Er sei verheiratet und Vater einer Tochter, und er beneide Nelly darum, hier zu leben, so herrlich ruhig und idyllisch. Das Leben in Berlin sei bisweilen so anstrengend, so vollkommen überdreht und schnell, wie ein außer Kontrolle geratenes Kettenkarussell. Nelly sagte, sie wäre der ein oder anderen wilderen

Fahrt gar nicht so abgeneigt, sie langweile sich hier doch manchmal sehr. Paul entgegnete, Langeweile habe nichts mit dem Wohnort zu tun, sondern vielmehr mit den Menschen, die einen umgaben.

Paul schien zu wissen, wovon er sprach; er wirkte ebenfalls gelangweilt. Als er auf seiner Rückreise wieder im Gasthaus von Nellys Eltern übernachtete, küssten sie sich zum ersten Mal, und das war aufregend. Er sei schon lange nicht mehr glücklich mit seiner Frau, sagte er Nelly später im Bett von Zimmer Vier bei zugezogenen Streublumenvorhängen. Sie sei so einnehmend, kontrollierend, herrschsüchtig. Nelly dachte an Gene Tierney in ihrer Rolle als Ellen Harland in ›Todsünde‹ (1945, Regie: John M. Stahl) – so eine musste Pauls Frau sein, so ein richtig böses, gemeines Biest. Nur lange nicht so hübsch wie Gene Tierney, natürlich nicht. Eher gewöhnlich stellte Nelly sie sich vor und auf jeden Fall unattraktiv. Es musste ja schließlich einen Grund geben, warum laut Paul schon seit Jahren nichts mehr lief im Bett. Wenigstens hatte sich Gene Tierney alias Ellen Harland gegen Ende des Films umgebracht, und ihr armer Mann konnte daraufhin mit seiner neuen Liebe glücklich werden.

Nelly wartete, wartete vergebens.

Er bleibe noch ein Weilchen wegen seiner Tochter. Er bleibe noch ein Weilchen, weil das gemeinsame Haus noch nicht abbezahlt sei. Seine Frau habe ihren Job verloren, dann sei sie plötzlich krank geworden, und unter diesen Umständen könne er jetzt natürlich erst recht nicht gehen. Nelly hatte viel gehört in den letzten Monaten, wenn sie sich mit Paul auf halber Strecke in einem Hotel an der A24 traf. Wenn sie im Bett in seinem Arm lag, die Wange gegen seine heiße Brust gepresst, oder wenn sie gemeinsam durch das dem Hotel nahegelegene Waldstück spazierten, ihre Hand fest in seiner. Und sie hatte ihm geglaubt. Ihm seine Ruhe gelassen.

Bis zu dem Tag, an dem seine Frau im Gasthaus aufgetaucht war, wobei sie völlig gesund und sehr entschlossen gewirkt hatte und vor allem mindestens genauso hübsch war wie Gene Tierney. Wahrscheinlich störte Nelly dieser Umstand am meisten.

Jetzt wollte sie Klarheit. Dass Paul sich entschied. Und er versprach ihr, alles zu regeln, diesmal wirklich. Das war vor fast einem Monat gewesen.

Nelly beschloss, nachzuhelfen.

Aus: Brief #13

Träume jetzt schwarz. Liegt wahrscheinlich an den neuen Tabletten. Sie sorgen dafür, dass ich fest und ruhig schlafen kann. Aber dafür wirken sie auch so dermaßen stark und sofort – wirklich sofort – nach der Einnahme, dass der gesamte Einschlafprozess wegfällt. Du weißt schon, diese Phase, in der man im Bett liegt und spürt, wie der Körper und die Gedanken schwerer werden. So ein sachtes Dahingleiten. Das gibt es bei mir nicht. In einem Moment bin ich noch hellwach, im nächsten kippe ich einfach weg. Vor kurzem habe ich den Fehler gemacht, meine Tabletten in der Küche einzunehmen, während ich noch am Tisch saß und schrieb. Ich schrieb gerade an dich. Erst als ich am nächsten Morgen aufwachte, stellte ich fest, dass ich mit dem Gesicht auf die Tischplatte geknallt war. Es war nur ein einfacher Nasenbeinbruch, wie der Arzt diagnostizierte, und er verheilte auch schnell. Trotzdem kam es mir irgendwie bedeutsam vor, dass mein Blut ausgerechnet auf diese Stelle des Briefpapiers getropft war. Genau auf deinen Namen.

»Ich hatte Ihnen die Dosierung doch ausführlich erklärt«, sagte meine Therapeutin bei der nächsten Sitzung. »Eine halbe, wenn die Panik kommt, und eine ganze, wenn Sie nachts nicht schlafen können.« Sie sah

mich an mit diesem seltsamen Blick. So, als hätte ich die Dosis absichtlich ignoriert. Vielleicht hatte sie recht. Meine Träume sind schwarz, das schon, aber die Fragen sind immer noch da, sie verstummen einfach nicht. Was hat sie gefühlt am Schluss? Hatte sie Angst?
Ich will nicht denken, dass sie Angst hatte. Ich stelle mir lieber vor, wie der Schmerz ein Feuerwerk vor ihren Augen zündete. Dass da bunte Blitze und schöne Sterne waren, fast so, als hätte sie aus einer Unachtsamkeit heraus in die gleißende Sonne geblickt. Oder ins Scheinwerferlicht. Ich will mir einreden, dass sie glücklich war in ihren letzten Sekunden.
Es gelingt mir nicht.

Nadja

Ich blinzele, die Welt ist grell, in der Hitze flirren unsichtbare Feuer auf der Fahrbahn. Ich klappe die Sonnenblende herunter. Genau zwölf Minuten sind vergangen, seitdem ich fluchtartig die Tankstelle verlassen habe. Die Heizung läuft auf vollen Touren, ich spüre nichts davon. Mir ist kalt, die Luft im Wagen stickig, schal und seltsam süßlich. So als hätte sich jahrelang Staub in den Schlitzen der Klimaanlage verfangen, der nun verbrennt. Mein Blick zuckt immer wieder in den Rückspiegel. Der rote Golf, der für etliche Kilometer hinter mir war, ist inzwischen abgefahren. Nun folgt mir ein dunkelblauer Van, das aber nur kurz – ich bin ihm zu langsam, er überholt mich. Ich fasse nach dem Spiegel, um ihn zum hundertsten Mal auf ein paar Millimeter nachzujustieren. Dabei erhasche ich einen flüchtigen Blick auf mich selbst: glotzende Augen, darunter getrocknete schwarze Rinnchen verlaufener Wimperntusche. Links auf der Stirn eine Platzwunde wie ein akkurat gezogener Messerschnitt, drei oder vier Zentimeter lang. Erleichtert stelle ich fest, dass sich bereits Schorf gebildet hat; ich muss nicht zum Arzt. Ich wende meinen Blick zurück auf die Straße und beschließe trotzdem, bei nächster Gelegenheit noch einmal anzuhalten. Ich brauche frische Luft, sonst ersticke ich.

Ich fahre, bis ein Schild die Ausfahrt zu einem Parkplatz anzeigt. Keine Raststätte, kein Kiosk, keine Tankstelle, nicht mal eins von diesen notbehelfsmäßig aufgestellten Plastiktoilettenhäuschen. Stattdessen bloß ein paar Haltebuchten, dahinter auf einer ausgedörrten, plattgetretenen Wiese ein Müllcontainer und drei Tische mit jeweils zwei daran festgeschraubten Bänken. Ich stelle mir einen einsamen Trucker vor, der hier sitzen könnte, eine Zigarette im Mundwinkel und eine Thermosflasche mit fadem Maschinenkaffee vor sich. Oder eine Familie. Mutter, Vater, zwei Kinder – ein kleiner Junge und ein älteres Mädchen. Da sitzen sie mit ihren Tupperdosen voller Apfelspalten und Gemüseschnitze, und Alufolie knirscht, wenn sie ihre liebevoll geschmierten Pausenbrote auswickeln. Sie fahren in den Urlaub ans Meer. Ein zartes Stimmchen fragt: »Wie fühlt sich das eigentlich an, wenn man salzige Luft atmet? Muss man dann husten wegen der Salzkörnchen?«, woraufhin eine andere Stimme antwortet: »Da sind keine Salzkörnchen, du Quatschkopf. Es ist einfach nur Luft.« Ich denke wieder an den Trucker, es ist mir lieber.

In der Realität ist es mir am allerliebsten, dass niemand hier momentan Rast macht, die Haltebuchten und Essplätze alle leer sind. Ich steuere den Land Rover bis zum Ende der Parkfläche, steige aus. Als hätte die frische Luft ihnen ein geheimes Kommando gegeben, wollen meine Beine einknicken. Mit einer Hand fasse ich nach Halt am Griff der Fahrertür, mit der anderen reibe ich mir den Nacken. Der Halssaum meines T-Shirts ist schon ganz klamm von kaltem Schweiß. Ich muss mich beruhigen – sammeln – ordnen. Ich darf jetzt nicht zweifeln oder einknicken, so wie meine Beine es mir vormachen wollen. Ich muss stark sein. An Laura denken. Mich daran erinnern, dass all das hier zu ihrem Besten geschieht und es einfach keine andere Möglichkeit gibt. Also beschwöre ich ein Bild herauf: Laura, wie sie gestern Abend, kurz nach Feierabend, in der Kanzlei auftauchte. Wie sie im Türrahmen zu meinem Büro stand, schwankend und blass, und sich an den Riemen ihrer Handtasche klammerte. Laura, früher Laura Brehme und ebenfalls Assistentin in der Kanzlei, inzwischen Laura van Hoven, verheiratet mit meinem Chef. Es war Jahre her, seit ich sie das letzte Mal gesehen hatte.

»Hey, Nadja.«

Ihr Mund, der ein scheußlich unechtes Lächeln formte, und meiner, der bloß stumm aufklappte, während ich wie starr hinter meinem Schreibtisch saß und versuchte, ihren Anblick zu verkraften. Das kalkweiße Gesicht. Die winzigen, trüben Augen. Das blonde Haar mit einem schwarzen Haarreif zurückgeschoben und in einem Zopf zusammengefasst, sodass ihr Gesicht flächiger wirkte als sonst und ihr Kopf beinahe riesig auf dem dünnen Hals und dem schmalen Körper saß. Sofort fiel mir ein, wie ich mir einmal fast die Haare gefärbt hätte, blond, so wie sie blond war, wie ich sogar schon einen Termin beim Frisör ausgemacht und mich letztlich nur eine akute Panikattacke davon abgehalten hatte, den Salon tatsächlich zu betreten. Plötzlich war es mir unmöglich vorgekommen, zwei Stunden oder länger vor einem Spiegel zu sitzen und mein eigenes Gesicht auszuhalten, dazu die furchtbaren Geräusche – quengelnde Föhns, tosendes Wasser, das kalte

Klackern einer Schere, die eilig auf dem Keramikrand eines Waschbeckens abgelegt wurde. Bis zu diesem Moment war Laura für mich die zweitschönste Frau der Welt gewesen. Jetzt sah sie nur noch aus wie ein Strichmännchen auf einer Kinderzeichnung, ein trauriges Strichmännchen mit gelben Haaren.

Sie fragte: »Ist Gero noch nicht wieder da? Ich versuche schon den ganzen Tag, ihn zu erreichen, aber er geht nicht an sein Handy.«

Ich stellte fest, dass ich mich auch nach Jahren nicht daran gewöhnt hatte, wie sie den Mann, den ich als Herrn van Hoven kannte, bei seinem Vornamen nannte. Etwas daran tat mir weh. Es war kein schlimmer Schmerz, das nicht. Es fühlte sich eher an wie ein Kratzer, wie eine Nadel, die über eine empfindliche Hautstelle schabte – schon auszuhalten, aber dennoch unangenehm. Aus irgendwelchen Tiefen kramte ich eine überfällige Begrüßungsfloskel hervor und erhob mich endlich. Wir umarmten uns kurz und hölzern. Auch das war früher einmal anders gewesen.

»Also, ist er da?«

Ich schüttelte den Kopf. Herr van Hoven war seit gestern auf einer zweitägigen Anwaltskonferenz in Magdeburg und würde erst spät am Abend zurückkommen. Es wunderte mich, dass Laura nicht Bescheid wusste über seinen Zeitplan.

»Laut Konferenzprogramm endet der letzte Vortrag um sieben.« Ich lupfte meinen Blusenärmel für einen Blick auf meine Uhr. »Also in ungefähr einer Stunde.«

»Ach so.«

»Kann ich dir irgendwie helfen?«

Ihr kalkweißes Gesicht verzog sich, als würde es gleich zu weinen beginnen.

»Ist was mit Vivi?«, bohrte ich weiter und spürte meinen Herzrhythmus schneller werden. Vivi, die knapp vierjährige Tochter der van Hovens. Laura bedachte mich mit einem Blick, den ich kaum ertrug.

»Es geht ihr gut«, antwortete sie kühl. »Sie ist bei ihren Großeltern.«

Ich lächelte verlegen.

»Okay, das ist schön.« Danach fiel mir nichts mehr ein, und ich starrte auf meine Schuhe. Sie brauchten dringend Schuhcreme.

Laura atmete hörbar.

»Kann … kann ich vielleicht einen Kaffee haben? Macht das Umstände?«

Ich schüttelte hastig den Kopf.

»Nein, nein, gar nicht. Ich kümmer mich drum.«

Kaffee mit Laura, so wie früher. Zwar hatte sie mich nicht explizit darum gebeten, gemeinsam Kaffee zu trinken, aber ich würde die Gelegenheit trotzdem nutzen. Wie bei einem Regentanz trippelte ich vor dem Vollautomaten in der Küche am Ende des Flurs herum, als änderte meine Nervosität etwas an der gähnenden Langsamkeit, mit der die Maschine unter monotonem Brummen die braune Flüssigkeit nacheinander in zwei Tassen tröpfeln ließ.

»Mach schon«, zischte ich dem Gerät entgegen. Ich hatte Angst, Laura könnte es sich anders überlegt haben und gegangen sein, wenn es noch länger dauerte. Ich holte die Milch aus dem Kühlschrank und verschüttete ein wenig auf der Arbeitsplatte, als ich unsere Tassen damit auffüllte. Automatisch wollte ich nach dem Lappen in der Spüle greifen, um den Fleck zu beseitigen, ließ es dann aber doch. Laura wartete auf mich.

Als ich aus der Kaffeeküche zurückkam, stand die Verbindungstür zwischen meinem und Herrn van Hovens Büro offen. Laura saß in seinem Sessel, den Blick zur Zimmerdecke gerichtet. Ich versuchte einen dummen Witz.

»Zweimal Coffee to stay, für Laura und Lauras Freundin.«

Sie fuhr zusammen, als hätte meine Stimme sie unter Strom gesetzt. Sah mich an, als erblickte sie mich heute zum ersten Mal, überrascht, erschrocken, wie aus fremden Augen. Sie öffnete den Mund und bewegte ihn ein paarmal stumm. Ich wollte schon ansetzen, sie erneut zu fragen, was los sei, da sagte sie doch noch etwas: »Danke dir. Aber vielleicht lieber doch ein anderes Mal.« Innerhalb von Sekunden war sie aufgesprungen und an mir vorbeigerauscht. Ich blieb zurück wie eine Idiotin, mit den beiden Kaffeetassen in den Händen.

Erst bei den Aufzügen holte ich sie ein.

»Laura, bitte rede doch mit mir!« *Beschimpf mich. Sag mir, dass ich mir meinen gemeinsamen Kaffee sonst wo hinstecken kann und wir schon lange keine Freundinnen mehr sind. Erinnere mich daran, was ich getan habe. Aber verdammt, verdammt, sag doch etwas.*

Und das tat sie. Sie sagte es, nachdem sie direkt in meine Arme hineingesackt war: »Ich habe ein Problem, Nadja.«

Das Problem liegt jetzt in meinem Kofferraum.

Mai 2014

Nelly Schütt war vorbereitet. Sie hatte sich für einen Sonntag ein Zugticket gebucht, weil sie sich den Berliner Stadtverkehr mit ihrem kleinen, alten Twingo dann doch nicht zutraute. Sie hatte sich die Adresse notiert und sich am Abend zuvor extra noch die Haare gewaschen, damit sie sie nun offen tragen konnte. Man hatte ihr oft Komplimente für ihre Haare gemacht, zumindest an den guten Tagen, wenn sie aussahen wie haselnussbraune Engelslocken. Sie hatte lange überlegt, was sie anziehen sollte, und sich gegen ihr Lieblingssommerkleid entschieden, weil sie befürchtete, darin zu mädchenhaft zu wirken. Und das war sie schließlich nicht mehr. Sie war kein unbedarftes, naives Dorfmädchen, sie war eine Frau, die sich in Berlin und der Welt zurechtfand und ganz genau wusste, was sie wollte. Also entschied sie sich für einen engen schwarzen Rock, eine weiße, kurzärmelige Bluse und die schwarzen Peeptoes, die sie sich schon vor einigen Jahren im Internet bestellt, aber seither bloß für ein paar Probestelzereien durch ihr Zimmer getragen hatte. In dieser Art Schuhe bewegten sich die Frauen, die sie so vergötterte. Joan Bennett, Ava Gardner, Rita Hayworth, *Gene Tierney*. Sie hatte sich am Hauptbahnhof ein Taxi genommen und eine Straßenecke vor ihrem Ziel absetzen lassen, um sich noch einmal zu sammeln und den roten Lippenstift nachzuziehen. Sie hatte auf ihren Gang geachtet, als sie die Straße hinunterging, darauf, den Rücken durchzustrecken, die Schultern gerade zu halten und die Hüften zu wiegen. Sie hatte ihren Blick durch das Wohngebiet schweifen lassen und sich vorgestellt, hier zu leben. Es war nicht das Berlin, an das sie beim Lesen des Anmeldeformulars gedacht hatte, das Paul damals ausfüllen musste, um ein Zimmer bei ihr zu mieten. Kein Berlin mit modernen Hochhäusern, das aussah, als wären seine Architekten bloß ein paar zu groß geratene Jungs gewesen, die sich mit ihren ebenfalls zu groß geratenen Legosteinen ausgetobt hätten, oder mit Altbauten, deren verschnörkelte Fassaden sich in die Höhe schraubten. Keine Geschäfte, keine Bars, einfach nur ordentlich gestutzte, durch Gartenzäune abgetrennte Rasenflächen mit Spielgeräten darauf und im Hintergrund Reihen- und Einfamilienhäuser, die alle aus demselben Musterkatalog zu stammen schienen. Fast schon bieder kam die Gegend Nelly vor, und sie beschloss, dass sie und Paul alsbald umziehen würden. Am liebsten in einen der wunderschönen Altbauten im zentraleren Berlin. Eine Drei-Zimmer-Wohnung mit hohen, Stuck verzierten Wänden und einem kleinen, schmiedeeisernen Balkon, zum einen für Paul, der Raucher war – was Nelly jedoch nicht störte, denn in ihren geliebten Schwarzweißfilmen rauchten die Männer schließlich auch alle –, und zum anderen, um in den Sommermonaten darauf zu frühstücken. Küche, Bad, Schlaf- und Wohnzimmer und ein Arbeitszimmer für Paul, das sie zugleich als Gästezimmer nutzen würden. Sie würde neue Freunde finden in Berlin, interessante, gewandte Leute, Künstler, Ärzte, High

Society und altes Geld, und mit dem Gästezimmer hätten sie eine Übernachtungsmöglichkeit, wenn Nelly für ihre neuen Freunde Cocktailpartys gab. Nur ein Kinderzimmer bräuchten sie nicht; diesbezüglich hatte Nelly keine Pläne. Sie wollte kein Kind und ihre gerade entdeckte Selbstbestimmung damit gleich wieder aufgeben. Sie wollte sich eine Arbeit suchen, irgendetwas in der Gastronomie, und dann, in einigen Jahren ihr eigenes kleines Café im Fünfzigerjahrestil eröffnen. Vor allem aber wollte sie Paul, und wenn am Ende des Tages erst alles geklärt wäre, dürfte die Welt endlich von ihnen erfahren. Das Versprechen, ihre Liaison geheim zu halten, das Paul Nelly unter ernstem Blick abgenommen hatte, wäre dann hinfällig. Gleich heute Abend würde sie ihren Eltern offenbaren, um wen es sich bei dem Gast aus Zimmer Vier wirklich handelte; sie konnte es kaum erwarten. Ihr Vater würde schimpfen, klar. Er hätte es lieber gesehen, wenn Nelly sich mit einem Jungen aus dem Dorf eingelassen hätte. Und ihre Mutter würde weinen. Nicht aus Wut oder Enttäuschung, nein. Zum ersten Mal, seit Nelly denken konnte, würde sie ihre Mutter vor Glück weinen sehen, weil ihre Tochter sich traute, das große Leben zu leben, von dem sie selbst immer nur hatte träumen können.

Inzwischen hatte Nelly die richtige Adresse erreicht. Mit wogendem Gang nahm sie den mit Waschbeton geplättelten Weg durch den Vorgarten, drei Stufen hinauf bis zur Haustür. Sie atmete noch einmal tief durch, straffte ihre Schultern und drückte auf die Klingel, neben der ein tongetöpfertes Schild in kindlich krumm eingeritzten Buchstaben den Namen der Bewohner verkündete.

Pauls Gesicht zerfiel, als er öffnete. Sein Mund klappte auf, Worte kamen nicht heraus. Nelly lächelte scheuer als beabsichtigt und wollte ihrerseits gerade etwas sagen, als sie im gleichen Moment eine Frauenstimme hörte – »Paul? Wer ist es denn?«. Sekunden später tauchte *sie* hinter seinem Rücken auf: Pauls Frau, der im Gegensatz zu ihm sofort etwas einfiel.

»Was erlauben Sie sich, hierherzukommen?« Sie wirbelte in Richtung der Diele herum. Ihre Tochter war in der Nähe, mutmaßte Nelly, die unter dem scharfen Ton ungewollt zusammengezuckt war, sich aber schnell wieder fing.

»Ich bin hier, weil ich die Dinge ein für alle Mal klären möchte.« Sie bohrte ihren Blick in den ihrer Gegenspielerin hinein und versuchte, nicht zu blinzeln. »Paul liebt mich. Dagegen können Sie nichts tun. Lassen Sie ihn gehen.«

»Was reden Sie denn da? Paul?«

Paul fing an zu zappeln.

»Paul?«, setzte Nelly nach.

»Geh bitte, Nelly«, sagte er kopfschüttelnd. »Es ist vorbei mit uns. Ich habe einen Fehler gemacht.«

»Was?« Es klang leise, fast nur wie ein Seufzen. »Was sagst du denn da?«

»Er sagt, dass Sie verschwinden sollen«, übersetzte seine Frau und zog ihn am Hemdsärmel ins Haus zurück. Dann fiel die Tür zu und Nelly in ein tiefes schwarzes Loch.

Im Nachhinein erinnerte sie sich kaum noch daran, wie sie an diesem Tag nach Hause gekommen war. Da waren bloß Fetzen: Asphaltquadrate unter ihren schnellen Schritten und ihre Absätze, die darauf *klack-klack*-klackerten, ihr Körper, der kraftlos auf der Rückbank eines Taxis hing, Menschen, die auf dem Bahnsteig um sie herumstanden, die drängelten und schubsten, das einschläfernde Schaukeln des Zugwaggons und draußen vor dem Fenster vorbeifliegende Häuser, die irgendwann zu Landschaften wurden.

Dann war sie wieder zu Hause.

Die nächsten Tage verbrachte sie, als hätte man ihr eine dicke Glasglocke über den Kopf gestülpt. Sie schob Zimmerschlüssel über den Rezeptionstresen und heftete Anmeldeformulare ab. Sie schüttelte Betten auf und befüllte die Seifenspender in den Gästebadezimmern. Sie sah sich ihre Lieblingsfilme an und begriff kein Wort. Sie traf sich mit Hannes, der schon zu Grundschulzeiten ein Auge auf sie geworfen hatte, und ließ ihn machen, wonach ihm war. Ein paarmal dachte sie daran, Paul anzurufen. Ihn zur Rede zu stellen. Ihn zu beschimpfen. Ihn zu bitten, zu ihr zurückzukommen. Doch sie verwarf es, weil sie befürchtete, er könnte seine Worte wiederholen: *Es ist vorbei mit uns. Ich habe einen Fehler gemacht.*

Nelly wollte sterben, so floskelhaft man eben sterben will mit einem gebrochenen Herzen. Doch dann, als hätte das Schicksal endlich ein Einsehen, meldete sich Paul mit einer SMS, in der er Nelly um ein Treffen bat. Dort, wo sie sich immer getroffen hatten, in dem Hotel, das auf halber Strecke an der A24 lag. *Gleich morgen, mein Schatz, 16 Uhr. Ich vermisse dich.*

Nelly Schütt wollte sterben, diesmal vor Glück.

Aus: Brief #15

Die Verkäuferin im KaDeWe hat gesagt, ich habe eine gute Figur, eindeutig Größe 36. Und dass ich doch ruhig mal etwas mit Farbe probieren solle. Ich sagte, in meinem Beruf sei Seriosität gefragt. Weiße Bluse, graues Kostüm. Ich behauptete sogar, es handle sich um eine strikte Anweisung meines Chefs. Sie zupfte weiter an den Schulternähten des Blazers herum, den ich gerade anprobierte, und sagte: »Dann sollten Sie wenigstens eine 36 versuchen. Hier drin versinken Sie ja.« Ich habe versucht, mich zusammenzureißen, wirklich. Ich wollte sie nicht anschreien. Doch genau das tat ich. Ich schrie, sie solle mich in Ruhe lassen, ich bräuchte keine Hilfe. Ich wand mich aus dem Blazer heraus und stürmte zurück in die Kabine, um mich umzuziehen und schnellstmöglich das Kaufhaus zu verlassen. Gerannt bin ich. Seitdem stelle ich mir vor, wie sie nach Feierabend ihrem Mann erzählt, was für eine verrückte Kundin sie heute hatte. Eine Geisteskranke.

Du bist, was du bist.

Nadja

Ich fahre weiter, ich weiß nicht, wie. Zwischendurch hatte ich es gar nicht mehr vorgehabt. Ich hatte mich zu einer der Rastbänke geschleppt, dort gesessen, an meinem Handy herumgefummelt und der Versuchung widerstanden, es anzuschalten, um Laura anzurufen. Ich hätte ihr nichts von dem Vorfall an der Tankstelle erzählt, aber gerne ihre Stimme gehört. Erst als ein weiteres Fahrzeug auf den Parkplatz einbog, hastete ich zurück zum Auto und fuhr.

A13 Richtung Dresden/Cottbus (ca. 60 km), links halten auf A15, nach ca. 4 km Ausfahrt 2–Boblitz nehmen, dann rechts auf L55 und ab da Beschilderung nach Lübbenau/ Lehde folgen. So steht es auf dem Zettel mit der Wegbeschreibung. Zwar verfügt der Land Rover über ein Navigationssystem, doch auch das würde die Polizei auslesen können, genau wie meine Handydaten.

Musik.

Ich drehe das Radio auf Anschlag. Ich will, dass die Musik das Chaos in meinem Kopf niederplärrt und mich ablenkt, wenigstens eine kleine Weile lang. Bei meiner Mutter hat das immer gut funktioniert. Wenn sie die alten Platten von Johnny Hallyday auflegte, konnte sie alles um sich herum vergessen. Sie vergaß, wer sie war, vergaß, wer sie lieber gewesen wäre, vergaß sich selbst, bis für einen kurzen, heilsamen Moment absolut nichts mehr von ihr übrig blieb. Wie ein trudelndes Flugzeug bewegte sie sich mit ausgestreckten Armen und geschlossenen Lidern im Gegenlicht der Sommersonne, die durch unser Wohnzimmerfenster fiel. Ich sehe immer noch das entrückte Lächeln auf ihrem Gesicht, einzelne Haare, die ungehörig von ihrem Kopf abstanden, und sogar die winzigen Staubkörnchen, die um sie herum aufstoben, als wollten sie mitmachen bei ihrem irren Tanz. Ich höre immer noch das Knacksen unter ›Retiens la nuit‹ und ihre Stimme, wie sie ständig in den tiefen Tönen brach, weil sie nun mal eine schrecklich unbegabte Sängerin war. Aber das war egal, wenn Johnny Hallyday spielte. Dann war sie eine glückliche Frau …

Es funktioniert nicht, die Musik macht mich nur verrückt. Ich drehe die Lautstärke zurück und denke an Laura.

Alles, was sie gesagt hatte, als wir gestern Abend bei den Aufzügen standen, war: *Ich habe ein Problem, Nadja.* Im nächsten Moment war sie in Richtung der Toiletten davongestürmt. Ich folgte ihr. Durch die abgeschlossene Kabinentür hörte ich die würgenden Geräusche und litt mit, bei jedem neuen Schwall. So war es fünfeinhalb Jahre zuvor schon einmal gewesen, nur mit verkehrten Rollen. Mein erster Tag bei »Abramczyk & van Hoven«, mein Neuanfang. Eben noch hatte ich an meinem Schreibtisch gesessen, und alles war gut gewesen. Eine Sekunde später kam die Panik und mit ihr das Gefühl eines riesengroßen Irrtums, einer schamlosen Ungerechtigkeit. Es zerrte mich von meinem Stuhl, dieses Gefühl, es drosch auf mich ein und spuckte mir ins Gesicht. Ich riss mich los, rannte den Gang entlang zu den Waschräumen, wo ich mich einschloss und heulend in meinem Elend kauerte. Da war es Laura gewesen, die an die Tür geklopft und gefragt hatte, ob sie mir irgendwie helfen könne. Eine völlig fremde Frau, deren warme, freundliche Stimme mich aus der Kabine lockte und die mir kurz darauf mit einem angefeuchteten Papierhandtuch das vom Weinen aufgeschwemmte Gesicht kühlte, als wäre es das Selbstverständlichste der Welt. So hatten wir uns kennengelernt.

»Laura«, versuchte ich es jetzt ähnlich. Die Geräusche, die durch die geschlossene Tür drangen, klangen tief und hohl; ihr Magen musste längst leer sein. »Bitte komm doch raus, Laura.« Ich weiß nicht, wie oft ich das sagte, bis das Türschloss endlich aufschnappte und sie taumelnd heraustrat, so schwach, dass ich sie stützen musste.

»Würdest du mich nach Hause fahren, Nadja? Bitte, ich muss nach Hause.«

»Vielleicht sollte ich dir lieber ein Taxi rufen.«

Sie schüttelte heftig den Kopf.

»Nein, kein Taxi. Vergiss es, es wird schon irgendwie gehen.«

»Aber das Taxi wäre in fünf Minuten da. Ich könnte draußen mit dir warten.«

»Nein, wirklich, schon gut. Mach dir keine Sorgen, ich schaff das schon.« Da war es wieder, dieses scheußliche, unechte Lächeln, und da war ich, wie ich die Hand ausstreckte und sagte: »Her mit dem Autoschlüssel.«

Der riesige Bungalow der van Hovens liegt in Westend, dem angeblich schönsten Teil Charlottenburgs, ein luxuriöser, klotzförmiger Beweis, dass manche Leute einfach alles haben können. Hinter der Terrasse die einzigartige Ruhe des Grunewalds, die vergessen macht, dass man Teil eines Dreieinhalb-Millionen-Weltstadtgewühls ist, samt all seiner Hektik, seines Krachs und seines kollektiv erhöhten Pulses. Und vor der Haustür, nur ein paar Minuten fußläufig, die Reichsstraße mit ihren Einkaufsmöglichkeiten, Restaurants, Cafés und eben doch jener Hektik, dem Krach, dem Puls und dem ganzen Treiben – den Dingen, von denen die Leute immer sagen, dass sie einen sich lebendig fühlen lassen. Ursprünglich hatte ein bekannter Architekt das Haus Ende der Achtzigerjahre nach seinen Vorstellungen auf dieses unfassbare Fleckchen Berlin gebaut. Herr van Hoven hatte es ihm nach der Hochzeit abgekauft und modernisieren lassen. Ein schönes Haus, ein teures Haus. Ein Haus, in dem alles seinen Platz hatte und Familie gelebt wurde. Ein Haus, das ich eigentlich nicht betreten wollte.

»Komm mit«, mehr musste Laura dann doch nicht sagen. Sie ging voraus, ich folgte. Durch die Diele, in der es still war und kühl, drei breite weiße Marmorstufen zum Wohnzimmer hinab, wo sie sich auf dem Sofa niederließ und das Gesicht in den Händen vergrub. Zuerst fiel mir das Schummerlicht auf, das nicht passte zu einem sonnigen Tag wie diesem, dann die über die gesamte Terrassenfensterfront zugezogenen Vorhänge. Doch ich vermutete, dass Laura wohl einfach bloß die Hitze aussperren wollte. Als Nächstes erfasste ich eine Barbiepuppe, die auf dem Kaffeetischchen lag und der Vivi offensichtlich eine neue Frisur geschnitten hatte. Diese Puppe erinnerte mich an den rosafarbenen Frotteehund, den ich einmal als Entschuldigung für die Kleine gekauft hatte. Der immer noch in der oberen Schublade meiner Schlafzimmerkommode lag, den ich manchmal herausnahm und wehmütig befühlte. Dann erst war ich bereit, mir anzusehen, was ich aus den Augenwinkeln wahrscheinlich längst wahrgenommen hatte. Im linken Teil des Raums, direkt vor dem offenen Kamin, direkt unter den fröhlichen Familienfotos auf dessen Sims, da lag sie – die Leiche.

Ich zucke zusammen. Der Wagen ist über irgendeine Unebenheit gerumpelt. Vor Schreck habe ich das Lenkrad losgelassen und fasse gerade noch rechtzeitig nach. Vorsichtshalber verringere ich die Geschwindigkeit. Die Straßen sind nur noch halb befestigt und schmal. Ich erkenne einzelne Streckenmarken, wie Laura sie mir auf dem Zettel mit der Wegbeschreibung notiert hat. Den Giebel einer Dorfkirche, versteckt hinter einigen Bäumen zur Linken, ungefähr zehn Meter weiter rechts das Hinweisschild auf eine Kahnanlegestelle. Zwischen einigen lichten Stellen einer Böschung hindurch entdecke ich einen mit Touristen besetzten Kahn, der durch das Gewirr der Fließe gleitet. Ich stelle mir vor, dass das völlig lautlos vonstattengeht und nur ein sanftes Plätschern zu hören ist, wenn der Fährmann das Stakholz aus dem Wasser zieht, um es im nächsten Moment wieder gegen den sumpfigen Grund zu stemmen. Eine immer gleiche Bewegung, so flüssig und monoton, dass sie auf die Fahrgäste wie hypnotisch wirken muss. Dazu die Erlen, die sich riesenhaft entlang des Ufers nach oben strecken und über dem Fließ wahrscheinlich kaum mehr als einen schmalen Streifen Himmel durchblicken lassen. Wie ein Tunnel, ein endloser Tunnel in ein wunderschönes grünes Nichts. Am liebsten würde ich kurz anhalten, aussteigen, mich einen Augenblick lang einfach nur unter diesen Himmel stellen und allertiefste Atemzüge nehmen. Ich war noch nie an einem Ort wie diesem. Ich kenne den Himmel meiner Heimatstadt, der immer leicht vernebelt war durch den Metallstaub, der aus den Schloten der Stahlfabrik drang, und den Himmel über Berlin, mit den Kondensstreifen der Flugzeuge bei Tag und den blinkenden Lichtern bei Nacht. Absurd, mit welchen Gedanken der menschliche Verstand in manchen Situationen seine Löcher zu stopfen versucht. Als ob irgendein Himmel mir helfen könnte. Wahrscheinlich kann es nicht mal Gott.

Erneut drehe ich am Lautstärkeregler. Die Frau im Radio brüllt mir die Wettervorhersage entgegen. Ein traumhaftes Sommerwochenende stehe bevor. Menschen werden ins Freibad gehen oder auf den Wiesen der Parks auf Decken liegen und in die Sonne blinzeln. Menschen werden sich zum Picknicken oder Grillen verabreden. Und wiederum andere fahren in den Spreewald, um eine Leiche verschwinden zu lassen.

Aus: Brief #17

Vielleicht warst du noch zu klein, um zu bemerken, wie anders es bei uns daheim war. Oder du hast nur so getan, als würdest du es übersehen, genau wie ich. Sogar der Frau vom Jugendamt gegenüber hatte ich gesagt: »Ich weiß gar nicht, was Sie haben«, woraufhin sie mich überdeutlich auf die Wäschehaufen aufmerksam machte, auf die Tatsache, dass Kinder frische Anziehsachen haben sollten, auf den Staub und auf die Wollmäuse, auf die Bierflaschen, die unsere Gäste bei ihren Besuchen geleert und dann einfach stehen gelassen hatten, und auf das Spielzeug, das herumlag und offensichtlich nicht für Kinder gedacht war. Ich hatte ihr einen Vogel gezeigt und sie aus der Wohnung geschubst. Danach saß ich auf unserem Bett und heulte. Ich wusste ja, dass sie recht hatte, und ich hatte mir auch schon tausendmal vorgenommen, endlich etwas zu tun. Jedes Mal, wenn ich die Küche betrat und den Gestank aus dem Abfluss wahrnahm, beschloss ich, mir bei nächster Gelegenheit Geld von meiner Freundin Aniela zu leihen, um Reiniger zu kaufen, Putzmittel, so richtig heftiges Zeug, das die alten Rohre einmal gründlich durchspülen würde. Und Wandfarbe, Wandfarbe würde ich auch kaufen, damit wir renovieren konnten. Zuerst würde ich natürlich die alten Tapeten runterreißen müssen, was allerdings nicht schwer sein konnte, denn die meisten Bahnen begannen sich ja ohnehin schon freiwillig vom Beton zu rollen. Und wenn ich dann fertig wäre, würden wir Bilder aufhängen, Poster von französischen Landschaften oder deine selbstgemalten Bilder. Du wärst bestimmt stolz, wenn deine Mama deine Bilder aufhängte, anstatt sie einfach zusammenzuknüllen und ins Altpapier zu werfen.

Doch wie ich da so saß, auf unserem Bett, wurde mir nur noch einmal mehr klar, dass, selbst wenn ich die Kraft und das Geld hätte, all meine Pläne umzusetzen, es sich immer nur um kurzfristige Lösungen handeln würde. Irgendwann wäre der Kühlschrank wieder leer, würde der Abfluss wieder stinken, würde die neue Farbe vom Nikotin vergilben und von den Wänden blättern. Ich würde es niemals schaffen, dir eine normale Kindheit zu ermöglichen, nicht in dieser Wohnung, nicht in dieser Stadt, nicht in diesem Leben. In solchen Momenten – ja, es stimmt, ich gebe es zu – in solchen Momenten habe ich sie gehasst …

Mai 2014

Nelly Schütt lag bequem, annähernd sogar weich, abgesehen von einer Baumwurzel, die sich in ihren Nacken bohrte, vielleicht war es auch ein Stein – auf jeden Fall etwas Hartes, das einen flackernden Schmerz auslöste. Entfernt toste der Verkehr über die Autobahn, was sie ebenfalls ein wenig störte, doch dafür wurde sie durch eine wunderschöne Aussicht entschädigt. Über ihr trieb der Himmel schneeweiße Wolkenhorden über seine kobaltblaue Leinwand, dazu reckten sich einige Tannenspitzen ins Bild, die im Gegenlicht der Nachmittagssonne schwarz wirkten, fast wie Scherenschnitte.

Nelly dachte an das Ende von ›Gefährliche Begegnung‹, als der Fall um Richard und Alice eine überraschende Wendung erfuhr. Der Mann, der sie erpresst hatte, wurde bei einem Zwischenfall von der Polizei erschossen und, nachdem man die Taschenuhr des toten Claude bei ihm fand, für dessen Mörder gehalten. Richard bekam davon jedoch nichts mehr mit, er hatte eine Überdosis Schlafmittel genommen und lag bereits im Sterben. Aber weil das kein gutes Ende war – keines, das geschehen sollte, weil Sterben nicht echt war, nicht sein konnte, nicht jetzt und nicht hier, weil es nicht mehr war als ein dramatisches Stilmittel, um eine Geschichte zu ihrem Höhepunkt zu peitschen –, erwachte Richard an dieser Stelle, und tatsächlich war alles nur ein Traum gewesen. Bloß ein schlimmer, schlimmer Traum.

Ja, dachte Nelly. *Ich träume, mehr nicht.* Sie lächelte dem kobaltblauen Himmel entgegen, gleichermaßen erschöpft wie erleichtert. Plötzlich war sogar der Schmerz in ihrem Nacken fort, und nicht mal mehr die Hände, die sich jetzt um ihren Hals legten, hatten noch eine Bedeutung. Alles, was noch wichtig war, war die Stimme ihres Großvaters, die warm klang, als sie fragte: »Wollen wir uns zusammen einen Film ansehen, Mädelchen?« Bevor sie in Gedanken antworten konnte, hörte sie bereits das klackende Geräusch einer Videokassette, die in den Schlitz des Abspielgeräts gezogen wurde, dann hellte der Bildschirm auf und Nelly sah sich selbst. Sie war Lizabeth Scott in ihrer Rolle als Coral Chandler, als sie in ›Späte Sühne‹ (1947, Regie: John Cromwell) schwer verletzt nach einem Autounfall im Krankenhaus lag.

»Alles gleitet vorbei«, sagte Coral im Delirium zu ihrem Geliebten Warren Murdock alias Humphrey Bogart. Und: »Ich glaub, ich falle.«

»Lass dich einfach fallen«, gab Warren sanft zurück. »Es ist ein Fallschirmsprung. Ausatmen und fallen lassen.«

Nelly schloss die Augen. Und fiel.

*

Paul Heger sackte auf das Bett von Zimmer 231. Durch seinen Kopf schossen Gedanken wie Bomben, die detonierten und tiefe Gräben hinterließen. Innerhalb von kaum sechs Monaten hatte sich sein ganzes Leben auf links gedreht, waren siebzehn Jahre Ehe, sämtliche Versprechen und Überzeugungen verpufft. Als *solide* hätten ihn seine Freunde beschrieben, vor der ganzen Sache mit Nelly. Paul, den es immer nur im Doppel mit Simone gegeben hatte. Ihm fielen Einladungen ein, zu Geburtstagsfeiern, Hochzeiten, Taufen, Veranstaltungen des Rudervereins, in dem er seit gut zehn Jahren Mitglied war. Einladungen, auf denen stand: »Paul und Simone«, so untrennbar, als handle es sich in Wirklichkeit um ein Wort, *Paulundsimone. Paulundsimone*, ihr kommt doch auch? *Paulundsimone*, seid ihr am Wochenende beim Grillen dabei?

War es das gewesen, was ihn zu Nelly gedrängt hatte? Dass er als Individuum anscheinend gar nicht mehr existierte? Dass er sich irgendwann aufgelöst hatte und nur noch in Symbiose mit Simone überhaupt lebensfähig schien?

Paul schüttelte träge den Kopf und erhob sich. Was war er bloß für ein Idiot gewesen, zu glauben, man könnte das einfach so – sein Leben auf links krempeln und noch mal ganz von vorn beginnen. Schadensbegrenzung, das war alles, was ihm jetzt noch zu tun blieb.

Er trat ans Fenster, das sich, wohl aus Sicherheitsgründen, nur kippen ließ, und blickte auf die A24 hinab. Auf den Strom der Autos, hinter deren Lenkrädern Menschen saßen und an den Knöpfen ihrer Radios herumfummelten, zu bekannten Liedern summten oder sogar lauthals mitsangen. Menschen, die im Minutentakt immer wieder auf die Displays ihrer Navis schauten, weil sie es kaum erwarten konnten, anzukommen. Menschen, die ihre Navis gar nicht erst programmiert hatten, weil sie den Weg ohnehin auswendig kannten. Weil sie wussten, wo sie hingehörten. Paul zog ein zerknautschtes Zigarettenpäckchen aus seiner Hosentasche und steckte sich eine an. Ein paar letzte Züge durch den Fensterschlitz, um seine flattrigen Nerven zu beruhigen, dann würde er gehen. Zurück in sein altes Leben, in dem er ein untrennbarer Teil von *Paulundsimone* war.

Nadja

Kaupen. Ich kenne den Ausdruck aus einer Fernsehreportage über den Spreewald. Kleine, verstreute Talsandinseln, die sich wie die Buckel abgetauchter Wassertiere ein Stück weit aus dem Fließ erheben, um darauf seit dem siebzehnten Jahrhundert die Häuser der Siedler zu stemmen. Einige dieser Inseln sind immer noch nicht an das Wegenetz angeschlossen und können nur mit einem Kahn erreicht werden. Diese nicht, mein Glück bei der Fracht, die ich in meinem Kofferraum transportiere. Ich komme bis auf Sichtweite mit dem Auto heran, die übrigen Meter muss ich laut Laura zu Fuß über eine schmale verwitterte Holzbrücke, die direkt zum Ziel führt: ein kleines, altes Blockbohlenhaus, mitten im Grün, das früher Lauras Großmutter gehört hat und nun seit einigen Jahren leer steht.

Ich parke mit klopfendem Herzen. Laura ist offenbar noch nicht da; sie hätte ebenfalls vor der Brücke parken müssen. Wir hatten beschlossen, getrennt zu fahren – ich mit ihrem Land Rover, sie mit dem Porsche ihres Mannes –, damit wir unterwegs nicht von potenziellen Zeugen zusammen gesehen wurden. *Zeugen.* Leute, die etwas sehen und noch mehr dazudichten.

Ich ziehe den Schlüssel aus der Zündung, steige aus. Die Luft ist klar, ich atme tief – es hilft nicht, mir ist immer noch schlecht. Um mich herum schwanken die

Bäume, in meinem Kopf fragt Tante Evelyn: *Was hast du bloß getan, Kind?*

Gar nichts, will ich antworten, aber sie glaubt mir nicht. *Immer nur Ärger mit dir, Nadja, von klein auf. Du konntest kaum laufen, da ahnte ich schon, dass du uns eines Tages alle ins Unglück stürzen würdest.*

Ich war doch noch ein Kind, trotze ich stumm zurück. *Und selbst wenn ich ab und zu ein paar Dummheiten gemacht habe: habe ich mich nicht gebessert nach Janeks Geburt, weil ich meinem kleinen Bruder ein Vorbild sein wollte?*

Als ob, sagt Tante Evelyn, und ihr Lachen klingt bitter. *Du hast dich nur verstellt.* Ihre Worte sind Schläge in meinen Magen, ich keuche. *Alle wissen Bescheid über deine wahre Natur, Nadja Kulka.* Ich schüttele den Kopf, flüchte auf die wenige Schritt weit entfernte Brücke. Ich stemme die Arme gegen das Geländer und blicke hinab, wo unter mir das Wasser eine Schneise durch das wuchernde Grün schlägt. Eine Teufelsfurche, wenn man der Legende des Tankstellenkassierers glauben will. Tante Evelyn gibt keine Ruhe – *Du bist, was du bist, Nadja* –, sie macht mich wütend, ich will mich verteidigen.

Ach ja? Dann sag mir doch mal, was du an meiner Stelle getan hättest, Tante Evelyn. Im Geiste führe ich ihr vor, was mich gestern Abend im Haus der van Hovens erwartet hatte. Der tote Körper, der dalag, auf dem teuren weißen Marmor im Wohnzimmer. Der teure Marmor, der nicht mehr weiß war, sondern rot, alles rot, und noch mehr Rot, die tiefroten Flecken, die sich durch den Stoff eines grauen T-Shirts gefressen hatten. Ein Anblick, der meinen Verstand ausknipste und jegliches Gefühl aus mir heraussog. Wie fremdgesteuert näherte ich mich der Leiche, hob zitternd das Shirt an, erkannte vier Einstiche.

»Ich weiß nicht, wie das geschehen konnte«, hörte ich Laura. »Als ob ich einen Filmriss hätte. Plötzlich stand ich da, mit dem Messer in der Hand, und mein Nachthemd war voller Blut.« Sie schluchzte. »Was soll ich denn jetzt nur machen, Nadja? Mein Leben ist zerstört.«

Ja, das war es.

»Vivi … Ich werde Vivi verlieren.«

Ja, das würde sie.

»Bitte, Nadja! Sag was!« Ihre Hand berührte meine Schulter, ich reagierte nicht.

Der tote Körper, seine Augen.

»Nadja!«

Laura umklammerte mich von hinten, ich japste nach Luft. Kam nicht weg von diesen Augen. Ich stellte mir vor, wie sie Laura von nun an verfolgen würden, für den Rest ihres Lebens. Sie würde sie in ihren Träumen sehen und sogar, wenn sie wach wäre. Jeder Mensch, der sie zukünftig ansähe, täte es mit genau diesen Augen.

»Du hast recht«, sagte meine Stimme, die fremd und monoton klang wie die einer Maschine. »Du wirst alles verlieren. Deine Tochter, deinen Mann, dein Zuhause. Nichts wirst du mehr haben, gar nichts.«

So wie ich.

Also – was hättest du an meiner Stelle getan, Tante Evelyn?

Tante Evelyn sagt nichts. Natürlich nicht, denn in Wahrheit ist sie ja gar nicht hier. Ich bin allein. Nur ich und die Leiche in meinem Kofferraum.

Mai 2014

Paul Heger lag in seinem Bett und wälzte sich; ihm war heiß, er verbrannte. Unter dem Stoff seines Pyjamas hatte seine Haut begonnen, Blasen zu schlagen. Da spürte er eine Berührung. Eine angenehm kühle Hand, die sich unter sein Oberteil schob und behutsam über die schmerzenden Stellen strich. Und noch etwas war da. Ein Gewicht auf seinem Körper. Paul blinzelte. Erst nahm er sie nur verschwommen wahr. Sie hockte auf ihm, beugte in diesem Moment ihren Oberkörper nach vorne. Er fühlte ihren Atem auf seinem Gesicht. Dann ihre Lippen auf seinen, während ihre weichen, braunen Locken seine Nase kitzelten. Jetzt begriff er.

Nelly.

Nelly, deren Gesicht er kaum erkannte, weil es vollkommen verschmiert war. Wie eine Maske sah es aus, eine verkrustete Maske aus altem braunem Blut. Abgrundtiefer Ekel erfasste ihn. Er griff nach ihren Handgelenken, zog ihre Hände unter seinem Oberteil hervor. Auch an ihnen war Blut getrocknet, und einen Moment lang überlegte er, ob es möglicherweise seines war. Nelly kicherte.

Paul riss die Augen auf und schoss in die Senkrechte. Jemand schnappte keuchend nach Luft – das war er selbst. *Nur ein Traum*, stellte er fest und sank erschöpft zurück.

Er befühlte seine Stirn. Die Hitze war echt. Vielleicht hatte er Fieber. Er starrte an die Zimmerdecke und versuchte, seine Atmung zu regulieren. Simone war bereits aufgestanden, der Platz neben ihm leer. Es war ihm recht, er hätte seinen Traum ohnehin nicht mit ihr teilen können, aber sie hätte nicht aufgehört zu fragen, sie hätte gebohrt und genervt, und ihm wäre wieder nichts anderes übrig geblieben, als sich irgendeine beliebige Horrorgeschichte auszudenken. So wie in all den Nächten der vergangenen Woche, in denen er hochgeschreckt war wegen Nelly.

Paul schloss die Augen, vielleicht konnte er wenigstens noch etwas dösen, bis Simone kommen und ihn zum Frühstück holen würde, schließlich war es Sonntag. Wieder Sonntag. Es war auch ein Sonntag gewesen, als Nelly unangekündigt vor der Tür gestanden und alles kaputtgemacht hatte. Simone hatte das mit ihrer Affäre schon einen Monat zuvor herausgefunden; sie hatte sein Handy in die Finger bekommen und die Nachrichten gelesen, die zwischen ihm und Nelly hin- und hergegangen waren. Aber er hatte ihr geschworen, die Sache zu beenden, und nach einer Weile hatte sie ihm geglaubt. Genau wie Nelly, mit der er sich weiterhin traf. Doch dann, dieser Sonntag vor drei Wochen. Nelly hätte einfach nicht herkommen dürfen. Paul drehte sich in sein Kissen und bat Gott um eine halbe Stunde tiefschwarzen, traumlosen Schlaf.

»Paul?« Eine Stimme von weit weg. Tatsächlich musste er noch einmal eingeschlafen sein.

»Paul?« Simones Stimme.

Er schlug die Augen auf. Simone stand am Bett. Etwas stimmte nicht, das wusste er gleich.

»Was ist?«

Er konnte sie schlucken hören, bevor sie es sagte: »Die Polizei ist da, Paul. Sie haben Fragen an dich.«

Aus: Brief #18

Mir fehlen die richtigen Worte. Es ist so schwer … Ich will dir endlich einen Brief schreiben, den ich am Schluss nicht zerreiße. Der es zu dir schafft und dir alles erklärt. Ja, ich habe sie gehasst – manchmal. Und ja, in meiner Fantasie ist ihr vieles zugestoßen. Da rutschte sie auf den frisch gebohnerten Treppenstufen aus, fiel und brach sich das Genick. Sie stürzte aus dem Fenster, lief vor ein Auto oder starb an den Manien eines unheimlichen Gastes, an Schlägen oder Würgespielen. Nur war ihr Tod nie der Höhepunkt meiner Fantasiegeschichten, höchstens die Einleitung. Sie starb und dann … Kuchen. Ich weiß, es klingt verrückt, aber darum ging es: um Kuchen. Ich dachte an Blechkuchen mit Zitronenglasur und bunten Streuseln, an Hefegebäck und Sahnetorte, an frittierte mit Puderzucker bestäubte Blätterteigflügel und all jene Gebäcksorten, die die Frauen aus der Nachbarschaft bei Trauerfällen immer vorbeibrachten, um die Hinterbliebenen zu trösten. Sie buken bei Herzinfarkten, Altersschwäche, plötzlichen Kindstoden. Ich stellte mir vor, wie sie mit überhäuften Kuchenplatten in unsere Wohnung gerauscht kämen und so reichlich Backwerk auf unserem Küchentisch abstellten, dass darunter kein Millimeter mehr von der alten, rissigen Wachstuchtischdecke zu sehen wäre. Ich stellte mir meinen vollen Teller vor und ein sattes Gefühl, weiter Arme, die mich umfingen, und aufmunternde Worte. Kuchen und Trost. Das Gefühl von Gemeinschaft, Wärme. Und manchmal … ich saß umringt von den Nachbarn mit meinem Teller auf den Knien auf unserer alten Couch im Wohnzimmer – da tauchte mein Vater auf. Es konnte einer der Männer aus der Stadt sein, der sich endlich zu erkennen gab, oder auch ein völlig Fremder, der durch Zufall von ihrem Tod erfahren und sich daraufhin sofort in sein Auto gesetzt hatte, um her zu rasen. Er ging vor mir in die Hocke, ergriff meine Hände. Weinte. Nicht wegen ihr, sondern wegen mir. Er bat mich um Verzeihung, weil er im Leben seiner Tochter nie eine Rolle gespielt hatte, nie da gewesen war, nicht mal ein Foto hinterlassen hatte. Und er sagte: »Ab jetzt bist du nicht mehr allein. Ich werde mich um dich kümmern.«

Ja, ich mochte diese Fantasien, ich schämte mich nicht dafür, nicht damals. Denn es waren eben nur Fantasien, die Fantasien eines Kindes, dumme, haltlose Gedankenkonstrukte, die niemandem wehtaten. Denn natürlich wollte ich nicht wirklich, dass ihr etwas zustieß. Ich liebte sie doch, trotz allem. Ich liebte sie so sehr. Wenn sie tanzte und so schön und selbstvergessen dabei war. Oder wenn sie krank war und mich brauchte.

Einmal, als ich gerade zehn war, hatte sie sich eine schwere Grippe eingefangen. Zumindest dachte ich, dass es sich um eine Grippe handelte; so hatte sie es mir und allen anderen ja gesagt. Sie habe bloß eine Grippe.

Also machte ich ihr Tee gegen die Kälte und Wärmflaschen gegen die Krämpfe. Ich lieh mir Milch und Haferflocken, um daraus Suppe zu kochen. Ich betupfte ihre Stirn mit einem kalten Waschlappen, als nach dem Frieren das Fieber ausbrach, und hielt ihre Hand, als sie keuchte vor Schmerz. Am Ende hatte ich es sogar geschafft, den lebensnotwendigen Schnitt zu machen, mit Hilfe meines unfassbar starken Willens, viel Kraft und unserer Küchenschere. Weißt du, nicht immer hatte Blut etwas Schreckliches bedeutet …

Nadja

Gestern Abend, zu Hause bei den van Hovens.

»Wer ist das?«

Keine Antwort.

»Wer das ist!«

Immer noch nichts. Laura wirkte völlig apathisch.

»Wir müssen die Polizei rufen.«

Da erst riss sie die Augen auf.

»Was? Nein, unmöglich! Sie werden kommen und mich holen. Sie werden mich einsperren!« Ihr Atem klang zerhackt. »Zuerst muss ich mit Gero sprechen. Er muss sich was einfallen lassen, ich kann nicht ins Gefängnis!«

Ich blickte auf den toten Körper hinab. Lange hielt ich es nicht aus. Die aufgerissenen Augen, der leicht geöffnete Mund, der gerne noch etwas gesagt hätte, aber nicht dazu gekommen war. Kein letztes Wort mehr. Kein Abschied. Ich sah zurück zu Laura.

»Wenn ihr euch gestritten habt, dann ist es im Affekt passiert. Das ist es doch, oder?«

Sie nickte so heftig, dass ich eine absurde Sekunde lang befürchtete, ihr dünner Strichmännchenhals könnte unter der Bewegung brechen.

»Eine Notwehrsituation vielleicht sogar?«, versuchte ich es weiter. Sie nickte erneut. Ich fasste sie bei den Oberarmen. »Dein Mann wird das regeln. Er ist ein guter Anwalt, vielleicht sogar der beste. Irgendwie wird er das schon wieder hinkriegen.«

»Du redest Scheiße, das weißt du selbst!« Sie machte eine ruckartige Bewegung, ich ließ von ihren Armen und wandte mich ab.

»Tut mir leid. Ich wollte nicht …«

»Nein«, sagte Laura leise. »Mir tut es leid. Es ist nicht deine Schuld. Es ist nur …« Aus dem Augenwinkel sah ich sie in Richtung der Leiche gestikulieren. »Verdammt, Nadja! Totschlag! Fünf Jahre, wenn ich Glück habe. Vielleicht sogar zehn!«

Sieben, falls der Richter einen guten Tag und aus irgendwelchen Gründen Mitleid mit dir haben sollte.

»Vivi ist doch noch so klein.« Wieder fing sie an zu schluchzen. »Irgendwann wird sie sich bestimmt nicht mal mehr an mich erinnern. Dann wird alles weg sein. Die vielen Stunden, die ich mit ihr in ihrem Kinderzimmer auf dem Boden gesessen und gespielt habe. Die vielen Pfützen, durch die wir Hand in Hand gesprungen sind. Oder wie ich mir, als sie die Masern hatte, mit Lipliner kleine rote Punkte ins Gesicht gemalt habe, damit sie sich nicht alleine krank fühlen musste.«

Ich drehte mich um. Sah Laura. Eine Mutter, die ihr Kind verlieren würde. Ein Kind, das niemals eine Mutter gehabt hätte. Vivi, die süße, kleine Vivi, würde für immer Schmerzen haben, gegen die es keine Medikamente gab.

»Wie wird meine Tochter mich ansehen, wenn sie erfährt, dass ich eine Mörderin bin?«

Vivis Augen, ihr enttäuschter Blick. Ich versuchte das

Bild aus meinen Gedanken zu verdrängen – vergeblich, die Vergangenheit trieb längst an der Oberfläche wie ein altes, morsches Stück Holz. Der Schmerz und all die gebrochenen Versprechen …

– Eines Tages werden wir ans Meer fahren.
– Ist es gut da, am Meer?
– Oh ja, sehr gut. Dort gibt es kein Geschrei, höchstens das der Möwen. Und der Wind flüstert Geschichten aus anderen Zeiten.
– Geschichten mit Wikingern?
– Ja, auch. Viele unterschiedliche Geschichten, aber alle haben sie ein gutes Ende.
– Und die Luft dort?
– Was meinst du?
– Na, ob es stimmt, dass die Luft am Meer salzig ist?
– Ich weiß nicht, ja, wahrscheinlich. Das sagen die Leute auf jeden Fall immer.
– Wie fühlt sich das eigentlich an, wenn man salzige Luft atmet? Muss man dann husten wegen der Salzkörnchen?
– Da sind keine Salzkörnchen, du Quatschkopf. Es ist einfach nur Luft. So, und jetzt Schluss, sonst kommst du morgen früh wieder nicht aus dem Bett.
– Wie macht eine Möwe, wenn sie schreit?
– *Krakrakra*. So. Denke ich zumindest.
– Das klingt eher wie ein krähender Rabe.
– Ein Rabe kräht nicht. Ein Hahn kräht. Ein Rabe krächzt eher. Okay, egal. Also, keine Ahnung, wie

Möwen machen. Wir werden es bald rausfinden. Hast du dein Asthmaspray genommen?

– Ja.

– Okay, dann schlaf jetzt.

– Gute Nacht. Ich hab dich lieb, Mama.

– Du sollst mich doch nicht ›Mama‹ nennen.

»Soll ich es noch mal bei deinem Mann versuchen? Vielleicht geht er ja bei mir ans Telefon. Es könnte schließlich auch was in der Kanzlei sein und …« Ich stockte, als ich bemerkte, wie Laura, die zuerst noch genickt hatte, plötzlich in kleinen, zuckenden Bewegungen den Kopf schüttelte. Ihre Pupillen waren riesig und flirrten, sie starrte an mir vorbei in Richtung der Leiche. Keuchte.

Ich fuhr herum. Erwartete, eine Bewegung zu sehen, ein wütendes Aufbäumen, wie im Film, in einem auf Schockeffekt gebürsteten Moment, wenn sich der Totgeglaubte wieder aufrappelte, einzig getrieben von dem Gedanken, sich zu rächen für das, was man ihm angetan hatte. Doch der Körper lag genauso da wie zuvor – natürlich. Die Toten stehen wirklich nur im Film wieder auf. Oder im Traum.

»Oh Gott, ich dachte schon …«, seufzte ich erleichtert.

Laura starrte immer noch.

»Laura?« Vorsichtig berührte ich sie am Arm. Sie wimmerte.

»Ich weiß es jetzt.«

»Was weißt du?«

»Es wird ganz anders sein.«

»Was meinst du denn?«

»Natürlich wird es ganz anders sein.«

»Laura, ich weiß wirklich nicht, was du meinst.«

Jetzt wimmerte sie nicht mehr. Sie sagte seinen Namen mit fester Stimme, fast klang es hart: »Gero.«

»Was?«

»Gero«, wiederholte sie. »Er wird mich da nicht rausholen. Er wird mich nicht verteidigen. Gar nichts wird er für mich tun.« Sie gab einen Laut von sich, etwas Klagendes, dann verdrehte sie die Augen, als ob sie im nächsten Moment ohnmächtig werden würde. »Und wenn er meine Verteidigung übernimmt, dann bloß, weil er sicherstellen will, dass ich die Höchststrafe bekomme.«

Ich verstand immer noch nicht.

»Was redest du denn da?«

»Er wird den Richter manipulieren. Du weißt nicht, wozu er fähig ist. Er wird nur so tun, als ob er mir helfen wollte. In Wirklichkeit ...«

»Das ist doch Blödsinn, Laura. Er ist dein Mann.« Und mein Chef, den ich noch dazu für einen der freundlichsten Menschen überhaupt hielt. Er hätte jederzeit gute Gründe gehabt, mir zu kündigen. Stattdessen durfte ich mir ab und zu Fotos von Vivi auf seinem Handy ansehen. Ich liebte es, wie sein Gesicht sich aufhellte, wenn er über ihre Fortschritte sprach. *Vivi kann jetzt ihren Namen schreiben. Das ist Vivi, wie sie bei ihrer Theateraufführung den Wind spielt. Vivi lacht, Vivi weint, Vivi baut eine Sandburg.*

Nein, ich begriff es wirklich nicht.

»Warum sollte er das tun?«

Laura fuchtelte in Richtung der Leiche und schrie: »Na deswegen, verdammt!«

Mai 2014

Paul Heger wusste noch nichts Genaues, nur eins: In dem Moment, als Simone am Bett gestanden und ihm mitgeteilt hatte, dass die Polizei da sei, war etwas Endgültiges geschehen, etwas, auf das er möglicherweise nur noch geringen Einfluss nehmen konnte. Wie vor den Kopf getreten zog er sich seinen Bademantel über, ein Weihnachtsgeschenk seiner Frau, dicker dunkelgrüner Frottee. Sie hatte gewollt, dass er es kuschelig hatte, sie hatte seine Lieblingsfarbe ausgewählt und sogar seine Initialen einsticken lassen. Die Treppe zum Erdgeschoss, wo die Polizisten im Esszimmer auf ihn warten würden, nahm er wie den Weg zum Schafott, mit schleppenden Schritten, eine Stufe nach der anderen, und jede einzelne schien plötzlich für eine Anekdote zu stehen, die in der Summe die Geschichte seiner letzten Jahre als Ehemann und Familienvater ausmachte.

Die drittletzte Stufe von oben, die so verräterisch knarzte. Früher, als Simone und er noch ab und zu ausgegangen waren, hatten sie diese bei ihrer Rückkehr nach Hause – kichernd, weinbeseelt, verliebt und gierig aufeinander – immer ausgelassen, um bloß nicht die Kleine aufzuwecken. Eine weitere Stufe auf halber Höhe der Treppe, die mit dem winzigen Blutfleck an der Kante, den man nur sah, wenn man wusste, dass es ihn gab. Dort war Julia als Dreijährige bei einem Sturz mit dem Kopf aufgeschlagen. Wenn er daran dachte, dann spürte er sofort wieder ihren kleinen, schlappen Körper in seinen Armen, hörte Julchen wimmern und sich selbst, wie er mit beruhigender Stimme auf sie einredete. Er sah seine Frau, kalkweiß und zitternd, ein Abbild seiner eigenen Gefühle in einem Moment, in dem er begriffen hatte, wie schnell es manchmal gehen konnte im Leben, wie zerbrechlich es war. Die ganze Treppe an sich, die seine Tochter, inzwischen vierzehn, in pubertärer Rage nach oben polterte, wenn Paul ihr verbot, sich unter der Woche abends mit ihren Freundinnen zu treffen, oder Simone sich weigerte, ihr die Jeans zu kaufen, die man in ihrer Klasse gerade so tragen musste, um dazuzugehören.

Seine Treppe, sein Haus, seine Familie, sein Leben.

Paul schleppte sich zum Esszimmer, wo er im Türrahmen stehenblieb. Am Tisch saßen zwei Männer in Zivil. Paul wusste nicht, ob das ein gutes Zeichen war. Simone stand im hinteren Teil des Raums am Fenster. Sie hatte ihm den Rücken zugewandt, was ihn augenblicklich noch nervöser machte als die Anwesenheit der beiden Männer. Er hätte gerne ihr Gesicht gelesen.

»Banzbach«, sagte der ältere Polizist und erhob sich.

Paul nickte.

»Das ist mein Kollege Hartwig. Nehmen Sie doch bitte Platz, Herr Heger. Wir möchten mit Ihnen über einen Vorfall in der Nähe von Suckow sprechen. Der Ort sagt Ihnen was?«

»Ja«, antwortete er zögerlich, blieb aber weiterhin fest im Türrahmen stehen. »Das ist irgendwo an der A24. Liegt auf meinem Weg, wenn ich zur Firmenzentrale nach Lübeck fahre.«

Banzbach nickte.

»Richtig.«

Er blickte zu Simone, dann zurück zu Paul.

»Wenn es Ihnen lieber ist, führen wir das Gespräch unter sechs Augen fort.«

Simone drehte sich um, die Arme verschränkt, das Gesicht vollkommen ausdruckslos.

Paul räusperte sich.

»Nicht nötig. Ich habe keine Geheimnisse vor meiner Frau.«

»Umso besser«, sagte Banzbach und machte eine auffordernde Geste. »Dann setzen Sie sich jetzt bitte.«

Paul gehorchte, nahm Platz und faltete die Hände vor sich auf der Tischplatte. Jetzt schaltete sich auch Hartwig ein, indem er in die Innentasche seiner Jeansjacke griff und ein kleines Notizbuch hervorzog.

»Kennen Sie eine Nelly Schütt?«

Simones Augen verengten sich zu Schlitzen.

Paul senkte den Blick auf seine Hände, mit denen er so viel Falsches getan hatte. Mit diesen Händen hatte er Nelly berührt, mit diesen Fingern hatte er Nachrichten an sie getippt, diese Finger hatte er gekreuzt, als er Simone geschworen hatte, dass er Nelly nie wiedersehen würde.

»Ja.«

Hartwig blätterte in seinem Buch.

»Nelly Schütt wurde vor drei Tagen tot aufgefunden, Herr Heger. Am Abhang eines Waldstücks, das auf Höhe Suckow an die A24 angrenzt. Wir gehen davon aus, dass sie den Hang hinabstürzte, wobei sie sich schwer verletzte.« Hartwig räusperte sich. »Letztlich wurde sie aber erwürgt.«

Paul starrte auf seine Hände, die vor seinen Augen verschwammen.

Nelly. War tot.

Der Raum fing an, sich zu drehen, schneller und immer schneller. Die Fliehkraft riss ihn von seinem Stuhl und schmetterte ihn gegen die Wand. Von irgendwo weit entfernt hörte er Simone schluchzen.

»Was hast du getan, Paul? Was hast du bloß getan?«

Aus: Versuch #20

Happy Birthday, kleiner Schatz!
Mein Gott, was für ein unfassbares Wunder du warst. Deine süßen, kleinen Füßchen, die winzigen Zehen. Die kleinen Finger, die meinen Daumen fest umschlossen. Deine wunderschönen, großen blauen Kugelaugen. Ich hielt dich im Arm, wo ich ging und stand, ich trug dich herum wie Bella, die Puppe, die ich zu meinem fünften oder sechsten Geburtstag geschenkt bekommen hatte. Ich hatte Bella geliebt, sogar noch, als sie keinen Kopf mehr hatte, und mich lange gefragt, ob es schmerzhaft für sie gewesen war, ihn zu verlieren. Ihn abgerissen zu bekommen. Angeblich sollte ich das selbst getan haben, doch das stimmte nicht. Es war meine Strafe dafür gewesen, dass ich in einem unpassenden Moment gestört hatte. Aber ich rächte mich. Ich schleppte Bella unermüdlich mit mir, wie eine Anklage, ein kopfloses Mahnmal aus Hartplastik in einem schiefgenähten Blümchenkleid, und platzierte ihren Kopf an immer unterschiedlichen Stellen in der Wohnung, wo er eine Weile lang für Schreckmomente sorgte, bis er eines Morgens verschwunden war. Genau wie Bellas Körper. Ich weinte tagelang vor Wut auf mich selbst. Ich hatte nicht gut genug auf Bella aufgepasst.

Doch jetzt warst du da, und dich würde ich beschützen. Dir würde niemals etwas Schlimmes passieren, solange ich bei dir wäre. Das, mein Engel, schwor ich dir bei meinem Leben.

Nadja

Über dem Wald hallt ein irres Lachen. *Ein Grünspecht*, denke ich. Diese seien im Spreewald sehr verbreitet, habe ich mir aus dem Fernsehen gemerkt. Ein Grünspecht oder irgendein anderer Vogel, der sich ungeniert an meiner Anspannung ergötzt. Ich schleiche um das Haus von Lauras Großmutter herum, versuche durch die niedrigen Fenster zu spähen, die jedoch blind sind und mir nichts zeigen als mein eigenes Gesicht. Das ich kaum ertrage. Ich wende mich ab, ziehe mir die lächerliche Perücke vom Kopf. Blicke stattdessen nach oben in den Himmel, versuche ihn schön zu finden. Es gelingt mir nicht. Laura müsste längst da sein. Was, wenn sie nicht kommt? Wenn irgendetwas schiefgelaufen ist?

Dann wäre ich schuld.

Wieder.

– Aber Tante Evelyn hat gesagt, da muss Luft drankommen!

– Sie meinte, an Schürfwunden. Die heilen besser an der Luft.

– Die blauen Flecken vielleicht auch.

– Tun sie nicht. Außerdem weißt du doch, dass die keiner sehen darf. Sonst denken die Leute noch, dass es uns zu Hause nicht gut geht, und dann müssen wir fort und sehen uns vielleicht nie wieder. Jetzt zieh den Pulli an, bitte.

– Ja, Mama.

– Nenn mich nicht so.

– Tut mir leid …

Nein, mein Schatz, mir tut es leid …

Ich schlug Laura nochmals vor, ihren Mann anzurufen, doch sie stierte nur und schwieg. Ich befürchtete, sie könnte in eine Art Schockstarre verfallen, und sagte mehrmals ihren Namen, wie um sie bei mir zu behalten, in der Realität. Kurz flatterten ihre Lider, dann wendete sie sich ab und ging zurück zum Sofa, auf das sie niedersank.

»Wie du vorhin gesagt hast«, presste sie hervor. »Ich werde sowieso alles verlieren. Ruf die Polizei an oder Gero, was immer du für richtig hältst. Ist doch eh alles egal jetzt.«

Ich schluckte ein paarmal. Warf einen erneuten Blick auf den Körper am Boden. Der tot war. Der so oder so tot war und auch nicht wieder lebendig werden würde, wenn man eine Mutter einsperrte, ihr die Freiheit und das Kind nähme.

Totschlag, zehn Jahre.

Sieben, falls der Richter einen guten Tag oder aus irgendwelchen Gründen Mitleid mit dir haben sollte.

Danach wäre nichts mehr wie zuvor. Nie mehr. Ich sah Laura, allein und verloren. Zuerst in einer kargen Gefängniszelle. Wie sie die starrenden Wände nicht ertrug, wie sie mit bloßen Fingern anfing, die Farbe vom Beton zu schälen, weil es in ihrem zeitlosen Universum sonst nichts mehr zu tun gab. Wie die Zeit, die vielen, vielen Jahre, irgendwann dann doch verstrichen waren und man sie entließ, in etwas, das sie großspurig »Freiheit« nannten. Wie die Freiheit letztlich auch nichts anderes war als ein Raum mit starrenden Wänden. Laura, die nun in einer kleinen, nur aufs Nötigste möblierten Wohnung an einem Küchentisch saß und Briefe schrieb an Vivi, um ihr zu erklären, was damals – *heute* – geschehen war. Wie sie um Worte rang und zunehmend verzweifelte, weil kein Wort, kein Grund, keine Entschuldigung der Tatsache standhielt, dass sie, Laura, in einem winzigen, unbedachten Moment alles zerstört hatte. Wie eine abgrundtiefe, schwarze Traurigkeit sie verschluckte und nie wieder ausspie.

Ich schleppte mich ebenfalls hinüber zur Couch, sackte neben sie und versprach: »Ich lass dich nicht allein. Egal, was passiert, ich bin da.«

Laura seufzte, dann deutete sie mit dem Kopf in Richtung des Toten.

»Sein Name ist Aron Bruckstätt … *war* Aron Bruckstätt. Er hat ab und zu mit Gero Tennis gespielt. Er war Künstler, Fotograf. Wir haben uns auf der Weihnachtsfeier im Tennisclub kennengelernt.« Sie lächelte. »Er war nett und interessiert. Gero hat doch immer nur die Kanzlei im Kopf, und seitdem Vivi auf der Welt ist … Gero ist anders geworden, Nadja. Alles ist anders geworden, auch, na ja, du weißt schon, sexuell.«

Ich nickte, als ob ich wüsste, wovon sie sprach, dabei fühlte ich mich insgeheim wie ein Kind.

»Und dein Mann ahnte nichts.«

»Nein«, sagte sie kopfschüttelnd. »Natürlich nicht. Er

hätte mich umgebracht.« Sie sah mich durchdringend an. »Verstehst du? Deswegen wird er mir auch nicht helfen. Ich habe ihn betrogen, das wird er mir nie verzeihen. Er wird wollen, dass ich büße.«

»Laura …«

»Nein, Nadja, so wird es sein, ganz sicher. Was du von ihm kennst, ist nur eine Seite. Als Student hatte er mal eine Freundin, die ihn betrogen hat. Er ist komplett ausgerastet.« Erneut vergrub sie das Gesicht in den Händen, ihre Schultern bebten unter kleinen Schluchzern. Ich dachte daran, wie sie an unserem ersten Tag gegen die Tür der Toilettenkabine geklopft hatte, als hätte sie mein stummes Flehen gehört, als wären wir unwissentlich, unsichtbar irgendwie miteinander verknüpft. Wie sie nach Feierabend desselben Tages überraschend in meinem Büro auftauchte, mich abholte und mitnahm zum Coffeeshop um die Ecke. Wie sie beim Barista zwei Cappuccini to go bestellte, *für mich und meine Freundin*, und auf die Frage nach den Namen, die er auf unsere Becher schreiben sollte, nur mit *Laura* antwortete, sodass auf ihrem dann Laura und auf meinem *Lauras Freundin* stand. Ich wollte nicht denken, dass sie das nur aus Mitleid getan hatte und es erbärmlich von mir gewesen war, den Becher mit nach Hause zu nehmen, auszuwaschen und zu behalten. Ich wollte mich lieber daran erinnern, wie wir seitdem die Mittagspausen zusammen verbracht hatten und Laura der Grund gewesen war, dass ich mich überhaupt in die Mitarbeiterkantine traute, was ich alleine niemals getan hätte. Zu viele fremde Menschen, zu viele Augen. Aber in ihrer Gegenwart schien mich niemand zu beachten. Alle sahen nur auf sie. In ihren langen bunten Hippiekleidern, mit dem vielen Schmuck und den blonden Haaren stach sie aus der Masse der uniformierten Anzugmenschen heraus wie ein Blitz in schwarzer Nacht, und es war wunderbar erholsam, neben ihr unterzugehen und bedeutungslos zu sein. Ich wollte daran denken, wie sie mich einmal gefragt hatte, ob wir am Wochenende zusammen in den neuen Club in Kreuzberg gehen wollten, und daran, dass ich fast zugesagt hätte. Dass ich irgendwann einmal, eines Tages, vielleicht wirklich zugesagt hätte, wäre uns bloß mehr Zeit geblieben, bis sie Herrn van Hoven kennenlernte und dann plötzlich alles ganz schnell ging. Er hieß jetzt Gero, wenn sie über ihn sprach. Und Gero fand, dass sie sich lieber auf die Hochzeitsvorbereitungen konzentrieren sollte, anstatt acht Stunden am Tag in einem Büro zu sitzen und Akten zu ordnen. Zu ihrer Abschiedsfeier in der Kanzlei hockte ich wieder mit angezogenen Knien in derselben Toilettenkabine und versuchte, sie über unser unsichtbares Band zu erreichen. Sie kam nicht. Sie stieß mit den Kollegen auf ihr neues Leben an, und ich fand mich damit ab, dass mir manche Dinge wohl einfach nicht bestimmt waren.

Doch nun, so wie sie hier saß, so kaputt, so einsam, so traurig, dass es mich fast zerriss, wusste ich eins ganz sicher: Ich würde alles für sie tun. Für Laura, die das Leben auf unerwartete, grausame, magische Weise zu mir zurückgespielt hatte.

»Wir müssen die Leiche loswerden.«

Laura ließ die Hände sinken und sah mich überrascht an.

»Was hast du da gesagt?«

Ich zögerte. Was ich da gesagt hatte … Das vermutlich Einzige, was sich richtig anhörte.

»Dass wir die Leiche loswerden müssen.«

Laura schüttelte den Kopf.

»Gero hat mal gesagt, dass fünfundneunzig Prozent aller Leichen irgendwann, irgendwo wieder auftauchen. Oftmals erst Jahrzehnte später, aber trotzdem. Fünfundneunzig Prozent! Und wenn sie erst die Leiche haben …«

»… werden sie auch herausfinden, was passiert ist«, beendete ich ihren Satz und erinnerte mich an eine Fernsehdokumentation, die ich kürzlich gesehen hatte. Darin ging es um John Haigh, einen englischen Serienmörder in den 1940ern, der ebenfalls begriffen hatte, dass erst eine Leiche weitere polizeiliche Untersuchungen zuließ. Also suchte Haigh nach einem Weg, seine Opfer und damit das belastendste Beweisstück von allen loszuwerden, und kam auf die Idee, sie in Schwefelsäure aufzulösen. Nur zersetzt Schwefelsäure keine organischen Fette, was bedeutete, dass Haigh am Ende literweise menschliches Fett übrighatte, welches er nun einfach in den Abwasserkanal schüttete. Der Gedanke hatte mich erschüttert: So wenig konnte von einem Menschenleben übrigbleiben, wenn man es darauf anlegte. Bloß ein paar Eimer Fett.

»Dann müssen wir eben alles dafür tun, dass unsere Leiche zu den anderen fünf Prozent gehört.«

Um Lauras Mundwinkel zuckte ein knappes Lächeln.

»Du hast *unsere* gesagt.«

Ich nickte. Fasste nach ihrer Hand und drückte sie, so fest ich konnte, damit sie spürte, wie ernst ich es meinte.

Ich hatte keinen Zugriff auf irgendwelche Chemikalien, die erlaubten, dass man das Problem Aron Bruckstätt einfach wegspülen konnte; in mir spross nicht mal der Ansatz einer Idee, dafür aber wilde Entschlossenheit: Ich würde Laura helfen, egal, was dazu nötig wäre.

»Wenn es keine Leiche gibt, dann ist offiziell auch niemals etwas geschehen.«

»Aber es ist geschehen!« Sie entriss mir ihre Hand und gestikulierte wieder. »Sieh ihn dir doch an, Nadja! Er ist tot, ich habe ihn umgebracht!«

»Ja, das hast du.«

»Wie soll ich denn damit zurechtkommen? Wie soll ich weiterleben mit dem Wissen, was ich getan habe?«

»Das wird dir in einer Gefängniszelle auch nicht leichter fallen.« Ich schüttelte den Kopf. »Nein, du wirst niemals vergessen, was du getan hast, aber dir bleiben viele Jahre, um es in anderer Form wiedergutzumachen. Du wirst Vivi die beste Mutter sein, die sich ein Kind wünschen kann. Du wirst sie ins Leben begleiten und immer beschützen. Du wirst bei ihren Schulaufführungen in der ersten Reihe sitzen und lauter applaudieren als alle anderen. Du wirst sie in den Arm nehmen und trösten, wenn sie das Gefühl hat, dass die ganze Welt gegen sie ist. Du wirst hier gebraucht, Laura. Deswegen, ja, hast du recht, du kannst nicht ins Gefängnis.« Mit dem Blusenärmel wischte ich mir die Nase ab. »Also, wenn du es wirklich machen willst, wenn du die Leiche verschwinden lassen willst, kannst du auf mich zählen.«

Laura lächelte kurz, dann sprang sie so unvermittelt auf, dass ich zusammenzuckte.

»Oh Gott!«, rief sie mit aufgerissenen Augen. »Wir müssen ihn wegschaffen, bevor Gero nach Hause kommt!«

Erneut sehe ich auf die Uhr. Viertel vor eins. Ich muss sie anrufen, es geht nicht anders. Ich muss wissen, wo sie bleibt. Ob es ihr gut geht. Ich mache mich auf den Rückweg zum Auto, um mein Handy zu holen. Der Gedanke an die Polizei und deren Möglichkeiten zur Rückverfolgung, an Telefonverbindungsnachweise oder sonst irgendwas, ist unter einem garstigen Gefühl zusammengeschrumpft. Ein Gefühl, das meinen Körper befallen hat und plötzlich an jeder Faser zerrt. Es ist nicht Angst – nicht nur –, ich kenne die Angst, ich weiß, wie sie sich anfühlt. Manchmal kommt sie nachts, kriecht unter meinem Bett hervor, hockt sich auf meinen Brustkorb, lässt mich röcheln unter ihrem Gewicht und lacht mir mit ihrer Fratze ins Gesicht. Nein, es ist etwas anderes. Das schlimmste Gefühl nach der Einsamkeit, das Gefühl von Unumkehrbarkeit, von Kontrollverlust. Wie ein ausgestreckter Arm, der schon zum Schlag ausgeholt hat. Oder ein Wort, das bereits aus dem Mund gekullert ist und sich einfach nicht mehr auffangen lässt. Mein Magen krampft, ich schlinge die Arme um meinen Oberkörper, beschleunige meine Schritte. Unter mir knarzt das Holz der Brücke, über mir keckert der irre Grünspecht.

Irgendetwas ist passiert, ich weiß es einfach.

Vielleicht wusste ich es schon die ganze Zeit und wollte es bloß nicht wahrhaben.

Genau wie damals.

Ich erreiche das Auto. Das Handy ist in meiner Handtasche, die auf dem Beifahrersitz liegt. Ich stocke. Lasse es, wo es ist. Stattdessen trete ich um das Fahrzeug herum und schiebe meine zitternde Hand unter den Öffner des Kofferraumdeckels. Was, wenn mein Verstand die Geschichte um Aron Bruckstätt verdreht, vielleicht sogar bloß erfunden hat?

Ein Schutzmechanismus, höre ich meine Therapeutin sagen. *Du hast dich nur verstellt, Nadja*, höre ich Tante Evelyn, und dann schreit ein fünfzehnjähriges Mädchen: *Ihr müsst mir glauben, es ist die Wahrheit! Es gibt ihn, ich habe ihn mir nicht ausgedacht!*

Ich schüttele heftig den Kopf. *Ich habe ihn mir nicht ausgedacht*, wiederhole ich stumm, bereit, den Kofferraum zu öffnen. Bereit, Aron Bruckstätt darin liegend vorzufinden, so wie er gestern Abend darin lag: seine Leiche in eine dunkelblaue Wolldecke gewickelt, nur eine wächserne Hand, die unter der Decke hervorlugt. Hauptsache, sein Gesicht ist bedeckt, seine Augen sind es.

Da höre ich sie. Eine weitere Stimme. Nur kommt sie diesmal nicht aus meinem Kopf. Sie ist echt.

Die Stimme in meinem Rücken.

Die Stimme, die sagt: »Das ist eines deiner größten Probleme, nicht wahr, meine Liebe?«

Ich atme nicht mehr. Meine rechte Hand liegt wie erstarrt am Öffner für die Kofferraumklappe, meine linke umklammert die Perücke.

»Eines deiner größten Probleme ist, dass du dir selbst nicht trauen kannst. So ist es doch, hm? Mit jedem Atemzug zweifelst du an deinem Verstand. Kein Wunder wahrscheinlich bei deiner Geschichte.«

Juni 2014

Der Tatverdächtige Paul Heger hatte Nelly Elisabeth Schütt während eines Aufenthalts im Gasthaus von Bettina und Klaus-Peter Schütt, den Eltern des späteren Opfers, kennengelernt. Es entwickelte sich eine Liebesbeziehung, nachgewiesen unter anderem durch Handynachrichten, die auf beiden Geräten, sowohl des mutmaßlichen Täters als auch des Opfers, gefunden wurden. Weiterhin belegten Hotelbuchungen und Kreditkartenabrechnungen, die im heimischen Besitz des Paul Heger (Schreibtisch Arbeitszimmer, Schublade unten links) sichergestellt wurden, sowie die übereinstimmenden Aussagen des Hotelpersonals, dass sich Herr Heger und Frau Schütt zwischen November 2013 und Mai 2014 dreizehnmal im Autobahnhotel »Zervenwald« an der A24 bei Suckow getroffen hatten (als Zeugen: Heinz Höppner, Gästeempfang, Caroline Brehbeck, Gästeempfang, Anatol Bork, Service, Lena Marie Maybach, Service, Simar Bikum, Service). Laut Aussage der Ehefrau des Paul Heger, Simone Heger, habe sie im April von der außerehelichen Beziehung erfahren und anschließend Nelly Schütt sowohl aufgesucht als auch mehrmals telefonisch kontaktiert. Diese habe sich zur Beziehung jedoch nicht geäußert. Frau Heger habe ihren Mann daraufhin aufgefordert, das Verhältnis zu Frau Schütt zu beenden, was dieser angeblich auch getan habe. Im Mai jedoch sei Frau Schütt unvermittelt auf dem Privatgrundstück der Familie Heger erschienen und habe offenbart, dass die Beziehung weiterhin bestehe. Herr Heger sei laut seiner Ehefrau ob des Auftauchens von Frau Schütt »erbost« gewesen. In den nächsten zwei Wochen ließ sich kein Kontakt zwischen Herrn Heger und Frau Schütt nachweisen, allerdings habe Herr Heger laut seiner Ehefrau während dieser Zeit »angespannt und unaufmerksam« gewirkt.

Am Vortag des Todes von Frau Schütt wurde eine Kontaktaufnahme durch Herrn Heger in Form einer Textnachricht sowohl auf dem Handy des Opfers als auch auf dem Gerät von Herrn Heger festgestellt, in der er Frau Schütt um ein Treffen bat. Wie er sie am Tattag selbst in das in der Nähe des Hotels »Zervenwald« gelegene Waldstück gelockt hatte, war nicht bekannt; man vermutete, er habe sie bereits beim Einfahren auf den Hotelparkplatz abgefangen, sei in ihr Auto zugestiegen und habe sie zum Wald dirigiert. Nachdem Frau Schütt das Fahrzeug auf dem Parkplatz am Waldrand abgestellt hatte, unternahm sie mit Herrn Heger einen Spaziergang, in dessen Verlauf er sie tätlich angriff und einen Abhang hinabstieß. Das Institut für Rechtsmedizin der Charité, vertreten durch Herrn Professor Dr. Ansgar Littmann, erfasste bei der Untersuchung der Toten später eine Trennung von Schädelbasis und Halswirbelsäule (atlanto-okzipitale Dislokation); es war davon auszugehen, dass Frau Schütt die Folgen des Sturzes ohne sofortige Hilfemaßnahmen nicht lange überlebt hätte. Als direkte Todesursache jedoch legte sich die Rechtsmedizin auf Tod durch äußere Erstickung fest.

Nach der Tat ging Herr Heger zurück ins Hotel, wo er von Angestellten erkannt wurde, und verbrachte circa eine halbe Stunde auf dem vorab gemieteten Zimmer. Danach begab er sich zur Rezeption und checkte aus. Auf Nachfrage der diensthabenden Rezeptionistin, Caroline Brehbeck, gab Herr Heger an, es habe zu Hause einen Notfall gegeben, daher müsse er verfrüht abreisen.

Anschließend fuhr Herr Heger zurück zu seiner Privatadresse in Berlin, wo er gegen 19.00 Uhr ankam und laut den Aussagen seiner Ehefrau und der gemeinsamen Tochter, Julia Estelle Heger, am Abendessen teilgenommen habe. Es habe Spaghetti bolognese und Gurkensalat gegeben.

Paul Heger saß zusammengesunken auf einem Stuhl in Verhörzimmer 2. Die Worte, die Kommissar Banzbach bei seiner Zusammenfassung benutzt hatte, waren ihm vorgekommen wie Vokabeln einer fremden Sprache, die er nicht einmal bruchstückhaft beherrschte. Sie waren da gewesen, durch den Raum geflogen, und ihr Klang hatte etwas durchaus Eindrückliches gehabt. Und doch konnte Paul nichts damit anfangen. Banzbach, der ihm bisher gegenübergesessen hatte, erhob sich, stützte sich mit den Händen auf die Tischplatte und beugte sich ein Stück weit ihm entgegen.

»Tatmotiv: blanke Wut. Nelly Schütt hatte in Ihren Augen einen Fehler begangen, als sie an diesem einen Sonntag bei Ihnen zu Hause aufgetaucht war. Damit hatte sie Ihrer Meinung nach eine Grenze überschritten, zumal nun Ihr ganzes Leben ins Wanken geriet. Plötzlich drohte

Ihre Frau Ihnen mit der Scheidung, Sie fürchteten, alles zu verlieren. Ihre Ehe, Ihre Tochter, das Haus, Ihren guten Ruf. Wahrscheinlich haben Sie in den nächsten Wochen versucht, Ihre Frau umzustimmen, haben sich Mühe gegeben, die Wogen zu glätten. Aber sie glaubte Ihnen nicht mehr. Die Luft war dünn für Sie geworden, Herr Heger.« Banzbach machte eine zuckende Kopfbewegung. »Vielleicht dachten Sie, Sie könnten all Ihre Probleme beseitigen, indem Sie an die Wurzel des Problems gingen: Nelly Schütt. Wäre sie erst einmal aus dem Weg geräumt, würde alles wieder gut werden.«

Paul glotzte, alles schwirrte. Was Banzbach da ausgeführt hatte, klang nach einer Logik, die grausam war und doch irgendwie nachvollziehbar. Er versuchte sich zu erinnern, nur hatte die Nachricht, dass man Nelly tot aufgefunden habe, irgendetwas mit seinem Kopf gemacht, ihn völlig benebelt. Nichts war mehr klar seitdem, über allem lag ein seltsamer Schleier.

»Ich war nicht im Wald.« Er blickte auf seine Hände. »Ich habe in dem Hotelzimmer auf sie gewartet, aber sie kam nicht, also dachte ich wohl, sie hat es sich anders überlegt. Das konnte ich ihr kaum verübeln, nach allem, was in den letzten Wochen passiert war.«

»Sie haben das Hotelzimmer zwischen 15.45 Uhr, als Sie eingecheckt haben, bis zu Ihrer Abreise um 18.00 Uhr nicht verlassen?«

Paul schüttelte hektisch den Kopf.

»Nein. Ich war auf dem Zimmer. Das heißt doch, dass ich ein Alibi habe.«

»Überlegen Sie genau, Herr Heger«, sagte Banzbach,

doch Paul hatte nur einen ratlosen Blick für ihn übrig. »Merkwürdig«, stellte der Kommissar fest. »Die Dame von der Rezeption sagt, sie habe Sie an diesem Tag dreimal gesehen: beim Ein- und Auschecken sowie gegen 17 Uhr, als Sie von draußen kommend durch den Empfangsbereich zum Fahrstuhl gegangen sind.«

Paul kramte in seiner Erinnerung, fand nichts.

»Ich war auf dem Zimmer«, bekräftigte er, woraufhin Banzbach bloß brummte und ihm einen Moment lang in die Augen sah, bevor er nach hinten winkte, wo Hartwig neben der Tür stand und Pauls Handy in einer durchsichtigen Plastiktüte hielt. Hartwig reichte sie an Banzbach.

»Was würde man normalerweise tun, wenn jemand nicht zu einer Verabredung erscheint, Herr Heger? Würde man nicht anrufen und nachfragen?« Er schwenkte die Tüte. »Aber Sie haben Frau Schütt nicht angerufen. Wir konnten keinen ausgehenden Anruf verzeichnen. Sie haben sie nicht angerufen, weil Sie ganz genau wussten, dass sie nicht mehr ans Telefon gehen konnte.«

Paul warf einen verzweifelten Blick nach links, wo neben ihm seine Anwältin saß, Tabea Lenggries, die man ihm als absolut tough und spitzfindig empfohlen hatte. Es beruhigte ihn nicht, zu sehen, wie sie erst noch für ein paar Sekunden auf ihrer Unterlippe herumkaute, ehe sie sich endlich angesprochen zu fühlen schien.

»Mein Mandant hat Frau Schütt nicht angerufen, weil er sich nicht auch noch telefonisch einen Korb abholen wollte«, sagte sie dann. »Mit ihrem Nichterscheinen hatte Frau Schütt ihm seinem Gefühl nach alles gesagt, was er wissen musste. Und abgesehen davon haben Sie meinen

Mandanten doch auf Abwehrspuren untersucht. Er hat keinen einzigen Kratzer. Meinen Sie wirklich, Nelly Schütt hat sich einfach so erwürgen lassen, ohne den geringsten Widerstand zu leisten?«

Banzbach seufzte.

»Da sind Sie aber schlecht vorbereitet, Frau Lenggries. Wie es im Bericht der Rechtsmedizin steht: Frau Schütt hatte sich bei dem Sturz das Genick gebrochen. Sie konnte sich nicht wehren, das war rein physiologisch gar nicht mehr möglich.«

Paul zuckte innerlich zusammen.

»Ich habe sie nicht in den Wald gelockt.«

Banzbach reichte Hartwig das eingepackte Handy zurück, ohne seinen Blick von Paul abzuwenden. Ein Blick, der zufrieden aussah.

»Was ich vorhin noch gar nicht erwähnt hatte: Wir haben in der Nähe des Fundorts der Leiche ein Feuerzeug sichergestellt. Und jetzt raten Sie mal, Herr Heger, wessen Fingerabdrücke wir daran gefunden haben.«

Nadja

Ich zittere. Wünsche mich an den Rand meiner weißen Klippe. Ich blickte in die Tiefe hinab, fühlte Gestein bröckeln, gäbe mich der Schwerkraft hin und ließe mich freiwillig fallen. Selbst, wenn das Wasser dort unten rot wäre. Und dann, dann erwachte ich aus meiner Bewusstlosigkeit, direkt vor der Kasse im Verkaufsraum der Tankstelle und wüsste: Das hier, dieser Moment, ist nicht wirklich geschehen, ist nur ein abartiger Spaß, den sich mein Verstand erlaubt hat, während ich ihm ohnmächtig ausgeliefert war.

Ich blinzele. Die Panik bleibt aus und der Moment, wie er ist. Echt. Genau wie die Stimme in meinem Rücken. Ich stehe immer noch am Heck des Land Rovers, ziehe vorsichtig meine Hand unter dem Kofferraumöffner hervor, versuche, etwas zu begreifen und weiß zugleich, dass es mir nicht gelingen wird.

Die Stimme lacht.

»Schon gut, Nadja. Tu dir keinen Zwang an. Sieh ruhig nach, ob er noch drin liegt. Nicht, dass du dir am Ende alles nur eingebildet hast.«

Langsam drehe ich mich um. Ungefähr drei Meter liegen zwischen uns. Ich weiß nicht, wie er hergekommen ist; weit und breit ist kein anderes Fahrzeug zu sehen.

»Muss schlimm sein, wenn man am eigenen Verstand

zweifelt. Ich dachte, du bekommst Medikamente dagegen?« Unter seinen Schuhen rascheln trockene Blätter, als er auf mich zutritt. Ich will einen Schritt zurückweichen – es geht nicht, gegen meine Hüfte drückt das Heck des Land Rovers.

»Wo ist Laura?«, stoße ich hervor.

»Laura? Sie ist leider gerade beschäftigt. Aber dafür bin ja jetzt ich hier.«

»Was soll das …«

»Ich weiß genau, was ihr vorhabt.« Seine Stimme ist jetzt ein Zischen. »Laura hat mir alles erzählt.«

»Das glaube ich nicht.«

»Du glaubst mir nicht, na, das ist schade.« Er legt den Kopf schräg, erneut das Geräusch der raschelnden Blätter unter seinen Schuhen. Mein Blick zuckt nach rechts, nach links, gleich wird er mir gegenüberstehen, so nah, dass er mich packen kann.

»Bitte …«

»Bitte«, wiederholt er in hohem Ton und gespielt leidend. »Du klingst wie Laura. *Bitte*«, imitiert er nun offenbar auch sie.

»Wo ist sie?«, will ich wissen. »Was ist mit ihr passiert?«

»Tja, meine Liebe, wer weiß, wer weiß. Spielen wir ein Spiel.«

Ich schüttele den Kopf.

»Ich will nicht spielen. Ich will wissen, wo Laura ist.«

Er lacht nur. Macht einen Satz nach vorne. Ich reiße mich aus meiner Starre, renne los. Schnelle Schritte trommeln über das Holz der Brücke, meine eigenen, dahinter seine. Wildes Getrommel auch in meiner Brust. Ich weiß, dass ich die falsche Richtung eingeschlagen habe, vor mir liegt nur das Haus auf der kleinen Inselzunge. Zu spät, kann nicht mehr umdrehen, muss laufen. Der Ast eines ausgewucherten Buschs wischt über meine Wange wie eine Ohrfeige, ich stolpere, hinter mir dröhnt seine Stimme: »Es hat doch keinen Sinn, Nadja! Du kommst hier nicht weg!« Sie hat recht, die Stimme, das weiß ich schon, bevor seine Hand meine Haare packt und mein Kopf zurückgerissen wird. Ich schreie, ich falle, meine Kopfhaut brennt wie Feuer. Ich schlage hart auf dem Boden auf, er landet auf mir. Sein Atem an meinem Ohr und ein Flüstern: »Hab dich. Jetzt spielen wir.«

Ich winde mich, krächze unter seinem Gewicht.

»Was spielen wir?«

»Wir spielen Gericht.«

Aus: Versuch #21

Was sollte ich denn machen? Ich musste ihr doch helfen! Sie hatte beim Baden einen Kreislaufkollaps erlitten. So zumindest sah es für mich aus: Sie lag ohnmächtig in der Wanne, ihr schlapper, rechter Arm hing über dem Rand. Wahrscheinlich war das Wasser zu heiß gewesen, es hatte sie schwindelig gemacht und in irgendwelche Tiefen der Bewusstlosigkeit gezerrt. Ich war froh, dass du schon im Kindergarten warst und nicht mitbekamst, wie ich ihren nackten, schwachen Körper unter den glitschigen Achseln gepackt aus der Wanne hievte und über den Flur in Richtung Schlafzimmer schleifte. Ihre sperrigen Holzarme baumelten unangenehm gegen meine Knie, ihre Fersen scharrten mit quietschenden Geräuschen über das vergilbte Linoleum. Ich versuchte, an Milosz Nowak zu denken, einen Klassenkameraden, mit dem ich in der Woche zuvor auf dem Pausenhof in Streit geraten war, nachdem er behauptet hatte, sie hätte seinem Vater Chlamydien angehängt. Ich sagte mir, wenn ich Milosz Nowak, einen Jungen wie einen massiven Baumstamm, mit einem einzigen Fausthieb umhauen konnte, dann würde ich es wohl verdammt noch mal auch schaffen, sie, die so zart und elfenhaft war, ins Bett zu bringen. Dass ich einen unfassbar starken Willen habe – das hatte sie doch oft über mich gesagt, oder nicht? Mein unfassbar starker Wille, der sie manchmal beeindruckt und manchmal zornig gemacht hatte. Vielleicht dauerte es Stunden, vielleicht auch nur Minuten, bis sie endlich im Bett lag. Es gab keine Zeit mehr in unserem Universum. Ich zog ihr das Nachthemd über den störrischen Körper, richtete das Kissen unter ihrem Kopf und deckte sie zu, ganz straff und hoch bis zum Kinn. Ich summte sogar die Melodie ihres Lieblingslieds. Ich summte, bis ich ein schwaches Lächeln auf ihrem Gesicht zu erkennen glaubte, dann ging ich in die Küche, um in einem Topf Wasser für die Wärmflasche aufzukochen. Während ich am Herd stand und wartete, sah ich mich um. Die Brandlöcher in der Wachstuchtischdecke. Im Aschenbecher die kalten Kippen mit den himbeerroten Lippenstiftspuren am Filter. Der Wandkalender, der neben dem Kühlschrank hing und uns mit seinen Motiven immer zum Träumen brachte. ›Die schönsten Landschaften Frankreichs 1999‹. Ich dachte an die Rosengärten von Alès, die auf dem Kalenderblatt vom April zu sehen gewesen waren, und an Montmartre im Mai. Inzwischen war es Juni, und der Kalender zeigte die Salinen von Aigues-Mortes. ›Totes Wasser‹. Ich machte einen Satz, riss das Blatt ab, zerfetzte es und warf seine Einzelteile in den Mülleimer. Dabei entdeckte ich irgendwo zwischen weiteren Kippen, dem zerknüllten Silberpapier einer Tafel Schokolade und der Zeitung von gestern, in der ich vergeblich nach Jobangeboten gesucht hatte, eine deiner Zeichnungen. Ich nahm sie heraus und strich sie glatt. Du hattest uns drei gemalt. Eine Strichmänn-

chenfamilie, die Hand in Hand einen Strand entlangging. Über unseren Köpfen erkannte ich kleine schwarze Formen – Möwen, mutmaßte ich. Der Anblick deiner Zeichnung reichte, mir die nötige Entschlossenheit zu verleihen. Ich würde sie gesundpflegen, so wie ich es damals getan hatte, bei ihrer Grippe. So, wie ich es immer getan hatte, wenn es ihr nicht gut gegangen war. Ich würde sie gesundpflegen und alles wieder in Ordnung bringen.

Juni 2014

Anfangs hatte sich Paul Heger nur leer gefühlt, wie ausgehöhlt; inzwischen war er brennend wütend. Er war wütend auf seine Frau Simone, die, nach allem, was er von Kommissar Banzbach wusste, die stetigen Befragungen für persönliche Therapiesitzungen zu halten schien. Paul habe immer gerne anderen Frauen hinterhergeschaut und viel geflirtet, vielleicht auch mehr, was schwer für sie gewesen sei. Aber sie habe versucht, ihn zu verstehen. Seine Mutter sei ja früh gestorben, daher kämpfe er zeitlebens mit Verlustängsten und gleichzeitig um die Anerkennung, die ihm als Halbwaise gefehlt habe. Er sei wie ein Eichhörnchen, das statt Nüssen manisch Liebe und Aufmerksamkeit horte. Er sei ein guter Vater gewesen, zumindest dann, wenn die Bedürfnisse seiner Tochter in seinen Terminkalender als Pharmavertreter gepasst hätten. Schon einen Tag nachdem sich Julia seinerzeit den Kopf an der Treppe aufgeschlagen hatte, sei er wieder zur Arbeit gegangen, als wäre nichts gewesen. Und ja, sie könne sich vorstellen, dass Paul getan habe, was man ihm vorwarf. Zumal – *dass sie sich nicht schämte!* – er es im Bett bisweilen auch gerne etwas härter mochte und ihr – *Schäm dich! Schäm dich! Schäm dich!* – in diversen Situationen ebenfalls bereits die Hände um den Hals gelegt habe. Außerdem neige er zu cholerischen Ausbrüchen, wenn er sich bedrängt fühle, und Nelly Schütt habe ihn ja wohl eindeutig bedrängt.

Dann war da Banzbach, dieser Vollidiot mit seiner Säufernase und der schmierigen Lederjacke, der nichts hatte als ein paar Indizien und trotzdem immer noch glaubte, Paul habe Nelly in den Wald gelockt, sie einen Abhang hinabgestoßen und, weil sie ihm mit ihrem gebrochenen Genick nicht schnell genug gestorben sei, erwürgt.

Und schließlich war er wütend auf Tabea Lenggries, seine Anwältin, die offenbar zu inkompetent für diesen Fall war. Sie hatte es ja noch nicht einmal geschafft, ihn aus der Untersuchungshaft zu holen. Dafür saß sie ihm an diesem Morgen im Besprechungszimmer in Moabit gegenüber und sah makellos aus, ein Umstand, der Paul nur umso wütender machte. Die Zeit, die sie vor dem Badezimmerspiegel mit ihrem Make-up und der komplizierten Hochsteckfrisur verbracht haben musste, hätte sie lieber in das Studium seiner Akte investieren sollen.

»Hat die Polizei denn noch was zum Tattag?«, wollte er wissen.

Lenggries flog durch die Seiten eines Aktenordners. Vorsichtshalber schob Paul seine Hände unter die Oberschenkel, als er den Impuls verspürte, diese Frau am Kragen ihres schicken taillierten Blazers zu packen und über den Tisch zu zerren, um ihr den Ernst der Lage unmissverständlich klarzumachen.

»Sie haben die Handynachricht, in der Sie sich mit Nelly Schütt am Tattag verabredet haben, die Buchungsbestätigung des Hotels für Zimmer 231, dazu die Zeugenaussagen der Angestellten, die belegen, dass und wann Sie am Tattag dort waren, sowie das Feuerzeug, das oberhalb des Abhangs gefunden wurde.«

»Noch etwas, habe ich gefragt«, setzte er betont scharf hinterher. Lenggries klappte ihre roséschattierten Liddeckel nach oben und sah ihn ratlos an. »Das weiß ich doch schon alles«, erklärte er. »Etwas Neues. DNA oder so was.«

Die Anwältin blätterte wieder.

»Nein, also im Sinne von Hautschuppen, Haaren oder Körperflüssigkeiten bisher nicht …«, sagte sie nach einer Weile. Paul unterbrach sie.

»Also, ernsthaft, das kann doch dann nicht reichen für eine Anklage.« Er zog die Hände unter den Oberschenkeln hervor, faltete sie vor sich auf der Tischplatte und beugte sich Lenggries entgegen. »Wenn ich Nelly erwürgt hätte, dann müsste ich doch irgendeine Spur an ihr hinterlassen haben, oder nicht?«

»Na ja, Banzbach argumentiert, dass zwischen dem festgestellten Todeszeitpunkt und dem Auffinden der Leiche drei Tage vergangen seien. Und innerhalb dieser drei Tage hat es nachweislich mehrmals stark geregnet. Zudem lag Frau Schütt in einer Senke, in der sich das Wasser gestaut hat. Die Leiche war sehr verschlammt.«

Paul schloss kurz die Augen, als das Bild von Nellys braunverkrustetem Gesicht vor ihm aufblitzte. Das Bild aus seinem Alptraum. »Das heißt, die meisten Spuren wurden weggewaschen«, fuhr die Anwältin fort.

Paul blinzelte. Sie hatte *die meisten* gesagt.

»Bis auf ein paar Fasern, die sich offenbar in der Wolle von Frau Schütts Strickjacke verfangen hatten.«

»Was für Fasern?«

»Das wird derzeit noch geprüft. Bis jetzt steht nur fest, dass es sich um Fremdfasern handelt, die nicht der Kleidung von Frau Schütt zugeordnet werden konnten.«

Paul schüttelte den Kopf und seufzte.

»Dann sollen sie das prüfen, meinetwegen. Holen Sie mich endlich hier raus.«

Lenggries schlug den Aktenordner zu.

»Das ist nicht so einfach, Herr Heger. Ihre Frau hat gegenüber der Polizei angegeben, sie habe Angst vor Ihnen.«

Paul spürte, wie sich seine Augäpfel aus den Höhlen drückten.

»Sie hat … *was*?«

*

In Tabea Lenggries' Nacken hatte sich mit scharfen Zähnen ein Schmerz verbissen; sie hoffte, ihn zu lindern, indem sie die straffe Haarklammer aus ihren roten Haaren zog und ein paar kreisende Bewegungen mit dem Kopf machte.

»Verspannt?«

»Keine Ahnung«, sagte Tabea und rieb sich den Nacken. »Dieser Heger nervt mich.«

»Jetzt setz dich doch erst mal.«

Sie nickte, ließ sich auf dem Sessel vor Gero van Hovens Schreibtisch nieder und streckte die Beine aus. Die Absätze ihrer neuen Schuhe waren definitiv ein oder zwei Zentimeter zu hoch für einen Tag wie diesen, an dem sie nur eins wollte: weg. Auf der Rückfahrt von der Justizvollzugsanstalt, als die Schatten der vorüberfliegenden Hochhäuser abwechselnd mit der grell durch die lecken Stellen in der Architektur durchblitzenden Sonne ihre Augen irritiert hatten, war sie durch ihre Playlists gegangen, bis sie die richtige gefunden hatte. Mit *The Mamas and the Papas* lebte sie in ihrer Fantasie in einem kleinen Häuschen auf dem Land. Morgens, noch in Unterhemd und Höschen, zog sie ihre Gummistiefel über und schlurfte durch den mit wilden Blumen bewachsenen Garten zum Hühnerstall, um frische Eier fürs Frühstück einzusammeln, während ihr Liebster drinnen den Kaffee zubereitete, ganz altmodisch, mit Kaffeemühle und Porzellanfilter.

»Wollen wir zusammen einen Kaffee trinken?«

»Ja, gerne«, sagte Tabea und musste unwillkürlich lächeln. Gero hatte schon zum Telefonhörer gegriffen, um den Wunsch ins Vorzimmer weiterzugeben, als sie vorschlug, sich den Kaffee selbst zu holen und sich damit auf das Dach der Kanzlei zu setzen. »Ich glaub, ich brauch jetzt einfach ein bisschen frische Luft.«

»Sollst du haben«, sagte Gero und erhob sich.

In den Sommermonaten hatte sich das Flachdach der Kanzlei, die bis zum frühen zwanzigsten Jahrhundert eine Kesselfabrik gewesen war, zur Mittagspausenzeit als Terrasse etabliert. Inzwischen hatte man sogar Möbel dafür angeschafft, ein paar Bierbänke, Tische und Sonnenschirme. Noch war es erst kurz nach elf; sie hatten das Dach für sich alleine.

»Du knabberst an dem Fall«, stellte Gero fest, nachdem sie sich mit ihren Tassen an einen der Tische gesetzt hatten.

Tabea zuckte die Schultern.

»Heger hat schon recht, sie haben nicht viel gegen ihn. Nur: Was sie haben, scheint ein perfektes Bild abzugeben. Noch dazu ist Kommissar Banzbach wohl recht gut mit diesem neuen Staatsanwalt befreundet … Wie heißt der noch gleich?«

»Mertens.«

»Mertens, genau. Und der hat ja schon vor seiner Ernennung dauernd kundgetan, dass Berlin in seiner Strafverfolgungsmentalität viel zu lasch sei.«

Gero lächelte über den Rand seiner Kaffeetasse hinweg. »Ich mag ihn.«

»Nein, Gero. Was du magst, ist das Spiel. Wenn du dich gerne mit Mertens in den Ring stellst, schön für dich.«

»Kennst du mich wirklich so schlecht?« Er zwinkerte ihr zu. »Es geht mir nicht ums Ego, sondern um Gerechtigkeit. Und das ist, was ich an Mertens schätze. Um nichts anderes geht es ihm auch. Er macht keine Kompromisse, was ich grundsätzlich für einen guten Zug halte.«

»Wenn du meinst. Ich habe, ehrlich gesagt, überhaupt keine Lust darauf, mich mit ihm zu messen.« Tabea trank einen Schluck. »Er und sein Stiefellecker Banzbach wollen ums Verrecken ihre Anklage durchdrücken.«

»Na und? Du machst dir doch nicht ernsthaft Sorgen, dass du diesem Fall nicht gewachsen wärst? Du bist eine verdammt gute Anwältin, eine der besten hier in der Kanzlei.«

»Das weiß ich selbst. Und natürlich wäre ich dem Fall gewachsen. Bis jetzt habe ich noch jeden Mandanten rausgehauen.«

»Was ist es dann?«

»Es ist mir schlicht und einfach egal – das ist es! Wahrscheinlich könnte ich Mertens' Spiel mit Leichtigkeit spielen – wenn ich denn wollte. Aber ich will nicht, das ist der Punkt. Es reizt mich einfach nicht mehr. Ich bin nicht wie du.« Tabea hatte lächeln wollen; es klappte nicht. Ihre Mundwinkel zogen nach unten, ihre Augen hatten von irgendwoher Tränen geholt. Sie wandte den Blick nach der Kreuzberger Skyline und hoffte, Gero bemerke nichts. Vergeblich.

»Hey …« Er fasste nach ihrer Hand. Sein Griff war warm und fest. Tabea hatte immer noch nicht verstanden, wie etwas, das sich so gut anfühlte, plötzlich falsch sein sollte.

»Das wird auch wieder anders. Du machst momentan eine schwierige Phase durch.«

Jetzt lächelte Tabea doch noch, schwach.

»Weißt du noch, wie wir uns immer vorgestellt haben, alles hinzuschmeißen und einfach abzuhauen? Nur du und ich, unser kleines Haus auf dem Land, fröhlich gackernde Hühner, frischer Kaffee und die ganze Zeit *The Mamas and the Papas*?«

»Tabea …«, setzte Gero an.

»Nein, lass«, schniefte sie, zog ihre Hand aus seiner und verschwand von der Terrasse, so schnell es ihre ein bis zwei Zentimeter zu hohen Absätze zuließen.

Nadja

Ich weiß nicht viel. Ich weiß nichts vom Meer, von Salzluft, von Möwen. Ich weiß nicht, wie es ist, den Bürgersteig entlangzugehen, gemächlich und ohne alle paar Schritte den Kopf nach hinten zu drehen. Wie es ist, als Stammkundin im Lebensmittelladen mit meinem richtigen Namen angesprochen zu werden und mich dabei wohlzufühlen, nicht durchschaut oder ertappt. Wie es ist, im Coffeeshop zu stehen, ohne unter dem ohrenbetäubenden Gerumpel zusammenzuzucken, wenn die Bohnen in der Maschine gemahlen werden, oder unter den zischenden Geräuschen des Milchaufschäumers. Ich weiß nicht, wie man U-Bahn fährt. Jeden Morgen aufs Neue habe ich vergessen, wie man ihn bewerkstelligt, diesen einen kleinen Schritt auf die Rolltreppe. Es muss immer erst jemand kommen, der es eilig hat, und mich von hinten anrempeln, bis ich ihn schaffe. Manchmal ist es das Hinunterfahren an sich, das mich in kalten Schweiß ausbrechen lässt. Hinab, hinab, immer weiter hinab, unter die Erde, wo das U-Bahn-Gewölbe mir vorkommt wie ein riesiges gemauertes Grab. Ich kann mich noch so fest an den Handlauf krallen, noch so weit rechts und absolut still stehen, während links an mir Menschen vorbeidrängeln – das sind alles Körper, die mich immer wieder anstoßen, mit Aktentaschen und Rucksäcken, die ausschlagen. Ich sehe vor mir, wie ich jeden Moment das Gleichgewicht verliere, wie ich kopfüber stürze und auf den unteren Stufen der Rolltreppe liegen bleibe, mit aufgeplatztem Schädel und verrenkten Gliedmaßen. An anderen Tagen ist es das Warten auf die Bahn, das mich fertigmacht. Unten am Gleis zu stehen, wo die Menschen, eben noch Schubser und Drängler, plötzlich nichts anderes mehr zu tun haben, als ebenfalls zu warten. Und zu starren. Fremde Blicke, die sich durch meine Haut ätzen, mitten in mein schiefergraues Inneres hinein. Die Angst, man sähe mir meine Vergangenheit an wie einen eitrigen Ausschlag mitten im Gesicht. Die Bahn, deren Bremsen bei der Einfahrt quietschen wie spitzes Geschrei. Die gelbe Sicherheitslinie, die verschwimmt. Erneutes Drängen, Schieben, Stoßen, die Enge im Waggon, das viel zu hohe Piepen, bevor sich die Türen schließen, eingesperrt sein, Blicke, manchmal sogar die von Kindern. Kürzlich war ich mit einer Schulklasse im Waggon. Dreißig oder mehr Kinder. Dreißig oder mehr gebrochene Versprechen, dreißigmal Tod.

Ich weiß nicht, wie es ist, wenn die Nacht einen verschluckt und erst im Morgengrauen wieder ausspuckt, heiser gelacht, wundgetanzt, verkatert und verschwitzt, an einem Ort, den man nicht kennt, neben einem Menschen, der einen geliebt hat für einen wunderbaren, unbedeutenden Augenblick. Ich bin die, die am geöffneten Fenster ihrer Küche sitzt, wenn sie merkt, dass ihre Nachbarin samstagabends wieder Freunde zu Besuch hat. Die dasitzt, den Gesprächen und dem Gelächter lauscht, die aus dem ebenfalls geöffneten Fenster nebenan zu ihr herüberdrängen, und sich vorstellt, sie wäre auch eingeladen. Ich bin die, die aufspringt und zur Wohnungstür huscht, wenn sie mitbekommt, wie sich die Freunde verabschieden. Die kurz darauf durch den Türspion lugt und andere Leute beneidet, um ihre Samstagabende und ihr ganzes unbekümmertes, freies Leben.

Ich weiß nicht, wie man normal ist, aber dafür weiß ich eins: Ich weiß, wozu Menschen fähig sein können. Und ich habe Angst. Die Vergangenheit holt und zerfetzt mich.

Wir spielen Gericht.

Vorhin, draußen vor dem Haus. Ich habe geschrien und gefleht – keine Chance. Er hat seinen Körper von mir gewälzt, mich auf die Beine gezogen, mich ins Haus geschleift. Zuerst durch den kleinen Flur, an der Küche und einem offenen Wohnzimmer vorbei zu einer abgetretenen Holztreppe, siebzehn Stufen hinauf. Jetzt bin ich hier, allein und eingeschlossen in diesem Zimmer, es ist das Schlafzimmer von Lauras Großmutter oder ein Gästezimmer. Ein Doppelbett mit gedrechselten Pfosten steht mit der Kopfseite an der linken Wand. Es liegt kein Bettzeug darauf, nur eine nackte Matratze. An der rechten Wand befinden sich ein Kleiderschrank und eine Kommode, über der ein goldeingefasster Spiegel hängt. Hinter dem von beigefarbenen Vorhängen gerahmten Fenster liegt das eingewachsene Fließ. Meine Hände sind auf dem Rücken gefesselt, mit Paketklebeband, das mir in die Haut schneidet, wenn ich daran zerre. Ich habe seinen Namen gerufen, bestimmt zwanzigmal, und meine Schulter sinnlos gegen die Tür gerammt. Ich dringe nicht durch, weder zu ihm noch durch das starre Holz der Tür.

Ich trete ans Fenster. Entdecke eine grau-weiß gescheckte Katze, die gerade im Gebüsch verschwindet, und wünsche mich an ihre Stelle. Schätzungsweise zweieinhalb Meter beträgt die Höhe, ich könnte es riskieren. Springen. Und dann laufen, laufen, laufen. Ich versuche, den Fensteröffner mit der Schulter zu bewegen. Er klemmt. Ich sehe mich um. Ich müsste höher stehen, mit dem Rücken zum Fenster und auf einem Stuhl, so hoch, dass meine Hände den Öffner greifen könnten trotz der Fesseln. Es gibt keinen Stuhl in diesem Zimmer. Als Nächstes will ich das Bett unter das Fenster schieben. Das schwere Holzbett, das sich keinen Zentimeter bewegt. Die Kommode. Die Kommode, die laut und schrill über die Bodendielen kratzt, als ich mein Gewicht dagegenstemme, ich zucke zusammen; unmöglich, er würde mich hören und meinen Fluchtversuch vereiteln, noch bevor ich die Kommode auch nur annähernd in Position gebracht hätte. Ich sacke zu Boden, mein Kopf dröhnt und will zerspringen. Kurz denke ich an den Vorfall an der Tankstelle, wie ich mir bei meinem Sturz den Kopf verletzt habe und die Frau des Kassierers zu ihrem Mann sagte: *Was, wenn sie eine Gehirnerschütterung hat?* Dann wird mir klar, wie dumm ich bin. Wie egoistisch. Wie kann ich in diesem Moment wieder nur an mich selbst denken?

Laura … Er hat sie getötet.

Das weißt du nicht.

Doch, ich weiß es.

Eben weil es das Einzige ist, was ich mit Bestimmtheit weiß: Ich weiß, wozu Menschen fähig sind. Und Laura wusste es auch. Sie wusste genau, was uns bevorstehen würde. Sie hat es mir sogar gesagt, ich habe nur nicht richtig hingehört, weil ich zu beschäftigt damit war, eine Freundin zu sein. Oder besser: endlich wieder eine zu haben. Um jeden Preis.

Aus: Versuch #23

Heute hat meine Therapeutin gefragt, wie es mit dem Brief laufe. Die Wahrheit wäre gewesen, ihr zu sagen, dass es immer noch keinen gibt. Es gibt bloß diese kläglichen Versuche. Kaum ein Abend, an dem ich nicht an meinem Küchentisch sitze, in meiner Hand ein Stift, vor mir ein neues Blatt Papier. Und ich schreibe ja, ich schreibe bis tief in die Nacht hinein. Doch am Ende, wenn ich mir dann durchlese, was ich über die letzten Stunden hinweg verfasst habe, stelle ich wieder nur fest, dass es einfach keine Worte gibt für all das, was ich dir eigentlich sagen will.

Nur sah meine Therapeutin heute so erwartungsvoll aus, und aus irgendeinem Grund hatte ich plötzlich ein furchtbar schlechtes Gewissen wegen der vielen Stunden, in denen ich ihr einfach nur schweigend gegenübergesessen und literweise ihren Kaffee weggetrunken hatte. Also sagte ich: »Der Brief ist fast fertig«, und lächelte. Eine Lüge, aber was macht das schon? Nichts anderes haben die Leute doch jemals in mir gesehen: eine Lügnerin.

»Was ist an diesem 17. Juni 1999 bei euch zu Hause passiert?«, wollten sie immer wieder wissen, aber was hätte ich ihnen sagen können, außer dass Marta krank geworden war und ich von der Schule daheimblieb,

um sie zu pflegen? Und ich gab mir Mühe dabei, wirklich. Ich wollte doch einfach nur alles richtig machen. Ich hatte sie nach ihrem Kreislaufkollaps aus der Badewanne gezerrt und ins Bett gebracht. Danach war ich in die Küche gegangen, um Wasser für einen Tee und eine Wärmflasche zu kochen. Ich hatte Angst, natürlich, aber ich erinnerte mich eben auch an ihre angebliche Grippe von vor einigen Jahren und dass damals am Ende auch alles gut geworden war.
Als ich ins Schlafzimmer zurückkehrte, starrte sie an die Decke. In der Wohnung über uns hatte es vor einigen Jahren einen Wasserschaden gegeben, seitdem konnte man dort oben bräunliche Muster entdecken. Ein Schmetterling und ein Fisch mit verkümmerter Schwanzflosse tummelten sich da; dann etwas, das aussah wie ein Blitz, eine Streitaxt und der Miniaturumriss von Afrika.
»Kamille«, flüsterte ich und stellte die Tasse auf dem Nachtkästchen ab. »Ist noch sehr heiß.«
Sie reagierte nicht; sie hasste Tee. Sie fand, er schmecke nach Kranksein, und Kranksein hasste sie auch. Im Gegensatz zu mir. Ich hatte in der dritten Klasse mal eine Lungenentzündung gehabt. An zwei Dinge erinnerte ich mich dabei immer noch: wie sie auf meiner Bettkante gesessen und meine Hand gehalten hatte, und an den Erdbeergeschmack des Penicillins. Beides hatte ich geliebt.
»Ich weiß, ich weiß«, sagte ich und lächelte. »Aber da musst du jetzt eben durch, wenn du schnell wieder auf die Beine kommen willst.« Kurz stand ich unschlüssig

vor dem Bett, dann – »Ach ja!« – fiel mir ein, dass unter meinem Arm in ein Geschirrtuch eingeschlagen immer noch die Wärmflasche klemmte. Ich platzierte sie vorsichtig auf ihrem Bauch und schlüpfte ins Bett. Nähe – das sagten die Leute doch immer, oder? –, Nähe und Liebe halfen manchmal besser als jedes Medikament. Ich streckte den rechten Zeigefinger in Richtung der Zimmerdecke und fragte: »Siehst du dieses eine Muster da direkt unter Afrika? Sieht aus wie ein Herz, was meinst du?«
Sie antwortete nicht. Ihre Lider waren zugeflattert. Bestimmt würde Schlaf ihr ebenfalls helfen, sich schnell zu erholen. Ich presste die Nase in die Kuhle zwischen ihrem Hals und ihrer Schulter. Etwas an ihrem Geruch irritierte mich, doch ich dachte nicht weiter darüber nach. Ich war ebenfalls müde, so müde und erschöpft. Ich schloss die Augen und murmelte: »Schlaf gut, Marta.«

Juni 2014

Tabea Lenggries rang nach Luft, ehe sie den Knopf drückte, der die Verbindung unterbrach. »Van Hoven«, hatte die Frau am anderen Ende der Leitung gesagt. Dabei war das gar nicht ihr Name. Es war nicht einmal ihr Telefonanschluss. Sie hieß Brehme. Laura Brehme. Sie war eine kleine Assistentin bei »Abramczyk & van Hoven«, eine, die man Akten lochen und Paragrafen recherchieren ließ. *Was auch immer er mit so einer anfangen wollte*, dachte Tabea bitter. Wie in Trance setzte sie den Hörer zurück in seine Station auf der Flurkommode und begab sich ins Wohnzimmer, wo sie sich auf der Couch einrollte wie ein frierendes Kätzchen. Stumme, bunte Bilder zuckten über den Fernsehbildschirm, ansonsten war es dunkel im Raum. Es war spät, nach dreiundzwanzig Uhr, was wohl hieß, dass diese Brehme heute bei ihm übernachtete. Natürlich tat sie das – sie war ja jetzt seine Freundin. Die, mit der er *The Mamas and the Papas* hörte und sich aufs Land träumte. Sie war jetzt die, die jeden Morgen in die Gummistiefel stieg, durch die wilden Blumen zum Hühnerstall watete und die Eier für das Frühstück einsammelte, während er drinnen den Kaffee aufgoss.

Tabea musste an einen Autounfall denken, den sie als Achtjährige miterlebt hatte. Sie und ihre Eltern waren in den Sommerferien unterwegs nach Lido di Jesolo gewesen. Tabea erinnerte sich, wie ihr Vater noch »Oh, oh!« gesagt und ihre Mutter scharf die Luft eingesogen hatte, wie sie selbst auf der Rückbank nach vorn gerutscht war und nun zwischen den beiden Kopfstützen hindurchlugte.

Wie sie alle drei kommen sahen, was gleich geschehen würde.

Das Auto, das auf der linken Spur an ihnen vorbeigezogen war, und das andere vor ihnen, das im gleichen Moment ausscherte. Stahl auf Stahl, der sich unter gegenseitiger Wucht zusammenknüllte wie Papier, Teile, die flogen, furchtbarer Krach, und danach diese seltsame, alles übergreifende Stille. Ihr Vater hatte es geschafft, rechtzeitig abzubremsen; ihnen selbst war nichts geschehen. Sie rollten auf den Seitenstreifen, wo sie eine Zeit lang nichts taten, als im Auto zu sitzen und zu atmen, bevor Papa den Gurt schnappen ließ und ausstieg, um zu helfen.

So ähnlich war es mit Gero und dieser Brehme gewesen, fand Tabea. Zwei Fahrzeuge, die ungebremst ineinandergekracht waren, und ausgerechnet sie hatte dabei zugesehen. Sie konnte den Moment genau benennen. Es war ein Freitag gewesen, sie hatte sich mit Gero zum Essen in der Mitarbeiterkantine der Kanzlei verabredet. Sie standen nebeneinander in der Schlange vor der Essensausgabe, direkt hinter Laura Brehme, als diese sich mit dem Teller, den die Köchin ihr gerade über den Tresen gereicht hatte, umdrehte – mitten in Gero hinein. Dabei schwappte die Soße über den Keramikrand und fraß in Sekundenschnelle einen großen braunen Fleck in sein feines weißes Hemd. Nur schimpfte Gero nicht darüber, er erschrak nicht einmal. Er blickte von dem Fleck auf seinem Hemd zu Laura Brehme, sah sie einfach nur an. Sah in ihr – *was auch immer.* Und Laura Brehme erwiderte diesen merkwürdigen, langen Blick. Das war er gewesen, der Moment – Tabea wusste es ganz genau. Am darauffolgenden Wochenende hatten sie sich nicht gesehen; angeblich war Gero mit dem Seniorchef, Ludwig Abramczyk, beim Jagen gewesen. Und am Montagabend, als er sie zu Hause besuchte, sagte er ihr es dann. Er habe nachgedacht. Das mit ihnen sei schön gewesen, trotzdem könne er nicht mehr so weitermachen. Er wolle ehrlich zu ihr sein, er habe sich verliebt, in die Frau, die ihm sein Hemd versaut hatte. Tabea hielt es für einen Scherz.

»Das hast du also wirklich am Wochenende gemacht, ja?«, fragte sie, als ihr dämmerte, dass es keiner war. »Von wegen jagen! Du hast abgecheckt, ob von ihrer Seite aus auch Interesse besteht, damit du weißt, ob es sich lohnt, mit mir Schluss zu machen.«

Er schüttelte den Kopf.

»Nein, so war es nicht. Ich habe mich nicht mit ihr getroffen. Ich kenne sie gar nicht. Ich könnte dir nicht mal sagen, für welche unserer Abteilungen sie arbeitet.«

Tabea war fassungslos.

»Und trotzdem willst du dich von mir trennen? Für eine Frau, die du gar nicht kennst?«

Tabea kannte sie auch nur vom Sehen, aber sie erinnerte sich, dass Laura Brehme ihr schon vor der Situation in der Kantine unangenehm aufgefallen war. Als wäre Laura selbst ein hässlicher brauner Fleck auf schickem weißem Hemdstoff. Ein Fremdkörper. Eine, die einfach nicht dazupasste. Die statt in Kostümen oder Hosenanzügen, wie sie die weiblichen Mitarbeiter der Kanzlei ausnahmslos trugen, in bunten Kleidern und barfuß mit blaulackierten Fußnägeln über die Gänge schwebte. Die mit ihren langen blonden Haaren und den vielen Armreifen, die bei jedem Schritt klapperten, als hätte man grob und schnell eine Besteckschublade aufgezogen, auf Tabea wirkte wie ein Mädchen, das den letzten Bus zurück in die Siebziger verpasst hatte, aber nicht wie eine ernst zu nehmende Frau. Schon gar nicht wie eine, zu der Gero sich hingezogen fühlen könnte. Er mochte Frauen, die etwas darstellten, die elegant und gebildet waren, mit denen er sich geistig messen konnte und dabei nur haarscharf gewann. Hatte Tabea gedacht. Und sich offenbar geirrt.

»Weil es keine Rolle spielt, ob ich sie kenne«, antwortete Gero. »So hart es klingt, Tabea, aber wenn du wirklich die Frau meines Lebens wärst, könnte mich keine andere derart aus der Bahn werfen. Schon gar nicht, indem sie mir ihr Essen übers Hemd kippt.« Er schmunzelte. Am liebsten hätte sie ihn dafür geohrfeigt.

»Und was jetzt? Jetzt fragst du sie nach einem Date, oder was?«

»Deswegen bin ich hier, Tabea. Ja, ich möchte sie nach einem Date fragen, aber nicht hinter deinem Rücken.«

Tabea lachte.

»Dann muss ich dich wohl auch noch loben für deine Ehrlichkeit.«

»Nein, musst du nicht. Aber vielleicht bist du mir ja doch noch irgendwann dankbar dafür. Es gibt so viele Lügner auf der Welt, wir haben es doch täglich mit ihnen zu tun. Feiglinge, die einfach nur den eigenen Kopf aus der Schlinge ziehen wollen.« Er griff nach ihrer Hand, die sie ihm sofort wieder entzog. »Menschen, die einem etwas wert sind, darf man nicht belügen. Egal, welche Konsequenzen das für einen selbst hat.«

»Und was ist mit den Konsequenzen für mich? Du reißt mir den Boden unter den Füßen weg!«

»Es tut mir leid, Tabea. Aber ich kann nicht anders.« Damit ging er.

Vier Monate war das inzwischen her. Vier Monate, in denen sie gehofft hatte, dass er sich besann und zurückkam. In denen sie morgens länger im Bad gestanden und sich besonders viel Mühe mit ihrem Make-up und ihren Haaren gegeben hatte. In denen sie neue Kleider und Schuhe mit viel zu hohen Absätzen gekauft und getragen hatte, damit er, wenn er ihr in der Arbeit begegnete, sah, was er hatte gehen lassen. Er sollte bereuen und sie vermissen.

Vier Monate, und Laura Brehme meldete sich am Telefon bereits mit seinem Namen.

Vier Monate lang nur Schmerz.

Tabea konnte und wollte nicht mehr. Sie zog die Nase hoch, rappelte sich auf und griff nach der Fernbedienung, um dem irren Lichtgeflacker auf dem Bildschirm ein Ende zu bereiten. Sie seufzte erleichtert, genoss die Dunkelheit, in der ihre Gedanken zum ersten Mal wieder einen Anker zu finden schienen. Was hatte Gero gesagt? Dass er bereit sei, die Konsequenzen zu tragen? *Gut*, dachte Tabea. Dann war es eben genau das, was er jetzt zu spüren bekäme: ihre Konsequenz.

Aus: Brief #24

Erinnerst du dich noch an die Geschichte der Frau, die durch Wände und Türen blicken konnte? Ich habe sie dir erzählt, als du ungefähr vier Jahre alt warst und anfingst, neugierig zu werden, was in Martas Schlafzimmer vor sich ging. Ich konnte dich so gut verstehen, denn in deinem Alter war ich ganz genauso gewesen. Doch natürlich wollte ich dir nicht sagen, was mir einmal passiert war, nachdem Marta mich beim Spionieren erwischt hatte. Anders als die Knochen von Erwachsenen zersplittern Kinderknochen nicht, wenn sie brechen, weil das Kinderskelett noch im Wachstum und dadurch alles elastischer ist, und sie heilen auch schneller. Schmerzhaft ist so ein Bruch des Handgelenks trotzdem – das solltest du nicht erleben. Ich musste dir beibringen, vorsichtig zu sein. Also erzählte ich dir von der Frau, die alles durchschauen konnte. Wände, Türen, sogar Menschen.

»Das glaube ich nicht«, sagtest du.

»Das Mädchen aus der Geschichte wollte es zuerst ja auch nicht glauben, deswegen bat es die Frau um eine Probe ihrer Fähigkeiten. Die Frau kniff die Augenlider zusammen, blickte tief in das Mädchen hinein und sagte: Du bist dunkelgrau wie eine alte Schieferplatte.«

Du fingst an zu kichern.
»Das ist lustig.«
»Nein, Schatz, das ist gar nicht lustig. Kleine Mädchen sollten innendrin weiß sein, nicht dunkelgrau, fast schwarz.«
»Ist das Mädchen dunkelgrau geworden, weil es immer so neugierig war?«
Ich sagte, ja, vielleicht. Vielleicht sei das Mädchen dunkelgrau geworden, weil es sich in Dinge eingemischt habe, die es nichts angingen. Die Wahrheit wäre eine andere gewesen: In Martas Augen war das Mädchen von Geburt an dunkelgrau gewesen. Mit seinem ersten Atemzug hatte es ihr Leben zerstört. Wegen dieses Mädchens musste sie ihre Karriere als Tänzerin aufgeben.
Wegen dieses Mädchens lebte sie in einer kleinen, heruntergekommenen Wohnung in einem schäbigen polnischen Wohnblock statt in einem hübschen Apartment an den Champs-Elysées. Dieses Mädchen war ihr passiert wie eine Strafe. Zuerst hatte es sich ihren Körper geholt. Ihren Bauch dick gemacht und die Haut an ihren früher festen, schlanken Oberschenkeln reißen lassen. Und dann hatte es sich an ihre Träume gewagt, an ihren Kühlschrank, an ihr Geld und an ihre Nerven.
Natürlich habe ich nie wirklich geglaubt, dass Marta über ein übersinnliches Gespür verfügte, aber manchmal – nein, oft – beschleicht mich der Gedanke, dass sie vielleicht Angst vor mir hatte. Angst davor, dass ich eines Tages ein noch größeres Unglück über sie

bringen könnte. Und leider war sie nicht die Einzige, die mich so sah. Ich war ein freches Gör mit locker sitzenden Fäusten. Schiefergrau für alle, die mich kannten.

Nur für dich nicht.

Nadja

Gestern Abend, im Haus der van Hovens.

Laura sagte, sie schaffe es nicht, ihn *vorne* zu nehmen. *Vorne* bedeutete, dort, wo Aron Bruckstätts Kopf war. Ich verstand sie, es ging um seine Augen. Seinen Blick, der sie irritieren musste. Sein ganzes Gesicht, das nicht, wie sie es wahrscheinlich erwartet hatte, vor Schreck und Wut verhärtet aussah, sondern regelrecht entspannt wirkte. Ich ging davon aus, dass sie bisher wenig Erfahrung mit dem Tod gemacht hatte, nicht wusste, dass im letzten Moment eines Lebens alle Muskeln und mit ihnen auch die Gesichtszüge erschlafften, ganz gleich, welches Erlebnis dem vorausgegangen war. Dennoch sparte ich es mir, sie dahingehend aufzuklären, es kam mir unpassend vor. Stattdessen packte ich Aron Bruckstätt unter den Achseln, Laura nahm seine Beine, und gemeinsam, keuchend, angestrengt, schleppten wir ihn aus dem Wohnzimmer über einen schmalen Gang vorbei an der offenen Küche, bis zu einer Metalltür, die den Wohnbereich von innen mit der Garage verbindet. Er wog eine Tonne, seine Arme baumelten gegen meine Knie. Laura zog die Nase hoch, ich zischte: »Reiß dich zusammen!«

Vor der Garage mussten wir ihn ablegen, um die Tür erst aufzuschließen und sie dann mit einem Keil daran zu hindern, sofort wieder zuzufallen. Während Laura den

Keil mit der Schuhspitze unter den Türschlitz schob, sah ich abermals auf Aron Bruckstätt hinab. Irgendetwas geschah, sein lebloser Körper verschwamm und verformte sich. Auch seine Gesichtszüge veränderten sich, wurden zart wie die einer Frau. Ich riss den Kopf in den Nacken und atmete. Sobald wir es geschafft hätten, ihn in den Kofferraum des Land Rovers zu verfrachten, würde ich eine der Tabletten nehmen, die meine Therapeutin mir für akute Panikattacken verschrieben hatte und die ich für den Notfall immer in meiner Handtasche trug.

»Alles okay?« Laura trat an mir vorbei und beugte sich nach unten, um die Beine wieder aufzunehmen.

»Alles okay«, antwortete ich mechanisch und schob meine Hände zurück unter seine Achseln. Der Kofferraum des Land Rovers liegt auf Hüfthöhe, wir knurrten wie wütende Tiere unter dem zusätzlichen Kraftaufwand, den schweren Körper hineinzuhieven. Laura bedeckte ihn mit der blauen Wolldecke, die sie vom Rücksitz des Wagens geholt hatte. Ich fragte mich, wann sie ihr geliebtes rotes Mini Cabrio gegen dieses Ungetüm von Geländewagen eingetauscht hatte und ob es ihre oder doch die Entscheidung ihres Mannes gewesen war, so wie er auch damals entschieden hatte, dass sie aufhören sollte, in der Kanzlei zu arbeiten. Zwar hatte Laura es seinerzeit so dargestellt, als hätten sie diesen Schritt gemeinsam beschlossen, doch das hatte ich ihr keine zwei Sekunden lang ernsthaft abgenommen. Sie hatte ihren Job geliebt und auf mich nie den Eindruck gemacht, ihn bei nächster Gelegenheit gegen Heim und Herd tauschen zu wollen. Zu sehr genoss sie es außerdem, ein Publikum zu haben. Aufzufallen. Anders konnte ich es mir nicht erklären, dass sie sich in all den Jahren ihrer Tätigkeit nicht irgendwann den Anzugträgern angepasst hatte. Aus dem Augenwinkel nahm ich einen Blick auf das, was von dem lebhaften Blumenmädchen mit dem vielen Schmuck und den langen bunten Kleidern übrig geblieben war, und mir fiel das Wort »praktisch« ein. Die Haare mit Haarreif und Zopf zusammengefasst, Jeans, T-Shirt, eine senfgelbe Strickkutte, die sie blasser machte, als sie es ohnehin schon war. Ich wollte sie nicht sehen wie ein Vögelchen, das man erst eingefangen und dem man dann die Flügel abgebunden hatte, um es festzusetzen. Doch genau das tat ich. Plötzlich sah ich sie so.

»Ich hasse dieses Auto«, sagte Laura, als hätte sie meine Gedanken gelesen. »Aber Gero meinte, wir müssen funktional denken, an Vivi und die Einkauferei.« Sie gab ein kurzes Lachen von sich, das wie ein trockenes Husten klang. »In Wirklichkeit hat er die Karre nicht für mich, sondern für sich selbst und seine Jagdtouren angeschafft.« Unter dem krachenden Geräusch des zufallenden Kofferraumdeckels zuckten wir synchron zusammen, anschließend standen wir einen Moment lang einfach nur da, beide den Blick auf das Heck des Wagens gerichtet, beide wie betäubt. Schließlich fragte Laura: »Und jetzt?«

Wir hatten keine Ahnung, nur Angst. Eben noch, als Aron Bruckstätt im Wohnzimmer gelegen hatte, schien nichts klarer zu sein als der Entschluss, die Leiche und damit das ganze unglückselige Geschehen zu beseitigen. Nun war nicht mal mehr ich – die Laura eingeredet hatte, es sei das Beste für alle – mir sicher, ob wir das wirklich durchziehen konnten. Neben meinem Ohr knackte es leise. Laura nagte an ihrem Daumennagel, an mir nagte ein ungutes Gefühl.

»Wir brauchen einen Plan«, stellte ich fest. »Der kleinste Fehler bringt uns ins Gefängnis.«

»Ich weiß.«

»Dann hätten wir alles nur noch schlimmer gemacht.«

»Ja.«

»Du willst es wirklich tun?«

Sie nickte.

»Du musst dir ganz sicher sein.«

Sie nickte ein zweites Mal.

»Okay.«

Wir verließen die Garage, entschieden, dass Laura es noch einmal bei ihrem Mann versuchen sollte, der diesmal sofort an sein Telefon ging. Sie musste herausfinden, wie viel Zeit uns bliebe, bis er nach Hause käme.

Keine. Herr van Hoven war bereits auf dem Rückweg von Magdeburg, auf Höhe Brandenburg/Havel, nur noch eine gute Stunde entfernt. Sie sagte, er solle sich nicht wundern, sie habe Besuch. »Von deiner Assistentin.« Sie kicherte dümmlich. Ja, das Abendessen werde trotzdem pünktlich fertig sein. »Nadja isst heute mit uns.« Sie nahm das Handy vom Ohr und sah es irritiert an.

»Entweder ein Funkloch, oder er hat aufgelegt.«

»Scheint nicht begeistert zu sein, dass ich hier bin.«

»Ich glaube, das ist im Moment unser geringstes Problem«, gab Laura zurück, und sie hatte recht. Wenn Herr van Hoven bereits auf dem Rückweg war, wäre es unmöglich, Aron Bruckstätt heute Abend noch wegzufahren. Und sowieso, wohin eigentlich?

»Scheiße«, platzte Laura heraus. »Wir müssen das Wohnzimmer putzen!«

Ajax und mehrere Eimer rotes Wasser und schmerzende Knie. Sie schluchzte und bebte vor sich hin, während ihr Lappen unkoordinierte Kreise über den Marmor vollzog. Ich sagte ihr, sie solle sich lieber um das Abendessen kümmern, ich würde ohne sie weitermachen – ein Angebot, das sie gerne annahm. Gleichzeitig hätte ich mir gewünscht, sie wäre bei mir geblieben. Alleine inmitten von Aron Bruckstätts Blut zu hocken gab mir das absonderliche Gefühl, für seinen Tod verantwortlich zu sein. *Ich habe damit nichts zu tun*, wiederholte ich mantraartig in meinem Kopf. *Ich helfe nur.* Doch das Gefühl blieb hartnäckig. Ich konzentrierte mich auf die klappernden Geräusche aus der Küche, schob in abgehackten, hektischen Bewegungen meinen Schwamm über den Stein, wrang ihn in den Eimer, erinnerte mich: *Ich helfe nur.* Es funktionierte nicht. Alles, was ich sah, war nur mehr rotes Wasser, rotes Wasser und Schlieren auf dem Marmor, immer noch Schlieren und Spuren, als bildeten sich stetig neue, als würde ich es niemals schaffen, den Boden wieder sauber zu bekommen, als wäre es aussichtslos.

»Nadja?« Laura aus der Küche. Ich unterbrach meine Bewegung und wendete den Kopf nach ihr. »Ich wollte dir noch danke sagen.« Ich nickte, schrubbte weiter, entschlossener, ich schaffte es. Der Boden war sauber. Ich kippte den letzten Eimer in die Gästetoilette, spülte mehrmals, hob den Sitz auf der Suche nach verräterischen roten Spritzern an, spülte ein weiteres Mal und wusch den Eimer aus. Schwamm und Lappen wollte ich gerade in eine Plastiktüte stopfen, die Laura mir gegeben hatte, als mir auffiel, dass die Tüte bereits etwas enthielt. Einen blutverschmierten weißen Stoff. Ich zuckte zurück.

»Das ist das Nachthemd, das ich getragen habe, als …«, schaffte sie nur den Ansatz einer Erklärung. Ich nickte verständig und stopfte die Putzsachen dazu.

»Kannst du sie vielleicht ins Auto bringen? Ich glaube, ich schaffe es nicht, noch mal an den Kofferraum zu gehen.«

Ich nickte abermals. Wir würden den Inhalt der Tüte zusammen mit Aron Bruckstätt loswerden, auch wenn wir immer noch keine Ahnung hatten, wo das geschehen sollte. Ich betrat die Garage also zum zweiten Mal. Ging zum Heck des Land Rovers. Schob meine Hand unter die Kofferraumöffnung. Tat es, öffnete.

Da lag er, in seine blaue Decke gehüllt. Zwei wächserne Finger lugten darunter hervor. Ich hielt den Atem an. Streckte meine Hand aus. Bewegte vorsichtig die Decke.

Diese Augen. Diese Augen, die mich anstarrten. Nicht mehr Laura und mich, nur *mich*, ganz alleine. Dieser Blick, der sagte: *Ich weiß, wer du bist. Ich kenne dich.* Wie automatisch machte mein Körper einen Satz, meine rechte Hand fasste erneut in den Kofferraum hinein, zerrte die Decke zurück an ihre Stelle, die linke warf die Plastiktüte hinterher. Mein Arm streckte sich nach der Heckklappe, sie fiel krachend zu, und in meinem Kopf hörte ich Tante Evelyn, der nur noch ein kraftloses *Ach, Kind* einfiel. Dann ging ich zurück in die Küche, wo Laura während meiner Putzaktion Kartoffeln geschält hatte und sich nun mit dem Salat beschäftigte. Als ich sie den Strunk aus einer Tomate schnitzen sah, fiel mir ein, sie nach dem Messer zu fragen.

»Du weißt schon, welches.«

Sie machte eine unbestimmte Kopfbewegung in Richtung der Spüle. »Ich hab es abgewaschen und dann im Gartenhäuschen unter einem Sack Blumenerde versteckt.«

»Es muss ganz weg«, entschied ich. »Genau wie das Nachthemd und die Putzsachen und vor allem …«

»… *er*, ich weiß«, gab sie zurück und klemmte nachdenklich die Unterlippe zwischen den Zähnen ein. »Vielleicht sollten wir ihn versenken. In irgendeinem See.«

»Nicht gut«, fand ich. »Im Wasser verfault der Körper zwar schneller, allerdings bilden sich dabei auch Gase, die ihn wieder an die Oberfläche treiben. Vergraben wäre besser.«

»Weiß nicht. Es müsste schon ein gewaltiges Loch sein. Erinnerst du dich noch an den Witzleff-Fall?«

Ich schüttelte den Kopf.

»Muss vor meiner Zeit gewesen sein.«

»Ja, okay, also, da war dieser Witzleff, ein dubioser Immobilientyp, der seinen Geschäftspartner umgebracht und dann im Spandauer Forst verscharrt hatte. Allerdings gibt es dort in der Nähe ein Wildgehege. Ein paar Wildschweine brachen aus und legten prompt die Leiche frei. Die können nämlich problemlos bis zu einem halben Meter tief graben.« Sie sah auf die Uhr. »Gero wird bald da sein. Kannst du vielleicht schon mal das Fleisch waschen? Ist im Kühlschrank, ganz unten. Also, egal, wo wir ihn hinbringen, es darf nicht hier in der Nähe sein.«

»Nein, auf keinen Fall.« Ich öffnete den Kühlschrank

und bückte mich nach einem vakuumierten Fleischpäckchen. Als ich die Tür wieder schloss und mich umdrehte, stand Laura vor mir; auf Bauchhöhe hielt sie das Tomatenmesser in der Hand, wobei sie den Edelstahlgriff so fest umklammerte, dass ihre Fingerknöchel weiß hervortraten. Eine Sekunde lang dachte ich, dass es nur ein paar Zentimeter bräuchte, nur eine kleine Bewegung, ein Zucken, und sie hätte es mir in den Körper rammen können.

»Ich weiß, wo, Nadja! Wir fahren in den Spreewald.«

Dort stehe das Haus ihrer verstorbenen Großmutter leer. Eine gute Gegend, wenn man sich abseits der touristischen Flecken ein wenig auskenne. Wir würden gleich morgen früh dorthin fahren, um von da aus nach dem richtigen Platz für Aron Bruckstätt zu suchen. Nach einem Platz für sein Grab.

»Sollen wir nicht lieber abends fahren, damit uns niemand sieht?«

»Nein, so lange können wir ihn nicht im Kofferraum lassen, vor allem nicht, weil es morgen um die dreißig Grad werden soll. Außerdem würde Gero vielleicht misstrauisch.«

»Okay, dann also morgen früh in den Spreewald.«

»Und wenn wir erst mal dort sind, können wir immer noch spontan entscheiden, ob wir ihn in einem der kleineren unbekannten Kanäle versenken oder doch lieber im Wald vergraben«, sagte sie, während ich das Fleisch, das ich gerade gewaschen hatte, mit einem Stück Küchenrolle trocken tupfte. Erneut sah sie auf die Uhr, murmelte ein »Verdammt« und bat mich, das Fleisch gleich noch zu schneiden. Mit einem seltsamen Gefühl zog ich das Messer, auf das Laura gedeutet hatte, aus seinem Schlitz im Holzblock. Dabei bemerkte ich einen anderen freien Schlitz, in dem wohl das Messer gesteckt hatte, mit dem sie auf Aron Bruckstätt losgegangen war. Ich hätte sie gerne gefragt, worüber sie derart in Streit geraten waren, was er gesagt oder getan hatte, um sie zu veranlassen, in die Küche zu stürmen und nach dem Messer zu greifen, ließ es aber; es war nicht der richtige Zeitpunkt. Ich wollte nicht riskieren, dass sie wegen meiner Neugier erneut hysterisch wurde. Nicht, wenn ihr Mann jeden Augenblick nach Hause kommen konnte.

»Danke«, sagte sie, als ich das Schneidebrett mit den Fleischwürfeln über die Arbeitsplatte schob, und: »Du bist entlassen, setz dich ruhig.«

Das tat ich. Ich saß jetzt an einem wunderschönen großen Holztisch in Lauras Küche. Hörte den scharf zischenden Geräuschen zu, mit denen das Fleisch in der Pfanne briet. Trank das Glas Chardonnay, das sie mir gereicht hatte, malte mit der Fingerspitze die Maserungen in der Tischplatte nach. Ich war zum Essen eingeladen. Ich inhalierte, alles. Den Geruch des Fleischs. Das Gefühl von Verbundenheit. Und vergaß darüber fast, worum es hier eigentlich ging. Für einen Augenblick, als sich der Wein in meinem Kopf mit der Wirkung der Tablette mischte, die ich heimlich genommen hatte, nachdem wir aus der Garage zurückgekommen waren, war ich sogar – *glücklich*. Ich beobachtete Laura, die am Herd wirbelte, und wünschte mir, die Zeit stünde einmal im richtigen Moment still. Dann hörten wir das Dröhnen eines Motors in der Einfahrt, und der Moment war vorbei.

*

Er kommt. Ich höre seine Schritte auf dem knarzenden Holz, dann kratzt Metall im Schloss. Ich atme stockend, versuche, auf die Füße zu kommen, bevor er das Zimmer betritt; es gelingt mir.

»Hast du dich beruhigt?«, fragt er und lächelt.

Mein Kiefer krampft.

»Ob du dich beruhigt hast?«

»Ist Laura tot?«

»Ach, du großer Gott, Nadja!« Jetzt lacht er. Tritt näher. In meinem Rücken drückt die Kante des Fensterbretts. »Warum, glaubst du, sind wir hier, du und ich, hm? Wer gehört denn vor Gericht gestellt, wenn nicht Laura? Du?«

Ich schlucke, er zuckt die Schultern.

»Was dich angeht, würde ich sagen: Beihilfe zur Vertuschung einer Straftat. Na ja, gut, sagen wir: versuchte Beihilfe. Ist es eigentlich in Ordnung für dich, wenn wir uns duzen? Ich dachte, es wäre eine gute Gelegenheit, nachdem wir uns jetzt schon so lange kennen. Und ein Mord hat ja auch etwas sehr Verbindendes, nicht wahr?«

Ich gebe ihm keine Antwort, nicht darauf. Genauso versuche ich den selbstgefälligen Ausdruck in seinem Gesicht zu ignorieren. Ich will nur eins wissen: »Was ist mit Laura?« Laura, die es mir gesagt hatte, gleich zu Anfang: *Du weißt nicht, wozu er fähig ist.* Und ich, die ihre Worte einfach überhört hatte.

»Es geht ihr gut. Ob es so bleibt, liegt an dir.«

Er packt meine Schultern und dreht mich mit einer harschen Bewegung so, dass ich ihm den Rücken zuwende, während er beginnt, meine Fesseln zu lösen. Ich beiße mir auf die Unterlippe, als das Klebeband an meiner Haut und den kleinen Härchen reißt.

»Was heißt das, es liegt an mir?«

»Wir werden ihr Schicksal verhandeln, du und ich«, gibt er wie selbstverständlich zurück. »Fakt ist: Laura hat eine Straftat begangen. Eine, die in manchen Teilen der Welt sogar mit dem Tod geahndet wird.«

»Aber nicht hier. Hier wird niemand mit dem Tod bestraft.«

Mit einem ratschenden Geräusch zieht er das letzte Stück Paketband von meiner Haut. Ich drehe mich um. Er lächelt nur, sagt nichts, immer noch nichts; mir wird übel. Ich schüttele den Kopf.

»Ich versteh das alles nicht.«

Gero van Hoven, den ich für einen der freundlichsten Menschen überhaupt gehalten hatte. Der jederzeit gute Gründe gehabt hätte, mir zu kündigen, und mich stattdessen Handyfotos von Vivi anschauen ließ. Der jetzt vor mir steht wie ein Fremder. Ein Monster.

»Was dich nicht davon abgehalten hat, dich trotzdem einzumischen. Ich habe dir eine Chance gegeben, es dir noch einmal anders zu überlegen. Du hättest umkehren können, Nadja.«

Ich sehe ihn ratlos an.

»Ich bin dir zur Tankstelle gefolgt«, erklärt er. »Ich dachte, du hättest mich gesehen, als du an der Kasse standst und dein Blick in den Überwachungsspiegel oben in der Ecke fiel. Du bist ganz weiß geworden und im nächsten Moment ohnmächtig. Unter dem Tumult habe ich den Kiosk sofort wieder verlassen und hinter dem Haus gewartet, bis du wieder rauskamst. Ich konnte es kaum glauben, dass du deine Fahrt wirklich fortsetzt. Aber genau das hast du getan, Nadja. Du hast eine Entscheidung getroffen, jetzt musst du dich den Konsequenzen stellen. So ist das im Leben.«

Ich denke zurück, krame innerlich. Ich, wie ich den alten Land Rover an die Tankstelle steuerte. Ich, wie ich schon die ganze Fahrt über so ein seltsames Gefühl gehabt und ständig in den Rückspiegel geschaut hatte. Ich, wie ich ausstieg und mich umblickte, aber kein anderes Fahrzeug entdecken konnte. Ich, die den Tank füllte und schließlich zum Bezahlen ging. Dann der Moment, in dem meine Beine nachgaben, der Sturz über die Klippe … Nein, stopp, irgendwo dazwischen muss noch etwas anderes geschehen sein. Ich krame tiefer, bis ich etwas finde. Ein Bild, das aufblitzt. Das durch den gewölbten Spiegel verzerrte Bild eines Mannes, der den Verkaufsraum der Tankstelle betritt. Der Grund für meine Panikattacke. Der Mann, der mich über die weiße Klippe geschubst hatte.

»Aber ich habe Sie gar nicht erkannt.«

»Und trotzdem musst du etwas gespürt haben, sonst wärst du wohl kaum ohnmächtig geworden.« Er deutet sich an die Stirn. »Tut's noch weh?«

Wie benommen schüttele ich den Kopf.

»Jetzt passiert etwas Schlimmes, oder?«

Er streichelt meinen Oberarm in einer abscheulich tröstlichen Geste und sagt lächelnd: »Ja, Nadja. Ich befürchte, jetzt passiert etwas Schlimmes.«

Aus: Brief #27

Vorletzte Nacht hatte ich zum ersten Mal seit langem wieder einen Traum. Von Marta, die auf dem Rücken im roten Salzsee von Aigues-Mortes trieb. Sie trug ein langes weißes Kleid, das vom Wasser fast durchsichtig war und nur noch rosa schimmerte. Plötzlich riss sie ihre blauen Augen auf und starrte mich an. Mein eigener Schrei hat mich geweckt. Zumindest dachte ich, dass ich wach wäre, bis ich den Mann an meinem Bett stehen sah. Sein Gesicht war verschwommen, bloß seine Uniform erkannte ich klar und deutlich. Erst jetzt wachte ich wirklich auf, nicht schreiend, nur keuchend und resigniert. Bei der gestrigen Sitzung erzählte ich meiner Therapeutin davon.

»Was empfinden Sie, wenn Sie an den Mann denken?«, wollte sie wissen. »Macht er Ihnen Angst?«

»Angst«, wiederholte ich und nickte bestätigend, nur um gleich darauf den Kopf zu schütteln. »Wut. Ich hasse ihn.«

»Für das, was er Marta angetan hat?« Ihr Ausdruck, eben noch mitfühlend, veränderte sich, sah jetzt misstrauisch aus. Ich ahnte, worauf das Ganze hinauslaufen würde. Wenn ich jetzt eine falsche Antwort gab, würde ich als Nächstes das Wort »Schutzfunktion« zu

hören bekommen, ein Wort, das ich fast so sehr hasste wie den Mann aus meinem Traum.

»Sie war nicht immer nur schlecht«, lenkte ich das Gespräch also vorsorglich in eine andere Bahn. »Im Gegenteil.« Mir fiel ein, wie ich als kleines Mädchen einmal mit gefalteten Händen vor meinem Bett kniete und betete. Ich hatte sogar Reiskörner auf den Boden gestreut, weil ich glaubte, Gott kein anderes Opfer bringen zu können, als die eigene Bereitschaft zum Leid, und es war ja tatsächlich schmerzhaft, wie sich die harten Körnchen in meine Knie bohrten und tiefe, teils blutige Abdrücke in der Haut hinterließen. So kniete ich und bat Gott darum, mich zurückzunehmen, damit Marta mich los wäre und endlich das Leben leben konnte, das sie verdiente. Ich sprach mein Gebet laut, ohne mitbekommen zu haben, wie sie in mein Zimmer gekommen war.

»Nadja!«, rief sie ehrlich entsetzt und riss mich aus der Reislache an ihre Brust. »So etwas darfst du nicht einmal denken, geschweige denn, darum beten! Was sollte ich denn ohne dich machen?« Sie wiegte mich in ihrer Umarmung, küsste meine Stirn und meinen Scheitel und sagte, sie habe mich lieb.

»Und haben Sie sich so gefühlt?«, bohrte meine Therapeutin weiter. »Geliebt?«

»Sie hat mich geliebt«, trotzte ich ihrer dummen Frage zurück. »Sie hat mich geliebt, so gut sie es eben konnte.«

»Und dennoch hat sie Ihnen wehgetan.«

Ich zuckte mit den Achseln und entging ihrem Blick, indem ich an die Decke ihres Büros starrte.

»Wahrscheinlich ist es sehr schwer, jemanden zu lieben, wenn man sich selbst hasst. Verletzte Menschen verletzen Menschen. Kann man ihnen das vorwerfen?«
Ich zuckte zusammen, als die Therapeutin nach meiner Hand griff und fest zudrückte.
»Ja, Nadja. Genau das dürfen Sie tun. Sie dürfen Marta Vorwürfe machen. Sie sollten es sogar tun, wenn Sie so empfinden. Unterdrücken Sie das nicht.«
Ich entzog ihr meine Hand und klemmte sie zwischen die überschlagenen Beine in meinem Schoß.
»Ich glaube, ich möchte ein neues Präparat ausprobieren«, sagte ich in Gedanken an den Mann in der Uniform. Ich will ihn nicht in meinen Träumen.
Wie ist das bei dir, mein Engel? Kannst du schlafen? Träumst du gut oder schlecht oder gar nicht? Das frage ich mich oft. Weißt du was, für heute Nacht schicke ich dir einen Traum vom Meer.
Schlaf gut, mein Engel.

Juli 2014

Als Tabea Lenggries an diesem Morgen in die Kanzlei kam, trug sie Jeans, einen schlichten Pullover und einen ungewohnt nachlässig frisierten Pferdeschwanz. Auch eine Handtasche hatte sie nicht dabei; der Autoschlüssel und die Codekarte, die den Zugang zur Kanzlei ermöglichte, steckten in der hinteren Tasche ihrer Jeans. In der Hand hielt sie einen Briefumschlag. Der alte Kohn vom Empfang, der einem Boten gerade den Erhalt einiger Gerichtsdokumente quittierte, sah ihr irritiert hinterher. Sie war spät dran für ihre Verhältnisse.

Tabea nahm den Aufzug in den zweiten Stock. Ihr Ziel war das Büro von Gero van Hoven. Sie hatte bereits während der Autofahrt von ihrem Handy aus mit unterdrückter Nummer angerufen, um sicherzugehen, dass er da war. Der grauen Maus in seinem Vorzimmer, die sie abwimmeln wollte, weil er sich angeblich auf eine Verhandlung vorbereite, erklärte sie knapp, dass es dringend sei, und hatte vor dem nächsten Einwand auch schon an seine Tür geklopft.

»Tabea.« Er sah überrascht aus.

Unaufgefordert nahm sie im Sessel vor seinem Schreibtisch Platz und sagte: »Hör einfach nur zu.«

*

Gero van Hoven hatte sich für eine Tasse Kaffee auf die Dachterrasse zurückgezogen. Nun stand der Kaffee unangetastet auf einem der Tische, er dagegen am Rand des Daches, die Unterarme auf das Geländer gelehnt, den Blick über seine Stadt gerichtet. Dass die Dinge wie von selbst glattliefen. Dass sie sich, taten sie es einmal nicht, dennoch irgendwie glattbügeln, -zurren, -zerren ließen. Dass es nur an ihm und in seinen Händen lag. So war er es in den letzten Jahren gewohnt gewesen.

Mit Mitte zwanzig war er frisch vom Studium als Praktikant zu »Abramczyk« gekommen, jene Kanzlei, die schon damals zu den renommiertesten und mit über hundert Mitarbeitern auch zu den größten Berlins gezählt hatte. Ein Ort, der Möglichkeiten bot, an dem man je nach Einsatz und Entschlossenheit eine unbedeutende Speiche oder ein unersetzliches Rad in Ludwig Abramczyks Getriebe sein konnte. Zuerst hatte Gero ihm nur Kaffee geholt, Paragrafen nachgeschlagen und seinen Aktenkoffer getragen. Aber Ludwig war immer ein fairer Kerl gewesen. Er gab jedem eine Chance, besonders, wenn man sich als aufmerksames Publikum erwies. Er liebte es, nach Feierabend bei einem Glas Whisky von seinen Heldentaten zu erzählen, bis seine Wangen glühten und er schläfrig wurde. Gero hatte Geduld bewiesen, hatte selbst dann noch zugehört, als die Geschichten sich immer häufiger zu wiederholen begannen. Seit fast fünf Jahren stand sein Name nun neben Ludwigs eingraviert auf dem goldenen Schild an der Eingangstür der Kanzlei. Er war jetzt zweiundvierzig, er war Partner, er hatte es geschafft.

Trotzdem fühlte er sich in diesem Moment auf dem

Dach wieder wie der schlaksige Junge, der zu nichts mehr zu gebrauchen war als zum Kaffeekochen und Aktenkoffertragen. Und das ausgerechnet wegen Tabea. Tabea, die ihn immer vergöttert hatte. Tabea, auf die er sich doch immer hatte verlassen können. Tabea, die jetzt einfach weg war.

Zuerst hatte er noch gelacht, vorhin, als sie bei ihm gewesen war, um ihm die Schlüsselkarte für die Kanzlei und den Umschlag mit ihrer Kündigung zu überreichen.

»Komm schon, Tabs«, hatte er gesagt. »Das kann doch nicht dein Ernst sein. Ich verstehe ja, dass du sauer auf mich bist. Aber das sollte nicht der Grund für eine Entscheidung sein, die du mit Sicherheit spätestens übermorgen bereuen wirst.«

»Ist mir schon klar, dass du das für eine Kurzschlussreaktion hältst«, entgegnete sie. »Aber das ist es nicht. Es ist das einzig Richtige.«

»Es ist dumm. Und trotzig.« Er erhob sich, trat um seinen Schreibtisch herum und begann, ihre Schultern zu massieren. Tabea gab ein zufriedenes Seufzen von sich. »Es passt überhaupt nicht zu dir.«

Vor allem aber passte es nicht in Geros Bild von ihr. Tabea war stets verlässlich gewesen, kongruent in Wort und Tat, fürsorglich, und nie hatte sie zuerst an sich, sondern an ihn und sein Wohlbefinden gedacht. Eine Frau, als hätte er sie sich für seine Vorstellung einer perfekten Beziehung extra geschnitzt. Mit ihr zusammen konnte er sich als Eins fühlen. Sie beide gegen den Rest der Welt. Nicht wie seine Eltern, die er nie als eine unverbrüchliche Einheit begriffen hatte. Nur, wenn es wirklich so gewesen wäre – wenn Tabea sein Werk und er sie sich zurechtgeschnitzt hätte –, hätte er zugeben müssen, eine entscheidende Stelle vergessen zu haben. Eine raue Stelle voll hartnäckiger Holzsplitter, die sich im Nachhinein nicht mehr glatthobeln ließ: Aufgrund einer Erkrankung der Gebärmutterschleimhaut konnte sie keine Kinder bekommen. Und als er ihr vor ungefähr einem drei viertel Jahr sagte, er fühle sich jetzt bereit für den nächsten Schritt, eine richtige Familie zu gründen, und sie ihm daraufhin gestand, dass dies mit ihr nicht möglich sei, war ihm klargeworden, dass seine Suche nach der richtigen Partnerin noch nicht vorbei war. Dennoch würde er mit Tabea zusammenbleiben, bis er einen adäquaten Ersatz für sie gefunden hätte, und danach wären sie einfach Freunde, die besten. So würde es laufen, ganz sicher. Tabea hatte ihn noch nie enttäuscht. Sie würde für immer sein Rückzugsort sein, sein Netz, sein doppelter Boden.

Abrupt ließ er von ihren Schultern ab.

»Ich kann das nicht zulassen.«

»Es wird dir nichts anderes übrig bleiben.« Sie stand auf, ging hinüber zum Fenster, blickte hinaus. »Weißt du, Gero, es geht nicht nur um Laura Brehme und die letzten vier Monate. Das war vielleicht der Auslöser.« Sie wandte sich um. »Ich habe mich gefragt, wann ich zum letzten Mal richtig glücklich gewesen bin, und sosehr ich mich auch angestrengt habe, ist es mir einfach nicht eingefallen. Ich bin annähernd glücklich, wenn ich in meinem Auto sitze und Musik höre, die mich von einem anderen Leben träumen lässt. Und in diesem Leben bin ich keine Anwältin. Da schnürt sich kein Kostüm um meinen Körper wie ein Korsett, das mich kaum atmen lässt. Da besteht der Sinn meiner Existenz nicht darin, Verbrechen zu rechtfertigen, die ich in Wahrheit selbst verurteile.« Sie zuckte die Schultern. »Vielleicht habe ich mich einfach irgendwann einmal verlaufen. Mich geirrt.«

»In mir, meinst du.«

»In dir – ja, auch. In allem. Das hier ist nicht mehr mein Leben. Ich sehne mich so sehr nach etwas Einfacherem, nach … ich weiß nicht … etwas Echtem. Ich denke darüber nach, mir eine Auszeit zu nehmen und wirklich mal für eine Weile aufs Land zu gehen, wo ich mich um einen Garten und ein paar aufsässige Hühner kümmern kann.«

Gero lachte erneut.

»Also, ich sehe das so: Du bist eine in ihrem Stolz verletzte Frau, der nichts anderes einfällt, als dem Mann, der sie verlassen hat und der überdies ihr Chef ist, die Kündigung auf den Tisch zu knallen, um ihn zu bestrafen.« Er schüttelte den Kopf. »Das akzeptiere ich nicht.«

»Du verstehst es nicht.«

»Und du gehst nicht, basta. Die Kanzlei braucht dich. Du weißt, dass wir momentan unendlich mehr Fälle als Anwälte haben. Du wirst zumindest noch die Heger-Sache über die Bühne bringen. Danach machst du ein bisschen Urlaub, bis du im Kopf wieder einigermaßen normal bist, und dann …«

»Ich gehe, Gero, und zwar heute. Ich habe noch jede Menge Überstunden und Resturlaub. Damit stopfe ich problemlos die Kündigungsfrist, das weißt du.«

»Das kannst du vergessen, Tabea.«

»Gut, dann suche ich mir eben einen Arzt, der mich krankschreibt. Erschöpfungssyndrom, Burn-out.« Sie verschränkte die Arme vor der Brust. »Irgendjemanden finde ich schon, der mir das attestiert.«

»Du erpresst mich? So weit sind wir jetzt also? Nur wegen dieser Sache mit Laura?«

Tabea seufzte, dann trat sie auf ihn zu. Streckte ihre Hand aus, legte sie an seine Wange.

»Noch mal: Es geht nicht nur um Laura.«

»Aber vor allem um sie.«

»Schon«, gab sie zu. »Weißt du, ich …« Sie stockte, ihr Mund formte ein einseitiges Lächeln. »Du warst alles für mich. Und ich hätte auch alles für dich getan. Allein deswegen kann ich nicht hierbleiben. Wie soll ich es ertragen, dich jeden Tag zu sehen? *Euch* zu sehen?« Erneut schüttelte sie den Kopf. »Ich will nicht werden wie so viele unserer Mandanten, wie dieser Heger zum Beispiel. Ich will nicht verrückt werden vor Liebe und dann eines Tages etwas tun, womit ich uns alle unglücklich mache.«

»Dann reiß dich verdammt noch mal zusammen«, zischte Gero. »Du bist erwachsen, Herrgott. Nicht jeder wird wegen eines gebrochenen Herzens gleich zum Psychopathen.«

»Ich wünsch dir alles Gute«, sagte sie leise und wollte ihn zum Abschied umarmen, doch er hatte sich schon abgewandt. Tabea war ihm in den Rücken gefallen, hatte ihn im Stich gelassen. Wie auf Knopfdruck fühlte er sich einsam – ein Gefühl, das er seit Kindertagen schon nur schwer ertrug, denn Einsamkeit machte angreifbar. Und schwach.

Gero trat vom Geländer zurück und setzte sich an den Tisch. Der Kaffee war längst kalt geworden; er trank ihn trotzdem. Er brauchte noch eine Weile, hier, allein auf dem Dach. Er musste nachdenken.

Es war immer leichter für denjenigen, der ging, als für den, der zurückblieb. Nicht nur, weil Gero ohnehin kein Typ für Affären war, hatte er die Beziehung zu Tabea beendet, anstatt bereits nebenbei eine Affäre mit Laura zu beginnen, was Tabea früher oder später sowieso bemerkt hätte. Immerhin arbeiteten sie alle drei in einem Haus. Sie hätte es herausgefunden und sich von ihm getrennt – dem war er zuvorgekommen. Und es hatte sich richtig angefühlt, gut sogar. Es fühlte sich immer gut an, derjenige zu sein, der die Entscheidungen traf. Er hatte nur nicht damit gerechnet, dass Tabea nachziehen würde.

Gero rieb sich die Stirn. Zwei Dinge, die er jetzt zu tun hätte. Erstens: Er musste jemanden finden, der Tabea im Fall Heger ersetzte. Zweitens: Er würde Laura einen Heiratsantrag machen.

Nadja

Wir verlassen das Schlafzimmer von Lauras Großmutter und steigen die Treppe zum Erdgeschoss hinab. Er lässt mich vor sich gehen, als wäre ich sein Schutzschild, ich spüre seinen festen Griff um meinen rechten Oberarm und seinen Atem in meinem Nacken, der meine Haut mit klammer Feuchte überzieht. Ich warte immer noch auf die Panik, darauf, mich im nächsten Moment am Rand der weißen Klippe wiederzufinden, doch sie kommt nicht, nichts geschieht. Ich gehe langsam, um Zeit zu schinden und meinen Kopf zu schonen, der bei jedem Schritt schmerzt und dröhnt. Ich bin mir sicher, dass Herr van Hoven irgendetwas vorbereitet hat, ich weiß es einfach – warum sonst hätte er mich so lange im Schlafzimmer eingesperrt? Von den letzten Stufen aus kann ich über einen offenen Durchgang einen Blick ins Wohnzimmer werfen. Flüchtig erkenne ich dabei den Rücken einer Ledercouch, eine Stehleuchte mit einem halbrunden Metallschirm und einem gebogenen Ständer, der mir vorkommt wie ein zu groß geratener, hängender Blumenstängel, ein Bücherregal, das bis auf ein einziges Fach leer ist, und einen Holzofen. Ansonsten Umzugskartons, bestimmt ein Dutzend davon.

»Nach rechts, Nadja.«

Ich gehorche. Nach rechts, wo die Küche ist. Ein Tisch

mit gedrechselten Beinen, von einer Eckbank und zwei Stühlen gesäumt, die aussehen, als stammten sie aus einem alten Gasthaus. Die Küchenzeile besteht nur noch aus Unterschränken, einer Spüle und einem Gasherd. Die Oberschränke sind abmontiert; bräunliche Verfärbungen an der weißen Wand bezeugen, wo sie jahrelang aufgehängt waren. Unter dem Fenster stehen weitere Umzugskartons, die mich vermuten lassen, dass Laura oder andere Familienangehörige irgendwann einmal damit begonnen hatten, den Hausstand der Großmutter aufzulösen.

»Setz dich.« Ich sehe ihn an. »Auf die Bank, bitte«, führt er aus und macht eine Geste. »Ach ja, ich habe dir noch was mitgebracht, damit du nicht denkst, wir würden unter ungleichen Bedingungen spielen.« Er verlässt die Küche, nur ist der Moment zu kurz, um etwas Sinnvolleres damit anzustellen, als mich umzusehen. Nach dem Fenster, das ein Fluchtweg sein könnte, nach einer Waffe oder einem Gegenstand, der sich als solche verwenden ließe. Ich will ihm nichts tun. Ich will nur, dass er mich gehen lässt.

»Ich hatte dich gebeten, Platz zu nehmen.«

Ich nicke, rutsche in die Mitte der Bank. Er überreicht mir ein dickes Buch und lächelt: »Strafgesetz, neueste Ausgabe.«

Ich weiß nicht, warum ich mich dafür bedanke; ich weiß gar nichts mehr. Nur, dass das nicht der Mann sein kann, für den ich fünfeinhalb Jahre lang gearbeitet habe. Das ist nicht mehr Gero van Hoven. Wenn ich darüber nachdenke, dann ist es mir vermutlich schon gestern Abend aufgefallen, nur hatte ich mein Gefühl genauso überhört wie Lauras Worte. *Gero ist anders geworden, Nadja.*

Ja, er war anders, irgendwie seltsam und kühl, als er gestern nach Hause kam, die Küche betrat und mir mit einem knappen »Ich habe gehört, Sie essen heute mit uns« die Hand reichte. Ich entgegnete: »Ja«, und dass Laura mich eingeladen habe. Daraufhin er: »Na dann, willkommen.« Doch so klang es nicht – *willkommen*. Zu Laura, die gerade den Tisch deckte, sagte er bloß: »Ich dachte, das Essen wäre fertig.«

»Ist es ja gleich, Schatz.« Sie lächelte scheu. »Zehn Minuten noch, höchstens.« Hatte ich da nicht sofort an meine Mutter gedacht, die auch oft auf diese Art gelächelt hatte, wenn es zum Weinen nicht reichte?

»Gut«, befand Herr van Hoven und sagte, er gehe sich umziehen. Ich wagte erst wieder zu atmen, nachdem er die Küche verlassen hatte.

Laura flüsterte: »Oh Gott«; ich nickte wissend. Wir hatten keine Ahnung, wie wir den Abend überstehen sollten, ohne uns etwas anmerken zu lassen.

»Was, wenn er in die Garage geht?«, fragte ich mit gesenkter Stimme, während sie das Besteck um die Teller herum verteilte.

Sie schüttelte den Kopf.

»Zumindest hat er keinen Grund, ans Auto zu gehen.« Ich hoffte, dass sie recht behielt.

Dann das Essen.

Das Besteck klapperte über die drückende Stille hinweg, das Fleisch kam mir zäh vor und jedes Schlucken zu laut. Irgendwann hob Herr van Hoven sein Weinglas und prostete auf meinen Besuch.

»Wie kommt es eigentlich dazu?«, fragte er und sah

mich durchdringend an. Ich tat, als kaute ich, dabei hatte ich den letzten Bissen längst hinuntergeschluckt.

»Nadja renoviert gerade ihre Wohnung«, holperte Laura los. »Eine Katastrophe, nicht wahr, Nadja?«

»Eine Katastrophe«, bestätigte ich.

»Deswegen wird sie auch bei uns übernachten.« Darüber hatten wir nicht gesprochen. Ich nickte trotzdem, verstand, dass es Laura beruhigte, mich in ihrer Nähe zu wissen.

»Ach«, bemerkte Herr van Hoven. »Wird sie das?«

Ich versuchte ein Lächeln. »Natürlich nur, wenn es in Ordnung ist.«

»Ist es«, bestimmte Laura, ehe sie sich ihrem Mann zuwendete und fragte: »Oder, Schatz?«

Herr van Hoven brummte.

»Jedenfalls hab ich Nadja versprochen, ihr zu helfen«, erklärte Laura. »Gleich morgen früh wollen wir loslegen. In den Baumarkt müssen wir auch, deswegen wollte ich dich fragen, ob ich eventuell dein Auto haben kann.«

»Ihr habt doch dein Auto, das groß genug sein dürfte für Besorgungen aus dem Baumarkt. Was willst du da mit meinem?«

»Ja, schon. Aber wir dachten, dass Nadja den Land Rover vielleicht über das ganze Wochenende behalten sollte. Sie wollte nämlich auch noch ein paar Sachen zum Wertstoffhof fahren, stimmt's, Nadja?«

»Stimmt. Ja«, sagte ich zögerlich und rieb mir die Stirn, als mir klar wurde, dass Laura vorhatte, in getrennten Wagen in den Spreewald zu fahren. Ich begriff es schon, sie wollte vermeiden, dass wir zusammen gesehen wurden.

Andererseits wollte ich gar nicht darüber nachdenken, wie ich die Fahrt im Alleingang bewerkstelligen sollte, zumal mit dem toten Aron Bruckstätt im Kofferraum. An den meisten Tagen schaffte ich es ja nicht einmal, mit der U-Bahn zu fahren, geschweige denn ein fremdes Auto – samt Leiche – hundert Kilometer weit über die Autobahn zu steuern. Ich spürte, wie mein Gesicht anfing zu glühen, und hoffte nur, nicht rot zu werden, um Herrn van Hoven kein verräterisches Indiz zu liefern. Ich beschwor mich selbst, sagte mir, dass ich Laura heute durch den Berliner Stadtverkehr nach Hause gebracht hatte. Dass ich auch die morgige Fahrt schaffen würde, wenn ich mir nur immer wieder vor Augen hielt, wofür ich das Ganze tat: für sie.

»Na ja«, führte Laura indes an ihren Mann gerichtet aus, »und wenn ich dein Auto bekommen könnte, wäre ich eben flexibel.«

»Wenn du meinst.«

»Oder brauchst du es morgen?«

»Nein, schon gut. Ich will morgen früh Tennis spielen gehen, aber ich kann mich auch abholen lassen, kein Problem.«

»Oh«, sagte Laura. Der Versuch zu lächeln endete in einer schiefen Grimasse. »Mit wem willst du denn spielen?«

»Wieso fragst du?«

»Nur so … Mit Aron Bruckstätt?«

Herr van Hoven verneinte. Aron sei heute den ganzen Tag nicht zu erreichen gewesen, also habe er sich mit Fred Mertens verabredet, dem Staatsanwalt, sie wisse schon.

»Ich schreibe ihm später eine Nachricht, dass er mich

abholen soll, dann kannst du den Porsche nehmen. Aber du weißt: Fährst du mir eine Beule rein, bist du tot.« Es sollte ein Witz sein; wir lachten stotternd. Ich war erleichtert, als er sich nach dem Essen verabschiedete. Er wolle duschen und danach gleich schlafen gehen, es sei ein anstrengender Tag gewesen. Laura und ich kümmerten uns um den Abwasch.

»Also«, begann sie gedämpft, während wir aus dem hinteren Teil des Hauses das Wasser rauschen hörten. »Wir warten, bis Gero morgen früh fort ist, dann machst du dich schon mal auf den Weg zum Haus meiner Großmutter. Ich schreibe dir alles genau auf, damit du das Navi nicht anmachen musst. Wir dürfen auch nicht telefonieren, das könnte die Polizei im Nachhinein alles auswerten.«

»Und du?«

»Ich fahre zu Arons Wohnung und überprüfe, ob da noch irgendwelche Sachen von mir sind. Dann komme ich in den Spreewald nach. Wahrscheinlich werde ich sowieso schneller sein als du, schließlich kenne ich die Strecke und die Gegend im Schlaf.«

»Vielleicht solltest du die Wohnung putzen, zumindest die Oberflächen noch mal abwischen, damit sie im Fall des Falles keine Fingerabdrücke von dir finden. Habt ihr euch immer bei ihm getroffen?«

»Ja.« Sie senkte den Blick. »Na ja, meist. Bis auf das letzte Mal eben.«

»Nie im Hotel oder sonst irgendwo?«

»Nein, nur …« Sie stockte.

»Laura?«

»Einmal waren wir in einer Kneipe an der Bundesstraße. Aber die liegt dreißig Kilometer von hier entfernt, und die Leute, die dahin kommen … also, ich glaube nicht, dass die mit der Polizei reden.« Ich versuchte, mir Laura an einem Ort vorzustellen, an dem es Leute gab, die nicht gerne mit der Polizei redeten – und scheiterte. Es musste schon ein sehr schäbiger Ort sein, mit sehr schäbigen Leuten.

»Und seine Nachbarn?«

»Du meinst mögliche Zeugen?« Sie schüttelte den Kopf. »Es ist eine riesige Apartmentanlage am Potsdamer Platz. Da wohnen über zweihundert Leute, da fällt niemand auf.«

»Okay.«

Plötzlich sah sie nachdenklich aus.

»Was ist?«

»Ich überlege nur gerade … Vielleicht sollten wir uns verkleiden. Also, ich meine …«

»Ich versteh schon«, sagte ich. »Wir sollten nicht so aussehen, wie wir sonst immer aussehen, damit uns später niemand identifizieren kann.«

Laura lächelte.

»Genau. Meinst du, du kannst mal für einen Tag auf dein Mäuschenkostüm verzichten?«

Ich streiche das Papageienshirt glatt, das sie mir heute Morgen gegeben hatte mit den Worten: »Das wollte ich sowieso längst entsorgen, weil es so abartig hässlich ist.« Sie hatte gelacht, ohne dass ihr Lachen ihre Augen erreichte. Ihr musste klar sein, dass ich sie letzte Nacht gehört hatte, auch wenn ich versuchte, mir nichts anmerken zu lassen.

Herr van Hoven hat inzwischen begonnen, Kaffee zuzubereiten. Es werde ein langer Tag für uns beide werden, hat er gesagt. Ich beobachte seinen Rücken, während er das Kaffeepulver, das er aus dem Kühlschrank geholt hat, in den Filter schöpft, und denke daran: an die letzte Nacht. Wie ich im Gästezimmer, das an das Schlafzimmer der van Hovens angrenzt, im Bett lag, mit zusammengekniffenen Lidern und dem Kissen über dem Kopf.

Sie hat geschrien, er hat gegrunzt.

– Tut er ihr weh?
– Nein, mein Engel. Es geht ihr gut, mach dir keine Sorgen. Schlaf jetzt.
– Und warum schreit sie dann?
– Sie schreit ja gar nicht richtig. Es ist nur, weil sie sehr angestrengt ist. Mach einfach die Augen zu und schlaf.
– Was ist das für ein Quietschen?
– Das ist das Bett.
– Ich kann nicht schlafen, wenn es so laut ist.
– Das musst du aber, Schatz. Wir müssen beide schlafen, sonst hören wir morgen früh den Wecker wieder nicht. Und dann kommst du zu spät in den Kindergarten und ich zu spät zur Schule.
– Warum sagt er solche schlimmen Sachen zu ihr?
– Das meint er doch gar nicht so. Es ist eher wie ein Spiel.
– Das ist kein schönes Spiel.

– Soll ich dir was zum Einschlafen vorsingen?
– Ja.
– Hast du einen Wunsch?
– Die Königskinder.
– Ach nein, Schatz. Das ist so ein trauriges Lied.
– Ich möchte es trotzdem hören.
– Na gut … *Es waren zwei Königskinder, die hatten einander so lieb, sie konnten beisammen nicht kommen, das Wasser war viel zu tief, das Wasser war viel zu tief …*

Ich räuspere mich.

»Herr van Hoven?«

Er dreht sich um, den Kaffeelöffel in der Hand.

»Wir wollten doch *du* sagen, Nadja. Nenn mich Gero.«

Ich senke den Blick auf meinen Schoß. Ich möchte ihn nicht ansehen – nicht, nachdem ich ihn gestern Nacht wie ein Tier über Laura habe herfallen hören, und schon gleich zweimal nicht, weil ich in seinen Augen weiterhin nach dem Mann suchen würde, den ich fünf Jahre lang als meinen Chef zu kennen glaubte. Als einen guten Menschen.

»Ich will nur wissen, wo Laura ist.«

»Ich habe dir gesagt, dass es ihr gut geht. Mehr musst du nicht wissen.«

Ich nicke beklommen. Höre, wie der Kaffeelöffel auf die Arbeitsplatte klackert. Im nächsten Moment scharrt ein Stuhl über die Bodenfliesen. Nachdem er sich mir gegenübergesetzt hat, streckt er seine Hand mit der geöffneten Handfläche nach oben über den Tisch. Seine Finger machen klimpernde Bewegungen.

»Na los«, sagt er. Ich will nicht, trotzdem lege ich meine Hand in seine und ertrage, wie er sie umschließt. »Sieh mich an.« Ich tue es. »Ich bin kein Lügner, Nadja. Okay? Niemandem geht es so sehr um die Wahrheit wie mir. Deswegen sind wir schließlich hier. Ich habe dir gesagt, dass es Laura gut geht, und genauso ist es auch. Über alles Weitere werden du und ich verhandeln. Ich bin der Ankläger, du bist die Verteidigerin.«

Ich schüttele den Kopf.

»Das kann doch nicht Ihr Ernst sein.«

»Wie ich dir gesagt habe«, gibt er schulterzuckend zurück. »Wir spielen Gericht.«

»Und wer entscheidet über das Urteil?«

»Ich.« Er grinst. »Aber ich verspreche dir eins: Ich bin fair.«

Mit einem ungläubigen Laut entreiße ich ihm meine Hand und wische sie am Stoff meiner Jeans ab.

»Das, was hier gerade läuft, ist alles andere als fair.«

»Das, was Laura getan hat, war es auch nicht.« Er lehnt sich in seinem Stuhl zurück und verschränkt die Arme vor der Brust. »Nicht mal du warst fair, Nadja. Ich hätte dich für loyaler gehalten. Immerhin bin ich dein Chef. Und du weißt genau, was ich hätte tun können, damals, nach dem Vorfall mit Vivi.« Ich presse die Lippen aufeinander. Der Vorfall mit Vivi hatte sich nur einige Wochen nach ihrer Geburt ereignet, als Laura in die Kanzlei kam, um den Kollegen die Kleine vorzustellen. An den meisten Tagen gelingt es mir, ihn zu verdrängen, nur manchmal, wenn ich den rosa Frotteehund in meiner Kommode entdecke, schwemmt er hoch, und ich schäme mich. »Du weißt, dass ich dich sofort hätte feuern können. Und mehr noch: Ich hätte dich anzeigen können.«

»Aber das haben Sie nicht getan«, sage ich schnell, bevor er sich bemüßigt fühlt, den Vorfall näher auszuführen. »Weil Sie ein guter Mensch sind, Herr van Hoven. Und allein deshalb müssen wir das hier beenden, bevor irgendetwas geschieht, das Sie Ihr Leben lang bereuen werden. Denken Sie an Ihre Tochter.«

Er lächelt.

»Ich schätze den Versuch, Nadja. Aber ich habe mich entschieden. Wir beide verhandeln heute den Fall der Ehebrecherin und Mörderin Laura van Hoven.«

Es dauert. Ich schaffe es nicht gleich. Ich muss mir das zähe Wort erst zurechtkauen und mir meiner Feigheit bewusst werden. Wie ich jeden Morgen an der U-Bahn darauf warte, dass jemand kommt, der mich von hinten anrempelt, damit ich den lächerlichen ersten Schritt auf die Rolltreppe schaffe. Wie ich samstagabends an meinem geöffneten Küchenfenster sitze und mir vorstelle, eingeladen zu sein, anstatt einfach bei meiner Nachbarin zu klingeln und mich vorzustellen. Wie ich immer wieder Briefe an meinen Bruder schreibe und sie doch nie abschicke. Wie feige ich war, wie feige ich bin. Und dann sage ich es einfach, ich sage es so laut und bestimmt ich nur kann: »Nein.«

Herr van Hoven sieht mich irritiert an.

»Es ist nicht so, als ob du eine Wahl hättest, Nadja.«

»Oh doch, die hab ich.« Damit schiebe ich den Holztisch von mir, mitten in seinen Magen hinein. Ich springe auf, stürze aus der Küche über den Flur zur Haustür. Die

Klinke. Meine Hand drückt sie herunter, einmal, noch einmal, viele Male in immer kürzeren Abständen. Die Tür. Die Tür, die abgeschlossen ist. Kein Schlüssel, der steckt. Und schließlich der Schatten, der sich in meinem Rücken aufbaut, und das metallische Rasseln eines Schlüsselbunds.

»Bist du sicher, dass du schon gehen willst, Nadja?«

Zaghaft wende ich den Kopf über meine Schulter. Der Schlüsselbund rasselt erneut.

»Es ist nämlich so: Wenn du dich entschließen solltest, dein Mandat frühzeitig niederzulegen, ergeht mein Urteil eben ohne Verhandlung.«

»Und das bedeutet?«

Er zuckt die Schultern.

»Dass Laura sterben wird.«

Aus: Brief #28

Habe ich es nicht gesagt? Ich brauche dringend ein anderes Medikament! Schon bei der letzten Sitzung, nach dem letzten Traum, hatte ich meine Therapeutin darum gebeten. Aber sie wollte mir nichts Neues verschreiben, fand, ich solle bei dem alten Präparat bleiben. Ein einziger Traum in Monaten mache schließlich noch kein Muster. Ich ahnte gleich, dass sie sich irren würde, aber ich habe klein beigegeben.
Und jetzt? Die Träume häufen sich wieder. Letzte Nacht sah ich Marta, die mit gesenktem Kopf in unserem alten Badezimmer stand. Ihre Haare waren ein nasser Vorhang, der ihr Gesicht verdeckte. Auch ihr weißes Kleid war nass, aus dem Stoff tropfte es auf die Bodenfliesen. Es tropfte rot. Plötzlich hob sie den Kopf und starrte mich aus ihren großen blauen Augen anklagend an. Ich hätte aufwachen müssen an dieser Stelle, aber es geschah einfach nicht. Als Marta nun ihre Hand ausstreckte, wurde mir klar, dass ich ihr gegenüberstand; kein halber Meter lag zwischen uns. Ich spürte, wie sich meine Atmung beschleunigte, und trotzdem hatte ich das Gefühl, im nächsten Moment zu ersticken. Panisch schüttelte ich den Kopf. Sie sollte mich nicht berühren, ich wollte das nicht, also stolperte ich einen Schritt nach hinten – und prallte

prompt gegen einen unnachgiebigen Widerstand. Ich fuhr herum. Vor mir stand der Mann in der Uniform. Ich versuchte, sein Gesicht zu erkennen, doch er hatte keine Augen, keine Nase, nur einen Mund, den er jetzt öffnete. Auf einen Schlag wurde mir kalt, ich zitterte. Er sagte: »Arme Kleine. Niemand glaubt dir.«
Erst da schreckte ich hoch, blitzartig wach. Noch im Nachhall des Traumes hörte ich ihn lachen, den Mann in der Uniform. Er hat mich ausgelacht.

Juli 2014

Achtundvierzig Anwälte, zweiunddreißig davon auf Strafrecht spezialisiert, alle ausgelastet und ohnehin keiner so gut wie Gero van Hoven. Er musste den Fall Heger also selbst übernehmen. Noch ein Grund mehr für ein paar stumme, scharfe Flüche, die er auf dem Weg in die kanzleieigene Tiefgarage gegen Tabea richtete. Sie waren noch nicht fertig, beschloss er – *so nicht, Fräulein.*

Es hatte schon einmal eine Frau gegeben, die ihn für dumm verkaufen wollte, Lillian Kössling. Lilly, wie er sie genannt hatte. Kennengelernt an der Uni, Lilly, die Literatur studierte und die schönsten Gedichte schrieb, Lilly, die so besonders war, so hübsch, so unkompliziert und lebensfroh. Lilly, seine erste große Liebe, ein erstes ernst gemeintes Für-Immer. Doch dann, nach fast zwei Jahren, dieser eine Winterabend, als sie sich am Savignyplatz trafen. *Wie wunderbar*, dachte er zuerst noch. Als wären sie Teil eines Gedichts aus Lillys Feder. Die glitzernden Lichter des Weihnachtsmarkts und dicke weiße Watteflocken, die um sie herumtrieben, während sie einander im Arm hielten wie zwei glückselig vom Krach und dem Chaos der Welt isolierte Figürchen in einer Schneekugel. Bis er merkte, wie Lilly immer stärker zitterte und sich versteifte. Er schob es auf das Wetter, den klirrend kalten Winter. Doch dann hob sie den Kopf von seiner Schulter und sah ihn mit einem Blick an, den er noch nie an ihr gesehen hatte. Dazu ihre Stimme, die völlig anders klang als sonst. *Gero, ich muss dir was sagen* ... So bekam die Schneekugel ihren ersten zarten Riss, einen, der sich immer weiter dehnte, als Lilly ihm nun gestand, dass sie sich seit einigen Wochen mit einem anderen traf. Eine Sache, die irgendwie, na ja, sie wisse auch nicht, halt einfach so passiert sei und natürlich nichts mit ihm zu tun habe. Die Liebe, dieses wilde, unberechenbare Geschöpf, frage eben nicht, sie stolpere unkoordiniert auf unabsehbaren Wegen, sie falle und bleibe einfach liegen wie eine niedergestreckte Betrunkene. *Es tut mir wirklich leid, Gero.* Damit ging sie weg, ohne sich noch einmal nach ihm umzusehen, und er blieb zurück, ein Idiot, einsam in der Schneekugel, deren Glaswände knarrten und knacksten, bis das Gehäuse barst und gänzlich zersprang, genau wie sein dummes, dummes Herz. Seit er denken konnte, hatte er sich diese unzerstörbare Zweisamkeit gewünscht, die man oft nur aus kitschigen Filmen und Liebesliedern kannte – die es aber doch geben musste, sonst wäre es ja gar nicht möglich, Filme und Songs darüber zu machen, oder? Und selbst wenn die Unterhaltungsindustrie übertrieb – da musste auf jeden Fall noch etwas anderes sein als das, was er von zu Hause, von seinen Eltern, kannte. Seine Mutter und sein Vater, die sich seit Jahrzehnten nur gegenseitig zu bekämpfen schienen, was Gero schon als Kind wie frevelhaft verschwendete Lebenszeit vorgekommen war. Nein, so eine Art von Beziehung würde er niemals führen. Und mit Lilly hatte er geglaubt, seine zweite Hälfte gefunden zu haben. Bis zu dem Abend, als sie die Glaskugel zerstörte. Wie hatte er sich bloß so in ihr täuschen können? Zulassen können, was sie ihm antat? Wochenlang vergrub er sich in seinem WG-Zimmer, schwänzte die Uni, leckte seine Wunden, schmeckte Blut und Tränensalz. Er aß nichts, trank nur, trank zu viel, immer nur Bier. Eine Flasche davon hatte er auch dabei, als er sich endlich aufraffte, zum ersten Mal wieder sein Zimmer zu verlassen. Es war spät, die Nacht draußen kalt und schwarz. Unter seinen schweren Schritten grollte der gefrorene Asphalt, vor ihm zog trübes Straßenlaternenlicht seinen Schatten in absurde Längen. Er musste nicht mehr denken, nur dem Schatten folgen, der zu wissen schien, wohin der Weg führte: zu dem Wohnheim, in dem Lilly lebte. Eine ganze Weile stand er davor, hob die Flasche zum Mund und starrte zum Fenster ihres Schlafzimmers im vierten Stock hinauf, eines der wenigen, in denen noch Licht brannte. Jedoch nicht das grelle Deckenlicht. Es war ein wärmeres, gedämpftes Licht, das des Nachttischlämpchens. Gero wusste, zu welcher Gelegenheit Lilly das kleine Licht anknipste. In seinem Schein hatten sie oft auf ihrem Bett gelegen, ineinander verknotet, ihre Lippen auf seinen, seine Hände auf ihrem Körper. *Du hast also Besuch, Lilly*, hatte er stumm konstatiert und dabei seine Kiefer malmen gespürt. Der andere war bei ihr …

Gero rammte den Schalthebel in den Rückwärtsgang und stieß aus der Lücke des mit seinem Namen beschrifteten Parkplatzes. Überrascht von der Grobheit seines Halters jaulte der Porsche auf wie ein verwundetes Tier. Bei dem Geräusch ließen Geros Gedankenkrallen von Lilly ab und schlugen sich in seinen Vater hinein. *Solche Autos fahren auch nur Menschen mit Komplexen*, hätte der Alte jetzt geätzt. *Sagen auch nur Leute, die sich so was niemals leisten könnten*, hätte Gero erwidert, genau wie damals, als er seine Eltern zum ersten Mal mit dem neuen Wagen besucht und eigentlich vorgehabt hatte, seinen Vater auf eine Spritztour einzuladen. Er hätte ihn vorsichtig aus seinem Rollstuhl gehoben und ins Auto gehievt, das Verdeck heruntergelassen, mit den Gängen und der Geschwindigkeit gespielt und seinen Vater sagen hören: *Ich bin stolz auf dich, mein Junge*. Stattdessen hatte der Alte bloß wie immer sein Gift verspritzt und war zurück ins Haus gerollt.

Schluss jetzt, mahnte Gero sich selbst und trieb den Wagen die Tiefgaragenausfahrt hinauf. Er hatte Besseres zu tun, als ausgelöst durch Tabea an alten Wundnähten herumzuknibbeln. Und war nicht genau das immer seine Stärke gewesen? Sich auf die wichtigen Dinge zu fokussieren, Prioritäten zu schaffen und diese abzuarbeiten, unbiegsamer Stahl zu sein, während alle anderen in der Hitze schmolzen wie billiges Plastik?

Zur Justizvollzugsanstalt also, diesen Heger kennenlernen. Dazu genügten Gero der lasche Handschlag und ein Blick in dessen wässrige Augen. *Schauspieler – Feigling – schuldig*, vermerkte er stumm. Vorhin im Büro hatte er sich bereits die Fotos vom Tatort und aus der Gerichtsmedizin angesehen.

»Ich will ehrlich sein, Herr Heger«, sagte er und bedeutete seinem neuen Mandanten, Platz zu nehmen. Heger, der erleichtert schien, dass sein Fall von Tabea auf Gero übergegangen war, nickte eifrig und tat wie ihm geheißen. »Wir haben hier ein ziemliches Problem.«

Heger zwinkerte nervös.

»Wie meinen Sie das?«

Gero brauchte fast eine ganze Stunde, um es ihm zu erklären, immer und immer wieder, wie einem begriffsstutzigen Kind. Es ging nicht nur um die Indizien, die sich aneinanderreihten wie eine allzu fest aufgezogene Perlenkette. Es ging vor allem um das gängige Missverständnis, dass Justitia blind wäre. Doch das war sie nicht, sie war höchstens etwas kurzsichtig, noch dazu eine Frau und als solche leicht zu beeindrucken. Sie würde sich die Fotos anschauen, genau wie Gero es vorhin getan hatte, und darauf dasselbe sehen, was er gesehen hatte. Ein Puppengesicht, zwar wächsern weiß im Tod, doch abgesehen davon wunderschön, wie alles an diesem jungen Mädchen, das sein ganzes Leben noch vor sich hatte, bis es auf Heger getroffen war. Die Kleine, die mit ihren geschlossenen Lidern fast zufrieden wirkte, so als hätte sie sich dem Ganzen hingegeben wie jemand, der unendlich müde, aber dennoch davon überzeugt gewesen war, nach dem Schlafen auch wieder aufzuwachen. Herzen würden zerspringen mit schmerzhaftem Geklirr, sämtliche Herzen, die des Richters und der Beisitzenden. Dann der schlanke Hals mit den Würgemalen, die sich braun verfärbt hatten, und dieser schöne, zarte Körper, wie er dalag, auf den ersten Bildern in der verschlammten Talsenke, auf den nächsten auf dem kalten Seziertisch in der Rechtsmedizin. Die Staatsanwaltschaft hätte leichtes Spiel. Mertens müsste nur die Eltern der Toten überreden, ihm ein paar Fotos ihrer zauberhaften Tochter zu überlassen, wie sie am Leben war und tüchtig bei der Arbeit im elterlichen Gasthof, lachend, strahlend und zuversichtlich, dann diese an die Presse weitergeben, und schon hätte er die Karten, die Sympathien, verteilt. Kein Richter der Welt würde Heger unter der einhelligen Meinung der Öffentlichkeit ungestraft davonkommen lassen.

»Und die Pressearbeit rollt bereits an«, erklärte Gero. »Noch ist die Kleine ein anonymer Leichenfund in einem Waldstück an der Autobahn. Aber was, glauben Sie, passiert, wenn man ihr Gesicht abdruckt? Wenn ihre Eltern sich vom ersten Schock erholt haben und beschließen, ihr Leid mit der Welt zu teilen?«

Heger, der jetzt heulte, und Gero, der ihn dafür umso mehr verabscheute.

»Aber ich bin unschuldig!«

»Okay«, seufzte Gero. »Dann erklären Sie mir, wie ein Feuerzeug mit Ihren Fingerabdrücken an den Tatort kommt.«

»Vielleicht habe ich es Nelly irgendwann einmal gegeben.«

»Sie war Raucherin?«

»Nein, aber … wir haben im Hotelzimmer manchmal Teelichter angezündet, damit es ein bisschen romantischer wird. Vielleicht …«

Gero zog eine Augenbraue hoch, Heger verstummte.

»Dann ist da die Aussage der Rezeptionistin«, fuhr Gero fort. »Irgendwann zwischen dem Einchecken und siebzehn Uhr haben Sie das Hotel kurzzeitig verlassen. Zumindest will die Rezeptionistin Sie bei Ihrer Rückkehr gesehen haben. Wo waren Sie, Herr Heger?«

Dieser zappelte.

»Sie muss sich irren. Ich war die ganze Zeit auf dem Zimmer.«

»Sie klingt glaubwürdig.« Gero beugte sich über den Tisch. »Es gibt eine alte Regel in der Strafverfolgung, die besagt: Schuldig ist der, der erstens ein Motiv hat, was in Ihrem Fall ja unstrittig gegeben ist. Zweitens, der über die Mittel verfügt, die Tat zu begehen.« Er deutete auf Hegers Hände. »Und der drittens auch eine Gelegenheit hat, die Tat auszuüben. Wenn Sie also irgendwann zwischen dem Einchecken und siebzehn Uhr das Hotel verlassen haben, dann war die Gelegenheit offenbar auch da.«

»Ach ja!« Jetzt schlug Heger sich die Hand vor die Stirn. »Ich habe das Hotel wirklich zwischendrin einmal kurz verlassen! Um Zigaretten zu holen! Beim Parkplatz ist ein Automat, dort bin ich hin!« Er strahlte – *was für ein Idiot.*

»Das fällt Ihnen jetzt plötzlich ein«, stellte Gero fest. »Nachdem die Polizei Sie ein halbes Dutzend Mal nach diesem Zeitfenster gefragt hat.«

»Ich bin unschuldig!« Hegers Stimme überschlug sich.

»Nur dass die Indizien allesamt eine andere Sprache sprechen, Herr Heger. Was ist zum Beispiel mit den Fasern, die man an der Strickjacke des Opfers gefunden hat? Sie stammen von einem Ihrer Pullover. Dem Pullover, den sie laut Ihrer Frau am Tattag trugen.«

Heger schluckte hörbar, schien dennoch einfach nicht aufgeben zu wollen.

»Wahrscheinlich hatte ich den Pullover auch schon ein anderes Mal an, als ich Nelly getroffen habe. Die Fasern hätten sich also auch bei dieser Gelegenheit in ihrer Strickjacke verfangen können.«

»Das ist richtig«, gab Gero zu. »So wie alles, was auf Sie als Mörder hinweist, eine Verkettung unglücklicher Umstände sein könnte. Bloß, und dessen sollten Sie sich bewusst sein, wird Ihnen das vermutlich niemand glauben.«

Hegers Gesicht war inzwischen rot angelaufen.

»Es ist Ihr Job, mich da rauszuholen! Sie sind mein Anwalt!«

»Der beste, den Sie kriegen können.«

»Und als mein Anwalt sollten Sie …«

»… Ihnen glauben?« Gero schüttelte den Kopf. »Ich kann Sie nur nach bestem Wissen beraten. Und mein Rat, um Ihnen und mir unnötig Kraft und Mühen zu ersparen, lautet ganz klar: Legen Sie ein Geständnis ab, damit wir mit der Staatsanwaltschaft über Haftreduzierung reden können.«

»Aber ich war es nicht!« Heger war aufgesprungen, die Wut drang ihm sichtbar wie der Schweiß auf seiner geröteten Stirn aus jeder Pore. Gero bewegte sich keinen Millimeter. Fühlte sich nur in seinem Eindruck bestätigt.

»Sie haben Lilly zum Tatort bestellt, Herr Heger. Sie sind am Tatort gesehen worden. Sie hatten ein Motiv, die Mittel und die Gelegenheit. Seien Sie kein Idiot, Mann. Sie haben einfach zu viele Spuren hinterlassen.«

Hegers Lippen bebten. Alles an ihm schien auszusetzen, wie bei einem Küchengerät, dem man bei laufendem Betrieb den Stecker gezogen hatte.

»Nelly«, wimmerte er.

»Hm?« Gero hob eine Augenbraue.

»Sie haben Sie *Lilly* genannt, Herr van Hoven. Ihr Name war *Nelly*, und ich habe sie geliebt.«

Nadja

Eben, an der Haustür. Hinter der der Spreewald lag, die Freiheit. Nur drei oder vier Zentimeter dickes, dummes Holz, und doch undurchdringbar. Abgeschlossen, und die Schlüssel klimpernd in Herrn van Hovens Hand. Eine Wahl, die keine war: *Wenn du dich entschließen solltest, dein Mandat frühzeitig niederzulegen, ergeht mein Urteil eben ohne Verhandlung.*

Er würde Laura töten.

Also habe ich kehrtgemacht. Bin wortlos an ihm vorbei- und zurück in die Küche getrottet. Habe mich mit gesenktem Kopf an meinen Platz gesetzt, während er die Kaffeezubereitung wieder aufgenommen hat.

»Ein wenig beschleicht mich das Gefühl, dass du mich nicht so richtig ernst nimmst«, sagt er und füllt Wasser in den Tank der Kaffeemaschine. »Und, na ja, irgendwie verstehe ich dich ja auch. Die Situation ist wirklich etwas, nennen wir es: ungewöhnlich. Ich verstehe auch, dass du versuchst, deine Grenzen auszutesten und, Nadja«, er dreht sich zu mir um und lächelt, »das ist etwas Gutes.« Ich blicke weg, knete die Hände in meinem Schoß. Höre, wie er den Deckel des Wassertanks herunterklappt und den Anschaltknopf betätigt. »Besonders für jemanden wie dich.« Die Kaffeemaschine gibt ein ausgedehntes Zischen von sich, dann blubbernde Geräusche.

Er setzt sich.

»Ich meine es ganz ernst, wenn ich dir sage, dass du stolz auf dich sein kannst. Schau doch, was du bis hierhin alles geschafft hast.« Sein gespielt begeisterter Gesichtsausdruck und die geheuchelte Euphorie in seiner Stimme lassen mich den Zwetschgenschnaps von der Tankstelle aufstoßen. Am liebsten würde ich ihm ins Gesicht spucken. »Du bist Auto gefahren, Nadja. Allein das. Du hast dich in ein fremdes Auto gesetzt und bist die ganze Strecke hierhergefahren, ohne Navi und jemanden, der neben dir sitzt und dir Beistand leistet. Sei ehrlich, hättest du das je für möglich gehalten?«

Ich schweige.

»Also, ich nicht«, stellt er fest. »Damit hast du mich wirklich überrascht. Ich meine, wo du doch sonst nicht mal U-Bahn fahren kannst, ohne dabei fast einen Nervenzusammenbruch zu erleiden.«

Ich sehe auf. Woher weiß er das?

»Du hast deine Ängste überwunden, um Laura zu helfen. Natürlich muss man davon absehen, dass du dich damit strafbar gemacht hast, von der moralischen Dimension ganz zu schweigen. Aber« – wieder ein Lächeln – »du weißt jetzt, dass du mehr kannst, als du glaubst, wenn du es nur wirklich willst. Und ich bin mir sicher, dass du Laura eine gute Anwältin sein wirst, wenn du dir ein bisschen Mühe gibst. Du kannst sie retten.« Er lächelt breiter, flüstert: »Rette sie, Nadja.«

Ich schüttele fassungslos den Kopf und bereue es augenblicklich, als sofort wieder der Schmerz darin aufflammt.

»Herr van Hoven, ich glaube, ich muss zum Arzt. Vielleicht habe ich mir bei meinem Sturz in der Tankstelle eine Gehirnerschütterung zugezogen.«

»Ach, Nadja.«

»Mir ist wirklich nicht gut.«

»Du kannst zum Arzt gehen, wenn wir hier fertig sind.«

Wieder will ich den Kopf schütteln, lasse es aber und verlege stattdessen all meine Ungläubigkeit in meine Stimme.

»Was zum Teufel ist nur los mit Ihnen?«

Für ein paar Sekunden hält er meinen Blick, dann schlägt er mit der flachen Hand auf die Tischplatte und erhebt sich.

»Ich erfülle hier bloß meine Aufgabe. Und du erfüllst deine.« Er zieht den Schlüsselbund aus der Tasche seiner Jeans und legt ihn in die Mitte des Tisches. Ich starre darauf.

»Ach ja, der Kaffee«, sagt er noch, bevor er die Küche verlässt. »Du kannst schon mal nachschauen, wo die Tassen sind. Wir brauchen drei. Wir haben nämlich einen Gast.«

– Du kannst da jetzt nicht rein, Schatz. Sie hat einen Gast.
– Was macht der denn in unserem Bad?
– Er muss duschen, bevor er nach Hause geht, und sie hilft ihm dabei.
– Hä? Warum muss er duschen?
– Das heißt nicht ›hä‹, sondern ›wie bitte‹ … Weil er sonst nach ihr riecht.
– Aber sie riecht doch immer gut, nach Rosen.

– Manche Leute mögen halt keine Rosen. Sie finden, dass sie stinken. Andere sind sogar allergisch dagegen. Die werden richtig krank von Rosen. Und jetzt komm bitte von der Tür weg.
– Aber ich muss mal!
– Ich bring dich runter zu Tante Evelyn, okay? Da kannst du aufs Klo.
– Das ist unser Bad!
– Ich weiß, Schatz. Los, komm jetzt, bevor dir noch was danebengeht.
– Ich mag es nicht, wenn Gäste kommen.

Ich auch nicht …

Mir ist kalt, mir ist schlecht, ich kann mich nicht bewegen. Alles, was ich schaffe, ist, meinen Kopf in den Nacken zu legen und zur Zimmerdecke zu blicken, als ich das Rumpeln aus dem Stockwerk über mir vernehme. Ich weiß es schon. Ich weiß, was gleich geschehen wird. Ich denke an das Handy in meiner Handtasche auf dem Vordersitz des Land Rovers und an den Schlüsselbund, der nur eine Armlänge von mir entfernt in der Mitte des Tisches liegt. Ich würde es nicht schaffen, ihn mir zu greifen, die Haustür aufzuschließen, zum Auto zu rennen, das Handy herauszuholen und den Notruf zu wählen.

Schritte auf der Treppe, erstickte Laute einer Frau.

Ich fange an zu zittern. Frage mich, wann er unseren Plan durchschaut hat. Und vor allem, wie. Ich hatte doch mitbekommen, wie er heute Morgen abgeholt wurde. Ich war längst wach, nur traute ich mich nicht aus dem Gästezimmer der van Hovens heraus. Der Gedanke, ihm zu begegnen und in die Augen sehen zu müssen, kam mir unerträglich vor. Ich wollte am liebsten nicht mal Laura ansehen, nachdem ich sie letzte Nacht gehört hatte, nur würde mir das zwangsläufig nicht erspart bleiben. Also hatte ich einfach nur auf dem Bett gesessen und gewartet. Um kurz nach acht klingelte es an der Tür. Ich hörte gedämpft zwei Männerstimmen, und als ich kurz darauf aus dem Fenster blickte, sah ich Herrn van Hoven und Fred Mertens, wie sie in das Auto des Staatsanwalts stiegen und davonfuhren. Keine Sekunde später klopfte Laura an die Tür des Gästezimmers und wollte wissen, ob ich so weit sei.

Bleibt nur eine Möglichkeit: Er muss uns belauscht haben. Vielleicht gestern Abend, als wir dachten, er würde duschen. Dann hätte er eine ganze Nacht lang Zeit gehabt, um das alles hier gedanklich vorzubereiten.

»Also, Nadja!«

Ich fahre zusammen.

»Ich hatte dich doch gebeten, dich um den Kaffee zu kümmern.«

Ich will nicht hinsehen, genauso ignoriere ich die Laute, ein abgehacktes, ersticktes Winseln.

»Nadja?« Sein Ton ist ein fieser Singsang, ich stelle mich taub.

»Wie unhöflich von dir. Bitte begrüße unseren Gast.«

Ich fange an, mich zu wiegen.

»Du verschwendest wertvolle Zeit, Nadja.«

Träge bewege ich den Kopf.

Sie stehen im Türrahmen, er hinter ihr, wie er sie an sich presst. Mit der rechten Hand umfasst er ihre Hüfte, die linke hat er um ihren Hals gelegt, der überstreckt nach hinten gegen seine Schulter lehnt. Von ihrem Gesicht kann ich nichts erkennen, nur den Knebel sehe ich. Sie trägt ein dünnes weißes Nachthemd. Es ist blutverschmiert. Mein Herz wummert. *Sie ist verletzt*, denke ich zuerst, aber dann wird mir klar, dass sie unter den Verletzungen, die diese Muster hinterlassen hätten, nicht mehr aufrecht stehen könnte. Also muss es Aron Bruckstätts Blut sein. Dieses Nachthemd hat sie getragen, als sie auf ihn eingestochen hat. Es ist das Nachthemd aus der Plastiktüte.

»Laura«, flüstere ich, woraufhin sie einen weiteren erstickten Laut von sich gibt.

»Geht doch«, sagt Herr van Hoven zufrieden und drängt sie in den Raum hinein. Sie ist barfuß, trippelt auf Zehenspitzen vor ihm her, kann nicht sehen, wohin, er hält sie weiterhin am Hals gepackt. Er steuert sie zu dem Stuhl an der Kopfseite des Tisches. Stößt sie darauf nieder. Ihre Augen starren mich an, ihr Dekolletee glänzt vom Schweiß, ihre Brust hebt und senkt sich in viel zu schnellen Abständen; ich bilde mir sogar ein, ihren Herzschlag zu sehen. Er tritt hinter sie und löst den Knebel.

»Nadja«, keucht sie, als ihre Hand über den Tisch schießt. Ich greife zu, drücke fest. Auf ihrer Stirn kleben Härchen, die aus dem Haarreif herausgerutscht sind. Am liebsten würde ich ihr Gesicht berühren, ihr über die fahlen, verweinten Wangen streicheln und ihr versichern, dass alles wieder gut wird. Doch ich ahne, dass ich lügen würde.

»Rührend«, spottet Herr van Hoven, greift sich den Schlüsselbund vom Tisch und schiebt ihn sich in die hintere Tasche seiner Jeans. »Nachdem Nadja jetzt hoffentlich ausreichend motiviert ist, können wir wohl endlich anfangen.«

August 2014

Die Nacht lag vor ihnen, wie ausgegossen über dem Wald. Der Mond zog feine graue Streifen durch den Himmel, die man erst erkannte, wenn sich die Augen an die Dunkelheit gewöhnt hatten. Nichts brach, nichts knackte unter ihren schweren Stiefeln. Sie waren lautlos, wie Geister. Zwei Männer, gegen die sogar die unberechenbare Natur kapitulierte. Sie fügte sich unter ihren Schritten und ihrer Entschlossenheit. Der erste der beiden Männer war Gero van Hoven, der zweite sein Seniorpartner Ludwig Abramczyk. Sie mussten nicht reden. Ein Blick genügte, selbst im Dunklen. Hier war der richtige Ort, um zu warten, bis die Nacht sich hob und der Dämmerung Platz machte. Ludwig zog einen Flachmann aus seiner Jacke, nippte, reichte ihn an Gero weiter, der ebenfalls trank. Augenblicklich spülte ein warmes Gefühl durch seine Kehle und verteilte sich in seinem ganzen Körper, Single Malt. Gero stellte sich seinen Vater vor, wie er mit einer Flasche Bier in seinem Rollstuhl saß. Er war ungefähr im selben Alter wie Ludwig, die einzige Gemeinsamkeit. *Zum Glück.* Gero gab Ludwig den Flachmann zurück, der ihn wieder in seiner Jacke verstaute. Sie warteten. Das war das eigentliche Kunststück: warten zu können, ohne ungeduldig zu werden. So wie Gero jahrelang auf sein passendes Gegenstück gewartet und es in Laura gefunden hatte. Sie waren füreinander gemacht, zusammen ein Ganzes, ein ernst gemeintes Für-Immer, beiderseits – bei Laura war er sich dessen sicher. *Meine Eltern haben sich scheiden lassen, als ich drei war*, hatte sie ihm schon zu Anfang ihrer Beziehung erzählt und dabei so einen Blick in den Augen gehabt, so etwas Verletztes, Sehnsüchtiges, das sie wirken ließ wie ein kleines Mädchen. Da hatte Gero ihre Hand genommen und sich gleich noch mal ein bisschen mehr in sie verliebt.

Stumm schmunzelte er in die Dunkelheit des Waldes hinein. Das war offenbar noch so ein Kunststück, das es zu bewerkstelligen galt: zu warten, ohne sich ablenken zu lassen. Also sammelte er sich. Fokussierte sich. Machte sich bewusst, dass er wegen *ihm* hier war.

Eine Stunde später. Zuerst raschelte es nur. Dann kam er. Trottete ahnungslos in sein Verderben. Wieder ein Blick zwischen Gero und Ludwig, einige Zufriedenheit. Ludwig schob einen störenden Zweig beiseite. Einen Augenblick noch beobachteten sie ihn. Gönnten ihm ein paar letzte Sekunden, in denen er sich sicher und unbezwingbar fühlen konnte. Dann legte Gero an. Zielte. Schoss. Und siegte. Wie in Zeitlupe knickten die Beine ein, bevor der Rumpf mit einem dumpfen Geräusch auf den Waldboden fiel.

»Guter Schuss, mein Junge«, sagte Ludwig und schlug Gero die Hand auf die Schulter. Das waren Worte und eine Geste, die er sich von seinem eigenen Vater gewünscht, aber nie bekommen hatte.

Sie schleppten den Hirsch aus dem Wald auf das anliegende Grundstück von Ludwigs Ferienhaus. Hier, in dessen alter Heimat zwischen Polen und Deutschland, galten andere Gesetze. Niemand störte sich an wilder Jagd. Sie knüpften den Hirsch an seinem Geweih am dicksten Ast der alten Eiche im Garten auf. Auf diese Weise war es leichter, ihn auszuweiden, als wenn sie das Tier kopfüber gehängt hätten. Im Gras lagen Werkzeuge wie Beil und Ausbeinmesser bereit. Ludwig setzte den Schnitt. Die Gedärme quollen aus dem geöffneten Torso, Blut ergoss sich schwallartig. Sie mussten schnell sein, mit jedem Grad, das es wärmer wurde, stieg die Gefahr, dass das Fleisch verdarb. Und sie waren es – schnell –, denn sie bildeten ein eingespieltes Team. Bis zum Frühstück hatten sie den Hirsch ausgenommen.

»Das sollten wir wieder öfter machen«, stellte Gero fest, als sie auf den Stufen der Veranda saßen, mit Blick auf das rotgefärbte Gras unter der Eiche, und ihren Kaffee tranken. Ein Wochenende wie dieses hatte er gebraucht. Den Kopf ausschalten, sich reduzieren auf etwas ganz Archaisches, Reines. Denn so gut es mit Laura lief, so beschwerlich war es momentan an der beruflichen Front.

»Ich weiß noch, als ich dich zum ersten Mal mitgenommen habe«, sagte Ludwig und unterbrach Geros kurzfristige Schwermut mit einem Lachen. »Deine Arme waren so schmächtig, dass du das Gewehr kaum halten konntest. Und dann dieses Getue.« Er hob die Stimme zu mädchenhaftem Gejammer. *»Ich kann das nicht, das arme Tier.«*

»Und trotzdem hast du mich nicht nach Hause geschickt.«

»Weil ich gespürt habe, dass da noch etwas anderes in

dir steckt.« Ludwig setzte seine Tasse an und zog einen Schluck Kaffee durch die Zähne. »Ein Wille. Und genau das braucht man doch in dieser Welt: einen Willen. Und Konsequenz. Wie bei der Jagd. Wenn du zögerst und dein Schuss das Tier nur streift, bereitest du ihm mehr Leid und dir mehr Arbeit.« Er stellte die Kaffeetasse beiseite und fingerte stattdessen erneut seinen Flachmann hervor. »Ganz oder gar nicht, das ist die einzige Regel.«

Gero nickte.

»Aber wer ist schon noch so konsequent?«

»Kaum einer«, stimmte Ludwig ihm zwischen zwei Schlucken Whisky zu. »Alles Feiglinge. Apropos, wie sieht's eigentlich bei diesem Heger aus?«

»Unverändert, im besten Fall«, antwortete Gero matt.

Es war gekommen wie von ihm vorausgesehen. Die Presse hatte sich in das Opfer verliebt und ihm ein Gesicht gegeben. Sie hatten auch seins – Geros – bereits abgedruckt und mit der Schlagzeile »ER verteidigt das Monster« überschrieben. Gero fand selbst, dass er kalt aussah auf dem Foto, das ihn in Anzug und mit Sonnenbrille zeigte, wie er vor der Kanzlei in seinen Porsche einstieg. Irgendein Presseheini musste ihm aufgelauert haben, nachdem aus *Frau (22)* »die schöne Nelly«, aus *Familienvater (41)* »das Monster von der A24« und aus *Leichenfund* »heimtückischer Mord« geworden war. Gero stieß einen resignierten Seufzer aus.

»Heger sperrt sich immer noch, ein Geständnis abzulegen«, fuhr er fort. »Also werden wir vor Gericht gehen und ihn dem Staatsanwalt zum Fraß vorwerfen.«

»Was dir nicht passt.«

Gero lachte auf. *Ertappt.*

»Wie du weißt, habe ich seit Jahren keinen Fall mehr verloren. Heger wird mir meinen Schnitt versauen. Die Indizienlage ist wirklich erdrückend.«

»Vielleicht«, überlegte Ludwig, »solltest du noch einmal anders bei ihm ansetzen. Das Opfer ist tot, und dass es eine Familie hat, die leidet, ist wahrscheinlich einfach zu abstrakt für ihn. Stattdessen solltest du ihm klarmachen, was eine Verurteilung für seine eigene Familie bedeutet, für seine Tochter. Sie wird das Kind eines kaltblütigen Mörders sein.«

»Das ist sie so oder so.«

Ludwig schüttelte den Kopf.

»Sie könnte auch die Tochter eines Mannes sein, der in einem Ausnahmemoment einen Fehler begangen hat. Vielleicht war er nicht bei Sinnen, als sich seine Hände um den Hals des Mädchens legten. Womöglich wollte er ihr sogar helfen, indem er für einen schnelleren, schmerzlosen Tod sorgte, nachdem sie sich bei ihrem Sturz den Abhang hinunter das Genick gebrochen hatte. Ein Akt der Barmherzigkeit.« Er zuckte die Schultern. »Vielleicht gesteht er, wenn er das Gefühl hat, dass du ihn und seine Tat ehrlich begreifen und nicht nur deine Erfolgsquote aufrechterhalten willst.«

»Sag mal, glaubst du das alles wirklich, oder wirfst du mir gerade eine Verteidigungsstrategie vor die Füße, weil du dir in Wahrheit genauso Sorgen um das Ansehen der Kanzlei machst?«

»Ach, Junge«, sagte Ludwig und legte ihm die Hand auf den Rücken. »Ein verlorener Fall ist nicht schön, tut uns als Unternehmen aber letzten Endes auch nicht weh. Wir werden immer noch die Nummer eins in Berlin sein, keine Panik.«

»Was ist es dann? Altersmilde?« Gero schmunzelte. »Hast du mir nicht gerade noch was von Konsequenz erzählt?«

Ludwig schmunzelte ebenfalls, müde jedoch im Gegensatz zu Gero. In seinen Augen schwamm etwas, das Gero als Wehmut erfasste. »Es ist wahrscheinlich nur der Tag, der mich ein bisschen weich macht. Es ist der Geburtstag einer Frau, die ich einmal kannte. Zumindest wäre er es gewesen.« Er blickte in die Ferne, ins blutige Gras. »Ihr Name war Marta.«

Gero war erstaunt. Keine von Ludwigs Bekanntschaften hatte jemals einen Namen gehabt, und es hätte sich ohnehin nicht gelohnt, sich einen zu merken, denn die Frauen wechselten wie das Wetter.

»Die große Liebe?«, mutmaßte er also.

Ludwig schüttelte den Kopf.

»Nur ein Idiot könnte so eine Frau lieben.«

Aus: Brief #30

Dieser Tag, immer wieder dieser Tag. Sie war krank, Herrgott! Sie hatte beim Baden einen Kreislaufkollaps erlitten. Ich hatte sie ins Bett gebracht und mich dazugelegt. Das Nächste, woran ich mich erinnere, ist, wie es an der Tür klingelte. Ich stieg aus dem Bett und öffnete. Tante Evelyn in ihrer buntgeblümten Kittelschürze stand vor mir, an ihrer massigen Hand hing ein kleiner blonder Junge mit kugelrunden blauen Augen. Das warst du.

»Also, sag mal!«, keuchte sie. »Wieso machst du denn die Tür nicht auf? Janek musste früher aus dem Kindergarten abgeholt werden, nachdem er sich schon wieder mit einem anderen Jungen geprügelt hat. Die Erzieherin hat versucht, bei euch anzurufen, aber …«

»Die Telefonrechnung ist noch nicht bezahlt«, gab ich zurück.

Tante Evelyn rollte die Augäpfel und seufzte.

»Wie immer … Jedenfalls hat sie dann mich angerufen, und ich hab ihn abgeholt.« Sie machte Anstalten, die Wohnung zu betreten. Ich hielt sie zurück. Sagte ihr, dass ich euch nicht reinlassen dürfe, weil Marta krank sei. Möglicherweise eine schwere Grippe. Nicht,

dass du dich noch anstecktest. Wie auf Knopfdruck war Tante Evelyns Gesicht sorgenvoll.

»Schon gut, Tante Evelyn«, lächelte ich und tätschelte ihren Arm. »Ich kümmere mich um sie, ich hab alles im Griff, wirklich. Ich hab ihr Tee gekocht und eine Wärmflasche gemacht.«

»Komm, lass mich kurz rein«, entgegnete Tante Evelyn, schüttelte dich von ihrer Hand und wies dich an, vor der Tür auf sie zu warten. Bevor ich sie abermals zurückhalten konnte, hatte sie sich bereits an mir vorbeigedrängt.

»Bitte, Tante Evelyn. Sie braucht Ruhe!«

Ich fegte ihr hinterher und packte sie an der Schulter, als sie gerade das Schlafzimmer betreten wollte. Marta hasste es, wenn man sie weckte. Sie bekam doch ohnehin immer zu wenig Schlaf, weil schon ihre Gäste keine Rücksicht auf sie nahmen und sie zu den unmöglichsten Zeiten beanspruchten.

»Sie ist … ganz blass«, sagte Tante Evelyn stockend und sah mich nun mit einem noch ganz anderen Ausdruck an. Ich nickte nur knapp, fasste sie am Arm und zerrte sie über den Flur zurück zur Wohnungstür. Auf dem Weg erhaschte sie einen Blick in das offenstehende Badezimmer, auf das Chaos darin. Die Leute hatten ja schon immer viel über uns geredet. Darüber, wie liederlich Marta als Hausfrau war und dass sie es nicht auf die Reihe bekam, Schulbrote zu schmieren. Darüber, dass sie nachts arbeitete und tagsüber schlief oder dass sie, so wie an diesem Morgen geschehen, ein Schaumbad nahm, als wäre es kein unumstößliches

Gesetz, dass man nur abends baden dürfte. Irgendwann hatten die Leute so viel geredet, dass ihnen die Worte ausgegangen waren und sie stattdessen die Frau vom Jugendamt geschickt hatten.

»Kind«, hörte ich Tante Evelyn noch, aber da hatte ich sie schon aus der Wohnung geschoben. »Kind«, hörte ich sie noch mal, jetzt durch die abgeschlossene Tür. Ich ging zurück ins Schlafzimmer und legte mich wieder hin. Zu Marta, die schlief.

Nadja

Womöglich war das Haus der Großmutter einst ein Ort voll Sonne und Wärme, wo Laura früher ihre Ferien verbrachte, wo es nach frisch gebackenem Kuchen roch, wo man sich umarmte, einander nah war, sich Geschichten erzählte. In Gedanken sehe ich ein kleines Mädchen hier am Küchentisch sitzen. Gerade noch war es draußen, ist in seinem niedlichen Sommerkleidchen durchs Unterholz gesprungen oder hockte, die Zehen ins kalte Wasser gestreckt, auf der Holzbrücke, bevor die Großmutter es nach drinnen rief, wo es ihr bei der Zubereitung des Abendessens helfen sollte.

»Aber schön vorsichtig mit dem Messer«, höre ich die Großmutter noch zu dem Mädchen sagen, bevor sich ein unbarmherziger Riss über die Szenerie in meinem Kopf zieht. Das Bild, das darunter zum Vorschein kommt, wirkt, als hätte man ihm die Farben ausgesaugt, wirkt kalt, bedrohlich. Ist die Realität. Wir drei – Herr van Hoven, Laura und ich – sitzen an diesem Küchentisch. Jeder eine Tasse Kaffee vor sich, drückende Stille seit einer gefühlten Ewigkeit. Laura, die auf ihrem Stuhl an der Kopfseite des Tisches zusammengesunken ist, starrt apathisch gegen die Zimmerdecke, auf Herrn van Hovens Lippen liegt ein einseitiges Lächeln, eine abartige Freude, die er anscheinend nicht ganz verhehlen kann. Ich zähle stumm meine Atemzüge, spüre meine Nervosität im Pochen meiner Halsschlagader. Das Warten macht mich verrückt; ich will, dass etwas passiert, und gleichzeitig auch nicht, denn ich ahne, dass das zermürbende Herumsitzen im Nachhinein noch der angenehmste Teil des Ganzen gewesen sein wird. Der ungefährlichste.

»Also dann.« Zwei kleine Worte, die die Stille zerklüften wie Paukenschläge. »Die Verhandlung ist eröffnet. Zuerst die Personalien.« Herr van Hoven räuspert sich. »Laura van Hoven, geborene Brehme, Geburtsdatum: 29. 04. 1985 in Oranienburg, Staatsangehörigkeit: deutsch, Familienstand: verheiratet, derzeitige Tätigkeit: Hausfrau und Mutter …« Er blickt nach rechts, zu Laura, die sich erschrocken aufgerichtet hat. Wie sie dasitzt, in dem dünnen Nachthemd, das mit Aron Bruckstätts Blut verschmiert ist, erneut zu zittern und zu weinen begonnen hat. Laura, die Angst hat, weil sie nicht weiß, was hier geschieht. Ich zittere ebenfalls. »… und eben all die Dinge, die sie so tut, sobald ihr Gatte ihr den Rücken zugekehrt hat.«

»Herr van Hoven …«, setze ich an, doch verstumme augenblicklich, als seine Hand in die Luft schießt.

»Nein, Nadja, du bist noch nicht dran«, sagt er und klingt dabei, wie er manchmal am Telefon klingt, wenn Laura Vivi nach Feierabend anrufen und fragen lässt, ob er rechtzeitig zu Hause sein wird, um ihr noch eine Gutenachtgeschichte vorzulesen. »Die Personalien sind so weit korrekt?«

Laura gluckst unter Tränen.

»Ich hab dich was gefragt, Laura.«

Sie nickt, es kommt mir mühevoll vor.

»Bitte, Herr van Hoven«, versuche ich es noch einmal. »Das ist doch alles ...«

Jetzt ist es seine Faust, die auf die Tischplatte niederdonnert. Der Kaffee zittert in den Tassen, ich zucke zusammen, Laura jault auf.

»Ich sagte, du bist noch nicht dran, Nadja!« Er wendet sich zurück an seine Frau. »Ist das so weit korrekt?«

»Ja«, flüstert sie heiser.

»Gut. Würdest du uns jetzt bitte berichten, wie du das spätere Opfer, den Fotografen Aron Bruckstätt, kennengelernt hast?«

»Das weißt du doch.«

Seufzend lehnt sich Herr van Hoven in seinem Stuhl zurück, sieht zwischen Laura und mir hin und her.

»Ihr habt es immer noch nicht begriffen.« Er verschränkt die Arme, zurrt seinen Blick an Laura fest, die leise schluchzt. »Zweifelst du an mir? Zweifelst du wirklich daran, dass ich es ernst meine? Ohne diese Verhandlung steht das Urteil fest, mein Schatz.«

Sie nimmt die Hand vor den Mund, um einen Laut zu ersticken.

»Arme Vivi«, setzt er in künstlichem Mitleid fort. »Wie erkläre ich ihr bloß, dass ihre Mami einfach nicht mehr nach Hause kommen kann?«

– Bitte komm doch wieder heim. Ohne dich weine ich den ganzen Tag.
– Das geht leider nicht, Schatz.
– Warum nicht?

– Weil die Leute denken, dass ich etwas ganz, ganz Schreckliches getan habe.
– Aber das stimmt doch gar nicht!
– Du bist noch zu klein, um das zu verstehen. Wenn die Leute denken, dass man etwas Schreckliches getan hat, darf man nicht mehr nach Hause. So ist das nun mal.

Ich reibe mir die Stirn, erwische dabei meine Wunde, ziehe Luft durch die Zähne unter dem brennenden Gefühl. *Ich will aufwachen*, denke ich immer nur. Zu Hause, in meiner kleinen, kargen Wohnung, die so beruhigend nach Ajax riecht. Ich will mein Bett machen und dreißig Kniebeugen. Ich will zur Arbeit gehen, dort den freundlichen Menschen antreffen, der mein Chef ist, und mir Fotos von Vivi ansehen.

Sein Blick ist hart. Er blinzelt nicht, als er Laura ansieht. Er starrt mitten in sie hinein.

»Also: Wo habt ihr euch kennengelernt?«

»Bei der Weihnachtsfeier im Tennisclub«, antwortet sie mit brüchiger Stimme.

Herr van Hoven wiegt den Kopf.

»Etwas ausführlicher, bitte.«

Ich kann sehen, wie sie um Fassung ringt, sich zusammenreißen will. Wie sie ein paarmal nach Luft schnappt, den Mund öffnet und wieder schließt. Ich weiß, wie sich das anfühlt, wenn man sich so gerne erklären möchte und gleichzeitig ahnt, dass man mit jedem Wort doch nur verlieren wird.

»Versuch es einfach«, sage ich trotzdem und werfe ihr

einen Blick zu, der sie ermutigen soll. Solange Herr van Hoven zuhören will, geschieht nichts Schlimmeres, rede ich mir ein. Wahrscheinlich ist das auch Laura gerade klar geworden. Sie atmet noch einmal tief, beginnt dann: »Die Weihnachtsfeier fand am 18. Dezember statt. Du hast mich mitgenommen. Ich hatte mich seit Tagen darauf gefreut, dass wir endlich einmal wieder einen kinderfreien Abend zusammen verbringen würden. Wir waren schon so lange nicht mehr ausgegangen. Du arbeitest ja immer so viel und bist müde, wenn du nach Hause kommst. Aber als wir dann im Club waren, hast du dich überhaupt nicht um mich gekümmert. Ich stand da ganz alleine rum, während du dich angeregt mit Staatsanwalt Mertens und ein paar anderen unterhalten hast. Aron hat sich zu mir an die Bar gesellt, und wir haben geredet.«

»Über?«

Sie schüttelt den Kopf.

»Nichts Besonderes. Nachdem er erfahren hatte, dass ich deine Frau bin, sagte er, dass ihr öfter zusammen Tennis spielt. Er meinte, du hättest eine bemerkenswerte Rückhand. Er hat mir auch erzählt, dass er als Fotograf arbeite und dass gerade ein Bildband von ihm erschienen sei. Das fand ich interessant.«

»Weiter.«

»Nichts weiter. Das war alles.«

»An diesem Abend.«

»An diesem Abend, ja.«

»Fandest du Aron Bruckstätt attraktiv?«

Laura beginnt, auf ihrem Stuhl herumzurutschen.

»Gero …«

»Also ja?«

»Das tut doch nichts zur Sache«, mische ich mich ein.

»Ah!« Herr van Hoven lächelt. »Ein Einspruch! Guter Versuch, Nadja. Leider muss ich dich enttäuschen, denn es tut natürlich insofern etwas zur Sache, als dass sich, wie uns ja allen bekannt ist, im weiteren Verlauf eine Affäre zwischen den beiden entwickelt hat. Und ich will wissen, wie. Ob meine Frau vielleicht sogar von Anfang an auf so etwas aus war.«

Auf einen Schlag wird Lauras Gesicht fahl, noch fahler.

»Nein, war ich nicht! Ich schwöre es!«

»Und wie kam es dann, dass du Aron Bruckstätt wiedergetroffen hast?«

Sie senkt den Blick, sagt leise: »Sein Fotoband.«

»Sein Fotoband«, wiederholt Herr van Hoven matt.

Sie nickt. Erzählt. Zwei Tage nach der Weihnachtsfeier sei es gewesen, spätnachmittags. Da habe es an der Tür geklingelt. Aron Bruckstätt, was für eine Überraschung. Sie habe sich zur Begrüßung in den Arm nehmen lassen, den Geruch seiner Lederjacke und den Duft seines Aftershaves eingesogen. Ich krümme mich innerlich; ich weiß nicht, ob ich das hören will. Herr van Hoven dagegen lehnt sich interessiert nach vorne. Animiert sie.

»Fandest du seinen Duft anziehend?«

Ich halte die Luft an, höre, wie Laura stockend sagt: »Ich … ich denke schon.«

Herr van Hoven fletscht die Zähne wie ein Tier.

»Weiter.«

Aron habe ihr ein Buch überreicht, fährt sie fort. Den Fotoband, über den sie auf der Weihnachtsfeier im Tennisclub gesprochen hatten. ›Zeitverlorene Orte‹, zitiert sie den Titel und lächelt – unbeabsichtigt, wie ich vermute. Sie habe sich bedankt. Ihm aus Höflichkeit einen Tee angeboten. Ihm die Jacke abgenommen und ihn ins Wohnzimmer geführt. Die Situation sei ihr unangenehm gewesen. Doch gleichzeitig …

»Na ja«, sagt sie nur und lächelt stattdessen wieder. »Irgendwie fand ich es eben auch nett, dass er gekommen war. Verstehst du, was ich meine?«

Herr van Hoven antwortet nicht, fletscht nur weiterhin die Zähne. Ein Raubtier, das seine ahnungslose Beute beobachtet.

Sie habe also Tee gekocht, fährt sie fort. Tee gekocht, Aron eine Tasse serviert, sich zu ihm gesetzt und sich nach seinem Buch erkundigt, nach den Reisen, die er darin dokumentierte. Welcher jener zeitverlorenen Orte ihn am meisten beeindruckt habe. Und er habe erzählt, von seiner Arbeit und den Reisen. Aufregend habe sich das angehört.

Herr van Hoven lacht auf.

»Gott, wie armselig.«

»Ja«, sagt Laura und zieht die Nase hoch. »Das war's wohl. Ich weiß nicht … aber in Arons Gegenwart wurde ich mir der lächerlichsten Dinge bewusst. Plötzlich fragte ich mich, ob ich mir mein Leben so vorgestellt hatte. Nur noch Hausfrau und Mutter sein. Frühstück machen. Kindergartenbrote schmieren. Putzen, waschen, kochen, Hemden bügeln, auf dich warten – immer nur auf dich warten! In dem Moment, als er auf unserer Couch saß, fiel mir ein, wie lange ich schon nicht mehr beim Frisör gewesen war, um mir endlich mal wieder die Haare schneiden oder den Ansatz nachfärben zu lassen. Wie liederlich ich wirken musste, in meinen Yogahosen und den weiten Oberteilen, die sonst so bequem und praktisch waren. Wann hatte ich aufgehört, Kleider, Röcke und Schmuck zu tragen?« Sie blickt an sich hinunter, auf das dünne, blutverschmierte Nachthemd.

»Ich bin ganz Ohr.« Herr van Hoven.

Weißt du eigentlich, wie schön du bist?, habe Aron Bruckstätt dann gefragt. Wahrscheinlich sei es das gewesen. Er fragte es einfach so, zusammenhangslos, mitten in seinem Bericht über sein nächstes Fotoprojekt. *Wie schön sie war* … Das hatte sie vergessen. Daran hatte sie lange niemand mehr erinnert.

Sie lächelt versunken, Herr van Hoven bleckt weiterhin die Zähne. In meinem Magen verknotet sich ein schlimmes Gefühl. Sie tut genau das, was er will. Sie erzählt ausführlich und erbarmungslos in Anbetracht der Tatsache, dass jeder Satz, jedes einzelne Wort über Aron Bruckstätt eines gegen ihren Mann ist. Von dem sie sich offenbar vernachlässigt fühlte. Der dennoch nicht aufhört zu grinsen.

»Ich denke, wir haben einen Einblick bekommen«, überwinde ich mich zu sagen. »Das sind Dinge, die passieren können. Eine Ehe, die im Alltag …«

»Sei still, Nadja«, zischt Herr van Hoven.

Ich bin es nicht. Ich weiß nicht, was hier gerade geschieht, nur, dass ich es verhindern muss.

»Das erleben Millionen Paare auf der Welt.«

»Still!«

Seine Pupillen flirren.

»Schon gut, Nadja«, sagt Laura und lächelt bemüht. »Ich bin ihm die Wahrheit schuldig.«

Aron Bruckstätt habe ihr also gesagt, wie schön sie sei. *Ja genau*, habe sie entgegnet und sich verlegen wie ein Schulmädchen eine Haarsträhne hinters Ohr gestrichen, wobei sie bemerkt habe, dass ihre Finger immer noch nach Zwiebeln gerochen hätten. Am Abend zuvor habe es Ossobuco gegeben.

»Dein Lieblingsessen«, sagt sie zu Herrn van Hoven, dessen animalisches Grinsen nur umso breiter wird.

»Erzähl weiter.«

Am liebsten würde ich mir die Ohren zuhalten. So wie ich mir als kleines Mädchen immer die Ohren zuhielt, wenn die Wände unserer Wohnung wieder zu dünn und die Geräusche aus dem Schlafzimmer zu laut waren. So wie Janek sich später die Ohren zuhielt.

Laura gehorcht, berichtet weiter.

Aron Bruckstätt habe vorgeschlagen, sie einmal mitzunehmen, wenn er auf Recherchetour gehe. Sie habe zugestimmt.

»Du hattest also vor, einen wildfremden Mann auf einer« – Herr van Hoven malt unsichtbare Anführungszeichen in die Luft – »*Recherchereise* zu begleiten.«

»Nein, eigentlich nicht«, antwortet sie zögerlich. »Aber der Gedanke, dass ich es könnte, hat mich irgendwie …«

»Erregt?«

Ich zucke zusammen.

»Nein, Gero!« Sie schüttelt panisch den Kopf. »Es war eher … die Vorstellung, mal rauszukommen, mal einfach nicht ich selbst sein zu müssen, die …«

»… dich erregt hat«, beendet Herr van Hoven ihren Satz.

»Und selbst wenn, dann ist das absolut nichts Verwerfliches«, klinke ich mich ein. »So geht es doch jedem von uns manchmal, oder nicht?« Ich lache dümmlich. Denke an meine Mutter und wie gerne sie sich aufgelöst hat zur Musik von Johnny Hallyday. Denke an mich, wie ich samstagsabends am geöffneten Küchenfenster meiner Wohnung sitze und unter dem Lachen von nebenan manchmal in die Tiefe blicke. Fünf Stockwerke, einmal fliegen und mich auflösen. Wie einfach das wäre, wie viel einfacher manchmal.

»Na ja, und dann gab er mir seine Telefonnummer.«

»Die du auch gewählt hast.«

»Kurz nach Weihnachten«, bestätigt sie mit gesenktem Kopf. »Wir hatten uns gestritten, weißt du noch? Ich hatte deinen Eltern versprochen, dass wir sie mit Vivi am ersten Weihnachtsfeiertag besuchen würden, aber du hattest keine Lust.«

»Weil ich gearbeitet hatte wie ein Ochse«, stellt Herr van Hoven klar. »Ich wollte einfach ein bisschen Ruhe. War das zu viel verlangt?«

»Nein«, entgegnet Laura. »Natürlich nicht. Ich hab dich ja auch verstanden. Nur hatte deine Mutter doch extra eine Gans besorgt, und du weißt doch, wie viel Anstrengung es sie kostet, sich nach ihrer Hüft-OP stundenlang in die Küche zu stellen.«

»Wir sind ja auch hingefahren, falls du dich erinnerst. Du hast deinen Willen gekriegt.«

»Aber du hast während des gesamten Essens keinen einzigen Ton gesagt.«

»Ich habe mich überreden lassen, mitzukommen. Von guter Stimmung verbreiten war nicht die Rede gewesen.« Er räuspert sich. »Erzähl weiter. Du hast also Aron Bruckstätt angerufen und dich bei ihm ausgeheult über deinen furchtbaren Mann und deine ach so schlimme Ehe.«

Laura nickt, sagt leise: »Ja, so war's wahrscheinlich.«

»Und dann?«

Ich kann sie schlucken hören.

»Haben wir uns verabredet, etwas trinken zu gehen.«

»Wann und wo?«

Laura antwortet nicht. Sieht jetzt mich an.

»Finden Sie nicht, dass das genügt, Herr van Hoven?«, frage ich vorsichtig. »Sie wissen jetzt, wie das mit Aron Bruckstätt angefangen hat. Den Rest können Sie sich doch denken.«

»Nein, Nadja. Es genügt nicht.«

Natürlich nicht. Ich spüre, wie meine Hände verkrampfen, sie sich zu Fäusten ballen. Laura schluchzt.

»Können wir eine Pause machen?«

»Ja, bitte lassen Sie uns eine Pause machen«, pflichte ich ihr bei, auch wenn ich keine Hoffnung habe, dass Herr van Hoven tatsächlich zustimmen könnte.

Was er jedoch tut. Lächelnd und mit freundlicher Stimme.

»Sicher, gerne.« Er führt die Tasse zum Mund, sagt: »Trinken wir unseren Kaffee.« Über seinen Tassenrand hinweg sehe ich das Raubtier lauern. Laura und ich rühren unsere Tassen nicht an, wechseln nur Blicke.

»Ich sagte«, knurrt er, »wir trinken jetzt Kaffee.«

Mein Schädel will platzen. Ich weiß nicht, ob es die Nachwirkungen meines Sturzes sind oder ob der Versuch, Herrn van Hovens Verhalten zu begreifen, mich dermaßen anstrengt. Laura hat ihn betrogen, er ist wütend – so weit komme ich mit. Nur ist Wut nach meiner Vorstellung wie eine Lawine, die, gerät sie einmal ins Rollen, unaufhaltsam ist. *Wer zum Teufel bist du?*, frage ich ihn stumm. Ein Mann, der offenbar fähig ist, sich einer Lawine entgegenzustellen, sie nach Lust und Laune für eine Kaffeepause außer Kraft setzen kann. Fast wünsche ich mir, er würde schreien, toben, uns bedrohen. Es käme mir natürlicher vor, menschlicher. Kalkulierbarer vielleicht sogar. Stattdessen ist er plötzlich wie ausgewechselt. Freundlich. Ruhig. Er fragt, ob wir mehr Milch in den Kaffee wünschen. Laura sagt: »Nein, danke. Er ist perfekt so«, und ihre Stimme zittert dabei. Ich nippe ebenfalls, obwohl ich kaum schlucken kann. Doch ich traue mich nicht, den Kaffee zu verweigern. Traue dem Frieden nicht.

»Ich muss mich entschuldigen«, sagt er so unvermittelt, dass mir beim Absetzen der Tasse etwas Kaffee hinausschwappt. »Pausen sind wichtig, da habt ihr absolut recht. Das vergesse ich wohl einfach manchmal. Laura sagt, ich bin ein Workaholic, nicht wahr, Schatz?« Sie antwortet nicht, sieht mich nur an. Er lacht auf. »Also, ihr seid ja wirklich eine verhärmte Truppe. Hat denn keiner einen kleinen Schwank zu bieten? Nadja!« Ich zucke zusammen. »Erzähl was von dir! Wie lange lebst du schon in Berlin?« Ich sage nichts. »Na gut, wir können natürlich auch mit der Verhandlung fortfahren.«

»Seit fünfeinhalb Jahren.«

Zufrieden lehnt er sich in seinem Stuhl zurück.

»Und es gefällt dir hier?«

Ich nicke.

»Ja«, sagt er. »Berlin ist eine schöne Stadt, *meine* Stadt. Woher kommst du noch mal ursprünglich?«

»Zabrew, Polen.«

»Ja, richtig. Und deine Familie? Du hast einen Bruder, wenn ich mich recht entsinne.«

Kurz zwickt mein Herz.

»Wir haben keinen Kontakt.«

»Oh«, sagt Herr van Hoven und klingt widerlich betroffen. »Tut mir leid, ich wollte keine alten Wunden aufreißen.«

Ich möchte schreien, trinke stattdessen Kaffee.

»Gero«, sagt Laura, und ihr Ton verrät, dass sie einen neuen Versuch starten will. »Können wir das Ganze hier nicht irgendwie anders regeln? Ich verstehe deine Wut, aber erstens hat Nadja nichts mit alldem zu tun, und zweitens …«

»Möchtest du gehen, Nadja?« Er legt den Kopf schräg. Lächelt wieder. Ich klemme die Unterlippe zwischen die Zähne. Denke an John Haigh, den englischen Serienmörder mit dem perfekten Plan, mit Taten und Opfern, die er einfach mit dem Abwasser davongespült hat. Den man irgendwann trotzdem gefasst hat, aber das auch nur, weil er durch sein langes Vorstrafenregister ins Visier der Polizei geraten war. Bei der Durchsuchung seiner Wohnung fand man den Behälter mit der Schwefelsäure, darin einen noch nicht ganz zersetzten Fuß, drei Gallensteine und ein Gebiss. Mein ganzer Körper verkrampft beim Gedanken daran, dass Herr van Hoven kein verräterisches Vorstrafenregister hat. Dass er wissen könnte, wie man seine Taten noch besser verschleiert als John Haigh. Dass er sämtliche juristischen Kniffe und die Arbeit der Ermittler im Schlaf kennt. Dass der Staatsanwalt einer seiner besten Freunde ist. Dass Berlin, wie er eben selbst betonte, *seine* Stadt ist und er sie vollkommen im Griff hat.

»Nadja?«

»Wenn ich gehe, dann bringen Sie Laura um.«

»Kann sein.«

Ich überschlage meine Möglichkeiten. Finde nur eine. Ich wäre niemals schnell genug, Hilfe zu holen. »Verhandeln wir.«

Juli 2015
(vier Jahre zuvor)

Es war ein Dienstag, als der Junge bei Gero van Hoven auftauchte. Da Laura an diesem Nachmittag auch in der Kanzlei war, um den Kollegen die neugeborene Vivi vorzustellen, konnte der Besucher ungehindert durch das leerstehende Vorzimmer in Geros Büro spazieren. Dieser hatte sich gerade aus seinem Sessel erhoben, um sich auf den Weg in die Mitarbeiterkantine zu machen, wo sich die Belegschaft bereits versammelt hatte, um auf das Baby anzustoßen, als der Junge durch die Tür trat und fragte: »Sind Sie Gero van Hoven?« Seine Stimme zitterte genauso wie seine Hände. In der rechten hielt er eine zusammengefaltete Zeitung, in der linken einen Briefumschlag.

»Würden Sie sich freundlicherweise ebenfalls vorstellen?«, fragte Gero zurück, während er sein Gegenüber taxierte. Anfang zwanzig mochte das Kerlchen sein, und seine Mutter hatte wohl nie ausreichend gekocht, zumindest haftete seiner schmächtigen Statur in dem ausgewaschenen schwarzen Metallica-Shirt und den knapp über den knochigen Knien endenden Shorts etwas Jämmerliches an. Und das, obwohl er schon auf die Entfernung zwischen der Tür und dem Schreibtisch einen guten Kopf größer zu sein schien als Gero. Sein blasses Gesicht war gesprenkelt mit Hautunreinheiten und nervösen roten Flecken, die von seinem hellblonden Haar umso mehr betont wurden.

»Sie sind doch Gero van Hoven«, sagte der Junge und nickte wild, wie um sich selbst zu bestätigen, dass er hier richtig war. »Ich habe Sie in der Zeitung gesehen.« Zum Beweis klappte er sie auf und hielt sie nach oben. Auf einer Hälfte der Titelseite war Paul Heger abgedruckt, wie er mit Gero und verheulter Visage am Tag zuvor das Gerichtsgebäude verlassen hatte, auf der anderen ein Foto von Nelly Schütt. Darüber schrieb die Zeitung »Acht Jahre für das Autobahn-Monster«.

Totschlag, so war das Urteil des Richters ausgefallen – endlich, denn Nelly Schütts Todestag hatte sich bereits medienwirksam gejährt. Es war ein schwieriger Prozess gewesen, nicht nur für Gero, sondern auch für seinen neuen Freund, den Staatsanwalt Fred Mertens, der viele Indizien, aber keinen eindeutigen Beweis gegen Heger gehabt hatte. Wie Gero vermutete, war für Mertens jedoch die einhellige Meinung der Öffentlichkeit von Vorteil gewesen. Paul Heger war ein wohlsituierter Familienvater, dem es schlichtweg zu gut gegangen war, der alles gehabt und nichts davon gebührend zu schätzen gewusst hatte. Der ein Loch ins dünne Eis getanzt und ein unschuldiges Dorfmädchen mit in die kalte, schwarze Tiefe gerissen hatte. Dem Ruf der Kanzlei und seinem eigenen Renommee als Anwalt wegen war Gero erleichtert über den Ausgang des Prozesses; immerhin hätte Hegers Strafe auch noch deutlich höher ausfallen können, und wäre Gero nicht dessen Anwalt, sondern der urteilende Richter gewesen, dann wäre es auch genauso gekommen. Er verabscheute Heger, mehr noch, seit dieser bei der Urteilsverkündung geweint und geschrien hatte, anstatt sich bei Gero für den glimpflichen Ausgang der ganzen Sache zu bedanken. Im Gegenteil hatte er bis zuletzt auf seiner Unschuld beharrt und Gero einen »Teufel, der mit der Staatsanwaltschaft gemeinsame Sache macht« genannt. Inzwischen hatte man ihn aus der Untersuchungshaft in Moabit in die JVA Tegel überführt, wo er seine Strafe absitzen würde.

»Okay«, sagte Gero zu dem Jungen. »Ich habe weder Lust noch Zeit für irgendwelche Ratespielchen, also machen wir's kurz. Wer sind Sie und was wollen Sie?«

»In der Zeitung steht, dass er für acht Jahre im Gefängnis bleiben muss.«

Einer von den Sensiblen, dachte Gero. Einer von denen, die nicht darüber hinwegkamen, dass man für den Spottpreis von nur acht Jahren einem anderen Menschen das Leben auslöschen konnte und dass das System war, wie es nun eben manchmal war: zum Himmel schreiend ungerecht.

»Hören Sie«, setzte er an und hob verständnisvoll die Hände.

»Ich dachte, er kommt frei.«

Gero stockte.

»Was?«

»Ich dachte, sie haben zu wenig Beweise und dass er deswegen bestimmt freikommt.«

»Wer sind Sie?«, fragte Gero erneut, ruhiger diesmal. Er konnte sehen, wie sich der Adamsapfel im Gertenhals des

Jungen auf und ab bewegte, als dieser ein paarmal hintereinander kräftig schluckte. Er schien sich erst überwinden zu müssen, bevor er auf Gero zutrat und ihm den Briefumschlag entgegenstreckte.

»Hier ist mein Geständnis.«

Gero war so überrascht, dass er den Tumult, der sich auf dem Flur vor dem Vorzimmer entwickelt hatte, erst gar nicht bemerkte. Doch dann kam Laura in sein Büro gerannt. Sie wedelte mit den Armen und schrie.

Wie der Wandertaler aus dem Kinderlied war sie weitergereicht worden, von Arm zu Arm, von Kollege zu Kollege. Eine Hand nach der anderen hatte das feine, weiche Haar gestreichelt, die zarte Rundung des winzigen Hinterkopfs befühlt, eine Nase nach der anderen den einzigartigen, süßen Duft inhaliert, den nur ein neuer, kleiner Erdenbürger verströmen konnte – so lange, bis das kurzfristige Bedürfnis nach Reinheit und Unschuld gestillt war und die Hände wieder frei sein sollten für das Glas Sekt, das man auf sie trank. Nur musste es dann eine Unterbrechung in der Kette gegeben haben, irgendjemanden, der sie einfach nicht weitergegeben hatte, denn jetzt fehlte sie, und alle waren in Aufruhr. Niemand konnte sich erinnern, auf wessen Arm man sie zuletzt gesehen hatte. Vivi war verschwunden und Laura zu nichts zu gebrauchen. Reaktionslos wie ein Sack Mehl saß sie nach einem hysterischen Anfall in Geros Sessel und ließ sich von ein paar Mitarbeiterinnen der Kanzlei mit Taschentüchern und Umarmungen versorgen. Gero konnte diesen Anblick kaum ertragen, es war, als hätte sich plötzlich eine unüberwindbare Kluft zwischen ihnen gebildet. Natürlich war er der Stärkere von beiden – das war er immer und gerne gewesen –, doch wenn es um Vivi ging, erwartete er, dass Laura sich wie eine Löwin verhielt – nicht wie ein feiges Erdmännchen, das sich in sicherer Entfernung postierte und einfach nur dumm aus der Wäsche glotzte. Zu sehr hatte ihn dieser Wesenszug an seiner eigenen Mutter gestört, zu schmerzvoll war er für ihn gewesen. Doch das würde er später klären müssen, jetzt galt es, seine Tochter zu finden. Also stellte er Suchteams für die unteren drei Stockwerke und den Empfangsbereich der Kanzlei zusammen. Er selbst nahm sich den oberen, den vierten Stock vor. Die, die ihn begleiteten, gingen ihm unterwegs schnell verloren. Im Gegensatz zu ihnen genügte Gero ein einziger Blick in einen Raum, um zu wissen, dass Vivi sich dort nicht aufhielt, er musste nicht hinter den Schreibtischen oder Türen nachsehen; er hätte ihre Präsenz sofort gespürt, selbst wenn man sie in einen der Aktenschränke eingeschlossen hätte. Durch das offene Treppenhaus der ehemaligen Kesselfabrik hörte er panische Rufe, zwischen den dicken, alten Wänden schossen sie umher wie außer Kontrolle geratene Flummis. Am liebsten hätte er »Seid still!« gebrüllt; er war nervös genug, auch ohne das Geschrei, das den Ernst der Lage nur umso deutlicher machte. Er durfte sich nicht anstecken lassen, er musste klar bleiben – doch je mehr Räume er hinter sich ließ, desto stärker begann er zu schwitzen. Es war eine glühend heiße Wut auf Laura, die offenbar nicht gut genug auf Vivi aufgepasst hatte, die sich wie ein Kind hatte ablenken lassen von der Aufmerksamkeit der anderen, die fröhlich mit ihrem Sektglas herumgestanden und sich unterhalten hatte, während jemand, irgendjemand es gewagt hatte, mit seiner Tochter zu verschwinden. *Ich finde dich*, knurrte Gero stumm, wobei er selbst nicht wusste, ob er damit in erster Linie Vivi oder deren Entführer meinte. Tausend Möglichkeiten schossen ihm durch den Kopf. Ein unzufriedener Mandant oder der Angehörige eines Opfers. Sogar an Paul Heger und an Laura dachte er. Heger, der ihn hasste, weil Gero ihn nicht vor dem Gefängnis bewahrt hatte, und Laura, die in Tränen ausgebrochen war, als sie von ihrer Schwangerschaft erfuhr, weil sie, wie sie sagte, sich noch nicht bereit fühle für ein Kind. Im gleichen Moment wusste Gero, dass beides Schwachsinn war. Heger saß weggesperrt in seiner Zelle in Tegel, und Laura hatte sich schnell an ihre Mutterrolle gewöhnt und liebte ihre kleine Tochter über alles. *Wenn sie nicht gerade zuließ, dass man Vivi entführte.* Gero stieß die letzte Tür vor dem Ende des Flurs auf – keine Vivi. Er rieb sich die Stirn. Sein Schädel fühlte sich an wie in einen unsichtbaren Schraubstock eingespannt. Er musste die Polizei informieren, wurde ihm klar. Es war ernst, es war wahr, irgendjemand hatte ihm Vivi weggenommen, es zählte jede Sekunde. Bei Kindesentführungen entschieden die ersten achtundvierzig Stunden. Gero krampfte innerlich, er wollte nicht an seine Tochter wie an ein Opfer denken; sie durfte keines sein. Er nahm die Hand von der Stirn, wobei sein Blick auf eine weitere Tür fiel: die Metalltür, die zur Dachterrasse führte. Er ging darauf zu wie ferngesteuert, drückte die Klinke, nahm die ersten Stufen der Stahltreppe. Und da plötzlich spürte er sie: Vivis Anwesenheit. Er spürte sie, noch bevor er sie in den Armen der Frau sah, die gefährlich nah am Rand des Daches stand. Nur die Brüstung, die aus einem dünnen Lochgitter bestand, lag zwischen ihr und der Tiefe, zwischen Vivi und gut fünfzehn Metern freien Falls.

»Nadja«, entfuhr es ihm, und er streckte die Hand aus. »Bitte tun Sie jetzt nichts Unüberlegtes.«

Aus: Brief #31

Die Welt kommt mir so seltsam vor, ich schleiche durch sie hindurch wie ein Geist. Ich bin nur ein Hauch von einer Existenz, irgendwie durchscheinend. Durchschaubar. Dabei kennt niemand die ganze Wahrheit, nicht mal meine Therapeutin. An manchen Tagen rede ich mit ihr, spucke ihr anverdaute Brocken vor die Füße, an anderen sitze ich einfach nur da, antworte schmallippig mit Ja oder Nein oder einem unbestimmten Schulterzucken, weil ich denke, es bringt doch sowieso nichts. Wobei soll sie mir schon helfen? Kann sie die Zeit zurückdrehen, die Dinge ungeschehen machen? Eben nicht.

Und selbst du kennst nur einen Teil der Wahrheit und das, was man dir als »Fakten« vermittelt hat. Aber du weißt nicht, wie es wirklich war, damals an diesem Tag, an diesem 17. Juni. Du hast keine Ahnung, wie es sich anfühlte – und wie auch? Ich schaffe es ja einfach nicht, diesen Brief zu schreiben. Worte zu finden, die du nachvollziehen kannst. Wahrscheinlich wird es mir niemals gelingen, den verfluchten Brief zu schreiben, und dennoch versuche ich es immer wieder. Nehme mir ein neues, leeres Blatt, schreibe für dich. Der 17. Juni 1999. Dieser Tag, dieser Tag, dieser gottverdammte Tag.

Nadja

In der Küche des Spreewaldhauses zieht Laura die Beine auf die Sitzfläche ihres Stuhls. Sie schlingt die Arme um die Knie und wiegt sich, ob im Unwohlsein oder zurück in die Vergangenheit. Ihre erste Verabredung mit Aron Bruckstätt. Sie musste sich einen Babysitter organisieren. Und etwas, das sie, ohne groß darüber nachzudenken, ein »Alibi« nennt. Sie zittert, als sie erzählt.

Zuerst rief sie ihren Mann im Büro an. Behauptete, sie treffe sich mit einer Freundin. Während sie das durch den Hörer sagte, hatte sie die Schultern hochgezogen und die Augen zusammengekniffen, wie in Erwartung, dass er sie sofort durchschaute. *Welche Freundin?*, hätte er fragen müssen, wissend, dass sie seit ihrer Hochzeit kaum noch ohne ihn ausgegangen war und seit Vivis Geburt schon gleich überhaupt nicht mehr. Eine Freundin – welche? Welche sollte übrig geblieben sein? Genau wie Gero arbeiteten ihre früheren Freundinnen und Bekannten tagsüber – um sie zu treffen, wären nur die Abende geblieben, doch die verbrachte sie lieber mit Gero, sonst hätten sie ja gar nichts voneinander gehabt. Zu Anfang, direkt nachdem Laura ihren Job als Assistentin aufgegeben hatte, war es noch schön gewesen, auszuschlafen, ohne Zeitdruck in Geros schicker Wohnung und später im gemeinsamen Haus aufzuwachen, sich mit einem Cappuccino aus dem teuren, hochglanzpolierten Kaffeeautomaten nach draußen zu setzen und die zu bemitleiden, die zeitgleich zur Arbeit und durch ihr Leben hasteten. Laura kümmerte sich indes um die Hochzeitsvorbereitungen, ging zur Massage, zum Frisör oder shoppen. Doch später …

»Ich liebte unsere Abende«, schiebt sie ein wie um sich zu rechtfertigen. »Weißt du noch? Wir saßen vor dem Kamin, tranken Wein, machten Pläne für Reisen, die wir unternehmen würden, wenn du die Kanzlei erst ganz von Ludwig übernommen hättest und dadurch freier über deine Zeit bestimmen könntest. Wir malten uns aus, wie es wäre, auf dem Land zu leben. Du würdest nur noch ein paar Tage in der Woche arbeiten und pendeln. Wir waren uns immer einig, manchmal sagten wir sogar gleichzeitig dasselbe Wort. Dann lachten wir und gaben uns ein albernes High-Five. All das war so viel schöner als die Vorstellung, sich mit irgendeiner Freundin in einer Bar zu treffen und belanglosen Smalltalk zu machen. Ich sagte vieles ab zu dieser Zeit, bis mich irgendwann niemand mehr fragte, ob ich Lust hätte, etwas zu unternehmen. Wahrscheinlich war ihnen die Antwort sowieso klar. *Ich kann nicht, Pärchenabend, Zwinkersmiley.*« Auf ihren Lippen erstirbt ein versunkenes Lächeln. »Im Grunde hätte dir also klar sein können, dass ich dich anlüge, als ich dir am Telefon sagte, ich hätte mich mit einer Freundin verabredet. Insgeheim hätte ich mir vielleicht sogar gewünscht, dass du meine Pläne durchschaust und sie vereitelst. Dann hätte ich gewusst, dass ich dir immer noch wichtig bin.«

Doch nichts. Keine Nachfrage, kein Wort des Zweifels, nur ein Brummen, das sie vermuten ließ, ihr Mann sei ohnehin anderweitig beschäftigt. Studiere womöglich nebenbei eine Fallakte oder setze seine Unterschrift unter diverse Korrespondenzen. Am Ende des Telefonats wünschte er ihr viel Spaß, was eher nach einer Anstandsphrase klang, und hatte aufgelegt, bevor sie dazu kam, genauso anstandsgemäß »Danke, Schatz« zu sagen.

»Weiter«, knurrt Herr van Hoven.

Laura nickt.

Sie brachte Vivi zu seinen Eltern, die sich freuten, ihre Enkelin für eine Nacht zu beherbergen. *Schade, dass ihr am ersten Weihnachtsfeiertag so schnell wieder fahren musstet*, hatte seine Mutter gesagt und dabei traurig gelächelt. Dass Gero viel Stress habe in der Kanzlei, habe sie daraufhin entgegnet und Irma tröstend über den Oberarm gestreichelt. *Das hat er doch immer, Laura*, hatte diese geseufzt.

Und dann – tat sie es. Sie setzte sich in ihr Auto und programmierte das Navi. Sie und Aron waren übereingekommen, dass sie sich nicht in der Stadt treffen konnten, zu viele Menschen, im schlimmsten Fall ein bekanntes Gesicht und dann Erklärungsnot. Wer würde ihnen schon glauben, dass sie sich trafen, einfach nur, um ein bisschen zu quatschen? Also fuhr sie dreißig Kilometer, nur für ihn. Eine Truckerkneipe an der Bundesstraße. Hier würden sie niemanden treffen, den sie kannten. Der tratschen und sie verraten konnte. Trotzdem – was für ein furchtbarer, dreckiger Ort. Jemand hatte sich die Mühe gemacht, eine Metapher zu bauen, aus Stein und Holz und Leuchtreklame, für die furchtbaren, dreckigen Dinge, die sie im Begriff war zu tun. Die Wände eichenvertäfelt, das Licht schummerig, die Luft stickig von Zigarettenrauch, die Klientel wie aus einer anderen Welt. Verbrauchte Gestalten, Fernfahrer, Prostituierte. Und natürlich *er*. Aron Bruckstätt, wie er an der alten Jukebox lehnte, als sie eintrat und sich idiotisch vorkam in dem engen roten Kleid, das sie unter ihrem Mantel trug. Er, wie er sie zur Begrüßung in den Arm nahm, etwas länger als vorletzte Woche an ihrer Haustür. Er, wie er sie so ausgiebig betrachtete, als wäre sie ein potenzielles Motiv für eine neue Fotoserie, sagte: *Wer hätte gedacht, dass du noch schöner sein könntest?*, und: *Ich mag deine neue Frisur.*

Warum treffen wir uns ausgerechnet hier?, fragte sie, als er ihr aus dem Mantel half.

Milieustudie für mein nächstes Projekt. Er grinste. Legte ihren Mantel auf einem Barhocker ab, ging wieder hinüber zur Jukebox, drückte eine Taste. Frank Sinatra und seine Tochter besangen eine Dummheit, ›Somethin' Stupid‹. Aron streckte den Arm nach ihr aus, zog sie an sich, und sie tanzten. Als Einzige hier in dieser Spelunke, unter den Blicken der merkwürdigen Gestalten. *Peinlich*, fand sie. *Unangenehm*. Und dennoch legte sie ihren Kopf an seine Schulter und ließ sich einfach führen. Fühlte seinen Herzschlag, die Hitze seines Körpers, den festen Griff um ihre Taille. Sie war nicht hier, um einfach nur ein bisschen zu quatschen, wurde ihr klar. Sie hatte sich einen Babysitter und ein Alibi organisiert. Sie hatte sich die Beine rasiert und das rote Kleid vom Bügel gezogen, das sie zum letzten Mal an Silvester vor zwei Jahren getragen hatte. Sie hatte Lippenstift aufgelegt und die Adresse, die er ihr per SMS geschickt hatte, in ihr Navi eingegeben. Sie hätte umkehren können, auch das war ihr klar. Sie hätte das

Auto direkt wieder vom Parkplatz lenken und nach Hause fahren können, zu dem Mann, dem sie vor fünf Jahren ewige Treue versprochen hatte.

»Ja«, sagt Herr van Hoven und nickt bedächtig. »Genau das hättest du tun sollen, Laura. Stattdessen hast du was getan?«

Sie blickt zu Boden. Schweigt.

Herr van Hoven sieht mich an.

»Ich denke, sie hat mich schon in dieser Nacht betrogen. War es so, Laura? Hattest du in dieser Nacht Sex mit Aron Bruckstätt? Habt ihr euch direkt ein Hotel gesucht?«

Sie schüttelt den Kopf. Erzählt weiter.

Sie und Aron Bruckstätt im Waschraum der Damentoilette. Sie stand gebeugt, hatte die Hände auf den Rand des Waschbeckens gestützt. Das weiche Gefühl in ihren Knien streckte sich bis hoch in ihre Oberschenkel. Sie schämte sich. Was hatte sie sich bloß dabei gedacht? Auf der schmutzigen Toilette dieser heruntergekommenen Bar, im Stehen, unbequem und schmerzhaft in jeglicher Hinsicht. *Milieustudie*, dachte sie. Vielleicht war sie auch bloß so eine Art Milieustudie für ihn. Vielleicht hatte er einfach nur austesten wollen, wie weit sie mit ihm gehen würde. Ob er sie wirklich so einfach haben konnte. Ein Fitzelchen Aufmerksamkeit, ein Tanz zu einem kitschigen Liebeslied, ein halbes Bier, und schon hatte er sein Ziel erreicht. Aus dem Augenwinkel sah sie ihn am anderen Waschbecken stehen, wie er sich die Hände und das Gesicht wusch, sie von sich abwusch. Sie stellte sich vor, wie ihre Würde im Abfluss versickerte, durch die dreckigen, alten Rohre rauschte, bis in die Kanalisation, zu den Ratten. Durch die geschlossene Tür drangen Fetzen von AC/DC in den Waschraum. Bestimmt hatte einer der Fernfahrer den Song auf der Jukebox gedrückt, genervt von dem Schmalz und dem Elend, dem er gerade gezwungenermaßen beigewohnt hatte. Es graute ihr jetzt schon davor, den Waschraum zu verlassen und den Gestalten unter die Augen zu treten, doch das würde sie tun müssen, schließlich lag ihr Mantel noch an der Theke.

Alles in Ordnung?

Sie hatte nicht bemerkt, wie er das Wasser abgedreht hatte und hinter sie getreten war. Unvorsichtigerweise sah sie auf, als er ihre Hüfte umfasste, und blickte dabei in den verschmierten Spiegel, der über dem Waschbecken angebracht war. Das waren sie also. Eine jämmerliche Frau mit geröteten Wangen und verlaufener Wimperntusche, auf deren Stirn verschwitzte Härchen klebten, und hinter ihr ein Mann, der so frisch und zufrieden aussah. Er legte sein Kinn auf ihre Schulter und flüsterte: *Meine kleine Hure.* Wie ihr verschmiertes Spiegelgesicht darüber lächeln konnte, war ihr schleierhaft.

Sie weint. Bebt unter Schluchzern. Entschuldigt sich, bittet um Nachsicht. Sie war dumm. Sie war undankbar. Indes habe ich mir das Strafgesetzbuch gegriffen und blättere nervös darin. Irgendwo muss etwas zum Punkt Strafminderung in Ausnahmesituationen stehen. Die Buchstaben verschwimmen, ich zwinkere wild.

»Schon in der ersten Nacht«, fasst Herr van Hoven kopfschüttelnd zusammen, seufzt dann.

»Sie hat nach jahrelanger Vernachlässigung durch ihren Ehemann Bestätigung gesucht«, sage ich, als ich das Buch zusammenklappe. Die winzigen Buchstaben machen meine Augen verrückt. »Sie war einsam.«

»Einsam«, wiederholt Herr van Hoven. »Soso.« Er erhebt sich, greift in seine Hosentasche, zieht sein Handy hervor. Laura und ich wechseln Blicke, als seine Finger über das Display huschen und im nächsten Moment Gitarrenakkorde durch die Küche klingen. ›Somethin' Stupid‹. Zufrieden legt er das Handy auf dem Tisch ab, tritt herum, streckt seine Hand aus. Nach mir.

»Darf ich bitten?«

Ich bin starr, er meint tatsächlich *mich*.

»Komm schon, steh auf.« Seine Hand flattert vor meinem Gesicht.

»Was soll denn das, Gero?«, fragt Laura leise.

»Magst du den Song nicht, Nadja?«

Ich antworte nicht.

»Ach, das kann doch gar nicht sein. Jeder mag den guten alten Frankie.«

Ich schweige weiterhin, bin völlig steif, sogar noch, als er nach meinem Arm schnappt und mich von der Bank zerrt.

»Gero, bitte.« Laura.

Seine Hände. Die rechte schraubt sich um mein Handgelenk, die linke liegt auf meinem unteren Rücken, drängt mich an sich. Ich sträube mich, doch seine Führung ist gnadenlos. Ich kann gar nicht anders, als mitzustolpern, während er sich zur Musik bewegt, als wären dieser Tanz und die unerträgliche Nähe zwischen uns etwas ganz Selbstverständliches. Er summt zur Melodie, hält die Augen geschlossen. Ich blicke über seine Schulter zu Laura, die an die Kante ihres Stuhls gerutscht ist und dabei so aufrecht sitzt, als steckte ihr Oberkörper in einem Stahlkorsett. Ich sehe den fassungslosen Ausdruck in ihrem blassen Gesicht und wie sie mit sich ringt, etwas zu tun, das sich womöglich als Fehler erweisen könnte. Ich nehme meinen Mut zusammen und zerre gegen den festen Griff um mein Handgelenk an. Herr van Hoven öffnet die Augen, lächelt.

»Fühlst du schon etwas, Nadja? Fühlst du, was Laura an diesem Abend gefühlt haben muss?«

»Lass sie los, Gero!« Laura ist inzwischen von ihrem Stuhl aufgesprungen.

»So haben sie getanzt, Nadja.« Er wirbelt mich herum. Mir wird übel unter der Bewegung, mein Kopf dröhnt, vor meinen Augen explodieren bunte Lichter, meine Beine wollen durchknicken wie zwei abgebrannte Streichhölzer. Herr van Hoven hält mich aufrecht unter seinem unnachgiebigen Griff und dreht mich in eine Position, über die er Laura ansehen kann. »So habt ihr doch getanzt, oder? Wo lag seine Hand, Laura? Hier?« Ich spüre eine Bewegung auf meinem Rücken, seine rechte Hand, die ein Stück weiter nach unten rutscht, mich noch enger an seinen Körper drängt. »Oder so?« Ich keuche. Winde mich. Komme nicht weg.

»Bitte, lass sie, Gero! Ich erzähle dir doch alles, was du wissen willst!«

»Oh, Nadja, das wird spannend«, höre ich seine Stimme an meinem Ohr, zu dicht, sein Atem ist heiß und feucht. »Vielleicht hast du noch ein paar weitere Details aus eurer ersten Nacht für uns, Laura.«

Keine Antwort.

Stattdessen auf einmal ein Stoß. Unter der unvermittelten Bewegung stolpere ich rücklings gegen die Umzugskartons vor dem Fenster. Sie wackeln und rumpeln, ich sinke daran hinab wie eine Marionette mit durchgeschnittenen Fäden. Ein kurzer Augenblick irritierender Stille, vor meinen Augen wird es dunkel. Ich spüre meine Lider einer Ohnmacht entgegenflattern, will mich hingeben. Doch dann: Gebrüll.

»Gib es mir, Laura!«

Ich blinzele hektisch um Sicht. Erkenne Laura nur verschwommen. Sie steht in der Küche und bewegt sich nicht. Sie weicht nicht einmal zurück, als er sich vor ihr aufbaut, groß und breit, wie er ist. In ihrer Hand hält sie sein Handy, das sie sich vom Tisch geschnappt haben muss. Erst jetzt begreife ich, dass die Musik aufgehört hat zu spielen, genau eine Sekunde bevor er mich von sich gestoßen hat. Laura sagt mit überraschend fester Stimme: »Dieser Scheiß hat jetzt ein Ende, ich rufe die Polizei.«

Das ist er gewesen, der Fehler.

Ich muss fünf gewesen sein, vielleicht auch sechs. Janek war noch nicht geboren. Die Männer hießen »Gäste«, und als solche kamen sie zu Besuch, meistens nach ihrer Schicht im Stahlwerk. Meine Mutter sagte, man müsse freundlich sein zu seinen Gästen, also lächelte ich, wenn ich ihnen öffnete, und ließ mir zur Begrüßung den Kopf tätscheln. Ich sagte, sie komme gleich, und bat die Männer in die Küche, wo ich ihnen ein Bier aus dem Kühlschrank reichte. Die Männer waren ebenfalls freundlich.

Zu Anfang hatten mich die Geräusche, die durch die abgeschlossene Schlafzimmertür drangen, genauso irritiert, wie sie später Janek irritierten, doch nachdem meine Mutter jedes Mal zwar erschöpft, dennoch unversehrt wieder herausgetreten war, hatte ich begriffen, dass nichts Schlimmes in diesem Zimmer geschah. Außerdem bezahlten die Männer unsere Miete und unser Brot, wofür wir dankbar sein mussten. Manchmal weinte sie, das schon. Ihr schöner Körper hätte tanzen können, auf einer großen Bühne in Paris, unter glitzerndem Scheinwerferlicht und tosendem Applaus. Manchmal lachte sie kehlig – *ach, Scheiß drauf. So ist das Leben, oder?* Ich hatte gelernt, mich zu entschuldigen, wenn sie weinte, und zu lachen, wenn sie es tat.

Doch dann. Als ich fünf war oder sechs. Der Mann, der an diesem Abend zu Besuch kam, war freundlich, fast noch freundlicher als die anderen. Er sagte: »Hallo, Nadja. Ich bin Onkel Fedor.« Er brachte mir eine Tafel Schokolade mit. Nichts an ihm war seltsam, er schien es höchstens etwas eilig zu haben, mit ihr ins Schlafzimmer zu verschwinden. Aber auch das hatten wir schon oft erlebt. Es blieb nicht viel Zeit zwischen dem Feierabend und dem Abendessen im Familienkreis. Ich saß an unserem Küchentisch und wickelte die Schokolade aus, ganz sorgsam, um bloß nicht das schöne, glänzende Silberpapier einzureißen. Ich hörte ihre Schreie, dachte mir nichts. Ich strich das schöne Papier glatt, ich würde es aufheben und bewahren wie einen Schatz. Ihre Schreie und ich, wie ich das erste Stück Schokolade auf meiner Zunge zergehen ließ, so etwas Zartes, Süßes, Wunderbares. Ihre Schreie, die mich plötzlich störten. Weil sie anders klangen als sonst. Lauter, ja. Echter. Und dann noch etwas. Merkwürdiges Gepolter, Gerumpel. Das war nicht das Bettgestell, das gegen die Wand stieß, nein. Ich rutschte von meinem Stuhl, in meiner Backentasche klebte ein Rest Schokolade. Mein Mund war trocken, meine Kehle auch. Ich schlich aus der Küche, durch den Flur, zu ihrem Zimmer. Drückte die Klinke. Die Tür schwang auf, ich hielt den Atem an. Der Mann, Onkel Fedor. Wie er über ihr stand. Wie ein Riese. Wie seine Faust auf sie niederging, während sie am Boden lag. Wie er nach ihr trat und wie sie schrie.

Genauso passiert es jetzt wieder, nur dass Herr van Hoven der Riese ist und Laura die, die am Boden liegt, die schreit und sich krümmt. Und ich, ich bin wieder fünf oder sechs, ich atme nicht mehr und will blind sein, nichts sehen. Ich kneife wie damals die Augen zu. Ich will, dass er aufhört. *Bitte, bitte, lieber Gott, lass ihn doch aufhören. Tu was. Nein*, sagt Gott – zumindest bilde ich mir das ein. *Nein, Nadja*, sagt er mit schmerzhafter Bestimmtheit, *du bist es, die etwas tun muss. Auf die Beine mit dir, hilf ihr, rette sie. Siehst du denn nicht, dass er sie totschlägt? Hier, direkt vor deinen Augen, schlägt er sie, schlägt auf sie ein und das Leben aus ihr heraus, und du, du tust nichts, du lässt es einfach geschehen.*

»Marta«, habe ich damals gewimmert.

»Laura«, wimmere ich jetzt.

Laura, die er niedergerissen hat, nachdem sie sich sein Handy gegriffen und ihm mit der Polizei gedroht hatte. Ich versuche mich zu bewegen, mich irgendwie zu befreien aus der festen Umklammerung des Schocks. Ich schaffe es nicht auf die Beine, nur auf die Knie, egal, Hauptsache, ich bewege mich. Ich krieche zu ihnen hinüber, strecke meinen Arm aus, bekomme sein Hosenbein zu fassen, zerre daran, ich bitte ihn aufzuhören und klinge so elend dabei.

Lass meine Mama in Ruhe, du Schwein!

Er dreht sich um, blickt mir ins Gesicht. Greift nach meinem Arm, zieht mich auf die Füße.

»Da, sieh sie dir an«, sagt er und zeigt auf Laura, die sich in diesem Moment auf die Seite rollt. Sie hält sich die Hände vor das Gesicht; ich kann nicht sehen, ob sie blutet. Ich will mich um sie kümmern, er lässt mich nicht. Ich fuchtele mit den Armen, balle Fäuste, die ihn treffen sollen, doch nur ins Leere gehen. Er drängt mich aus der Küche hinaus. Ich stolpere die Treppe hinauf; ich glaube, ich schreie. Nach Gott, nach Laura, nach Hilfe. Eine seiner Hände liegt jetzt auf meinem Mund. Ich stolpere und schreie weiter. Er stößt mich ins Schlafzimmer, ich lande hart auf dem Boden vor dem Bett. Vom Nachtkästchen greift er sich die Rolle mit dem Paketband, fesselt mir erneut die Hände auf den Rücken, ein weiteres Stück klebt er über meinen schreienden Mund.

»Ihr hattet die Chance auf ein faires Verfahren.«

Ich knurre in das Paketband hinein.

»Aber jetzt … wie heißt es so schön? ›Die Rechtsmittel sind ausgeschöpft.‹«

Ich schüttele den Kopf, knurre, versuche, auf die Beine zu kommen, ihn aufzuhalten, das Zimmer zu verlassen. Ich bin zu langsam, zu schwach. Als ich die Tür erreiche, hat er von außen gerade den Schlüssel im Schloss gedreht.

Ich ramme meine Schulter gegen das Holz, das unnachgiebig bleibt. Ich mache trotzdem weiter, erst mit der linken Schulter, dann mit der rechten, so lange, bis auf meiner Netzhaut wieder Punkte tanzen. Ich sinke zu Boden. Sehe ihn in Gedanken die Treppe hinabgehen und wünschte, sie hätte tausend Stufen. Aber es sind nur siebzehn, ich habe sie gezählt. Ich will nicht denken, dass Laura nur noch siebzehn Stufen lang am Leben ist. Ich will denken, dass er sich besinnt. Zeit vergeht, ich lausche angespannt. Mein Kopf, eine Gehirnerschütterung, die Anstrengung macht mich schwummerig, ich könnte auf der Stelle einschlafen. Zwischen mich und die Welt legt sich eine seltsame Dämmerung. Ich habe mich gerade an sie gewöhnt, als ich wieder herausgerissen werde durch ein Geräusch, das innerhalb einer einzigen Sekunde alles zerfetzt. Die Stille, meine Gedanken, meinen Glauben.

Es war ein Schuss.

Aus: Brief #32

Woran ich mich erinnere ... Geräusche. So eine Art Stampfen oder wummernde Fäuste. Ein Traum. Ich schreckte hoch. Neben mir lag Marta, die schlief; ich befühlte ihre Stirn. Zuerst war ich mir noch sicher, dass sie durch die Wärmflasche ein paar Grad an Körpertemperatur zugelegt hatte – danke, Gott. Aber dann fiel mir die Sache mit dem Geruch wieder ein, und vor allem fiel mir etwas auf. Obwohl ich inzwischen wach war, hörte ich immer noch diese Geräusche, das Stampfen und Wummern. Mein Herz ließ sich anstecken, stampfte und wummerte nun genauso, mein Brustkorb tat weh davon. Vorsichtig schlug ich die Decke zurück und stieg aus dem Bett. Ich schlich aus dem Schlafzimmer, den Flur entlang, immer den Geräuschen nach, die lauter wurden und lauter, die anzogen in ihrem Rhythmus, die begleitet wurden von Rufen.
»Aufmachen, Polizei!«
Ich blieb wie angewurzelt stehen, nahm die Hand vor den Mund, keuchte hinein. Polizei. *Nicht Tante Evelyn oder die nervige Frau vom Jugendamt – die Polizei. Ich schluckte heftig, bevor ich mich die letzten Meter zur Wohnungstür schleppte, den Schlüssel drehte, öffnete.*
Zuerst nahm ich nur ihn wahr: Onkel Fedor, den örtlichen Polizeikommissar. Ich weiß nicht, ob du dich

noch an ihn erinnerst. Er war ein großer, runder Mann, ständig und vergebens bemüht, seine Glatze zu kaschieren, indem er sich das spärliche Resthaar von rechts nach links über die glänzende rosa Kopfhaut kämmte. Und er war einer von Martas Gästen, kam immer montags und mittwochs nach seiner Schicht. Augenblicklich wurde mein gesamter Körper kalt und steif. Hinter seiner rechten Schulter lugte Tante Evelyn hervor, deren Gesicht rot und aufgeschwemmt aussah. Ich wollte sie schon fragen, ob sie geweint hatte, besann mich aber. Natürlich hatte sie geweint. Sie schluchzte ja immer noch. Neben und hinter ihr standen Polizisten in Uniformen – immer mehr Polizisten, je länger ich hinsah. Wie betäubt wich ich einen Schritt zurück, während Onkel Fedor einen vorwärts tat, in die Wohnung hinein, ganz langsam, so, als näherte er sich einem gefährlichen Tier. Dazu passend streckte er die Hände nach vorne und hob und senkte sie behutsam durch die Luft. »Bleib ganz ruhig«, sagte er. »Ich komme jetzt rein, ja? Ich will mich nur kurz bei euch umsehen. Okay, Nadja?« Ich trat einen weiteren Schritt nach hinten und prallte dabei gegen die Wand neben der Küchentür. »Ich will nur wissen, ob bei euch alles in Ordnung ist, hörst du?«

»Marta ist krank«, entgegnete ich wie mechanisch. Dieser Geruch … Wieder fiel mir der Geruch ein, den ich an ihr wahrgenommen hatte, bevor ich neben ihr eingeschlafen war. Ich riss die Hände nach oben und presste sie gegen meine pochenden Schläfen. Marta war eine schöne Frau mit ihren langen dunkelblonden Haa-

ren, der schlanken Figur, den filigranen Zügen, und schöne Frauen hatten keinen Geruch. Schöne Frauen hatten einen Duft. Marta duftete nach Lavendel und Rosen, immer. Egal, was sie tat, egal, wie sehr sie sich verausgabte und schwitzte. Nicht mal der Rauch ihrer vielen Zigaretten schien an ihr haften zu bleiben. Sie duftete nach Lavendelschaumbad und Rosenshampoo. Ich bekam einen Schluckauf.

Onkel Fedor durchquerte den Flur. Als er dabei am Badezimmer vorbeikam, sagte er: »Verdammt.« Als sei das ihr Stichwort gewesen, quollen Tante Evelyn und die anderen Polizisten durch die Wohnungstür. Tante Evelyn riss mich in ihre Arme, die Uniformierten schwärmten zu den einzelnen Zimmern aus, die meisten zum Bad. Irgendjemand fing an, laut zu würgen. »Hierher!«, brüllte Onkel Fedor aus dem Schlafzimmer, und da wusste ich es plötzlich wieder mit Bestimmtheit. Warum Marta keinen Duft mehr hatte, lag daran, dass sich etwas penetrant Metallisches über den Lavendel und die Rosen gelegt hatte. Ich kannte diesen Geruch aus Tante Evelyns Küche, nachdem sie im Hof ein Huhn geschlachtet hatte, das nun in der Spüle lag und darauf wartete, weiter bearbeitet zu werden. Der Geruch von Blut.

Unter Tante Evelyns Umarmung wurden meine Beine schwach, vor meinen Augen zog sich ein schwarzer Vorhang zu. Das Letzte, was ich hörte, war Onkel Fedors Stimme, die sich näherte und sagte: »Eingeschlagener Schädel. Vielleicht solltest du ihr sicherheitshalber einen Anwalt besorgen, Evelyn.«

Juli 2015

Gero van Hoven hatte sie mit Vivi auf dem Arm auf dem Dach der Kanzlei gefunden.

»Nadja«, hatte er gesagt. »Bitte tun Sie jetzt nichts Unüberlegtes.«

Widerstandslos ließ sie sich das Baby abnehmen. Blickte ihn an wie jemand, der gerade erst aufgewacht war. Schüttelte den Kopf, als könnte sie es selbst nicht glauben. Und Gero, der seine Tochter endlich wieder an sich drückte, bellte los. Was zum Teufel sie sich dabei gedacht habe. Das werde ein Nachspiel haben. Mit dem Kinn bedeutete er ihr, vom Rand des Daches wegzutreten. Sie nickte schwach. Trabte stumm vor sich hin heulend und mit gesenktem Kopf zu einer der Bierbänke, sank darauf nieder und vergrub das Gesicht in den Händen. Gero konnte es nicht fassen. Nadja, seine Assistentin. Diese immer unscheinbare Frau in ihren mausgrauen Kostümen, mit den ordentlich gebügelten weißen Blusen und dem streng geknoteten Dutt, eine Frau, die stets leise war und vorsichtig, die wenig Raum einnahm, sich in den ganzen anderthalb Jahren, seit er sie nun beschäftigte, nie beschwert hatte, wenn er ihr Überstunden zumutete, die nett war und fügsam, eine perfekte Assistentin – *eine Geisteskranke.*

»Erklären Sie es mir!«, spie er auf sie hinab. »Was sollte das? Wollten Sie springen? Mit meinem Kind im Arm?«

Wie aufs Stichwort gab Vivi einen unzufriedenen Laut von sich und wand ihren kleinen Körper, er tätschelte ihren Rücken und senkte die Stimme, zischte: »Ich will eine Erklärung.«

Zitternd nahm Nadja die Hände vom Gesicht. Stammelte Entschuldigungsphrasen und hickste dabei, als hätte sie einen Schluckauf. Gero verlor die Geduld.

»Ich rufe die Polizei.«

»Nein!«, schrie sie und sprang auf. »Bitte nicht, Herr van Hoven! Ich wollte ihr nichts tun! Ich würde ihr niemals etwas tun.«

»Was wollten Sie dann?« Fast erwartete er, etwas von Mutterliebe zu hören, von einer Frau, die vor Jahren selbst ein Kind verloren hatte und, weil sie den Schmerz darüber nicht verwand, eines Tages kurzerhand beschloss, sich Ersatz zu holen. Das hätte sein können, er wusste nicht viel von ihr, nur, dass sie ursprünglich aus Polen stammte, genau wie Ludwig, der sie seinerzeit eingestellt hatte. Irgendwann, daran erinnerte er sich noch, hatte Gero sie einmal gefragt, ob sie verheiratet sei, was sie verneinte – einfach nur »Nein«, kein *Ich habe einen Freund oder keinen, eine Freundin* oder *keine, bin Witwe* oder *überzeugte Singlefrau* –, da war ihm die Lust auf Smalltalk vergangen, und er hatte sie zum Kaffeeholen geschickt.

»Ich musste an meinen Bruder denken«, sagte sie jetzt und sackte erneut auf die Bank. »Vivi hat mich an ihn erinnert, als er noch klein war. Seine großen blauen Augen, sein winziges Köpfchen …« Kurz lächelte sie versunken, dann schüttelte sie heftig den Kopf, wie um die durcheinandergeratenen Gedanken darin wieder an ihren richtigen Platz zu bewegen. »Ein paar der Leute unten in der Kantine haben angefangen zu rauchen, als der Sekt ausgeschenkt wurde. Mein Bruder hatte Asthma. Ich weiß, es ist dumm, aber ich dachte, es wäre gut, wenn Vivi ein bisschen frische Luft bekäme.«

»Wagen Sie es nicht, sie Vivi zu nennen«, knurrte Gero und wandte sich zum Gehen. »Ich will nicht, dass Sie ihren Namen in den Mund nehmen.«

»Bitte, Herr van Hoven, keine Polizei«, hörte er sie kläglich in seinem Rücken. »Ich bin nicht gefährlich, ich wollte ihr wirklich nichts tun.«

»Sie sind doch krank.«

Sie heulte.

Gero setzte sich in Bewegung.

»Packen Sie Ihre persönlichen Sachen und verschwinden Sie«, sagte er im Gehen. »Ich werde Ludwig über Ihre Kündigung informieren.«

*

Ludwig Abramczyk war fasziniert von diesem Blick. Zuerst der Schmerz, mit ihm das Entsetzen und die Angst. Im nächsten Moment Trotz, der Ausdruck entschlossener Bereitschaft zur Gegenwehr. Das Einsehen, dass es nichts half. Dass er sich bloß unnötig verausgabte. Dass er sich genauso gut entspannen und es einfach über sich ergehen lassen konnte. Und schließlich: Frieden. Frieden in seinem Blick, Frieden, der seinen nackten, verwelkten Körper durchspülte.

Unter seinem Knebel lächelte er seinem Spiegelbild zu.

Es zeigte einen Sechzigjährigen mit zerlegenem grauem Haar und auseinandergestreckten Gliedmaßen, die Hände ans Kopfteil fixiert, die Fußgelenke an die unteren Bettpfosten. Die Frauen, die er früher mit in sein Schlafzimmer genommen hatte, hatten bei der Entdeckung des riesigen Deckenspiegels oft nur verschämt gekichert, andere waren schlichtweg empört gewesen, und fast alle hatten darauf bestanden, das Licht aus- oder wenigstens die Vorhänge vor den bodentiefen Fenstern der Villa in Grunewald zuzumachen. Die Madame war anders. Wenn sie kam, dann brannten alle Lampen, und wenn sein Blick sich manchmal zu ihr verirrte, dann raunte sie: »Sieh nicht mich an, du erbärmlicher Hund. Sieh in den Spiegel.« Und er gehorchte. Ließ sich faszinieren von seinem eigenen Anblick, seinem zuckenden Körper und dem Ausdruck in seinen Augen.

»Alles in Ordnung?« Die Madame hob ihr langes schwarzes Spitzenkleid, um sich auf die Bettkante zu setzen. Behutsam entfernte sie den Knebel aus seinem Mund und legte ihm ihre warme Hand mit den langen, zarten Fingern und den rotlackierten Nägeln auf die pumpende Brust. Sobald sie ihre Dienste vollbracht und die Werkzeuge beiseitegelegt hatte, war sie eine sanftmütige Frau, fast liebevoll. Ludwig konnte sich vorstellen, dass sie in einem früheren Leben vielleicht einmal eine Krankenschwester gewesen war.

Statt zu antworten, seufzte er nur wohlig. Zweimal die Woche, jeden Dienstag und Freitag, kam die Madame, um ihn zu erleichtern. Er brauchte den Schmerz, er inhalierte ihn wie andere den Sauerstoff. Es gab mittellose

Leute seiner Art, die sich ihre Finger in Türen einklemmen mussten oder sich das heiße Bügeleisen gegen die Innenseiten der Oberschenkel pressten, um diesen ekstatischen Gefühlskreislauf aus Buße und Erlösung zu erleben, und Ludwig bedauerte sie. Er konnte sich professionellen Schmerz leisten, jemanden, der ihm diesen ohne Folgeschäden zufügte, was den zusätzlichen Reiz des Ausgeliefertseins ausmachte. Die Madame war teuer und diskret; ihre Geschäftsbeziehung bestand seit Jahren. Niemand außer ihr wusste, dass der große Ludwig Abramczyk zweimal pro Woche lieber die Beute als der Jäger war. Niemand durfte es wissen.

»Möchten Sie zum Abendessen bleiben?«, fragte er die Madame, und wie immer sagte sie: »Das nächste Mal, mein Lieber.«

Sie erhob sich vom Bett, löste die Fesseln von seinen Gelenken und reichte ihm seinen Morgenmantel. Anschließend sammelte sie ihre Werkzeuge ein und verstaute diese in ihrem großen schwarzen Rollkoffer, der sie wirken ließ wie eine Reisende. Manchmal fragte sich Ludwig, wen sie wohl als Nächstes besuchen würde oder ob sie einfach nur nach Hause ging, zu einem Ehemann und einer Familie.

»Bis Freitag, mein Lieber«, sagte die Madame, aber Ludwig bestand darauf, sie zur Tür zu begleiten, von wo aus er ihr nachblickte, wie sie, inzwischen einen unauffälligen Mantel über dem Spitzenkleid, mit dem Rollkoffer die Einfahrt hinabging und dann gerade um die Ecke verschwunden war, als sich von der anderen Seite mit dramatischem Geknatter Gero van Hovens Porsche ankündigte. Ludwig blieb in der Tür stehen, während Gero parkte, zog derweil den Bindegürtel seines Morgenrocks ein wenig fester und strich sich die grauen Haare glatt.

»Mein Junge«, begrüßte er den Gast gleichermaßen freundlich wie überrascht, doch dieser drängte nur wortlos an ihm vorbei ins Haus hinein. Erst als Ludwig die Tür von innen geschlossen hatte, legte Gero los.

»Was für eine Gestörte hast du mir da ins Büro gesetzt?« Seine Nasenflügel blähten sich wie die eines wilden Stieres. Als Ludwig nicht reagierte, setzte er aufgebracht »Diese Nadja!« hinterher.

Ludwig war an diesem Tag nicht in der Kanzlei gewesen, da er eine Gerichtsverhandlung gehabt hatte, und somit ahnungslos über die Geschehnisse des Nachmittags. Zuerst sagte er nichts als »Oh« und bat Gero in die Bibliothek, wo er ihm ein Glas Whisky servierte. Sie setzten sich einander gegenüber in die dicken braun gepolsterten Ledersessel, zwischen ihnen stand der Globus, dessen nördliche Kugelhälfte aufklaffte und griffbereit eine Auswahl von Flaschen präsentierte.

»Du hast sie damals eingestellt«, sagte Gero und leerte sein Glas auf ex. »Du hast gesagt, du legst deine Hand für sie ins Feuer, als ich dich nach ihren fehlenden Arbeitszeugnissen gefragt habe. Du hast gesagt, du kennst sie und dass sie eine Chance bräuchte.«

Ludwig rieb sich die Stirn.

»Ich hätte nicht erwartet, dass so etwas passiert«, sagte er leise.

»Es ist aber passiert«, gab Gero zurück.

»Aber sie ist in therapeutischer Behandlung und bekommt Medikamente.«

»Sie ist … *was?*«

Gero stellte sein Glas ab und rutschte an die Kante seines Sessels. In seine Stirn grub sich eine Furche, aus seinen Augen flammte eine Mischung aus Wut und Ungläubigkeit. Ludwig teilte immerhin Letzteres.

»Es geht ihr doch gut«, sagte er, wobei es eher klang wie eine Frage denn wie eine Feststellung. »Sie ist in den besten Händen. Ihre Therapeutin ist von mir persönlich beauftragt und erstattet mir nach jeder Sitzung Bericht.«

Unvermittelt schossen Geros Hände nach vorne, packten ihn am Revers seines Morgenrocks und zerrten daran.

»Du willst mir nicht ernsthaft sagen, dass du mir vollen Wissens eine Geisteskranke ins Vorzimmer gesetzt hast? Bist du noch ganz bei Trost?«

»Sie ist nicht krank«, krächzte Ludwig, während er zittrig versuchte, Geros Finger von seinem Kragen zu schälen. »Sie ist ein Mädchen, das im Leben viel Pech gehabt hat. Bitte, Junge.« Inzwischen zog die Aufregung an seinem Herzen, ein scharfer, bedrohlicher Schmerz, kein guter. »Lass mich dir die Sache erklären.«

Ruckartig ließ Gero von ihm ab, griff sein Glas und anschließend ins Innere des Globus nach der Flasche Whisky, um sich nachzuschenken.

»Ich höre.«

Ludwig schloss die Augen. Noch ein Geheimnis, von dem er nie gewollt hatte, dass es ans Licht käme.

»Es war Donnerstag, der 17. Juni 1999«, hob er seufzend an. »Der Tag, als Marta …«

Nadja

Mein Engel,

ich habe dir Dutzende von Briefen geschrieben und es niemals mehr bereut als heute, dass ich keinen davon je abgeschickt habe. Ich hätte es tun sollen. Müssen. *Du hast ein Recht darauf, zu erfahren, was damals wirklich geschah. Es von mir zu erfahren, in meinen Worten, von denen ich immer glaubte, sie genügten nicht. Ich weiß nicht, woran du dich erinnerst. Ob sich irgendwo in deinem Hinterkopf noch ein Fetzen unseres letzten Treffens versteckt. Ich, wie ich dir versprach, den bösen Mann zu fangen. Ich, wie ich dich mit dem Meer lockte, und du, wie du den Eindruck haben musstest, dass du dich auf mich verlassen konntest. Dass alles wieder gut werden würde und ich diejenige wäre, die dafür sorgte.*

Jetzt sind alle Worte hinfällig, und ich kann dir diesen, meinen vielleicht letzten Brief, nur noch in Gedanken schreiben.

Es ist vorbei, mein Engel.

Ich soll heute sterben.

Genau wie sie. Laura. Er hat sie erschossen. Wenn er sich dessen erst bewusst wird, wenn die Bedeutung sackt, wird er in Panik geraten und feststellen, dass er auch mich loswerden muss. Er braucht mich nicht mehr als Lauras Verteidigerin in seinem kranken Spiel, und er braucht mich erst recht nicht als Zeugin. Inzwischen bin ich davon überzeugt, dass wir niemals eine Chance hatten. Eine Verhandlung – lächerlich. Es ist ihm nie um den Mord an Aron Bruckstätt gegangen, sondern ausschließlich darum, dass Laura ihn betrogen hat. Er hatte ihren Tod längst beschlossen. Die ganze Verhandlung, dieses Spiel, war nur dazu gedacht, sie zu quälen. Andere Psychopathen schlitzen ihre Opfer genüsslich mit einem Messer auf, langsam und immer ein Stück weit an den großen Venen und Arterien vorbei, damit die Sterbenden so viel wie möglich mitbekommen von ihrem eigenen Tod. Weil sie sie leiden sehen wollen, sich ergötzen an ihren Augen, an der Angst, dem Schreck, der Ungläubigkeit, die darin toben, aber auch an der absurden Hoffnung, die sich sekundenweise darin verirrt. Die Hoffnung, das Monster sehe seinen Irrtum ein und höre rechtzeitig auf. Und am Ende ist es doch vergebens.

Er hat gewonnen.

Er hat Laura mit seiner demütigenden Befragung aufgeschlitzt. Und mich gleich dazu. Alles ist wieder hochgekommen, die ganze Geschichte mit Marta. Der 17. Juni 1999, der Tag, als sie nicht mit einem Kreislaufkollaps, ausgelöst durch zu heißes Badewasser oder eine Grippe, sondern mit eingeschlagenem Schädel in ihrem Bett lag. Der Tag, als Onkel Fedor mich als ihre Mörderin verhaftete und uns beide auseinanderriss.

Ich weiß noch, wie ich in unserer Wohnung stand, die vor lauter Polizisten förmlich überquoll – wirklich, es waren so viele Polizisten, dass sich die Wände hätten dehnen müssen –, und mich fühlte, als hätte man meine Schädeldecke geöffnet und mit einem von Tante Evelyns Kochlöffeln einmal kräftig in meinem Gehirn herumgerührt. Sie hatten ja recht, wenn sie fanden, dass sich das neuerliche Chaos in unserem Badezimmer deutlich von dem gewöhnlichen Chaos unterschied, das bereits der Frau vom Jugendamt aufgestoßen war. Ich stand in der Tür zum Bad – hinein durfte ich nicht wegen der Spurensicherung – und dachte: Ja, natürlich haben sie recht.

Das Blut. So viel Blut, überall. Auf dem Boden. Auf dem Vorleger. An der Wand. Sogar bis an die Decke war es gespritzt. Dann das Wasser in der Badewanne, das ich vergessen haben musste abzulassen, nachdem ich Marta herausgezerrt hatte: rot. Sofort blitzte das Kalenderbild der Salinen von Aigues-Mortes in meinem Kopf auf. Gleichzeitig wirkte das, was meine Augen da in der Realität erfassten, völlig neu. Ich hätte schwören können, dass das Blut vorher einfach noch nicht da gewesen war.

»Du sagst mir jetzt genau, was passiert ist«, hörte ich Onkel Fedors strenge Stimme. Im Gegensatz zu mir durfte er ins Bad, wobei er blaue Plastiküberzieher für seine Schuhe und Latexhandschuhe trug. Ich öffnete den Mund – nichts kam heraus. Ich wusste ja selbst nicht, wie mein Verstand es offenbar geschafft hatte, das ganze Blut auszublenden, geschweige denn …

»Marta ist tot«, setzte Onkel Fedor nach.

Tot, nicht krank.

Ich hatte ihre Leiche aus der Wanne geholt, über den Flur geschleift, ihr ein Nachthemd angezogen, offenbar sogar noch versucht, ihr die Haare zu bürsten. Ich hatte sie ins Bett gesteckt und mich selbst dazugelegt. Ich hatte ihr die Muster an der Zimmerdecke gezeigt und mich an sie gekuschelt.

Schlaf gut, Marta.

Ich keuchte, mehr nicht. Onkel Fedor schüttelte resigniert den Kopf. Auf meiner Schulter fühlte ich Tante Evelyns Hand; sie stand hinter mir und schluchzte immer noch. Natürlich hatte sie bei ihrem Besuch das Blut im Badezimmer gesehen, sie hatte auch Marta gesehen, die eben nicht nur blass gewesen war wegen einer Grippe. Und natürlich hatte sie daraufhin die Polizei verständigt. Ich griff nach oben, nach ihrer Hand auf meiner Schulter, und drückte sie fest. Der Gedanke an ihr Herz zerriss mich. Dieses arme, alte Herz, das einen gewaltigen Sprung bekommen haben musste, als sie vorhin in unserer Wohnung gewesen war.

»Es tut mir so leid, Tante Evelyn«, flüsterte ich. Zur Antwort schluchzte sie bloß ein wenig lauter.

In meinem Rücken bemerkte ich eine Bewegung. Einer der Polizisten kam aus Richtung des Schlafzimmers über den Flur. In der Hand hielt er einen Plastikbeutel, darin war eine Haarbürste verpackt. Man konnte Haarbüschel erkennen, die nur noch an den Spitzen dunkelblond und ansonsten rot verklebt waren. Und unter seinem Arm klemmte ein ebenfalls in durchsich-

tiges Plastik verpacktes Kissen. Martas Kissen, das einmal weiß gewesen war und nun ein hässliches rotes Muster aufwies an der Stelle, wo ihr klaffender Hinterkopf gelegen hatte. Der Polizist ging vorbei, gleich darauf hörte ich die Wohnungstür. Ich stellte mir vor, wie das nur der Anfang wäre. Wie diese ganzen Leute nun haufenweise Dinge aus unserer Wohnung herausschleppen, in Kisten verpacken und mit Blaulicht zu irgendeinem Labor in die nächstgelegene, ernst zu nehmende Stadt fahren würden. Ich stellte mir vor, wie sie demnächst auch Marta an mir vorbei aus der Wohnung tragen würden und wie ich dir später erklären müsste, dass unsere Mutter tot war. Mir wurde sterbensschlecht.

»Aha.« Onkel Fedor bückte sich nach einem Gegenstand, der blutverschmiert auf dem ehemals beigefarbenen Frotteevorleger lag. »Da haben wir dann wohl auch die Tatwaffe«, stellte er fest und winkte einen seiner Männer heran, der sich an mir vorbei in unser schmales Bad hineindrängte.

Ich nahm nur Wortfetzen auf, bloß Gewaber, während ich auf den Gegenstand starrte, den Fedor jetzt in seinen Händen drehte und wog. Tatwaffe *– das war doch verrückt. Ein Messer war eine Tatwaffe, so wie man das in den Filmen immer sah. Ein Messer mit einer langen, scharfen Klinge. Oder eine Pistole. Aber doch nicht … Am liebsten hätte ich einen Satz nach vorne gemacht und sie Onkel Fedor aus den Händen gerissen: die Bronzeballerina, in deren Rockfalten Martas Blut getrocknet war. Den rechten Arm streckte sie nach* *oben, den linken auf Brusthöhe zur Seite. Ihre Beine waren auf eine schwarze Marmorplatte montiert, die aussah wie ein kleiner, flacher Ziegelstein. »Trzecie miejsce« stand auf einer Plakette eingraviert, polnisch für »dritter Platz«. Marta hatte sie mit sechzehn bei einem Ballettwettbewerb in Danzig gewonnen, als drittbester sterbender Schwan. Das war doch keine Tatwaffe. Die Bronzeballerina war Martas größter Schatz gewesen.*

»Die hatte es dir ja schon immer angetan«, sagte Onkel Fedor und streckte mir die Figur entgegen. »Du hast schon als kleines Kind gerne damit gespielt.« Was er nicht dazusagte, war, dass ich damit in der Küche auf den kalten Fliesen gesessen und gespielt hatte, während er mit Marta im Schlafzimmer war und sich holte, was man so bekam für zwanzig Mark oder fünfzig Zloty. Er kniff die Augen zusammen und ließ seinen Blick einen Moment lang wirken, bevor er fragte: »Was zum Teufel hast du getan, Mädchen?«

Ich stockte. Mein durchgerührtes Gehirn wusste nur eine richtige Antwort: »Ich war das nicht.«

Aber natürlich glaubte er mir nicht. Ich war ihm und seinen Männern ausgeliefert, so wie ich jetzt Herrn van Hoven ausgeliefert bin.

Im Moment kann ich nichts tun, als an meinen Fesseln zu zerren. Wenn es mir gelänge, meine Hände zu befreien, könnte ich doch noch versuchen, die Tür mit der Kommode zu verstellen. Dann würde ich das Fenster öffnen, springen und um mein Leben laufen. Ich kann nicht einfach aufgeben, und weißt du was? Das überrascht mich. Ich hätte immer gedacht, dass es mir nichts ausmachen würde zu sterben. Dass es sich vielleicht sogar richtig anfühlen würde, gerecht. Aber jetzt, wo der Tod so nah ist, erfasst mich diese seltsame Entschlossenheit, und ich weiß, dass sie mit dir zu tun hat. Du bist mein Sinn und Grund, das warst du immer. Ich will es schaffen, Janek, für dich. Es ging immer nur um dich. In jedem Moment meines Lebens …

Juli 2015

Ludwig Abramczyk atmete tief.

»Du hast mich ein paarmal zum Jagen in meine alte Heimat begleitet, Gero. Was du kennst, ist die wilde Natur, sind die Niemandswälder, ist die Ruhe, das Idyll. Was du nicht kennst, ist die Stadt an sich. Zabrew, dreckig, arm, versoffen, weniger ein Ort als ein Zustand. Ein aussichtsloser Zustand, damals noch viel schlimmer als heute. Der Großteil der Bevölkerung trabte zur Arbeit ins Stahlwerk, eine Generation nach der anderen. Darüber dachte man nicht nach, das war eben so. Das Werk bestimmte den Alltag und gehörte zur Familie, wie eine Mutter, die einem ein Zuhause gab und einen ernährte. Die aber auch streng war und fordernd. Über die man sich in Gesellschaft beim Bier aufregte und sich anschließend heimlich bei den Nutten abreagierte. Kein gutes Leben, für niemanden. Hier wuchsen sie auf, Nadja und ihr kleiner Bruder Janek, so gut wie auf sich allein gestellt. Ihre Mutter, Marta, war …« Ludwig brach den Satz kopfschüttelnd ab. Allein ihren Namen auszusprechen, bedeutete Schmerz, die Art von Schmerz, die nur zu ertragen war, weil die Madame zweimal pro Woche kam und ihn von innen nach außen lenkte.

»Meine Cousine Evelyn wohnte im selben Haus«, fuhr Ludwig an anderer, weniger schmerzhafter Stelle fort. »Sie nahm sich der Kinder an, so gut es ging, aber sie hatte es nicht leicht mit ihnen. Besonders Nadja machte es ihr schwer. Kaum konnte sie laufen, kletterte sie ständig auf das Treppengeländer und rutschte darauf alle zehn Stockwerke in die Tiefe. Evelyn starb regelmäßig tausend Tode deswegen. Oft sagte sie zu mir am Telefon: *Eines Tages bricht sich das Gör das Genick, und ich darf sein Blut aufwischen.* Kaum war Nadja groß genug, schlich sie ums Haus herum und stahl aus den Fensterbrettern im Erdgeschoss Einmachgläser oder gar ganze Töpfe, die die Nachbarsfrauen zum Abkühlen hinausgestellt hatten. Später griff man sie ein paarmal mit ihrem Bruder auf, wie sie versuchten, mit dem Bus oder zu Fuß die Stadt zu verlassen, wobei sie die Schuld auf den Kleinen schob, der doch angeblich so dringend ans Meer musste, um sein Asthma zu kurieren, und mit zwölf fand man sie einmal sturztrunken im Hinterhof. Sie hatte sich Bier aus dem Kühlschrank ihrer Mutter genommen, weil sie, wie sie sagte, so schrecklichen Durst gehabt habe. Lauter solche Dinge.«

Gero sah unbeeindruckt aus.

»Sie hat ihren Bruder mit einer Küchenschere entbunden«, setzte Ludwig nach, um ihm die Tragweite begreiflich zu machen, und tatsächlich, in Geros Gesicht regte sich etwas. Ludwig nickte. »Angeblich war Marta krank, eine schwere Grippe, an der sie seit Monaten litt und die sich angeblich einfach nicht auskurieren ließ. Im Nachhinein stellte sich diese Krankheit als verheimlichte Schwangerschaft heraus.«

Er zog sich das Revers seines Morgenmantels über die Brust. Bei der Vorstellung, wie ein zehnjähriges Mädchen mit einer Schere an der eigenen Mutter und einem Neugeboren herumschnitt, fröstelte ihn immer noch.

»Und trotzdem, selbst nach all diesen Vorkommnissen: dass so etwas geschieht, hätte niemand erwartet. Eine Tragödie, dieser 17. Juni in Zabrew … Evelyn hatte Janek aus dem Kindergarten abholen müssen, da Marta nicht erreichbar gewesen war. Sie brachte ihn heim, doch als sie an der Tür der Kulkas klingelte, war es nicht Marta, die öffnete, sondern Nadja. Sie sagte, Marta sei krank, und wollte nicht, dass Evelyn die Wohnung betrat. Als sie es doch tat, sah sie Marta im Bett liegen. Sie sah auch das Blut im Badezimmer und alarmierte daraufhin die Polizei. Sie verschafften sich Zugang zur Wohnung und fanden dort Nadja vor, die offenbar gerade erst aufgewacht und völlig verwirrt war. Sie bestand weiterhin darauf, dass Marta krank sei. Aber sie war nicht krank, Gero. Sie war tot.«

Instinktiv griff sich Ludwig an sein Herz, in dem sich Marta schon viele Jahre vor der Tragödie eingenistet hatte und das ihr Fehlen immer noch beklagte, indem es zog und krampfte, wenn er seine Gedanken zu sehr auf sie konzentrierte. Er nahm einen weiteren Schluck von seinem Whisky, seinem Medikament.

»Fedor Botzki, der örtliche Polizeikommissar, empfahl meiner Cousine, besser sofort einen Rechtsbeistand für Nadja zu organisieren, also rief sie mich an. Onkel Adwo nannte man mich.« Er lächelte kurz. »›Adwo‹ von ›adwokat‹, polnisch für ›Anwalt‹.« Jetzt wurde er wieder ernst. »Zuerst konnte ich gar nicht glauben, was ich da am Telefon hörte. Marta war tot, und die kleine Nadjeschka sollte sie getötet haben. Der Tatort war eindeutig die Wohnung gewesen. Anhand der Blutspuren konnte man nachvollziehen, dass sie erschlagen worden war, während sie in der Badewanne gesessen hatte. Ich bin später selbst dort gewesen. So viel Blut, Gero. Bis an die Decke war es gespritzt.«

Gero schüttelte den Kopf, sagte aber nichts.

»Auch die mutmaßliche Tatwaffe wurde im Bad sichergestellt«, fuhr Ludwig fort. »Eine Trophäe, die Marta als junge Frau bei einem Ballettwettbewerb gewonnen hatte. Nadja gab zu, die Leiche aus dem Bad ins Schlafzimmer gebracht zu haben, wo sie ihr ein Nachthemd angezogen und sie ins Bett gelegt hatte. Nur behauptete sie weiterhin, sie habe nicht bemerkt, dass Marta tot war. Sie habe sie für krank gehalten und ihr helfen wollen. Sie hatte sogar Tee für sie gekocht.«

»Das ist doch absurd.«

»Nein, das ist schon möglich. Nadjas Therapeutin erklärte mir später, dass es sich um eine Schutzfunktion ihres Verstandes gehandelt haben könnte. Er konnte die Tatsache nicht erfassen, dass Marta tot war, also gaukelte er ihr ein anderes Szenario vor.«

»Aber sie muss doch das Blut bemerkt haben.«

»Ausgeblendet«, sagte Ludwig knapp. »Sie hat es einfach ausgeblendet.«

»Oder es handelte sich vielmehr um eine Schutz*behauptung*.«

Ludwig seufzte.

»Auch möglich, natürlich. Nach Evelyns Anruf bin ich jedenfalls sofort nach Zabrew gefahren und traf Nadja in einem Besprechungszimmer der örtlichen Polizeistation. Wie ein Häuflein Elend saß sie mir gegenüber und sagte nur immer wieder: *Ich schwöre es, ich war das nicht.* Und mehr noch: Da sei ein Mann gewesen. Einer von Martas Gästen.«

Nadja

Seit Jahren versuche ich, die richtigen Worte zu finden. Seit Jahren versuche ich, aufzuschreiben, was an diesem 17. Juni 1999 geschehen ist, weil du es nie von mir gehört hast, immer nur von denen, für die die Geschichte bloß eine Aneinanderreihung schrecklicher Eckdaten ist: zwei Kinder, die auf sich allein gestellt sind, und eine ignorante Mutter, die ihnen nicht einmal erlaubt, sie »Mama« zu nennen, weil es sie sich alt fühlen lässt und möglicherweise ihre »Gäste« verschreckt. Ein Zuhause, das keines ist, der Dreck, das Geschrei, die schlaflosen Nächte, körperliche Gewalt. Und dann liegt diese Frau plötzlich mit eingeschlagenem Schädel in ihrem Bett, man findet eine Badewanne voller Blut und daneben die mutmaßliche Tatwaffe. Alles scheint ganz offensichtlich: Die Tochter, die offenbar Einzige, die sich zum Tatzeitpunkt ebenfalls in der Wohnung aufgehalten hat, die noch dazu jahrelang gebeutelt durch die heimischen Zustände ist, muss sie in einer Kurzschlussreaktion getötet haben. Aber ist es wirklich immer so einfach?

Marta war tot. Tot, nicht krank, so wie mein verrückter Verstand es mir zuerst hatte vormachen wollen. Ich bettelte, dich sehen zu dürfen, aber sie ließen mich nicht. Sie sagten, du bliebest vorübergehend bei Tante Evelyn, und mich brachten sie auf die Polizeistation. Ich dachte nur an dich. Jemand musste dir doch erklären, was mit Marta geschehen war, und das sollte am besten ich sein. Nur: was hätte ich dir gesagt? Ich wusste es ja selbst nicht.

Tante Evelyn hatte Onkel Adwo angerufen und ihn als meinen Anwalt bestellt, und er war tatsächlich gekommen, den ganzen weiten Weg aus Berlin. Nun saßen wir uns in einem Besprechungszimmer der Polizei gegenüber.

Er sagte: »Ich werde alles in meiner Macht Stehende tun, um dir zu helfen«, und mit diesem Versprechen, dem fürsorglichen Blick, der es begleitete, kam mir ein Gedanke, der alles andere kurzfristig in Vergessenheit geraten ließ. Mir fiel ein, wie ich mir als Kind immer vorgestellt hatte, was nach Martas Tod passieren würde: Die Frauen aus der Nachbarschaft brachten Kuchen – was unter den gegebenen Umständen natürlich nicht geschah –, aber vor allem tauchte er *auf – mein Vater, mit einem Versprechen. Erinnerst du dich? Wir hatten uns oft gefragt, wer unsere Väter waren. Dass wir wohl nicht denselben hatten, schien uns relativ klar; wir sahen uns ähnlich, das schon, wir hatten beide Martas Augen und ihren Mund geerbt. Doch es gab einige Merkmale, in denen wir uns vollkommen unterschieden, die aber auch nicht Marta zuzuordnen waren. Die Erkenntnis platzte förmlich aus mir heraus: »Du bist mein Vater!«*

Ich konnte kaum fassen, wie lange mir das anscheinend entgangen war. Onkel Adwo, den ich mein Leben lang kannte, der zwar nicht in Zabrew lebte, und doch immer wieder hier war, wie ein Schatten, der sich zyklisch mit dem Stand der Sonne bildete. Onkel Adwo, der Marta bei seinen Besuchen manchmal Blumen mitbrachte. Und der dunkles Haar hatte. So wie ich. Ich zitterte vor Aufregung, als hätte man mir eine Spritze reines Adrenalin direkt in die Vene gejagt.

Doch Onkel Adwo schüttelte den Kopf.

»Du irrst dich, Nadjeschka. Wenn du meine Tochter wärst, würden wir hier nicht sitzen.« Er senkte den Blick, die Situation war peinlich, ihm wie mir. Ich sackte innerlich zusammen, keine Spur mehr von Adrenalin, nur Scham. Hatte ich wirklich geglaubt, dass sich der schlimmste Tag meines Lebens am Ende noch als Segen herausstellen würde? Hatte ich ernsthaft auch nur einen Moment lang an Martas Antwort auf die Frage nach unseren Vätern gezweifelt, die ich ihr so oft gestellt hatte? Euch hat der Teufel im Galopp verloren. *Oder irgendein Gast. Jeder aus der Stadt konnte es sein, jeder oder keiner. »Tut mir leid«, fügte Onkel Adwo leise hinzu.*

Ich nickte nur. Verschränkte die Arme auf dem Tisch und legte meinen dummen, schweren Kopf hinein. Plötzlich war ich müde, so unfassbar müde von allem. Ich dachte an den abgestandenen Rest Cola aus der Flasche neben unserem Bett, mit dem ich mir irgendwann am Morgen den Mund gespült hatte, weil ich nicht zum Zähneputzen gekommen war, und an die kleinen weißen Flocken, die sich am Flaschenboden abgesetzt hatten. Ich fuhr mit der Zunge über meine Zähne und fühlte einen schleimigen Film.

»Hey!« Onkel Adwos Finger schnippten unmittelbar vor meinem Gesicht durch die Luft, als wäre er ein ungeduldiger Gast, der nach einem lahmen Kellner rief. »Aufwachen, Nadjeschka! Sieh mich an.«

Nur schwerfällig hob ich den Kopf. Fragte: »Kann ich vielleicht eine Cola haben? Ich bin sehr müde.«

»Okay«, seufzte Onkel Adwo. »Ich besorg dir eine.«

Sein Stuhl scharrte über den Fußboden, als er aufstand, um im nächsten Moment den Raum zu verlassen. Ich legte meinen Kopf zurück in das Nest meiner verschränkten Arme und schloss die Augen.

Weißt du, du warst nicht der Erste in unserer Familie mit Schlafproblemen. Marta hatte sich immer furchtbar abgemüht, mich zum Einschlafen zu bringen, als ich noch klein gewesen war. Sie hatte mir Gutenachtgeschichten erzählt und Chansons vorgesungen. Irgendwann kannte ich ihr Repertoire.

Schlaf jetzt, Herrgott!

Nichts wollte ich in diesem Moment lieber. Ich driftete in eine Art Halbschlaf ab, in eine Sphäre, in der man seine Träume bewusst steuern konnte. Ich sah Marta. Nicht so, wie sie sich selbst am liebsten gesehen hatte, auf der Bühne als schöne, grazile Ballerina mit strengem Haarknoten, mit perfekt gestreckten Gliedmaßen und Bewegungen, die trotz aller Anmut immer auch etwas Maschinenhaftes hatten. Ich sah sie so, wie sie war, wenn sie vergaß, dass sie eigentlich lieber eine Ballerina gewesen wäre. Wie sie tanzte und sang zu ›Retiens la nuit‹. Weißt du noch, wie sie dann war? So wunderschön, so glücklich.

Die Tür ging auf, Onkel Adwo kam mit der Cola zurück. So müde ich auch war, spürte ich dennoch sofort, dass sich etwas geändert hatte. Wahrscheinlich hatte er sich draußen auf dem Gang erneut mit Onkel Fedor unterhalten. Ich setzte mich aufrecht hin.

»Okay, es ist so: Fedor wirkt sehr entschlossen, die ganze Sache zügig aufzuklären. Das heißt, er und seine Leute werden jetzt die komplette Maschinerie anwerfen. Sie werden Menschen befragen, die dich und Marta kennen. Sie werden die Spuren analysieren, die sie in eurer Wohnung und an

Martas Leiche finden. Sie werden zweifelsfrei die Tatwaffe bestimmen und untersuchen. Du weißt, was DNA ist?«

Ich nickte schwach.

»Da gibt es ein bestimmtes Analyseverfahren, das seit über zehn Jahren von der Polizei genutzt und stetig verfeinert wird«, fuhr er fort. »Sie können alles analysieren, was sie an Fremdmaterial an einer Leiche finden. Hautschuppen, Haare, Sperma oder Vaginalflüssigkeit, Zellmaterial unter den Fingernägeln durch einen Kratzvorgang, Fasern von Kleidungsstücken.«

Ich schwieg.

»Hör zu, Nadjeschka, ich will dich nicht einschüchtern. Alles, was ich von dir will, ist die Wahrheit. Erst wenn ich genau weiß, was heute Morgen bei euch zu Hause geschehen ist, kann ich dir helfen. Verstehst du das?«

»Ja.«

»Gut. Also: Woran erinnerst du dich?«

Ich überlegte. Irgendetwas musste mir einfallen. Irgendetwas musste da noch übrig sein, in meinem durchgerührten Gehirn. Immerhin hatte ich mich ja auch daran erinnert, dass ich nicht zum Zähneputzen gekommen war. Dass ich den abgestandenen Cola-Rest getrunken hatte. Da musste mehr sein. Dieser Morgen …

Da war mehr.

»Wir hatten verschlafen«, begann ich zögerlich. »Ich schickte Janek zu Tante Evelyn, damit sie ihn in den Kindergarten brachte, und ging dann zurück in unser Zimmer, weil ich so müde war. Ich wollte die Schule schwänzen und mich lieber noch mal hinlegen.«

»Okay, das ist gut. Weiter.«

»Ich weiß nicht genau.«

»Denk nach.«

Ich versuchte es, vergeblich.

»Ich weiß es nicht. Es ist einfach weg.«

Onkel Adwo atmete hörbar. »Marta war eine schwierige Person. Das wusste jeder. Hat sie dich provoziert? Hattet ihr Streit, und dann ist es einfach passiert? Du hast das Bad verlassen und die Bronzefigur geholt. Du hast ausgeholt und zugeschlagen. Dinge wie diese geschehen, Nadjeschka. In manchen Momenten tun Menschen etwas, das sie eigentlich gar nicht wollen.«

Ich versuchte mir vorzustellen, dass es so gewesen sein könnte, doch es gelang mir einfach nicht. Das Bild fühlte sich völlig falsch an in meinem Kopf. Und du weißt es doch auch, Janek, oder? Du weißt, wie sehr ich sie – trotz allem – geliebt habe. Oh Gott, ich hoffe, du weißt es.

»Nein, so war's nicht. Auf gar keinen Fall.«

»Woher willst du das so genau wissen, wenn du dich an nichts erinnern kannst?«

Ich antwortete nicht.

»Totschlag, zehn Jahre«, sagte Onkel Adwo. »Sieben, falls der Richter einen guten Tag und aus irgendwelchen Gründen Mitleid mit dir haben sollte.«

»Was? Nein!« Ich sprang auf.

»Sie ist tot, Nadja.«

»Ich hab ihr nichts getan!«

»Dann sag mir, was passiert ist!«

Ich sackte auf meinen Stuhl zurück. Musste nachdenken. Es zu fassen kriegen. Es verdammt, verdammt, verdammt noch mal zu fassen kriegen. Denk nach, denk. *An diesem*

Morgen … Marta in der Wanne, am Leben. Der Duft von Lavendelschaumbad und Rosenshampoo. Hatte ich deswegen unser Zimmer verlassen und war über den Flur geschlichen, zum Bad? Hatte ich die schwappenden Geräusche gehört, Marta, deren Körper sich im Badewasser bewegte? Marta, die gut gelaunt vor sich hin summte?

Nein.

Nein, es war etwas anderes gewesen.

Zuerst schwappende Geräusche, die schon. Aber dann … Ich schlug mit der flachen Hand auf die Tischplatte, viermal. Dunk-dunk-dunk-dunk. *Viermal hintereinander hatte ich das dumpfe Geräusch gehört. Die Schläge auf Martas Schädel.*

Eine Eingebung. Ein Schatten, der sich aus dem Erinnerungsrauschen löste. Die Konturen eines Menschen, der dastand, mit erhobenem Arm. Der etwas in der Hand hielt. Die Bronzeballerina. Das Bild in meinem Kopf war wie auf Löschpapier gedruckt, etwas Rotes tropfte darauf und fraß in Sekundenschnelle einen riesigen Fleck hinein. Bis das alles war, was ich noch sah: rot, alles rot. Blut.

Ich zuckte zusammen.

»Da war jemand. Ein Mann.«

»Ein Mann?«

Ich nickte heftig. Plötzlich ergab alles einen Sinn. Ein Mann. Ein Mann in unserem Badezimmer. Der Mann, der auf Marta eingeschlagen, sie umgebracht hatte.

»Hast du ihn erkannt?«

»Ich hab ihn nur ganz kurz und von hinten gesehen.« Wieder schlug ich mit der Handfläche auf die Tischplatte, viermal. Dunk-dunk-dunk-dunk. *»Vielleicht ein Gast.«*

»Wer?«

»Ich weiß nicht. Ich war so erschrocken und habe mich hinter der Kommode im Flur versteckt.«

Onkel Adwo legte den Kopf schräg.

»Bist du sicher?«

»Ja.«

»So ist es gewesen?«

»Ja!«

Onkel Adwos Kiefer bewegten sich, kurz sah es aus, als kaue er auf etwas herum.

»Ich werde tun, was ich kann«, sagte er, stand auf und verließ das Zimmer.

Juli 2015

»Ich wusste, dass sie log«, fuhr Ludwig Abramczyk fort, »und dass ich ihr die Geschichte mit dem Freier, der Marta getötet haben sollte, schleunigst ausreden musste. Ihr merkwürdiges Verhalten in der Wohnung, dass sie angeblich das Blut nicht gesehen habe, wäre noch mit einem Schockzustand zu erklären gewesen. Alles andere jedoch konnte mir bei der Verteidigung ernsthafte Schwierigkeiten bereiten. Plötzlich sei da ein Mann gewesen. Wie war er in die Wohnung gekommen? Wer sollte ihm geöffnet haben, wenn Marta doch zu diesem Zeitpunkt in der Badewanne saß? Und warum fiel er Nadja erst wieder ein, nachdem ich sie mehrmals nach den Geschehnissen des Morgens gefragt hatte? Nein.« Resolut schüttelte er den Kopf. »Meine Theorie war eine andere. Nadja hatte verschlafen, woraufhin es mit Marta zum Streit kam. Vielleicht hat Marta sie ein faules Stück genannt, eine Schmarotzerin. Vielleicht hat sie ihr eine Zukunft ausgemalt, die genau dort endete, wo sie jetzt schon war: in einer schäbigen Wohnung, in einem heruntergekommenen Wohnblock, mit ständigen Geldsorgen und Männern, die sie wie Dreck behandeln. In der sie wäre wie ihre Mutter. Das hat sie wütend gemacht, sie wollte, dass Marta aufhörte. Und dann …«

»… ist eine Sicherung durchgeknallt«, riet Gero. »Nadja

ist auf ihre Mutter losgegangen und hat sie im Affekt getötet.«

»Genau.« Ludwig stach seinen Zeigefinger in Geros Richtung zum Zeichen, dass dieser den Sachverhalt erfasst hatte. »Aber Nadja war hartnäckig. Die Polizei verhörte sie stundenlang, doch sie beharrte darauf: Es sei einer von Martas Freiern gewesen. Irgendwann brach ich das Verhör ab. Inzwischen war es spät, schon Nacht. Ich wollte, dass sie schlief – vielleicht käme sie über Nacht zur Vernunft. Es war eine Sache, eine Affekthandlung zu verteidigen. Doch je länger sie bei ihrer Lüge blieb, desto ungünstiger würde sich das auf ein Urteil auswirken. Natürlich waren die kriminaltechnischen Möglichkeiten damals noch nicht so ausgereift wie heute …« Ludwig legte eine kurze Pause ein, um sich nachzuschenken, wobei ihm ein erst kürzlich geführtes Gespräch mit seinem guten alten Freund Ansgar einfiel, der als Professor für das rechtsmedizinische Institut der Charité arbeite. Dabei hatte er erfahren, dass den Wissenschaftlern jüngst bereits sechs Hautzellen genügten, um ein aussagekräftiges DNA-Profil eines Täters zu erstellen. Sechs lächerliche Hautzellen, die, wie ihm Ansgar erklärt hatte, in etwa der Menge an Hautzellen entsprachen, die haften blieben, wenn man im Vorbeigehen auf einen Lichtschalter drückte. »Aber«, Ludwig schwenkte sein frisch gefülltes Glas, »die Methoden waren zumindest weit genug, um problemlos einen Mord mit derart hoher Spurendichte aufzuklären. Die Wahrheit würde ans Licht kommen, dessen war ich mir sicher.«

Nadja

Ich weiß noch, wie ich mit angezogenen Knien auf der Matratze in meiner Zelle saß und vor mich hin starrte. Von der Wand gegenüber starrte eine Fläche blanken Betons zurück, ich schätzte ihre Größe auf mindestens einen halben Quadratmeter. Auf dem Boden lagen auf einem dünnen Bett aus gräulichem Zementstaub abgeschälte Farbschuppen; Zementstaub und Farbpartikel auch unter meinen Fingernägeln.

Die Zelle, in die man mich gesperrt hatte, unterschied sich drastisch von den Zellen, die ich aus den Serien im Fernsehen kannte. In Zabrew gab es keine Pritsche, nur die durchgelegene, nackte Matratze auf dem Boden, der aus rissigen Fliesen bestand. Eine Matratze, auf der schon einige ihren Rausch ausgeschlafen und sich – dem Geruch und den Flecken nach zu urteilen – in jeglicher Hinsicht erleichtert hatten. Es gab keine blankgeschrubbte Aluminiumtoilette, bloß einen Eimer, dessen aufgelegter Deckel das Schlimmste an Ausdünstungen verhindern sollte und dabei sträflich versagte, und auch kein Fenster, wenigstens eine schmale, vergitterte Luke, die mich hätte den Himmel sehen und die Tageszeit schätzen lassen. Dafür hing ein Waschbecken an der Wand, aus dessen Hahn ich ab und zu einen Schluck rostverfärbtes Wasser nahm, wenn der Durst unerträglich wurde. Die Nacht war lang gewesen, kalt und schlaflos. Unbarmherzig mit mir und meinen Gedanken. Dutzende Male wa-

ren meine Fäuste gegen die unnachgiebige Metalltür geflogen; ich wollte, dass sie mich zu dir ließen. Ich hatte deinen Namen geschrien, bis ich davon heiser geworden war.

Irgendwann hörte ich einen Schlüssel im Schloss und wandte meinen Kopf nach der Tür. Es war Onkel Adwo, der eintrat. Ich wischte mir mit dem Handrücken die Nase ab und erhob mich.

»Wo ist Janek?«

»Evelyn kümmert sich um ihn«, antwortete er. In der linken Hand hielt er einen Teller mit einem zusammengeklappten Marmeladenbrot darauf, über seinem rechten Arm hingen eine dicke gelbe Strickjacke und eine Jogginghose. Die Bedeutung war mir sofort klar.

»Ich muss hierbleiben.«

»Tut mir leid«, entgegnete Onkel Adwo und hielt mir den Arm mit den Kleidungsstücken entgegen wie ein Gentleman, der zu einem Spaziergang lud. »Evelyn hat mir das für dich mitgegeben.«

Ich wusste, dass die Sachen Tante Evelyn gehörten, was mich darauf schließen ließ, dass man unsere Wohnung zwecks der Spurensuche bereits zum Sperrgebiet erklärt hatte. Ich nahm ihm die Sachen ab und zog sie mir über, wobei ich den Bund der Jogginghose ein paarmal umkrempeln musste, damit er mir nicht über die knochige Hüfte rutschte, und auch die Strickjacke war mir um einige Nummern zu groß; die Schulternähte reichten mir fast bis zu den Ellenbogen. Als ich fertig war, griff ich nach dem Teller, setzte mich damit auf die Matratze und fing an, das Brot in mich hineinzustopfen.

»Zabrew ist eine schwierige Stadt«, begann Onkel Adwo und ließ sich mit knackenden Knien neben mir nieder. »Ich

weiß, wie es ist, hier aufzuwachsen. Und ich weiß auch, wie es ist, wenn man sich anders fühlt. So als gehörte man nirgends dazu.«

Ich legte das halbgegessene Marmeladenbrot auf dem Teller ab und veränderte meine Sitzposition so, dass ich ihm ins Gesicht sehen konnte.

»Bitte, du musst mir glauben, ich war es nicht. Der Mann …«

»Martas letzter Gast?«

»Ja.«

»Wie sah er aus?«

Ich schüttelte den Kopf.

»Weißt du, Nadja, Fedor Botzki und seine Leute waren heute Morgen pünktlich zum Unterrichtsbeginn in deiner Schule und haben einige Zeugenaussagen aufgenommen. Unter anderem von dem Jungen, dem du letzte Woche fast das Jochbein gebrochen hast. Milosz Nowak. Es ist nicht deine erste Schlägerei gewesen.«

»Es ist auch nicht das erste Mal gewesen, dass er Marta beleidigt hat. Er hat es provoziert.«

»Hat Marta dich auch provoziert?«

Erneut schüttelte ich den Kopf.

»Sie liegt in diesem Moment auf einem Seziertisch in der Rechtsmedizin, Nadja.«

Ich sah es vor mir: Man würde sie kahlscheren, um das Loch in ihrem Schädel zu untersuchen. Ihre schönen, langen Haare würden zu Boden segeln, es klänge wie ein Hauch, ein letztes Ausatmen. Man würde ihren gesamten Körper mit speziellen Klebestreifen abkleben, in der Hoffnung, brauchbare Spuren würden daran haften bleiben, wenn man sie ihr wieder von der Haut riss. Man würde ihr ein Skalpell in den Brustkorb rammen und einen Schnitt ziehen, einmal komplett über ihren Oberkörper. Man würde ihre Organe herausschneiden. Sie ausweiden wie Schlachtvieh. Ich musste aufstoßen, hatte jedoch nicht den Geschmack des Marmeladenbrots im Mund. Es war etwas anderes, viel Süßeres. Ich begann zu zittern. Hörte Geräusche in meinen Gedanken. Schläge – dunk-dunk-dunk-dunk *–, Schläge und das Knistern von Silberpapier. Eine Erinnerung.*

»Nadja?«

Hallo, Nadja. Ich bin Onkel Fedor.

Onkel Adwo schnalzte mit der Zunge.

»Ich glaube, du begreifst den Ernst der Lage nicht, Nadjeschka. Fedor und seine Leute haben sich in der Schule auch mit deiner Freundin Aniela unterhalten.« Er erhob sich, blickte auf mich herab. »Sie ist doch deine Freundin?« Ich nickte wild, erhob mich ebenfalls. »Und kannst du dir auch vorstellen, was Aniela ihnen erzählt hat?«

Wahrscheinlich lächelte ich. Wahrscheinlich dankte ich Gott und sämtlichen Mächten, die mir einfielen, dass sie Onkel Fedor und seine Leute hatten mit Aniela sprechen lassen. Sie hätte ihnen gesagt, wie viel Spaß wir gemeinsam hatten, wie viel wir lachten, wenn wir unsere Nachmittage zusammen verbrachten. Wie wir auf der Wiese hinter der stillgelegten Eisenbahntrasse lagen und Wolkenbilder deuteten, während wir auf Anielas Walkman Martas alte Kassetten hörten – Aniela den linken Kopfhörer im Ohr, ich den rechten, und das Kabel verband uns wie eine dünne schwarze Nabelschnur. Aniela hätte ihnen gesagt, dass ich sie immer noch jeden Tag dafür umarmte, dass sie mir seit der zweiten

Klasse ein Pausenbrot in die Schule mitbrachte, und mich bedankte, obwohl es längst zu einer Selbstverständlichkeit geworden war. Sie hätte ihnen bestätigt, dass ich nur zuschlug, weil es mir wehtat, wenn andere schlecht über Marta redeten. Ja, wahrscheinlich lächelte ich, und mein Lächeln war wohl die dümmste und unpassendste Antwort, die ich Onkel Adwo in diesem Moment hätte geben können.

»Du hast deine Freundin Aniela regelmäßig dazu genötigt, ihrer Mutter Geld aus dem Portemonnaie zu stehlen. Sie sagt, sie habe Angst vor dir gehabt, Angst, dass du ihr gegenüber auch aggressiv werden ...«

Abrupt brach er ab. Seine Augen hatten die abgeschälte Fläche an der Wand erfasst. Ein Wunder, dass es ihm erst jetzt auffiel.

»Was in aller Welt hast du mit der Wand gemacht?« Zuerst strich er ungläubig über den blanken Beton, dann ging er in die Hocke, griff sich eine Handvoll Zementstaub, betrachtete ihn und ließ ihn schließlich mit fassungslosem Gesichtsausdruck zu Boden rieseln. Kurz schloss ich die Augen und dachte an Meeressand. Und dann an dich, Janek.

»Um elf kommt die Dame vom Jugendamt, um ihre Aussage zu machen«, hörte ich Onkel Adwo, der abwesend klang. Die Sache mit der Wand schien ihn völlig aus dem Konzept gebracht zu haben. »Soweit ich weiß, hattet ihr einige Male Kontakt mit ihr.«

Das war der Moment, in dem ich nachgab. Ich ahnte, dass ich keine Chance hätte. Niemand würde mir glauben. Mein Weg stand fest. Aber wenigstens du, Janek, könntest eines Tages das Meer sehen. Doch dazu musste ich dich jetzt gehen lassen.

»Sie sagte, ich solle Fedor ausrichten, dass er aufhören soll. Sie werde alles sagen, was nötig sei. Sie habe nur eine Bedingung: Sie wolle noch einmal ihren Bruder sehen, damit sie sich verabschieden konnten.« Ludwig Abramczyk war inzwischen beim vierten Glas angekommen; er merkte selbst, dass er ein wenig lallte, während Gero seit geraumer Zeit nun zum ersten Mal wieder an seinem Whisky nippte. Mehr als ein Kopfschütteln und ein leises »Unglaublich« schien ihm der Alkohol zunächst jedoch nicht zu entringen.

»Sie hat sich nie zum genauen Tathergang geäußert«, berichtete Ludwig weiter. »Sie hat nur dem durch die Indizienlage rekonstruierten Sachverhalt zugestimmt. Aber mehr musste sie auch nicht tun; es war ja völlig klar: Ein aufrührerischer Teenager, der bekannt dafür war, Ärger zu machen, hat seine Mutter, die als Prostituierte arbeitete und das Mädchen und seinen kleinen Bruder vernachlässigte, mit einer Balletttrophäe erschlagen.«

»Und man hat sie verurteilt«, schloss Gero, woraufhin Ludwig nickte.

»Sieben Jahre Jugendhaft. Als strafmindernd sah der Richter an, dass die beiden Kinder tatsächlich über lange Zeit in unzumutbaren Zuständen gelebt hatten. Die Wohnung war dreckig, die Kinder waren sich selbst überlassen. Wenn meine Cousine Evelyn nicht gewesen wäre …« Er unterbrach sich, schluckte hörbar. »Marta ist wohl des Öfteren auch mal die Hand ausgerutscht.«

Gero sah fassungslos aus.

»Sie war nicht durch und durch schlecht«, drängte sein schmerzendes Herz Ludwig, das klarzustellen. »Zumindest früher nicht.« Ein versonnenes Lächeln streifte sein faltiges Gesicht.

»Du warst also doch in sie verliebt.«

»Ja. Ich war der Idiot, der diese Frau wirklich geliebt hat. Sie war das schönste und süßeste Mädchen der ganzen Stadt.«

»Und später ein Monster.«

»Das waren viele von uns«, sagte Ludwig ernst. »Auch ich.«

»Wie meinst du das?«

»Ich war mit ihr zusammen, als ich jung war. Ich hätte sie vom Fleck weg geheiratet. Aber ich wollte eben auch unbedingt nach Berlin, um Anwalt zu werden. Marta hingegen wollte nach Paris, zum Tanzen. Wir konnten uns nicht einigen, also haben wir uns nach vielen Streitereien darüber getrennt. Fast drei Jahre lang war ich anschließend nicht mehr in Zabrew, weil ich befürchtete, dort würde mich alles an sie erinnern. Ich ignorierte sogar die Anrufe meiner Cousine aus Angst, sie könnte Marta zur Sprache bringen. Nur, als ich dann eines Tages eben doch wieder zu Besuch kam, stellte ich fest, dass Marta nie weggegangen war. Dafür hatte sie jetzt eine kleine Tochter und arbeitete als …« Er senkte den Blick in sein Glas. »Na ja, du weißt schon.«

»Du denkst, alles wäre anders gekommen, wenn du sie damals nicht verlassen hättest.«

»Das denke ich nicht nur. Das weiß ich. Und dieses Wissen quält mich jeden Tag.«

»Egal, was diese Marta getan hat«, sagte Gero nach einem Moment nachdenklicher Stille, »glaubst du wirklich, ein fünfzehnjähriges Mädchen wäre in der Lage, die eigene Mutter zu töten?« Er rutschte an die Kante seines Sessels. »Hast du niemals überlegt, ob Nadja vielleicht doch die Wahrheit gesagt haben könnte? Dass es vielleicht doch einer von Martas Freiern gewesen ist?«

Ludwig spürte, wie sein Gesicht sich verhärtete.

»Nein.«

»Nein?«

»Sie war es«, sagte er nur, aber nicht, dass er über die Jahre hinweg das ein oder andere Mal tatsächlich an Nadjas Schuld gezweifelt hatte, denn dann hätte er zugeben müssen, sich geirrt und den größten Fehler seines Lebens begangen zu haben. »Jedenfalls«, fuhr er fort, um abzulenken, »gelang es mir dank meiner Kontakte, sie in einer Jugendstrafanstalt in Frankfurt/Oder unterzubringen, ihr Glück. Vom Rechtsstand aus wäre sie normalerweise in einem polnischen Gefängnis gelandet, und du willst nicht wissen, welche Zustände dort damals herrschten. Man gestattete mir, sie persönlich nach Frankfurt zu bringen, wir fuhren in meinem Auto. Ich weiß noch, wie sie mich bat, dafür zu sorgen, dass ihr Bruder gut unterkommen würde. Bevor wir ausstiegen, reichte ich ihr meinen Flachmann, erlaubte ihr einen großen Schluck Whisky und sagte: *Zieh es durch, Kind. Trag deine Strafe mit Demut und sieh das Ge-*

fängnis als eine Chance.« Er legte den Kopf schräg. »Wirklich, Gero, ich schwöre dir: Heute ist sie harmlos. Die Jahre im Gefängnis haben sie verändert. Sie kann ja nicht mal U-Bahn fahren, ohne einen halben Nervenzusammenbruch zu erleiden. Sie hat genug gebüßt.«

Gero rieb sich die Stirn. Ludwig glaubte, die Gedanken lesen zu können, die dahinter tobten.

»Ich sagte, sie ist harmlos«, wiederholte er nachdrücklich. »Nimm das als gesetzt. Und noch was: Ich will, dass du sie weiterhin gut behandelst, und zwar so, als hätte es diesen Vorfall mit Vivi nie gegeben.«

»Es hat ihn aber ...«

»Schluss«, entschied Ludwig barsch. »Du weißt, ich liebe dich wie einen Sohn, Gero. Aber in diesem Punkt verstehe ich keinen Spaß. Es ist immer noch meine Kanzlei, ich bin der Seniorpartner. Haben wir uns verstanden? Das Mädchen hat es schwer genug.«

*

Gero van Hoven saß in seinem Porsche, im Wageninneren hatte sich ein Gefühl ausgebreitet, das er unwillkürlich aus Ludwigs Villa mitgenommen hatte. Er war selbst ein missverstandenes Kind gewesen, mit einem Vater, dem er es niemals hatte recht machen können, und einer Mutter, die sich, anstatt sich einzumischen, lieber in die Küche zum Kochen oder in den Waschkeller zum Bügeln verzogen hatte. Wenn er sich konzentrierte, dann hörte er immer noch das Geräusch, das der Gürtel seines Vaters machte, wenn er ihn aus den Bundschlaufen seiner Hose zog, und wie das Leder scharf durch die Luft schnitt, bevor es Gero zur Strafe für eine schlechte Schulnote auf den nackten Rücken traf. Er hörte seine Mutter, wie sie ihm tausendmal versprach, den Alten zu verlassen und zusammen mit ihrem Sohn irgendwo ein neues Leben zu beginnen. Ein Versprechen, das sie nie gehalten hatte, was fast noch mehr schmerzte als die Schläge seines Vaters. Und dann hörte er sich selbst, wie er Jahre später trotz allem auf der Kante eines Krankenbettes saß, die Hand seines Vaters hielt und ihm mitteilte, dass er beschlossen habe, Jura zu studieren und eines Tages Richter zu werden, um Leute wie den unaufmerksamen Autofahrer, der seinen Vater einfach übersehen und dessen Schicksal als Krüppel besiegelt hatte, ihrer gerechten Strafe zuzuführen. Kinder liebten ihre Eltern, bedingungs- und hoffnungslos, so hatte die Natur es eingerichtet. Was für ein Mensch musste man also sein, um ein Naturgesetz auszuhebeln und die eigene Mutter zu töten? Andererseits, Menschen machten Fehler …

Fehler, verhöhnte er sich selbst. Ein Mord war kein Fehler – ein Mord war ein Mord. Oder nicht? Wieder fiel ihm seine erste große Liebe Lilly Kössling ein und diese eine Nacht, in der auch er wütend genug gewesen wäre, um mehr als nur einen Fehler zu begehen. Er hatte sich auf Lilly verlassen, darauf, dass ihr Für-Immer ernstgemeint gewesen war. Doch sie hatte ihn enttäuscht, genau wie seine Mutter mit ihren unnützen Versprechungen, woraufhin er wochenlang lang gelitten hatte wie ein Hund. Er hatte sich in seinem Zimmer verkrochen, nichts gegessen, nur gesoffen und geheult. Bis es ihm schließlich reichte.

Weil es einfach nicht richtig war, nicht gerecht. Lilly sollte leiden als Konsequenz für ihr Verhalten, nicht er. Mit diesem Entschluss hatte er sich mitten in der Nacht auf den Weg zu dem Wohnheim gemacht, in dem sie lebte, und festgestellt, dass in ihrem Zimmer Licht brannte, das spezielle Licht. Voller Zorn begab er sich zum Parkplatz hinter dem Wohnheim, wo Lillys kleiner blauer Polo stand. Seine Anschaffung hatte sie viel Verzicht und noch mehr Überstunden in dem Café gekostet, in dem sie neben den Vorlesungen als Servicekraft arbeitete. Der kleine blaue Polo, ihr wichtigster Besitz. Ein letztes Mal setzte er die Bierflasche an, die er sich für den Weg mitgenommen hatte, trank, bis nur noch Schaum herauskam, dann schlug er sie gegen den rechten Kotflügel. Er zog den scharf gezackten Flaschenhals über den Lack der Türen und der Motorhaube, wieder und wieder und immer, immer wieder. Und er genoss das quietschende Geräusch, oh ja, und wie er das genoss. Jeden einzelnen schneidend hohen Ton. Dazu stellte er sich Lillys Gejammer vor, wenn sie am nächsten Tag entdecken würde, was mit ihrem Auto geschehen war. Er hörte erst auf, als sich irgendwo im Haus ein Fenster öffnete und eine männliche Stimme »Hey!« hinabbrüllte. Da rannte er davon. Dinge wie diese waren Fehler, zumal Lilly ihn anschließend deswegen anzeigte.

Dennoch: Was blieb ihm anderes übrig, als Ludwigs Wunsch zu entsprechen? *Nichts*, entschied er und betätigte die Sprachausgabe des Bordcomputers. Er nannte ihren Namen und hörte dem Freizeichen zu. Beim ersten Versuch klingelte es ins Leere, beim zweiten ging sie dran.

»Van Hoven«, meldete er sich auf ihr zittriges »Hallo?«

hin. Nadja Kulka, die man für den Mord an ihrer Mutter bis zu ihrem zweiundzwanzigsten Lebensjahr von der Welt weggeschlossen hatte. Die anschließend in ihre Heimatstadt Zabrew zurückgekehrt war und sich um Ludwigs herzkranke Cousine Evelyn gekümmert hatte. Die nach Evelyns Tod von Ludwig nach Berlin gebracht wurde, wo er ihr die Grundsäulen eines normalen Lebens errichtete: eine Therapeutin, mit der sie regelmäßig sprechen konnte und die ihr Medikamente verschrieb, er beschaffte ihr eine eigene Wohnung und einen Job, der sie ernährte. Ludwig, der sie schließlich sich selbst überließ, weil er, wie er gesagt hatte, nicht allzu viel Zeit mit ihr verbringen könne. Zu sehr erinnere sie ihn an ihre Mutter, die er geliebt, gehasst, verloren hatte.

»Ich ziehe die Kündigung zurück«, sagte Gero, aber nicht, dass er mit Ludwig über sie gesprochen hatte. »Ich denke, das war heute bloß ein dummes Missverständnis, ich habe überreagiert.« Sie antwortete zögerlich mit »Oh« und »Danke, Herr van Hoven«.

»Bis morgen dann, Nadja«, verabschiedete er sich.

Er nahm sich vor, sie im Auge zu behalten. Sie zu testen. Ihr ab und zu vielleicht einmal ein Foto von Vivi zu zeigen, um ihre Reaktion zu prüfen. Sobald ihm etwas Sonderbares auffiele, würde er erneut zu Ludwig gehen und ihn damit konfrontieren, beschloss er, und fuhr heim.

Es war kühl im Wohnzimmer – Laura, die auf der Couch saß, hielt Vivi in die kuschlige Frotteedecke eingewickelt, die sie bereits vorsorglich für den anstehenden Herbst gekauft hatte –, und doch erfüllte eine besondere Wärme den Raum, die augenblicklich Geros Brustkorb durchdrang und sein Herz erreichte. Der Geruch des Essens, das auf dem Herd vor sich hin kochte, waberte aus der offenen Küche herein und vermischte sich mit der zarten Blumennote der Duftkerzen, die mit dem Geschirr auf dem Esstisch gedeckt waren. Für einen Moment stand er im Durchgang zum Wohnzimmer und bestaunte die zahlreichen Wunder, die ihn umgaben. Ein schönes Zuhause, eine richtige Familie – genauso, wie er es sich schon als Kind gewünscht hatte. Laura sah auf und lächelte, als er auf sie zutrat.

»Was für ein Tag, hm?« Sie zupfte an Vivis Decke, damit er einen Blick auf das kleine Gesichtchen erhaschen konnte. Seine Tochter. An jedem Tag seines Lebens würde er ihr der Vater sein, den er selbst gebraucht hätte. Das hatte er ihr bei ihrer Geburt versprochen. »Und alles nur wegen einer Verrückten, die sich an ihren asthmakranken Bruder erinnert fühlt«, sagte Laura kopfschüttelnd.

Gero nickte. Setzte sich zu ihr auf die Couch und erzählte in Kurzform, was er von Ludwig erfahren hatte. Nicht nur, weil es ihn ernsthaft beschäftigte, sondern auch, um Laura zum Nachdenken zu bewegen. Sie hatte heute nicht gut genug auf Vivi aufgepasst, in seinen Augen als Mutter ein Stück weit versagt, und es erschien ihm heilsam, ihr mit seinem Bericht aufzuzeigen, welche Gefahren da draußen in der Welt lauerten. Gefahren, die man oft nicht kommen sah, ausgehend von Menschen, die man als harmlos betrachtete. Nur wenn sie zusammenhielten und weiterhin als unverbrüchliche Einheit funktionierten, würden sie ihnen trotzen können.

Schließlich zeigte sich Laura ähnlich fassungslos, wie er es gewesen war.

»Ich dachte ja immer, dass irgendwas mit der nicht stimmt. Aber das …« Ein Satzende gelang ihr nicht; Gero verstand trotzdem. Nein, das hätte niemand erwartet. Nadja Kulka war eine verurteilte Mörderin.

Nadja

Weißt du noch, unser letztes Treffen? Du hast geweint. Wir beide haben geweint, als Onkel Fedor seinen Teil der Abmachung einlöste und dich zu mir brachte, damit wir uns verabschieden konnten.

»Du hast gesagt, wir fahren bald ans Meer!«

Dein Atem ging rasselnd vor Aufregung; ich befürchtete, du würdest einen Anfall bekommen. Tante Evelyn, die dich auf dem Schoß hatte, während wir einander im Besprechungszimmer der Polizeistation gegenübersaßen, zog deinen Inhalator aus ihrer Tasche. Du hast gestrampelt und um dich geschlagen, als sie ihn dir vor das Gesicht hielt. Und du hast geschrien: »Du hast gelogen, Nadja! Du hast gelogen!«

»Nein, nein, nein!« Ich bat dich, zu mir rüberzukommen, und breitete die Arme aus, doch du wandtest dich ab und drücktest dein verweintes Gesicht gegen Tante Evelyns Brust. Sie hatte dir bereits im Vorfeld gesagt, dass ich nicht wieder nach Hause kommen würde. Ich war mir nicht sicher, ob ich sie dafür hassen oder ihr dankbar sein sollte. Du fingst an zu husten, genau wie befürchtet. Dein ganzer Körper zuckte so heftig, dass Tante Evelyn Schwierigkeiten hatte, ihn weiterhin umfasst zu halten. Ich sprang von meinem Stuhl auf. An der Tür stand Onkel Fedor wie ein Wachhund und räusperte sich. Sofort hatte ich wieder den Geschmack von Schokolade im Mund, versuchte jedoch, die Übelkeit darüber zu ver-

drängen. Nur du warst jetzt wichtig. Er würde mich nicht von dir fernhalten können, und letztlich wagte er auch nicht den Ansatz des Versuchs. Vor eurem Stuhl ging ich in die Hocke und streckte meine Hand aus, um deinen Rücken zu streicheln. Tante Evelyn winkte mit dem Inhalator. Ich nickte.

»Hör zu, mein Engel«, begann ich. »Es stimmt, dass ich für eine Weile nicht mehr nach Hause kommen kann und dass sich manche Dinge ändern werden.« Du keuchtest, Tante Evelyn schwang den Inhalator panischer. »Aber du wirst das Meer sehen, das war keine Lüge. Ich schwöre es.«

Zaghaft drehtest du deinen Kopf nach mir.

»Und Marta?«

»Marta kann nicht mitkommen, sie schläft. Sie muss sich ausruhen. Der letzte Gast hat sie sehr angestrengt.« Ich ignorierte Tante Evelyns Blick, fuhr einfach fort, so wie ich es für richtig hielt. »Du wirst dir das Meer schon mal allein ansehen, und wenn ich zurückkomme, fahren wir noch einmal gemeinsam hin, und du zeigst mir alles, ja? Wollen wir das so machen?« Ich nahm Tante Evelyn den Inhalator ab und hielt ihn dir hin. »Da ist Meerluft drin, Janek«, sagte ich und lächelte. »Damit du dich schon mal dran gewöhnst.«

Du sahst unschlüssig aus.

»Bitte komm doch wieder heim. Ohne dich weine ich den ganzen Tag.«

Ich erklärte dir noch einmal, dass du für eine Weile ohne mich auskommen musstest.

»Und was genau heißt ›eine Weile‹, Nadja?«, fragtest du, nachdem du nun doch noch zwei kräftige Stöße inhaliert hattest. »Wann wirst du wieder heimkommen?«

»Sobald die Leute, die denken, ich hätte etwas Schlimmes gemacht, einsehen, dass sie sich irren, und den bösen Mann fangen.«

»Und wenn sie ihn nicht kriegen?«

»Dann kriege ich ihn, mein Schatz. Ich werde nach Hause kommen, versprochen.«

»Und dann fahren wir ans Meer.«

»Ja. Dann fahren wir ans Meer.«

Du hast es inzwischen gesehen, das Meer. Du bist wirklich, wirklich dort gewesen, das weiß ich. Letzten Sommer zum Beispiel warst du mit deiner Frau an der Ostsee. Dieses Jahr wollt ihr im August an die Adria, zum ersten Mal zu dritt. Du weißt jetzt, ob die Möwen kreischen oder doch eher krähen und wie das ist, mit der salzigen Luft.

Ich wünschte so sehr, du könntest mir davon erzählen. Ich wünschte so sehr, ich hätte mehr als nur meine Gedanken an dich. Dass ich den Mut gehabt hätte, meine Briefe abzuschicken. Aber ich war feige, Janek, feige und egoistisch. Ich hatte Angst vor deiner Zurückweisung. Ich habe nur an mich gedacht. Ausgerechnet ich, die geschworen hatte, immer alles für dich zu tun. Dass du das Wichtigste für mich seist. Deswegen muss ich hier lebend rauskommen. Ich muss es schaffen.

Also zerre ich an meinen Fesseln wie eine Verrückte und brülle meine Anstrengung, meine Trauer, meinen Schmerz in das Klebeband über meinem Mund. Ich will noch fester zerren, mich noch mehr anstrengen, nur geschieht genau das Gegenteil. Ich werde schwächer. Und müde, unsäglich müde. Das taumelige Gefühl aus meinem Kopf verteilt sich in meinem gesamten Körper. Für einen Augenblick ist es nicht un-

angenehm, will ich mich ergeben; es ist schön, wenn alles verblasst. Doch dann geht es auf einmal beängstigend schnell. Ich versuche nachzudenken, merke, wie es schon schwieriger wird. Ich erinnere mich, wie ich vorhin in der Küche versucht hatte, im Strafgesetzbuch zu lesen, und die Buchstaben verschwammen. Wie ich Herrn van Hoven davon abhalten wollte, auf Laura einzuprügeln, es aber nicht auf die Beine schaffte, sondern bloß kriechen konnte. Wie meine Kraft nur reichte, an seinem Hosenbein zu zerren. Ich sehe Tante Evelyn vor mir, wie sie die Hände in die breiten Hüften stemmt und mit der Stimme von Annelies, der Tankstellenkassiererin, verkündet: Ich hab doch gesagt, es ist eine Gehirnerschütterung und dass du zum Arzt gehen sollst. Hättest du auf mich gehört, wärst du jetzt nicht hier. Selber schuld. *Schuld, wie immer schuld …*

Ich kann nicht mehr, ich ergebe mich der Dämmerung, ich drifte davon. Ich weiß nicht, was geschieht, wenn ich wieder aufwache. Bloß eins: Falls es so sein sollte, falls ich heute wirklich sterben werde, dann wünsche ich mir nur, dass du mir irgendwann vergeben kannst. Bitte vergib mir, Janek.

Ich hab dich lieb.

Juli 2015

Der Junge war wieder da. Er hatte ihm in der Tiefgarage der Kanzlei aufgelauert. Es konnte nicht schwer gewesen sein, Gero van Hovens Auto ausfindig zu machen. Die Zeitung hatte ihn in ihrem Bericht über den Fall Heger abgedruckt, wie er in Anzug und mit Sonnenbrille vor der Kanzlei in seinen Porsche gestiegen war. Gero erkannte den Jungen schon aus der Ferne, verlangsamte seine Schritte. Es war bereits nach zehn Uhr abends, die Tiefgarage dunkel; der Hausmeister hatte das Problem mit der Beleuchtung immer noch nicht gelöst, die Lichtröhren unterhalb der Betondecke flackerten kläglich.

»Hallo, Herr van Hoven«, sagte der Junge.

Gero hatte sein plötzliches Auftauchen unter dem Tumult, der vor zwei Tagen um Vivis Verschwinden herum entstanden war, längst vergessen. Zumal der Junge genauso plötzlich, wie er in Geros Büro gestanden hatte, auch wieder weg gewesen war, als Gero mit Vivi vom Dach zurückkehrte.

»Gut«, gab sich Gero geschlagen, als er sich dem Jungen näherte. »Dann frage ich Sie heute also noch mal: Was wollen Sie von mir?«

Sein Gegenüber griff in die Innentasche der sackartigen Jeanskutte, die er über demselben Bandshirt von vorgestern trug, und zog erneut den Briefumschlag heraus.

»Sie müssen mir helfen, alles wieder in Ordnung zu bringen, Herr van Hoven.«

Gero erinnerte sich. *Mein Geständnis*, hatte der Junge gesagt, als er ihm vor zwei Tagen zum ersten Mal den Umschlag überreichen wollte.

»Sie kannten Nelly Schütt also, Herr ...?«

»Hannes Liewert«, sagte der Junge und streckte Gero eine zitternde Hand entgegen. Gero nahm sie, sie war feucht, ihr Griff schwach. »Ja, ich kannte Nelly. Wir sind zusammen in die Schule gegangen. Manchmal hat sie mich ihren Ranzen tragen lassen, ansonsten wollte sie nie was von mir wissen.« Auf das verkümmerte Lächeln hin, das über sein pockiges Aknegesicht huschte, zog Gero die Augenbrauen nach oben, eine Geste, die seinen Wunsch, der Junge möge zum Punkt kommen, ausdrücken sollte, immerhin war es spät, er wollte nach Hause. Zu seiner geliebten, kleinen Vivi und zu Laura, die nach dem Schreck über die vermeintliche Entführung wie ausgewechselt, wie früher war. Während sie in der Zeit davor viel geklagt hatte, im Alltag einerseits gelangweilt, andererseits überfordert wirkte – das weinende Baby, der Haushalt, keine Zeit für sich selbst, kein Gero, wenn man ihn mal brauchte; an manchen Abenden hatte sie nicht mal gekocht und er musste den Lieferservice anrufen, ganz abgesehen davon, wie uninteressiert sie sich gab, wenn er beim Essen von seinem Tag berichtete –, lächelte sie nun wieder. Kochte. Umarmte ihn ohne besonderen Grund und sagte Dinge wie: »Was haben wir für ein Glück miteinander.«

Hannes jedoch schien Geros Ausdruck als Wertung in Bezug auf Nelly zu deuten, und er verteidigte sie polternd: »Sie hatte aber auch mit niemand anderem was, sie war ein anständiges Mädchen«, nur um anschließend kleinlaut »Bis der Heger kam« hinzuzufügen.

Was der Junge weiterhin berichtete, überraschte Gero nicht mehr. Hannes hatte gedacht, dass er nach Nellys Trennung von Paul Heger endlich eine Chance bei ihr hätte, musste aber feststellen, dass sie sich nur mit ihm tröstete, bis Heger wieder auf dem Plan stand.

»Ich besuchte sie an diesem Vormittag, mit Blumen. Aber sie schickte mich weg. Sie meinte, es sei ein Fehler gewesen mit uns«, sagte der Junge und wischte sich die Tränen vom Gesicht. Weil er sofort geahnt habe, dass Nellys Sinneswandel mit Heger zu tun haben musste, sei er ihr am Nachmittag zum Hotel an der A24 nachgefahren, wo er sie auf dem Parkplatz abgefangen habe, um sie zur Rede zu stellen. »Zuerst hat sie geleugnet, dass sie mit Heger verabredet war. Sie hat behauptet, eine Freundin von ihr arbeite in dem Hotel.« Energisch schüttelte er den Kopf. »Ich kenne alle ihre Freunde. Jeder kennt jeden in unserem Dorf.« Schließlich habe Nelly eingesehen, dass Hannes sich nicht abwimmeln ließ, nicht diesmal. Um sich auszusprechen, seien sie daraufhin auf Nellys Wunsch in deren Auto weiter zum nahegelegenen Wald gefahren. »Wahrscheinlich wollte sie nicht, dass ihr Stecher beim Hotel ankommt und uns beide zusammen sieht.« Er blickte zu Boden. »Ich war ihr peinlich.« Gero öffnete den Mund, um etwas Nettes zu sagen, doch ihm fiel nichts ein. *Ja, wahrscheinlich war es so*, dachte er mit einem abschätzigen Blick auf den hageren Pickeljungen, gegen den selbst ein Idiot wie Heger wirkte wie ein Mann mit Format, zumindest auf ein Dorfpüppchen wie Nelly Schütt. »Und im Wald«, sagte der Junge, die Augen auf seine abgetretenen, schmuddeligen Turnschuhe gerichtet, »ist es dann eben passiert.« Er habe ihr doch nur verständlich machen wollen, wie sehr er sie liebe und dass dieser Heger nicht gut für sie sei. Sie habe gelacht.

»Daraufhin habe ich sie geschubst. Nicht, um sie den Abhang hinunterzustoßen. Sie sollte einfach nur aufhören zu lachen. Aber da war er nun mal, dieser Abhang. Ich habe noch versucht, nach ihr zu greifen und sie festzuhalten, aber ich erwischte sie nicht, sie fiel. Und als sie dann da unten lag, so komisch verdreht, und mich anstarrte, da ...« Demonstrativ hob er die Hände, die sich um Nelly Schütts Hals gelegt hatten.

Gero nickte verständig, fragte nicht weiter nach. Die weiteren Details würde er in Hannes' schriftlichem Geständnis nachlesen können. Die Frage, die er sich vielmehr stellte, war, was er mit diesem neuen Wissen anfangen würde. Er konnte unmittelbar seinen Freund Fred Mertens, den Staatsanwalt, informieren und Hannes festnehmen lassen. Er konnte ein Held sein, für Heger, für die Medien – Berlins Spitzenanwalt, der am Ende einer Odyssee für einen zu Unrecht verurteilten Mandanten doch noch für ein gutes Ende sorgte. Oder er konnte Hannes einfach nach Hause schicken mit der Anweisung, den Brief mit seinem Geständnis zu verbrennen und sein Leben zu leben. Nelly Schütts Tod war zweifellos eine Tragödie, doch ein Stück weit war sie dafür mitverantwortlich. Sie hätte sich nicht auf Heger einlassen dürfen, schon gar kein zweites Mal. Denn wie hieß es doch gleich? *Beim ersten Mal ist es ein Fehler, beim zweiten Mal eine Entscheidung.* Nelly Schütt hatte sich entschieden, jetzt war sie tot.

Gero spürte seine Mundwinkel zucken. Es fühlte sich gut an, einmal der Richter zu sein.

Nadja

Zeit ist vergangen, ich bin in sie hineingefallen wie in ein schwarzes Loch. Ich liege auf der nackten, leicht muffig riechenden Matratze im Schlafzimmer von Lauras Großmutter. Das Klebeband über meinem Mund ist verrutscht; Spucke, Rotz und Tränen haben es gelöst. Meine Handgelenke sind weiterhin gefesselt, dort hat sich das Klebeband stellenweise verdreht und schneidet ein. Durch das Fenster drängt schwarze Nacht, irgendwo im Raum brennt flackernd schwaches Licht – Kerzen. Ich erkenne einen grellweißen Streifen durch den dunklen Himmel, eine Sternschnuppe. Ich bin zu müde, um mir etwas zu wünschen. Mein Kopf ist Brei.

Laura ... Die Trauer ist eine Kreatur mit scharfen Krallen. Sie zieht einen unbarmherzigen Schnitt einmal längs über meinen Oberkörper, wie bei einer Sektion. Sie schiebt meine Rippen auseinander und greift mitten in meinen geöffneten Brustkorb hinein, um mein Herz zusammenzuquetschen wie einen alten Schwamm. Ich weiß, dass es wehtut, dass er unter anderen Umständen kaum aushaltbar wäre, dieser Schmerz, der sogar noch mehr ist als nur Trauer, natürlich. Es ist das Bewusstsein um mein Versagen. Laura ist tot, und weg ist die Überzeugung, dass ich nichts hätte dagegen tun können. Ich hätte mitspielen müssen bei seiner Verhandlung. Ich hätte mir mehr Mühe geben müssen. Ich bin meiner Rolle als Anwältin nicht so nachgekommen, wie er es von mir erwartet hat.

Er hätte sie so oder so getötet.

Ich hätte uns zumindest mehr Zeit verschaffen können.

Jetzt ist es zu spät. Der Versuch, meinen Körper in eine aufrechte Position zu bewegen, scheitert, das Klebeband, mit dem meine Handgelenke auf meinem Rücken gefesselt sind, lässt zu wenig Spiel. Ich winde mich trotzdem wie ein aus dem Wasser gezerrter Fisch, eine ganze Weile, bis mein Körper vor Erschöpfung reglos liegt. Doch die Matratze bewegt sich weiterhin. Ich wuchte mich herum. Stöhne. Neben mir sitzt Herr van Hoven. Er sieht mich aufmerksam an. Nickt, als hätte ich ihm eine Frage gestellt. Ich hätte viele, und die meisten begännen mit »Warum?«.

»Du bist wach«, stellt er fest, und: »Das ist gut.«

Unter mir wogt erneut die Matratze, als er sich zu mir hinüberbeugt und mit groben Griffen an meinem entkräfteten Körper hantiert, um ihn aufzurichten. Jetzt lehne ich mit dem Rücken gegen das Kopfteil des Bettes, auf meinem Hals kugelt unkontrolliert mein tonnenschwerer Schädel, ich bin wie betrunken, vielleicht sabbere ich sogar. Meine Sicht ist trüb. Ich muss mich konzentrieren, um zu erfassen, was er nun in den Händen hält, während er neben mir sitzt, genau wie ich den Rücken gegen das Kopfteil des Bettes gelehnt.

Es ist ein Glas. Ich erkenne durchsichtige Flüssigkeit, Wasser. Bestimmt hat er etwas hineingemischt. Vielleicht die Tabletten aus meiner Handtasche. Vielleicht zu viele davon, eine Überdosis. Ich schüttele panisch den Kopf, alles an mir schüttelt sich, lässt die Matratze heftiger wogen. Das Wasser schwappt über den Glasrand.

»Schschsch«, macht Herr van Hoven und wechselt das Glas in die andere Hand. »Beruhige dich.«

Ich denke nicht daran; ich zappele weiter, soweit es meinem schwachen Körper möglich ist, was darin gipfelt, dass er das Glas auf dem Nachttischchen abstellt und meine Oberarme packt.

»Ich sagte, du sollst dich beruhigen.« Seine Augenhöhlen liegen im Schatten, die geweiteten Pupillen erkenne ich dennoch. Sein Blick macht mir Angst, lässt meinen zappelnden Körper erstarren. »Ja, so ist es besser.«

»Was ist passiert?«, frage ich vorsichtig.

»Du warst ohnmächtig«, bekomme ich zur Antwort. »Aber jetzt bist du ja wieder wach. Zum Glück, wir haben nämlich noch einiges vor.«

»Was haben wir vor?«

»Zuerst einmal musst du wieder richtig zu dir kommen. Hier.« Er lässt von meinen Armen ab und fasst nach dem Glas auf dem Nachttisch. Ich presse die Lippen aufeinander, als er es meinem Gesicht nähert.

»Es ist nur Wasser, Herrgott, Nadja.«

Meine Lippen sind fest verschlossen. Seine linke Hand greift in mein Gesicht, zerknautscht meine Wangen, als wären sie aus weichem Ton, drängt schmerzhaft meine Kiefer auseinander. Ich huste, als er mir mit der rechten den Glasinhalt einflößt.

»So ist es gut«, sagt er und wieder: »Trink, damit du schnell wieder fit wirst.«

»Werden Sie mich auch umbringen?«

»Natürlich nicht.«

»Ich möchte nach Hause. Bitte.«

»Nach Hause«, wiederholt er bedächtig. »Laura hat mir erzählt, wie sie dich, als ihr noch Kolleginnen wart, einmal nach Hause gebracht hat. Sie hat gesagt, in deiner Wohnung gebe es kaum Möbel, keinen Teppich, keine Bilder, nur weiße Wände. Als steril wie ein Krankenhaus beschrieb sie es. So wohnst du, Nadja?«

Ich nicke mechanisch. So wohne ich.

»Also, was willst du dann da? Das ist kein richtiges Zuhause. Da ist auch niemand, der auf dich wartet.«

»Doch.« Ich nicke, als hinge mein Leben davon ab, und vielleicht ist es ja auch so. »Da wartet jemand. Mein Bruder wartet seit zwanzig Jahren auf mich. Ich muss zu ihm, das ist mir nach dem heutigen Tag nur umso klarer geworden.«

»Zwanzig Jahre. Dann hättest du genügend Zeit gehabt.« Die Sanftheit seines Tons erschüttert mich; er hat recht. Ich spüre ein warmes Tränenrinnchen auf meiner Wange. Er streicht es davon, sagt: »Alles wird gut«, und dass er noch nie ein Versprechen gebrochen habe. Dann erhebt er sich vom Bett und tritt an die Kommode, auf der die Kerzen stehen und bereits zu Stumpen heruntergebrannt sind. Ich höre etwas rascheln, eine Plastiktüte. Ich recke den Hals, erkenne nichts – sein Rücken versperrt mir die Sicht. Als er sich wieder umdreht, hält er in der linken Hand die Perücke, die ich auf der Fahrt hierher getragen habe, und in der rechten eine Tube. Ich begreife es nicht. Zumindest nicht sofort.

Oktober 2017
(zwei Jahre zuvor)

Die gesamte Belegschaft war an diesem Freitag in der Mitarbeiterkantine zusammengekommen, um gemeinsam anzustoßen. Auf Ludwig Abramczyk, der innerhalb der letzten dreißig Jahre aus der alten Kesselfabrik in Kreuzberg die größte und erfolgreichste Anwaltskanzlei Berlins gemacht hatte, und auf ihn: Gero van Hoven, den würdigsten aller Nachfolger. Einen ehemals schlaksigen jungen Juraabsolventen, der Ludwigs Aktentasche getragen und ihm Kaffee geholt hatte. Der über die Zeit hinweg nicht nur zu einem wichtigen Rad in Ludwigs Getriebe, sondern zu einer tragenden Achse geworden war. Vor inzwischen acht Jahren hatten sie darauf getrunken, dass Gero sich nun Partner nennen durfte, und heute, heute machte er den letzten Schritt. Der Prinz löste den alten König ab und bestieg dessen Thron.

»Ich bin stolz auf dich, mein Junge«, sagte Ludwig und erhob sein Sektglas auf Gero, der dem Senior zurückprostete und dabei einmal mehr an seinen Vater dachte.

»Willst du wirklich zurück in deine alte Heimat gehen?«, fragte er, um sich abzulenken. Sein Vater war nicht hier, um diesen Moment mit ihm zu teilen – natürlich nicht.

Ludwig zuckte die Schultern.

»Mein kleines Haus in Polen, der wilde Wald, jagen, wann immer ich möchte. Ich denke, es gibt schlechtere Aussichten.«

»Aber wirst du denn hier nichts vermissen?«

»Doch!« Ludwig lachte. »Die Arbeit natürlich! Und zwar so sehr, dass ich alle paar Tage hier vorbeikommen und behaupten würde, es wäre rein zufällig. Ich würde dir und euch allen sagen, wie ihr euren Job zu machen hättet.« Er schüttelte den Kopf. »Man muss wissen, wann ein Kapitel zu Ende erzählt ist.«

»Ich werde dich besuchen«, sagte Gero leise. In seiner Kehle hatten sich ein paar seltsame Gefühle verknotet, die ihm das Schlucken erschwerten. Gefühle, gespeist aus etlichen gemeinsamen Jahren und Momenten mit der immer gleichen Feststellung, dass Ludwig der Vater gewesen war, den Gero niemals gehabt hatte.

»Das wirst du«, gab Ludwig lächelnd zurück und legte ihm die Hand auf die Schulter. »Sooft du willst, mein Junge.«

»Ich bin stolz auf dich«, hatte vorhin auch Laura vernehmen lassen, allerdings nur per WhatsApp. Vivi war krank geworden – die Masern –, und ohnehin war Laura nicht wohl gewesen bei dem Gedanken, bei Ludwigs Verabschiedung auf Nadja zu stoßen. Der Vorfall vor zwei Jahren hatte ihr nachhaltig zugesetzt, was in Geros Empfinden nicht ausschließlich schlecht war: Laura hatte begriffen, wie kostbar das Leben war, wie sich manchmal von einem Moment auf den nächsten alles drehen konnte. Sie war die fürsorglichste Mutter und die beste Ehefrau. Jetzt hatte er wirklich alles, wurde ihm bewusst. Er hatte den großen Ludwig Abramczyk beerbt. Er hatte eine wunderbare Frau und eine gesunde zweijährige Tochter. Er hatte ein schönes Zuhause. Geld. Sein Leben war perfekt. Gero fasste sich ins Gesicht, berührte seinen rechten Augenwinkel, fühlte tatsächlich eine Träne.

»Du wirst doch nicht«, lachte Ludwig.

»Niemals«, lachte Gero zurück und schwor sich stumm, dieses Leben für immer zu beschützen.

Nadja

Ich wehre mich. Nicht gleich, weil die Bedeutung erst sacken musste. Weil mein Kopf immer noch Brei und viel zu langsam ist. Links die Perücke, rechts die Tube. Beides hat Herr van Hoven auf dem Bett abgelegt und sich im Schneidersitz vor mich gesetzt. Dann haben sich seine Hände meinem Kopf genähert. Haben meine Haare glattgestrichen. Erst als ich sah, wie er die Tube aufschraubte und das Innenteil der Perücke mit einer milchig weißen Flüssigkeit ausstrich, durchzuckte das Begreifen meinen Körper – und nun windet er sich und er zappelt und er tritt aus, und wären seine Handgelenke nicht immer noch gefesselt, würde er ausholen und seine Fingernägel in Herrn van Hovens Unterarm krallen, und seine Zähne schlügen sich in sein Fleisch –, hätte er nur eine Möglichkeit, dieser Körper. Nur den Hauch einer Chance.

Doch Herr van Hoven ist stärker. Seine Kraft unbezwingbar. Mühelos wehrt er mich ab, während er gleichzeitig die Perücke auf meinem Kopf festdrückt und ich mir einbilde, zu spüren, wie die Klebeflüssigkeit in meine Kopfhaut sickert. Perückenkleber. Ich schreie, bis ich außer Atem gerate. Er lässt mich. Betrachtet mich stumm und weiterhin lächelnd. Am Ende meines Geschreis sagt er: »Steht dir viel besser.«

Ich heule. Er ist verrückt.

»Ganz ruhig, Nadja«, sagt er beschwörend.

Eindeutig, er ist verrückt, er wird mich töten. Er hat eine Waffe. Vielleicht liegt sie noch unten in der Küche, vielleicht steckt sie überdeckt von seinem Hemd hinten in seinem Hosenbund, wie man das in Filmen manchmal sieht. Auf jeden Fall hat er eine, und er hat sie heute schon einmal abgefeuert. Er hat Laura getötet, mit einem einzigen Schuss.

»Ich hätte merken müssen, dass etwas faul ist«, sagt er und hält meinen immer noch zappelnden Körper fest. »Weißt du, früher war Vivi Lauras Ein und Alles gewesen. Inzwischen brachte sie sie immer häufiger zu meinen Eltern, angeblich, weil sie sich mit Freundinnen traf oder neuerdings ins Fitnessstudio ging. Und ich Idiot hab ihr das abgenommen. Sie kaufte sich neue Klamotten und ließ sich eine neue Frisur schneiden. Sie benutzte sogar wieder Parfum. Dabei kann man das doch überall nachlesen, in jeder noch so dämlichen Zeitschrift. Die ersten Anzeichen, dass der Partner einen betrügt: Er achtet wieder mehr auf sein Äußeres und legt sich neue Freizeitaktivitäten zu. Aber ich habe es trotzdem nicht gemerkt. Ich habe immer nur gearbeitet wie ein Vieh, weil ich meiner Familie etwas bieten wollte. Um mich ging es nie. Nach mir hat nie einer gefragt. Wie es sich anfühlt, in die Fußstapfen des großen Ludwig Abramczyk zu treten. Was für ein Druck auf seiner Nachfolge lastet. Wie es ist, zu wissen, dass die Beschäftigung von über hundert Leuten allein in meiner Verantwortung liegt. Außerdem ist da der Kredit für unser Haus. 1,3 Millionen, die es abzubezahlen gilt. Und meine Frau?« Voller Spott spuckt er den

Titel von Aron Bruckstätts Fotoband aus: »›Zeitverlorene Orte‹ …«

Mein Körper erschlafft in seinen Armen, keine Kraft mehr. Ich wimmere.

»Warum das Spiel, Herr van Hoven? Warum die Gerichtsverhandlung? Ihr Urteil stand doch längst fest. Warum sollte ich Laura verteidigen?«

»Das ganze Leben ist ein Spiel, Nadja. Es gibt Gewinner und es gibt Verlierer. Und jetzt komm. Wir sind noch nicht fertig.« Er richtet meinen Körper auf, entfernt das Klebeband von meinen Handgelenken und zieht mich vom Bett.

»Was heißt das? Was heißt ›wir sind noch nicht fertig‹? Was passiert jetzt?«

Alles, was er sagt, ist: »Ich habe eine schöne Stelle ausgesucht.«

Gleich hinter dem Haus, mit direktem Blick auf das eingewachsene Fließ, das im Dunkel der Nacht noch geheimnisvoller wirkt. Wo niemand ist und nichts einen stört. Wo man dem Rauschen von Wind und Wasser lauschen kann, man sich eins fühlt mit der Natur, dem Kreislauf des Lebens. Jetzt, mitten in der Nacht, ist die Luft klar und kühl, eine Wohltat gegen meine Schläfrigkeit, während die Temperaturen tagsüber schon seit Wochen über die Dreißig-Grad-Marke klettern. Einige Bäume haben unter der Hitze verfrüht ihre Blätter abgeworfen, die nun wie eine dunkle Decke den Boden überziehen. Sie legen noch einmal alles in ein letztes Rascheln, bevor sie zerkrümeln oder im langersehnten nächsten Regen vermodern werden.

Die Erde ist hart, die Schaufel schwer, meine Hände schmerzen unter dem spröden Holz des Stiels. Schweiß prickelt in meinem Nacken und auf meiner Stirn, meine Kopfhaut juckt unter den falschen Haaren, und jedes Mal, wenn ich beim Blinzeln die Augen schließe, blitzt hinter meinen Lidern ein Bild von Laura auf. Laura – und wie auf den älteren, bräunlich verfärbten Blutflecken ihres Nachthemds sekundenschnell eine weitere Blüte in einem helleren Rot knospt, bis der dünne Satinstoff nicht mehr aufnahmefähig genug ist und ihr Blut eine Lache auf den Küchenfliesen bildet. Eine Lache, die größer wird und größer, eine Pfütze, ein Teich, ein Meer, Laura treibt auf rotem Wasser. Keuchend ramme ich den Schaufelkopf in den Grund. Funktioniere, irgendwie, alles im Leerlauf, mein Kopf ist verstopft mit Gedanken, es sind zu viele, keiner löst sich klar heraus. Mit allen Kräften stoße ich weiter, wie jemand, der besessen ist vom Gedanken, zum Mittelpunkt der Erde vorzudringen. Oder zum Kern der Geschichte. Irgendetwas liegt vergraben, ein Bild oder ein Gedanke; ich komme nicht drauf, ich komme nicht dran. Ich unterbreche meine Bewegung und reibe mir den Nacken. Ein paar Schritte hinter mir steht Herr van Hoven und schwenkt die Taschenlampe.

»Weitermachen.«

Ich gehorche. Er ist verrückt und er hat eine Waffe. Ich stoße den Spaten in die Erde und frage mich unwillkürlich, wessen Grab ich hier eigentlich schaufele. Das von Aron Bruckstätt? Lauras? *Nein*, gebe ich mir selbst die Antwort. Wenn es nach Herrn van Hoven geht, sollen wir am Ende alle drei hier liegen. Ich stoße tiefer, weiter hinab und hinein in dieses seltsame Gefühl, dass da etwas ist. Es ist in meinem Kopf. Ich kann förmlich spüren, wie ich es schichtweise freilege, aber noch komme ich nicht gänzlich heran.

Das Loch vor mir ist knöcheltief.

»Ich kann nicht mehr.«

»Grab weiter.«

Grab weiter und dann stirbst du, genau wie die anderen. Aron Bruckstätt, der wahrscheinlich einfach nur ein bisschen Spaß haben wollte. Laura, die nach Bestätigung gesucht und sie in den Armen eines anderen Mannes gefunden hatte. Und schließlich ich, Nadja Kulka, ein ungewolltes Kind ohne Vater, Ziehmutter für meinen kleinen Bruder, sieben Jahre weggesperrt für den Mord an Marta. Ich spule durch mein Leben, finde Dreck, Geschrei, Blut und verschwendete Chancen. Eine Wohnung, die kein Zuhause ist. Eine Arbeitsstelle, die nichts weiter ist als ein Alibi, um den Anschein von Normalität zu wahren. Nichts habe ich getan, um mein Leben zu leben, wird mir klar. Ich habe immer nur existiert. Mich versteckt. Bin weggerannt, vor den Menschen und vor allem vor mir selbst.

»Bitte.« Ich drehe mich um und halte Herrn van Hoven eine meiner aufgescheuerten Handinnenflächen entgegen. »Nur fünf Minuten Pause.«

Er sagt nichts. Ich stelle mir vor, was wäre, wenn die Waffe tatsächlich in seinem Hosenbund steckte. Wenn er jetzt nach hinten greifen und sie hervorholen würde. Wenn es jetzt und hier ganz plötzlich vorbei wäre. Wenn das hier nun wirklich mein Leben gewesen wäre und ich mit dem Wissen in den Tod gehen müsste, dass ich immer nur feige war.

Herr van Hoven bewegt sich. Bückt sich. Legt die Taschenlampe auf dem Boden ab. Er tritt auf mich zu, streckt die Hand nach der Schaufel aus. Sagt endlich etwas, sagt: »Okay, gib her. Ich löse dich ab.«

Genug. Das ist alles, was ich denke. Genug gelitten, genug gejammert. Viel zu wenig gekämpft, es nicht mal versucht. *Genug, verdammt.* Ich stoße einen Schrei aus, schreie den Schmerz über die letzten Stunden heraus, den Schmerz über die ganzen letzten Jahre, und der Schrei zerreißt die Stille der Nacht. Im selben Moment trifft der Schaufelkopf Herrn van Hoven mit Wucht gegen die linke Schläfe. Er geht nieder wie ein gefällter Baum, wie Milosz Nowak, damals auf dem Pausenhof. Für einen Moment stehe ich reglos da. Kann nicht anders als das: hier zu stehen, ihn anzusehen, wie er jetzt daliegt, zwischen trockenen Blättern und kleinen Erdinseln, die ich beim Schaufeln des Grabes aus dem Gras gestoßen habe. Blut, das im fahlen Licht der Taschenlampe schwarz wirkt, rinnt von seiner linken Schläfe auf die Blätter, das Gras. Sein Brustkorb ruht still. Ich widersetze mich dem Drang, nach seinem Puls zu fühlen. Er könnte tot sein oder noch am Leben. Ich reiße mich aus meiner Starre. Schnappe mir die Taschenlampe. Laufe, zerre dabei an der Perücke – sie klebt fest. Ich laufe um das Haus herum, verdränge, dass mein Schädel wieder wummert, verdränge die Blitze auf meiner Netzhaut und die Übelkeit. Über die Brücke. Ich muss zum Auto. Bestenfalls liegt meine Handtasche noch auf dem Beifahrersitz. Bestenfalls ist mein Handy noch darin, kann ich die Polizei anrufen. Ich werde ihnen sagen, was er getan hat. Dass er Laura erschossen hat und mich ebenfalls töten wollte. Dann werde ich mit dem Auto ins Dorf fahren, dort Zuflucht suchen, auf die Beamten warten. Ich laufe, ich kann den Land Rover bereits sehen, bin nur noch wenige Meter entfernt, fast in Sicherheit.

Ich komme nach Hause, Janek.

Im nächsten Moment röhrt der Motor, und das Auto rast davon. Hinter mir Geschrei. Herr van Hoven, der dem Wagen nachbrüllt wie ein wild gewordenes Tier.

Juli 2019
(vorgestern Nacht)

Er fuhr zu schnell. Die Fahrbahn verschwamm in der schwarzen Nacht. Gero van Hoven blinzelte wild. Das konnte doch alles nicht wahr sein. Der Anruf.

Sein Handy hatte kurz nach Mitternacht geklingelt. Hatte ihn in seinem Hotelzimmer in Magdeburg geweckt. Nach dem letzten Vortrag auf dem Programm der Anwaltskonferenz war er noch mit einigen anderen Anwälten durch die Magdeburger Innenstadt gezogen. Sie hatten gegessen und auf ihr gegenseitiges Wohl getrunken.

»Hallo«, hatte er in den Hörer gebrummt. Erst nichts, nur ein leises Knistern in der Leitung. Dann die Stimme einer Frau, die ihm im ersten Moment völlig fremd vorkam. Das konnte daran liegen, dass er noch nicht richtig wach war oder sie hysterisch, wahrscheinlich lag es an beidem.

»Laura?«, fragte er irritiert und nahm kurz das Handy vom Ohr, um die Nummer zu überprüfen. Er kannte sie nicht. »Laura, bist du's?«

»Ja«, schluchzte sie. Und dass er kommen müsse, sofort. Es sei etwas Schreckliches passiert. Sie brauche seine Hilfe. Gero kannte solche Anrufe von zahllosen Mandanten, und meistens waren sie übertrieben. Dieser war es nicht. Sie sagte: »Ich glaube, ich habe ihn umgebracht.«

»Was? Wen?«

»Aron … Es tut mir so leid, Gero.«

Aus irgendeinem Grund wusste er sofort, dass ihre Entschuldigung in diesem Moment weniger einer bestimmten Tat, sondern vielmehr ihm, ihrem Ehemann, galt. Womöglich war es der Tonfall, der ihn sofort an Lilly erinnerte und wie sie klang, als sie ihm vor vielen Jahren gestanden hatte, dass es einen anderen gebe.

»Was ist passiert?«, knurrte er mit angespannten Kiefern in den Hörer hinein. Irgendwas über einen Streit und Blut, viel Blut. Mehr verstand er zunächst nicht, sie sprach ja so undeutlich. Als hätte sie einen Schluckauf, so hörte sie sich an. Trotzdem versuchte sie es immer wieder, setzte neu an und neu an, bis irgendwo in ihm drinnen ein paar Fäden rissen und er »Still jetzt!« durch die Leitung zischte. Sie jaulte auf, als hätte er sie getreten. Er atmete tief. Fuhr seinen Ton zurück.

»Sag mir einfach, wo du bist. Ich komme.«

Kein Hinterhofmotel. Kein schäbiges Zimmer mit abgetretenem, fleckigem Teppich, Möbeln, von denen das Furnier abplatzte, und Bettzeug, das vom vielen Waschen bereits dünn und stellenweise löchrig geworden war. Kein Ort der offensichtlichen Schande. Als sie ihm sagte, wo sie sich stattdessen aufhielt, konnte er förmlich spüren, wie sich jeder einzelne Knochen und jeder Muskel in seinem Körper verkürzten, bis er einen Augenblick lang das Gefühl hatte, er hätte sich vollkommen aufgelöst.

»Was soll ich denn jetzt bloß machen?«, hickste sie.

»Gar nichts«, bestimmte er. »Du tust absolut gar nichts, bis ich da bin, verstanden?« Er lauschte. Vernahm nichts

Brauchbares. »Hast du mich verstanden, Laura?«, fragte er noch mal.

»Aber er …«

»Ob du mich verstanden hast?« Dann war sein Ton eben ein Tritt. Sie hatte doch schließlich als Erste zugetreten. Fast totgetreten hatte sie ihn mit ihrem Geständnis. Jetzt lag er am Boden und verblutete innerlich.

»Ja«, hörte er sie leise, aber deutlich – *wenigstens das.*

»Gut«, schnaubte er. »Ich fahr jetzt los.«

»Schatz, ich …«

Nachdem er aufgelegt hatte, zeigte das Handydisplay noch für einige Sekunden die Gesprächsdauer an. Zwei Minuten siebenundvierzig. Zwei Minuten siebenundvierzig, um seine Welt aus den Angeln zu heben. Zwei Minuten siebenundvierzig, und das Versprechen, das sie sich vor fünf Jahren gegeben hatten, war so bedeutungslos geplatzt wie eine Kaugummiblase. *Zwei Minuten siebenundvierzig …* Gero schüttelte ungläubig den Kopf. Er zog sich an und stürmte aus dem Zimmer.

Dann war er losgefahren. Saß nun mit steifem Rücken in seinem Porsche und grub die Finger so fest in das Leder des Lenkrads, dass sie schmerzten. Der Wagen schlingerte in einer Kurve. Der gute alte Ludwig fiel ihm ein, der jetzt sagen würde: *Was nützt der beste Anwalt, wenn er tot ist?*

Nichts, dachte Gero und drosselte die Geschwindigkeit. Schließlich entschied er sich sogar, ganz zu halten. Er übergab sich direkt am Straßenrand.

Laura und Aron.

Zwischen zwei Vorträgen am Mittag hatte er schon mal einen Anruf von ihr bekommen. Sie habe beschlossen, heute Abend auszugehen, es werde sicherlich spät, falls er versuchen wolle, sie zu erreichen. Eventuell übernachte sie sogar bei einer Freundin. Er hatte nur halb zugehört. Wichtiger war ihm, was mit Vivi war.

»Mach dir keine Sorgen, sie verbringt das Wochenende bei deinen Eltern.«

Das hatte Gero nicht sonderlich gefallen. Vivi war derzeit oft bei seinen Eltern. Einzig die Tatsache, dass er seinem Alten zugestehen musste, als Opa einen besseren Job zu machen denn als Vater, versöhnte ihn einigermaßen. Also hatte er »meinetwegen« ins Telefon gebrummt und seiner Frau höflich einen schönen Abend gewünscht.

Es ging wieder. Sein Magen hatte sich beruhigt. Gero zog ein Taschentuch aus seinem Jackett und wischte sich über den Mund. Dann lehnte er sich gegen die Motorhaube, atmete, wie um sich selbst wiederzubeleben, und blickte zum Himmel hinauf. Der Mond sah aus wie ein abgekniffener Daumennagel. Um ihn herum Sterne, Millionen Sprenkel. Gero überlegte, wann er zuletzt in seinem Leben auf die Sterne geachtet hatte. Ob er überhaupt jemals ein Mensch gewesen war, der darin Schönheit und Bedeutung entdeckt hätte – wohl eher nicht. Er hatte einiges verpasst. Er hatte verpasst, wie seine Frau ihm entglitten war. Sie waren doch glücklich gewesen. Sie hatten doch alles gehabt … *Reiß dich zusammen*, mahnte er sich selbst, stieg in den Wagen und fuhr weiter. Vor ihm lag der kalte, schwarze Horizont. Gero beschloss, sich ein Beispiel an ihm zu nehmen. Vergeblich. Stattdessen hakte sich ein anderer Gedanke fest.

Was, wenn …?

Ihm schwirrte der Kopf. In seinem Nacken hatte sich das unbestimmte Gefühl verbissen, dass irgendetwas nicht zusammenpasste. Er versuchte sich vorzustellen, wie Laura, die zarte, süße Laura, auf einen ausgewachsenen Mann losging. Einmal hatte sie ein Küchenmesser in der Hand, in der nächsten Vision ein Jagdgewehr. Er sah eine Vase über einem Schädel brechen, er sah den Schädel klaffen. Doch ganz gleich, welches Szenario er durchlaufen ließ, hatte der Mann, der durch sie starb, nicht das Gesicht von Aron Bruckstätt, sondern jedes Mal seines – Geros.

Und da wusste er es. Da war es mit einem Mal kein unbestimmtes, verkantetes Gefühl mehr. Da hatte er alles durchschaut. Eine Falle. Ein Plan. Es gab keinen toten Liebhaber. Lauras Anruf war nur ein dramatischer Vorwand gewesen, ihn zu sich zu locken. Er war es, der in dieser Nacht sterben sollte. Sie wollten ihn loswerden, weil er ihrem Glück im Wege stand. Sie hatten seinen Tod beschlossen.

Nadja

Ich habe ihn mit der Schaufel niedergeschlagen. Da lag er, auf dem Boden neben dem halb ausgehobenen Grab, reglos. Ich bin um das Haus herumgerannt, über die Brücke, ich konnte das Auto bereits sehen. Ich stoppte, abrupt. Zuerst waren es nur die Rücklichter des Land Rovers, die mit einem Mal aufleuchteten. Im nächsten Moment röhrte der Motor, und das Auto raste davon. Ohne mich.

Plötzlich Geschrei im Hintergrund. Herr van Hoven, der angerannt kam und dem Wagen nachbrüllte. Er lief an mir vorbei, fuchtelte mit den Armen, fluchte, schrie.

»Laura!«, hat er geschrien.

»Laura!«, schreit er jetzt noch mal, und in einiger Entfernung kommt das Auto zum Stehen.

Ich fantasiere.

Es ist nur mein kaputter Verstand. Zu viel, was er verkraften musste innerhalb der letzten vierundzwanzig Stunden. Das verrückte Mädchen, das vor zwanzig Jahren das viele Blut seiner Mutter nicht gesehen hat, sieht jetzt einen Geist. Laura, die aus dem Land Rover aussteigt. Laura, die nichts anderes ist als eine Vision, wie Marta, die in meinen Träumen im roten Wasser treibt. Laura, die nichts anderes sein kann: nur eine Vision.

»Verdammt, Laura!« Herr van Hoven, der auf sie zustürmt, sie am Arm packt, sie schüttelt.

Laura, die echt ist.

Die Erkenntnis schlägt mir mit steinharter Handkante von hinten gegen die Kniekehlen, ich lasse die Taschenlampe fallen und sacke zu Boden. Glotze. Gedämpft vernehme ich Herrn van Hovens Stimme, die barsch klingt, als er sie fragt: »Bist du wahnsinnig geworden? Wo willst du hin?«

Was sie daraufhin erwidert, entgeht mir; zwischen mir und dem Wagen liegen ungefähr fünfzig Meter. Ich sehe nur, wie sie seine Hand von ihrem Arm schlägt und ihm anschließend entgegengestikuliert, dann ihn, wie er mit dem Kopf in Richtung des Hauses deutet. In meine Richtung. Ich versuche mich aufzurappeln, doch die Erkenntnis hat mir mit ihrem harten Schlag die Beine gebrochen. Ich kann mich nicht bewegen.

Laura.

Laura, die nicht mehr das blutverschmierte Nachthemd trägt, sondern eine Hose und ein helles Shirt. Laura, die am Leben ist. Eine Sekunde lang verspüre ich die Erleichterung der schlimmsten Idiotin auf Erden. Der Schuss, den ich gehört hatte, war wahrscheinlich nur eine Warnung gewesen. Herr van Hoven hatte ihn abgegeben, um Laura einzuschüchtern. Danach hat er sie genauso wie mich in irgendein Zimmer gesperrt und mir gegenüber den Irrglauben aufrechterhalten, er hätte sie getötet, weil er mich ebenfalls einschüchtern wollte. Schließlich, während er mit mir draußen beim Grab war, gelang ihr eine wundersame Flucht.

In der nächsten Sekunde wird selbst der schlimmsten Idiotin klar, dass Laura den Wagen nicht angehalten hätte, wäre sie tatsächlich auf der Flucht gewesen. Sie hätte ihren Mann rennen und fuchteln und brüllen lassen und wäre dennoch davongefahren, möglichst schnell und möglichst weit weg von ihm. Mehr noch, sie hätte mir, nachdem sie mich im Rückspiegel gesehen hatte, die Autotür öffnen und mich mit fliehen lassen müssen. Ich merke, wie mein Mund aufklappt, wie er schreien will und stattdessen zu würgen beginnt. Wie alles sich dreht und jeglicher Sinn zerfällt.

Die Erkenntnis ist nicht, dass Laura noch am Leben ist. Die Erkenntnis ist, dass Laura und ihr Mann auf der anderen Seite des Spiels stehen. Gemeinsam.

Das ganze Leben ist ein Spiel, Nadja, hatte er gesagt, erst vorhin, oben im Schlafzimmer.

Ich ahne, dass ich verloren habe, nur begreife ich es nicht. Nichts von alledem.

Herr van Hoven streckt seinen Zeigefinger nach mir aus, woraufhin sie ihre Schritte in meine Richtung beschleunigen.

Steh auf!, brülle ich innerlich, *lauf!*

Lauf!, brüllt auch Janeks Stimme in meinem Kopf.

Ich kann nicht. Ich bin starr. Ich stürze über die weiße Klippe, nur schreie ich nicht und pralle auch niemals auf. Ich falle nur, ich falle für immer. Die Zeit existiert nicht mehr. Nichts existiert mehr, es ist vorbei.

Sie kommen, sie sind da. Sie positionieren sich zu beiden Seiten in meinem Rücken, ziehen mich an den Armen gepackt auf die Füße, schleppen mich zurück ins Haus, in die Küche. Herr van Hoven drängt mich wieder auf meinen angestammten Platz auf der Bank.

»Warum bin ich wirklich hier?«

Ohne mir eine Antwort zu geben, nehmen sie ebenfalls Platz. Herr van Hoven mir gegenüber, Laura auf dem Stuhl zu meiner Linken. Die gleiche Sitzordnung wie heute Mittag bei der angeblichen Gerichtsverhandlung.

»Es geht um Aron Bruckstätt, nicht wahr?«

Sie schweigen weiterhin, während Laura mit gesenktem Blick zuerst das Haargummi aus ihrem Zopf löst und dann den Haarreif abnimmt. Sie hat jetzt einen kinnlangen blonden Bob mit Pony. Instinktiv fasse ich nach der festgeklebten Perücke auf meinem Kopf.

Und endlich begreife ich doch.

Juli 2019
(vorgestern Nacht)

Er wollte nicht riskieren, dass das Motorengeräusch ihnen seine Ankunft ankündigte, also stellte er den Porsche gut zweihundert Meter entfernt an der nächsten Straßenecke ab. Er dachte an die Holzschatulle, die er im oberen Fach des Kleiderschranks aufbewahrte, hinter einigen alten Sweatshirts, von denen er immer behauptete, er würde sie noch zur Gartenarbeit anziehen. Das dunkellackierte Holzkästchen mit dem abgegriffenen goldenen Schriftzug *Memories* darauf. In solchen Schatullen bewahrte man Dinge auf, die man nicht mehr brauchte, aber auch nicht wegwerfen konnte. Fotos, Muscheln vom letzten Strandurlaub, Postkarten, alte Eintrittskarten zu wichtigen Veranstaltungen, auf die eingeladen gewesen zu sein einen irgendwann mal stolz gemacht hatte. Oder eben auch die .22er, die Ludwig ihm überlassen hatte, nachdem er bei einem ihrer Jagdausflüge einmal von einem Keiler angegriffen worden war, den der Schuss aus seinem Gewehr nur gestreift hatte. Ein altes, aber funktionstüchtiges Ding, das Gero van Hoven sich in diesem Moment gerne in den Hosenbund geklemmt hätte. Nur musste er dazu erst in sein Haus. *Sein Zuhause*. Er konnte nicht glauben, dass Laura ernsthaft die Frechheit besessen hatte, diesen Ort mit ihrer dreckigen Liebschaft zu entweihen. *Sein Zu-*

hause. In der Einfahrt parkte ihr Mini Cabrio, auf dessen Beifahrersitz wie immer Vivis Kindersitz montiert war; Gero spürte seine Halsader pochen. Arons alten Land Rover jedoch sah er nicht. Bestimmt hatte er genau wie Gero etwas abseits geparkt, um nicht von neugierigen Nachbarn gesehen zu werden. *Von Zeugen.*

Gero schlug den Weg zum Grunewald ein. Er würde sich dem Haus von hinten nähern und nicht, wie sie es wohl geplant hatten, schnurstracks durch die Vordertür in ihre Falle stolpern. Die Beleuchtung im Park war um diese Uhrzeit bereits abgeschaltet, doch als Jäger fiel es ihm nicht schwer, sich in der Dunkelheit zu bewegen, solange er nur genau daran dachte: an die Jagd. Er durfte nicht in die Versuchung geraten, sich zu fragen, ob er dazu fähig wäre, Laura zu töten, sollte seine Vermutung stimmen. Er würde sich vorstellen, auf ein Tier zu schießen, und wenn all das stimmte, wenn es wirklich so war, wie er befürchtete, dann waren Laura und Aron nichts anderes als das: Tiere. Verrückte, kranke, tollwütige Tiere, von denen man die Welt befreien musste. Drei waren manchmal eben gar zwei zu viel. *Nein*, dachte er, *keine Zweifel*. Einfach handeln, konsequent sein. Wer zweifelte, war verloren.

Wie dieser Junge von damals, dieser Hannes Liewert, der bemitleidenswerte Pechvogel, der unbeabsichtigt zu Nelly Schütts Mörder geworden war. Gero hatte ihn nach Hause geschickt, ihm eine zweite Chance gegeben. Und wie hatte Hannes sie genutzt? Gar nicht. Doch anstatt Geros großzügiges Angebot einfach von Anfang an auszuschlagen und auf dem weiteren Vorgehen im Sinne von

Hegers Entlastung zu bestehen, war der Junge wie ein willenloses Schaf zurück in sein Dorf getrabt und hatte dort vor sich hin vegetiert. Bis man ihn in diesem Mai, als sich der Todestag von Nelly Schütt zum fünften Mal gejährt hatte, aufgeknüpft am Ast eines Baumes im Garten seiner Eltern fand. Dass er immer schon ein Sensibelchen gewesen sei und den Tod seiner ersten großen Liebe nie verwunden habe, war daraufhin als Zitat seiner Mutter in der Zeitung zu lesen gewesen. Angeblich habe er in seinem Schmerz sogar krankhafte Fantasien entwickelt und bisweilen Nellys Stimme gehört. *Idiot.* Wenigstens hatte er keinen Abschiedsbrief hinterlassen, in dem hätte stehen können, dass er sich seinerzeit stellen wollte und nur Gero ihn davon abgehalten hatte.

Keine Zweifel, dachte Gero noch einmal. Hinter der Buchsbaumhecke, die das Grundstück vom Parkareal abtrennte, verharrte er einen Moment, wie ein Langstreckenläufer, der kurz zu Atem kommen musste. Oder jemand, der ahnte, dass jetzt die letzte Möglichkeit wäre, sich zu besinnen, bevor anschließend alles gleich ganz schnell gehen würde. Er gestattete sich einen Blick in den schwarzen Himmel, durch den sich, vom Mondlicht erhellt, wie im Schnelldurchlauf graue Wolkenstränge bewegten. Ein Sturm zog auf. In den Wolkenkräuselungen spielte eine Gutenachtgeschichte, wogten Bilder aus anderen, glücklichen Zeiten. Laura und er und der erste Kuss. Laura und er und ihr erstes gemeinsames Weihnachtsfest, wie sie Hand in Hand draußen durch die weiße Wattelandschaft stapften und sie dabei seine Mütze trug, die ihr viel zu groß war und ihr daher ständig über die Augen rutschte. Laura, die auf dem Badewannenrand saß, in der Hand das Plastikstäbchen mit den beiden blauen Strichen im Sichtfenster, wie sie erst aus Verzweiflung heulte und dann, nachdem er vor ihr auf die Knie gegangen war, ihren Pullover nach oben geschoben und ihren Bauch geküsst hatte, vor Freude. Er schüttelte den Kopf. Der Sturm sollte sie mitreißen, diese Bilder; er konnte gar nicht heftig genug sein.

Keine Zweifel, mahnte sich Gero zum dritten Mal.

Vorsichtig öffnete er das Gartentürchen und pirschte sich an das Haus heran. Licht. Es drang hinter den zugezogenen Vorhängen aus dem Wohnzimmer hervor. Dahinter Bewegung. Wie bei einem Schattenspiel huschte eine dunkle Silhouette über den hellen Vorhangstoff, zuerst von rechts nach links, dann von links nach rechts. *Sie erwarten mich*. Leise trat er auf die Hintertür zu, drückte die Klinke, hatte Glück. Wie immer hatte Laura vergessen, sie abzuschließen. Vor ihm lag dunkel der Flur, der zum Schlafzimmer führte. Er lauschte, hörte nichts. Er betrat das Schlafzimmer, holte die .22er aus ihrer Schatulle, verließ den Raum. War bereit. Die Pistole in festem Griff, bewegte er sich lautlos durch den Flur, an der Küche vorbei, in den gelben Lichtkegel hinein, der ihm durch den offenen Durchgang aus dem Wohnzimmer vor die Füße fiel.

Da war sie. Sie hatte ihm den Rücken zugewandt. Sie trug ein Nachthemd. Und er sah auch ihn, Aron Bruckstätt. Seinen chancenlosen Gegner.

*

Laura van Hoven war unerprobt, was den Tod anging. Die Wenigen, die sie in ihrem Leben verloren hatte, waren entweder alt gewesen oder hatten ihr nicht nahe genug gestanden, als dass ihr Verlust sie ernsthaft verwundet hätte.

Ihre erste vage Erinnerung spielte um die Beerdigung einer Großtante. Sie wusste noch, wie ihre Mutter sie an der Hand gehalten hatte, während der mit einem Liliengesteck geschmückte Sarg hinabgelassen wurde. Lauras Mutter hatte dabei dermaßen geschluchzt, dass ihr ganzer Körper zu vibrieren schien. Laura hatte auch geschluchzt, doch nicht wegen der toten Großtante, deren Namen sie nicht einmal kannte, sondern weil es sich schlimm anfühlte, wenn Mama weinte. Sie erinnerte sich an schwarz gekleidete Menschen und an ein fremdes Wohnzimmer, das der Trauerzug nach dem Friedhofsgang besetzte. Es gab Kaffee, Kuchen und Apfelsaft, und ein Fotoalbum wurde herumgereicht. Laura saß in ihrem dunkelblauen Kleid auf einem dicken Teppich und spielte mit einem Dackel. Mama hatte sich geweigert, ihr auch ein schwarzes Kleid zu kaufen, als wollte sie verhindern, dass die Trauer der Erwachsenen zu sehr auf ihr kleines Mädchen überschwappte. Laura erinnerte sich auch noch daran, dass man ihr Dinge über den Himmel erklärte, obwohl sie gar nicht danach gefragt hatte. Man versicherte ihr, dass die Leute es im Himmel besser hatten. Dass es dort keinen Schmerz gebe, keinen Hunger, keinen Durst, nichts, was einen mehr quälen könne. Dass der Himmel so eine Art wunderschöner Garten sei, in dem immer die Sonne scheine. Aber das fand Laura, sosehr sie Märchen und Geschichten auch liebte, völlig unsinnig. Wie sollten Blumen auf den Wolken wachsen? Und wie sollten die Leute dort schlafen können, wenn immer nur die Sonne schien und es niemals Nacht wurde? Das wiederum vermochte ihr keiner befriedigend zu erklären, also spielte sie lieber weiter mit dem Dackel. Später, als sie wieder daheim waren, wollte ihre Mutter noch einmal mit ihr über den Tod sprechen. Wahrscheinlich, um ihr eine Angst zu nehmen, die sie gar nicht empfand. Aber so waren gute Mütter nun mal, nicht wahr? Sie dachten voraus, manchmal gar ein Stück zu weit. Sie hielt Laura in den Armen, und Laura hörte zu, denn es war schön in Mamas Arm. Mama sagte, dass das Leben noch einmal an einem vorbeiziehe, wenn man sterbe, wie ein rückwärts ablaufender Film. Da sehe man noch einmal die Gesichter seiner liebsten Menschen. Man sehe all die schönen Orte, an denen man gewesen sei, und die großen Momente, die man erlebt habe. Vielleicht auch die vergeudeten Chancen. Das, was auch schön und groß hätte werden können, wenn man nur mutiger gewesen wäre. *Oder vorsichtiger.*

Und so ist es wirklich, dachte Laura nun, dreißig Jahre später. *Ja, ganz genauso ist es.*

Das Erste, was ihr in den Sinn gekommen war, war das Gesicht ihrer Tochter. Dieses hübsche, kleine Gesicht mit den knautschigen Wangen, der niedlichen Stupsnase, den fein gezeichneten hellen Augenbrauen, den blauen Knopfaugen und dem herzförmigen Mund. Früher hatte sich Laura abends oft noch einmal ins Kinderzimmer geschlichen, sich auf die Bettkante gesetzt und in aller Stille und Ehrfurcht dieses Gesicht, dieses ganze kleine, große Wunderwerk betrachtet, das ihr und Gero da gelungen war. *Früher* … als Laura noch mit Vivi durch Pfützen gesprungen und durchs Gras gerobbt war, ohne sich darum zu scheren, ob sie dabei schmutzig wurde. Als sie mit Vivi Weltraumschlachten schlug, als ginge es wahrhaftig um ihr Leben. Als sie röchelnd zu Boden sank, die Handflächen gegen den Brustkorb gepresst, dort, wo das Lichtschwert sie getroffen hatte, und dann dalag, mit geschlossenen Augen und seitlich herausgestreckter Zunge, weil sie wusste, dass sie ihre Tochter damit zum Lachen bringen würde. *Früher.* So lange konnte all das noch gar nicht her sein, und doch fühlte es sich an wie eine Ewigkeit. Wann bloß hatte all das an Bedeutung verloren?

Jetzt würde sie nie wieder auf Vivis Bettkante sitzen, wurde ihr klar, und dass sie ihre Tochter nicht annähernd ausreichend betrachtet und bestaunt hatte, noch viel zu selten im Matschwasser schmutzig geworden und im Weltraumkampf ums Leben gekommen war. Sie dachte auch an Gero, und plötzlich, unerwartet, wusste sie, dass sie sich auch an ihm nicht sattgesehen und sattgeliebt hatte. Egal, wie entfremdet sie sich in letzter Zeit gefühlt hatte, kam ausgerechnet jetzt das Gefühl zurück.

Ja, es stimmte. Im Moment des Todes sah man sein Leben noch einmal und vielleicht auch ganz anders. Und das sogar, obwohl es nicht mal Laura selbst war, die gerade starb. Laura sah nur zu. Laura war schuld.

Sie blickte auf Aron Bruckstätts Körper hinab, der reglos auf dem weißen Marmor lag. Sie hatte nicht nur sein Leben zerstört, sie hatte sie alle, alle ins Unglück gestürzt. Als ihr das klar geworden war, hatte sie geschrien und damit auch nicht mehr damit aufgehört, bis ihr von ihrem eigenen Gebrüll übel wurde. Dann hatte sie in ihrer Handtasche nach ihrem Handy gefummelt, dabei das Prepaidhandy erwischt, das eigentlich nur für die Kommunikation zwischen ihr und Aron bestimmt gewesen war, und Gero angerufen, auf den sie jetzt wartete. Kurz hatte sie sogar überlegt, sich vor dem Haus aufzustellen, damit sie ihn gleich hörte, wenn er mit dem Porsche angefahren käme. Doch der Gedanke an die Dunkelheit da draußen, an die schwarze, anklagende Nacht, hielt sie davon ab. Also ertrug sie es, in einem Zimmer mit dem Mann, der nicht mehr Aron war, sondern bloß noch ein toter Klumpen Fleisch.

Plötzlich: ein Räuspern. Laura fuhr herum. Gero stand im Durchgang zur Küche. »Oh Gott«, entfuhr es ihr. Sie stürmte ihm entgegen und drängte sich an seinen Körper, auf dass er sie umarmen sollte und seine Umarmung bedeutete, dass alles wieder gut werden würde, irgendwie.

Gero versteifte. Sah an ihr hinab. Das weiße Nachthemd, das sie trug, war voll von Arons Blut. Beschämt schlang sie die Arme um ihren Oberkörper, nicht nur, um das Blut, sondern vor allem um ihre Nacktheit zu bedecken. Sein Ausdruck blieb hart, ihr Mann war aus Stein. Keuchend taumelte sie rückwärts. Ihr Mann war aus Stein, und er hielt eine Pistole in der Hand.

»Du wirst doch nicht …«, flehte sie und hob beschwichtigend die Hände.

»Nenn mir einen Grund, warum ich nicht sollte.« Er machte einen Satz und packte sie. »Warum?«

Ohne eine Antwort abzuwarten, schlug er ihr ins Gesicht. Die Wucht warf sie zu Boden, sie stieß einen Schrei aus. Erneut setzte er auf sie zu, hielt dann jedoch mitten in der Bewegung inne. Zeitgleich gingen ihre Blicke in die andere Ecke des Wohnzimmers. Zu Aron Bruckstätt, der dort auf dem Boden lag und gerade ein leises, aber dennoch deutlich vernehmbares »Hilfe« von sich gegeben hatte.

Nadja

Dass ich zum Schreien dumm sei. Ein dummes, dummes, unnützes Gör. Das hatte Marta gesagt, das hatten viele Leute in Zabrew über mich gesagt. Jetzt weiß ich, dass sie recht hatten, sie alle hatten recht.

Es ist da. Das, was sich vergraben angefühlt hatte. Anscheinend ist der Moment, in dem Laura ihr Haar schüttelte, der letzte unsichtbare Spatenstich in meinem Kopf gewesen, den es gebraucht hatte. Es ist da, nur zu spät, wie es immer zu spät kommt für die Dummen, die Verlierer.

Die Zeit existiert nicht mehr.

Ich bin an einem zeitverlorenen Ort.

»Er hat hier gewohnt, oder?«

Ich erinnere mich. Mein flüchtiger Blick ins Wohnzimmer, als mich Herr van Hoven heute Mittag die Treppe hinabgeführt hatte, um mich zu Lauras Verhandlung in die Küche zu bringen, und was ich sah: den Rücken einer Ledercouch, eine Stehleuchte mit einem halbrunden Metallschirm und einem gebogenen Ständer, der mir vorkam wie ein zu groß geratener, hängender Blumenstängel, ein Bücherregal, das bis auf ein einziges Fach leer war. Das einzig belegte Fach mit ein und demselben Buch in mehrfacher Ausführung. Ein dickes Buch, ein Fotoband, und auf seinem Rücken in dicken Lettern der Titel ›Zeitverlorene Orte‹.

»Nein«, sagt Laura leise und ohne mir in die Augen zu sehen. »Er hat in Berlin gewohnt, in einem Apartment am Potsdamer Platz. Aber er hatte das Haus geerbt. Gero hat ihm geholfen, es nach dem Tod seiner Großmutter auszuräumen und den oberen Teil der Küche herauszureißen. Aron hatte vor, hier einzuziehen, er liebte dieses Haus. Als ich ihn damals fragte, welcher der Orte in seinem Fotoband ihn am meisten beeindruckt habe, sagte er: *Der Spreewald. Dort, wo das Haus meiner Großmutter steht.* Er hat mich gefragt, ob ich vielleicht Lust hätte, ihn einmal herzubegleiten.« Sie lächelt traurig.

»Sie waren ein paarmal hier«, sagt Herr van Hoven, und Lauras Lächeln verzerrt sich.

Ich nicke. Ziehe demonstrativ an einer Strähne meiner falschen blonden Haare.

»So wie es aussieht, könnte er sich auch mit mir getroffen haben.«

Herr van Hoven nickt ebenfalls.

»Sämtliche Zeugen, die Laura und ihn jemals miteinander gesehen haben könnten, werden sich an eine Frau mit blonden Haaren und Ponyfrisur erinnern. Die Leute aus der Truckerkneipe, Arons Nachbarn, der ein oder andere von hier.«

»Genauso wie die Tankstellenbetreiber von heute Morgen«, füge ich träge hinzu. »Da war ich dann wohl auf dem Weg zu unserem angeblichen Liebesnest. Nur hat sich die Frau des Tankwarts das Nummernschild *deines* Wagens aufgeschrieben.«

Ich blicke zu Laura, ein kurzfristiger Triumph, bis sie entgegnet, es sei Aron Bruckstätts Land Rover, den ich aus Berlin hierhergesteuert hätte. Aron Bruckstätts Wagen und meine Fingerabdrücke darin.

»Natürlich wird die Polizei uns ebenfalls befragen«, sagt Herr van Hoven. »Wir werden ihnen sagen, dass du schon immer ein wenig besessen warst von Laura. Vor einigen Jahren hättest du ja fast sogar einmal ihr Kind entführt. Niemand wird sich unter diesen Vorzeichen wundern, dass du dir eine Perücke gekauft hast, die aussieht wie ihre Frisur. Und dass du dir vor allem auch einen Mann ausgesucht hast, den sie kannte. Du wolltest ja immer gerne wie sie sein, nicht wahr?« Ich fasse mir an den Hals, spüre eine unsichtbare Schlinge, die sich mit jedem seiner Worte ein wenig fester zieht. »Zudem wird man in deiner Wohnung ein rotes Kleid und einige von Arons persönlichen Sachen finden.« Er erhebt sich. »Ich werde jetzt die Leiche aus dem Kofferraum holen.«

»Weil ich ihn hier getötet habe«, mutmaße ich.

»Richtig.«

Ich schüttele den Kopf. Denke an den Eimer und den Schwamm, mit deren Hilfe ich den Wohnzimmerboden bei den van Hovens geschrubbt habe. Ich denke auch an den Messerblock in Lauras Küche, ein weiteres vergrabenes Detail. Wie ich den einzig leeren Schlitz im Block für den hielt, in dem ursprünglich die Tatwaffe steckte. Wie mir nicht aufgefallen war, dass Laura bereits ein Messer aus dem Block in der Hand hatte, um damit die Tomaten zu schneiden. Wie sie mich darum bat, das Fleisch zu schneiden, und mir genau bedeutete, mit welchem Messer ich das tun sollte. Von wegen, sie habe das Messer im Gartenhaus unter einem Sack Blumenerde versteckt.

»Ich hatte die Tatwaffe in der Hand, stimmt's?«

»Stimmt.«

»Und ihr habt sie mitgebracht, nehme ich an.« So wie sie auch den Eimer und den Schwamm mitgebracht haben und hier im Haus platzieren werden. »Aber man wird hier keine Blutspuren finden.«

Herr van Hoven, der sich inzwischen zur Küchentür begeben hat, sagt: »Du hast natürlich gründlich geputzt, um deine Spuren zu verwischen. Wir haben ein paar Reinigungsmittel aus deiner Wohnung dabei. Du hast einen Putzfimmel, sehr praktisch, du weißt, wie man gründlich ist. Du wirst sogar Aron Bruckstätts Leiche in die Badewanne legen und abduschen, um deine Spuren zu beseitigen. Was gleichzeitig auch etwas schade ist, aber ein notwendiges Übel in Anbetracht der Tatsache, dass auch Laura und ich Kontakt mit der Leiche hatten. Also verzichten wir lieber auf deine Spuren, als das Risiko einzugehen, dass man auch welche von uns daran findet.« Er blickt in Richtung Zimmerdecke. »Das Bad befindet sich zwar im ersten Stock, aber du bist kräftig genug, um ihn nach oben zu schleppen. Du hast immerhin schon mit fünfzehn den – wie viel Kilo schweren? – Körper deiner toten Mutter durch eure gesamte Wohnung bewegt, also wirst du das jetzt wohl auch irgendwie hinkriegen. Was für ein schöner Zufall, dass auch sie tot in einer Badewanne lag, oder?«

Ich keuche.

»Woher …?«

»Woher ich das mit deiner Mutter weiß? Von Ludwig natürlich.«

»Er hätte Ihnen niemals …«

»Doch, hat er. Sonst wüsste ich es ja nicht.«

Ich merke, wie ich den Mund ein paarmal stumm auf- und wieder zuklappe, bevor mir der nächste Satz gelingt.

»Aber man wird auch Spuren von Ihnen und Laura hier im Haus finden. Hier in der Küche, oben im Schlafzimmer …«

»Selbstverständlich«, unterbricht er mich und lacht. »Wir haben Aron schließlich geholfen, das Haus auszuräumen und die Küche rauszureißen.« Damit verlässt er den Raum.

»Es tut mir leid, Nadja.« Lauras Stimme klingt leise, meine krächzend wegen des unsichtbaren Galgenstricks, der mir die Kehle zuschnürt, als ich sage: »Spar's dir.«

»Du hättest einfach gehen sollen, nachdem ich dir Arons Leiche gezeigt hatte. Oder die Polizei rufen.«

»Klar. Wie dumm von mir, dir helfen zu wollen.«

»Dazu hat dich niemand gezwungen. Im Gegenteil. Du hast dich regelrecht aufgedrängt.«

Ich sehe sie fassungslos an.

»Du warst meine Freundin, Laura!«

Sie macht eine zuckende Kopfbewegung.

»Es geht nicht anders. Du selbst hast es auf den Punkt gebracht: Ich kann nicht ins Gefängnis. Ich habe eine Tochter, um die ich mich kümmern muss.«

Ich kann nicht glauben, wie es nun meine eigenen Worte sind, die den unsichtbaren Strick um meinen Hals fester knüpfen, bis ich plötzlich kaum mehr atmen kann.

»Warum musstet ihr mich da unbedingt mitreinziehen? Warum habt ihr die Leiche nicht einfach verschwinden lassen?«

Laura sieht mich mitleidig an.

»Weil fünfundneunzig Prozent aller Leichen sowieso irgendwo, irgendwann wieder auftauchen.«

»Ihr wolltet kein unnötiges Risiko eingehen.« Ich wische mir über die Augen, ziehe die Nase hoch. »Und lass mich raten, was das Ende eures Plans vorsieht: Die verrückte Täterin ist ebenfalls tot.« Wie sollte es auch anders gehen? Ich darf nicht überleben und eine Aussage machen, die sie genau dorthin bringt, wo sie nicht sein wollen: ins Gefängnis. »Wie werde ich sterben, Laura? Bringe ich mich selbst um, mit einer Überdosis meiner eigenen Tabletten?«

Sie schüttelt den Kopf, wirkt ernsthaft überrascht.

»Natürlich nicht. Nach deiner Tat rufst du Gero an und bittest ihn verzweifelt um Hilfe.«

Ich muss lachen.

»Und wie sollte seine Hilfe aussehen?«

»Nadja«, sagt Laura nur, und mit meinem Namen hängt unausgesprochen mein Todesurteil in der Luft.

Juli 2019
(vorgestern Nacht)

»Er lebt noch!« Laura van Hoven begann zu zittern, als wäre ihr kompletter Körper blitzartig mit einer dünnen Eisschicht überzogen. »Gero, er lebt!« Sie war als Erste bei Aron Bruckstätt, Gero folgte einen Moment später. Beide standen sie nun über ihm. Er hatte die Augen geöffnet, eine schwache Hand bewegte sich in der Luft.

»Hilfe«, stieß er erneut hervor, während er seine Hand betrachtete. Als er erkannte, dass sie voller Blut war, verdrehten sich seine Augäpfel.

Laura blickte zu Gero. Sie erwartete, dass er sich neben Aron knien würde, doch er blieb aufrecht über ihm stehen, also tat sie es ihm gleich. Sie flüsterte: »Wir müssen einen Krankenwagen …«

»Wie ist es passiert?«, unterbrach er sie, seine Augen unablässig auf den blutenden Mann am Boden gerichtet, der sich unter Schmerzen zu winden begann.

»Was?«

»Du sollst mir sagen, wie es dazu gekommen ist.«

»Wir … hatten Streit«, fing sie an, stockend in ihrer Unschlüssigkeit.

»Helft mir«, stieß Aron aus und unternahm vergebliche Versuche, sich aufzurichten. Doch Gero machte keine Anstalten. Laura begriff.

»Ich habe ihm gesagt, dass ich mich von ihm trennen werde. Wegen dir. Dass ich dich liebe und niemand anderen. Da ist er wütend geworden und hat sich auf mich gestürzt. Ich bin in die Küche geflüchtet. Das Erste, was ich gesehen habe, war der Messerblock.« Sie versuchte zu ignorieren, wie Arons Augäpfel, die bei jedem ihrer Sätze größer geworden waren, nun förmlich aus den Höhlen zu quellen schienen.

»Ist es das, was du willst, Laura?« Es klang nicht nach einer Frage und Geros Stimme nicht nach der geringsten Emotion. Er sah sie nicht einmal an, sein Blick verharrte weiterhin auf Aron. Der dringend Hilfe brauchte. Der sie stumm anflehte, endlich etwas zu tun und den Notruf zu wählen. »Du willst mit mir zusammen sein? Mich lieben, niemand anderen? So, wie wir es uns am Tag unserer Hochzeit versprochen haben?«

»Ja«, sagte Laura und nickte energisch. »Das ist es. Nichts will ich mehr. Bis dass der Tod uns scheidet.«

Jetzt erst wendete Gero seinen Blick von Aron ab und sah stattdessen sie an.

»Du wirst verzeihen, wenn ich zum momentanen Zeitpunkt ernsthaft an deiner Liebe zweifeln muss.«

»Ich weiß.«

Ohne ein weiteres Wort schob Gero sich die Pistole, die er immer noch in der Hand hielt, in den Hosenbund. Er verließ das Wohnzimmer, und im nächsten Moment hörte Laura ihn in der Küche den Wasserhahn aufdrehen. Aus den nachfolgenden Geräuschen schloss sie, dass er sich darangemacht hatte, Kaffee aufzusetzen. Laura blickte auf Aron hinab, der, soweit es ihm unter seinen schweren

Verletzungen möglich war, den Kopf schüttelte. Er flüsterte flehend: »Laura.« Und noch mal »Laura«, als sie sich nach dem Messer bückte, das einige Meter von ihm entfernt auf dem Boden lag, und »Laura«, als sie es aufhob und auf ihn zutrat, »Laura«, als sie sich über ihn kniete, und dann noch einmal »Laura« – ein allerletztes Mal.

Nadja

»Hat dein Mann es dir erzählt?«

»Was?«

»Was mit meiner Mutter geschehen ist.«

Laura schweigt.

»Natürlich hat er es dir erzählt. Deswegen habt ihr mich ja ausgesucht als euren Sündenbock, richtig?«

Sie schweigt weiterhin.

»Aber hat er dir auch erzählt, dass es damals keinen einzigen Beweis gab? Indizien, die schon, aber Beweise: keine. Man hat mich unter Druck gesetzt zu gestehen, und letztlich habe ich es dann eben getan: Ich habe den Mord an meiner Mutter gestanden. Ich war fünfzehn und voller Angst. Nicht nur, weil Onkel Fedor, der ermittelnde Kommissar, als ein sehr gewalttätiger Mann bekannt war. Alles, was ich wollte, war, meinem Bruder zu ersparen, dass man unsere Familie noch weiter durch den Dreck zog. Ich wollte, dass wenigstens er noch die Chance auf ein normales Leben hat.« Ich erinnere mich an den Moment in der Gefängniszelle, als Onkel Adwo den Zementstaub durch seine Hand rieseln ließ und ich an Meeressand denken musste. Der Moment, als ich entschied, meinen Kampf aufzugeben. Gegen die Leute, die ohnehin nie etwas Gutes in mir gesehen hatten. Und vor allem gegen Onkel Fedor, der am längeren Hebel saß und um jeden Preis entschlossen war, mich als Martas Mörderin zu überführen. Vermutlich hätte er zu den Indizien, die ihm in die Hände spielten, notfalls noch eigene fingiert, bloß um sein Ziel zu erreichen. Ich hätte verloren, so oder so. Ich hätte das Unvermeidliche nur in schmerzhafte Länge gezogen, und Janek hätte gelitten. Ich bereue viel, aber nicht die Entscheidung, die ich in diesem Moment in der Gefängniszelle getroffen habe. »Ich habe es für meinen Bruder getan«, fasse ich nachdrücklich zusammen, und es geschieht etwas. Lauras Schultern beginnen kaum merklich zu zucken – sie zittert. Ich spüre ihre Unsicherheit, es ist wie eine Offenbarung, ein winzig kleines Loch im Geflecht der van Hovens, und Laura ist ein loser Faden. Sie hat Angst. Sie ist feige. Ich denke daran, wie sie vorhin mit Arons Land Rover abhauen wollte, nachdem sie mitbekommen haben musste, wie ich Herrn van Hoven mit der Schaufel niedergestreckt hatte. Sie hätte ihren Mann einfach daliegen lassen. Sie hatte nicht mal nachgesehen, ob er wirklich tot war oder noch lebte.

»Oh, der Teil meiner Geschichte ist dir also neu«, stelle ich fest. »Dir war nicht klar, dass ich sieben Jahre lang im Gefängnis saß für eine Tat, die ich möglicherweise gar nicht begangen habe. Und nun soll ich für eine weitere, mit der ich nichts zu tun hatte, sterben.«

Laura zittert stärker, ihr Gesicht ist blass.

»Was war mit dem Schuss, den ich heute Nachmittag gehört habe?«, setze ich an. »Wolltet ihr mir nur Angst machen, oder habt ihr um die Waffe gekämpft, weil ihr euch uneinig wart?«

Wieder schweigt und zittert sie nur.

»Vielleicht wolltest du ja wirklich die Polizei anrufen, als du dir, während er mit mir getanzt hat, sein Handy geschnappt hast.« Ich beuge mich ein Stück weit über den Tisch. »Es ist falsch, was hier passiert. Das weißt du.«

Endlich öffnet sie den Mund.

»Alles, was du getan hast, was dich hergeführt hat, ist freiwillig geschehen.«

»Aber sterben werde ich nicht freiwillig, da kannst du dir sicher sein. Daran sollst du dich immer erinnern. Vor allem dann, wenn du besonders glücklich bist. Wenn du in deinem schönen, teuren Haus sitzt und deiner kleinen Tochter beim Spielen zusiehst. Wenn ihr in den Urlaub fahrt und euch all die Orte anseht, die ich niemals sehen werde. Bei jedem leckeren Essen und jedem Glas Wein ...«

»Sei still.«

»So funktioniert Schuld, Laura.«

»Du sollst still sein!«

»Du wirst sie in dir tragen wie eine unheilbare Krankheit, wie ein Geschwür, das in dir wuchert, bis es dich eines Tages komplett zerfressen hat.«

Einen Moment lang sieht sie aus, als wolle sie sich auf mich stürzen, doch der Moment vergeht, und zurück bleibt Laura, deren Schultern erschlaffen, die in ihrem Stuhl hängt, als hätte man auf sie eingeprügelt.

Die Haustür. Herr van Hoven ist wieder da. Ich höre ihn keuchen.

»Du wirst mich nie vergessen«, flüstere ich Laura zu.

»Gero!« Sie springt so abrupt auf, dass ihr Stuhl nach hinten zu kippen droht. Gerade noch rechtzeitig fasst sie an der Lehne nach. Aus dem Flur ist ein dumpfes Geräusch zu vernehmen, wahrscheinlich der tote Körper von Aron Bruckstätt, den Herr van Hoven in diesem Moment grob auf dem Boden ablegt.

»Für den Rest deines Lebens wirst du an mich denken.«

»Was ist?« Herr van Hoven steht in der Küchentür.

»Laura ist sich nicht mehr sicher, ob Ihr Plan wirklich so gut ist«, übersetze ich, bevor sie selbst etwas sagen kann. Herr van Hoven sieht irritiert aus. Ich muss lächeln beim Anblick der Wunde an seiner Schläfe. Die ich verursacht habe. Es irritiert ihn umso mehr, ich kann es sehen. Sein Blick zuckt, seine Hand fasst unbewusst nach der Stelle, kurz verzerrt sich sein Gesicht, als der Schmerz unter der Berührung aufflammt.

»Mach es uns allen doch nicht noch schwerer, Nadja«, fällt ihm schließlich ein. »Es ist bald vorbei.« Damit will er die Küche wieder verlassen.

»Gero!« Laura mit aufgerissenen Augen. Ich gehe davon aus, dass sie ihn bitten will, sie nicht mit mir allein zu lassen, nur möchte sie das in meiner Gegenwart offenbar nicht laut formulieren.

»Setz dich wieder hin, Laura.« Er klingt genervt. »Ich muss ihn jetzt ins Badezimmer bringen und dort alles vorbereiten. Wir haben nicht mehr viel Zeit«, sagt er im Gehen.

Bis ich sterben soll, füge ich in Gedanken hinzu.

Juli 2019
(gestern Morgen)

Laura van Hoven war müde. Ihr Kopf dröhnte, jede Ader pochte. Es war sechs Uhr morgens. Sie stand geduscht und im Jogginganzug an der Spüle in ihrer Küche, hielt das Messer unter den Wasserstrahl und versuchte nicht hinzusehen, als im Abfluss rote Schlieren tanzten. Gero war gerade aufgebrochen, um nach Magdeburg zurückzufahren, was unumgänglich war, wenn sie den Anschein von Normalität wahren wollten.

Letzte Nacht.

»Bis dass der Tod uns scheidet«, hatte sie ihren Hochzeitsschwur wiederholt, bevor sie im Durchgang zur Küche das Messer fallengelassen hatte und zusammengebrochen war. Gero warf den Löffel, mit dem er gerade das Kaffeepulver in die Maschine geschöpft hatte, auf die Arbeitsplatte und stürzte ihr entgegen. Er packte sie unter den Achseln, zerrte ihren schwachen Körper in seine Arme und bedeckte ihren Scheitel mit Küssen. So saßen sie da, auf dem Boden, aneinandergeklammert, weinend, und so grausam und endgültig der Moment Laura auch vorkam, so wollte sie dennoch nicht, dass er verging. Schließlich war es Gero, der ihm ein Ende setzte, als er sagte: »Wir müssen jetzt nachdenken.«

Wie ein eingesperrter Tiger im Käfig hatte er daraufhin

das Haus durchstreift, ein Anblick, der ihr auf andere Art und Weise genauso zu schaffen machte wie der des toten Klumpen Fleischs auf dem Wohnzimmerboden, der tote Klumpen, der einmal ihr Liebhaber gewesen war. Sie hätte sich gerne an Geros Überlegungen beteiligt, aber sie wusste, es hätte keinen Sinn. Er musste die Lösung finden. Er wäre derjenige, der die Entscheidungen treffen und die Dinge wieder gerade zurren würde, so wie immer. *Wie früher.* Das war schließlich überhaupt erst der Grund gewesen, dass sie sich in ihn verliebt hatte. Sie war die Tochter einer alleinerziehenden Mutter gewesen, ihre Eltern hatten sich früh scheiden lassen. Während ihr Vater mit seiner zweiten Frau und ihren neuen Halbgeschwistern nur noch eine halbherzige Statistenrolle belegte, hatte alles andere auf den Schultern ihrer Mutter gelastet. Sie war diejenige gewesen, die als Krankenschwester Überstunden machte, um die Miete bezahlen zu können, gleichzeitig den Haushalt erledigte, Laura bei den Schulaufgaben half, ihr vorlas und Zöpfe flocht. Eine gute, aufopferungsvolle Mutter, die sie nachts oft weinen hörte, weil es einfach zu viel war, um es alleine zu stemmen. Schon früh war Laura klargewesen, dass sie so ein Leben nicht wollte. Sie wollte einen Mann, auf den sie sich verlassen konnte, der ihr abnahm, wozu ihre eigene Kraft nicht ausreichte, der sich um sie kümmerte. Einen Mann wie Gero. Wie hatte sie all das bloß vergessen und so leichtfertig aufs Spiel setzen können? Laura marterte sich, während sie ihn dabei beobachtete, wie er im Nachdenken versunken das Wohnzimmer durchschritt. Sie hörte ihn sprechen. Darüber, dass das Risiko, die Polizei zu rufen und auf einen tragischen Unfall zu plädieren, zu groß sei. Selbst wenn – und natürlich würde er das tun – er sie verteidige, würde die ganze Angelegenheit immer noch auf Totschlag und somit auf mindestens fünf Jahre hinauslaufen, bestenfalls.

»Du könntest mich doch gar nicht verteidigen wegen Befangenheit«, wand Laura ein.

»Doch, doch«, sagte er und nickte. »Das wäre schon zulässig. Es ist vielleicht nicht in jedem Fall empfehlenswert, weil aufgrund der persönlichen Emotionen oftmals die Objektivität leidet. Auf der anderen Seite bin ich Anwalt und damit sowieso parteiisch, was meine Mandanten betrifft, ob ich nun mit ihnen verwandt bin oder nicht. Ein Problem würde sich nur stellen, wenn ich der zuständige Richter wäre und über meine eigene Frau urteilen sollte. Dann könnte man mich wegen Befangenheit von dem Verfahren ausschließen.« Er seufzte. »Das ist also nicht unser Problem, Laura. Unser Problem sind die mindestens fünf Jahre.«

»Nein«, sagte sie nur. Vivi konnte nicht fünf Jahre lang auf sie verzichten, und sowieso: Gefängnis. Laura in einem Gefängnis, Laura weggeschlossen in einen dieser elendigen Betonklötze. Dort würde sie eingehen wie ein Pflänzchen bei falscher Pflege. Sie war nicht so robust, nicht wie ein Löwenzahn, der unbeeindruckt jeden Untergrund durchstieß, den man herausreißen konnte, sooft man wollte, und der trotzdem die kleinste Ritze nutzte, um kurz darauf wieder ans Licht zu drängen. Laura war eine Orchidee. Fein, empfindlich, anspruchsvoll, pflegebedürftig.

»Ich kann nicht ins Gefängnis.«

»Das weiß ich doch«, entgegnete Gero und rieb sich die Stirn. »Und das musst du auch nicht.«

Als Nächstes wälzte er die Idee, Arons Leiche verschwinden zu lassen – das aber auch nur kurz, denn er wusste: »Fünfundneunzig Prozent aller Leichen tauchen irgendwo, irgendwann wieder auf.« Und so genau und treffsicher die heutige Spurenanalyse sei, würde auch diese Variante mit großer Wahrscheinlichkeit ebendort wieder enden: im Gefängnis – für sie beide, denn nun wäre er ein Mittäter, und Vivi hätte gar keine Eltern mehr.

»Nein«, heulte Laura. »Auf keinen Fall. Kein Gefängnis.«

»Ich sagte doch, du gehst nicht ins Gefängnis.« Er klang unwirsch; sie versuchte, es ihm nicht übel zu nehmen. Nur ihretwegen war er in dieser Lage.

»Es tut mir so leid.« Sie nahm die Hände vors Gesicht. »Es tut mir so leid.«

»Hör auf.«

Sie konnte nicht. Sie weinte und schrie. Sie könne nicht ins Gefängnis, dort gehöre sie nicht hin. Sie sei doch ein ganz normaler Mensch, eine Mutter, eine Ehefrau. Noch nie in ihrem Leben habe sie etwas angestellt, als Kind nicht mal ein Bonbon geklaut oder sich als Erwachsene einen Strafzettel eingefangen. Sie sei nicht wie die richtigen Mörder, die Verrückten dieser Welt, die Gestörten, die Bösartigen, die Psychopathen, die Nadjas, die …

»Moment«, sagte Gero und hob die Hand als Zeichen, sie solle still sein.

Er dachte laut.

Ein Mord war geschehen und nicht rückgängig zu machen. Oder doch? Wie wäre es, wenn dieser Mord noch einmal geschähe, nur eben anders? Ein anderer Tathergang, eine andere Täterin. Eine, der man zweifellos ein solches Verbrechen zutraute. Eine, die ein solches Verbrechen schon einmal begangen hatte: eine Verrückte, eine Gestörte – eine Nadja. Was also, wenn nicht Laura Aron Bruckstätts Geliebte und Mörderin gewesen wäre, sondern Nadja?

»Wenn wir ihr einfach deine Rolle übertragen?«

Zuerst glaubte Laura, er mache einen Scherz. Keinen guten, natürlich nicht. Seine Fantasie ging mit ihm durch, wie das oft geschah, wenn Menschen vor lauter Verzweiflung aus dem Tritt gerieten. Doch Gero schien es ernst zu meinen.

»Arons Tod ist eine Tatsache«, sagte er. »An allem anderen könnten wir was drehen. Wer gehört deiner Meinung nach eher ins Gefängnis? Nadja oder du?« Laura erinnerte sich, wie Gero Nadja vor einigen Jahren mit Vivi auf dem Dach vorgefunden hatte. An den Schreck, den Vivis Verschwinden ihr eingejagt hatte. Für den Nadja verantwortlich gewesen war. Sie hatte im Nachhinein oft darüber nachgedacht, was hätte geschehen können, wenn Gero nicht rechtzeitig auf dem Dach erschienen wäre. Und sie hatte Nadja gehasst.

»Sie«, gab sie zu.

»Dieser Meinung bin ich auch«, sagte Gero und brachte den Plan ins Rollen. Wenn sie der Polizei einen anderen Tathergang liefern wollten, dann durfte Aron Bruckstätt schon mal nicht im Haus der van Hovens gestorben sein.

Arons Wohnung fiel als Tatort ebenfalls aus; das Unterfangen, seine Leiche unbemerkt in ein mehrgeschossiges Gebäude mit über zweihundert Bewohnern zu bringen, war aussichtslos.

»Das Haus!«, fiel Laura ein. »Das Haus im Spreewald!« Dorthin hatte Aron sie ein paarmal mitgenommen, zum letzten Mal vor zwei Wochen, als ihr Mann übers Wochenende mit Ludwig beim Jagen in Polen gewesen war.

»Sehr gut.« Gero klang wie ein Lehrer, der zu einer Schülerin sprach, die überraschend eine richtige Antwort gewusst hatte. In der Version, die er nun spann, hatte nicht Aron, sondern Laura das Haus geerbt.

»Nadja darf es nicht mit Aron in Verbindung bringen«, hatte er erklärt. »Sie darf auf keinen Fall misstrauisch werden …«

Fünf nach sechs. Laura drehte das Wasser an der Spüle ab. Den Edelstahlgriff des Messers rieb sie mit einem Blatt Küchenrolle kräftig ab. Die Klinge schüttelte sie trocken, anstatt sie zu polieren; es wäre gut, wenn die Kriminaltechnik später noch minimale Spuren von Arons Blut daran finden würde. Dann steckte sie das Messer zurück in seinen Schlitz im Holzblock. Sie würde dafür sorgen müssen, dass Nadjas Fingerabdrücke daran gelangten, und es später im Spreewaldhaus platzieren. Den Block mitsamt der anderen Messer würden sie verschwinden lassen, damit die Polizei bei ihren Nachforschungen später nicht feststellen würde, dass die Tatwaffe in Wirklichkeit aus dem Besitz der van Hovens stammte. Abermals sah sie auf die Uhr. Sobald die Geschäfte geöffnet hätten, würde sie in die Stadt fahren und im KaDeWe eine Perücke kaufen. »Mit Bargeld«, wie Gero ihr eingeschärft hatte.

Die Idee mit der Perücke war ihnen gekommen, nachdem sie festgestellt hatten, dass Laura, so geheim sie ihre Affäre auch zu halten versucht hatte, in den letzten Monaten mit Sicherheit das ein oder andere Mal in Arons Gegenwart gesehen worden war. Von der Klientel einer Truckerkneipe. Vom Servicepersonal eines Potsdamer Cafés, in dem sie sich einmal getroffen hatten. Von einem Fährmann im Spreewald, mit dem sie, erst vor ebenjenen zwei Wochen, eine romantische Kahnfahrt unternommen hatten, und wahrscheinlich noch von etlichen Leuten mehr, die ihr im ersten Moment gar nicht alle einfielen.

»Statt dir müssen sie Nadja gesehen haben«, sagte Gero. »Also müssen wir dafür sorgen, dass Nadja dir ähnlich sieht.« Aufgeregt stocherte er mit dem Zeigefinger in die Luft. »Du wirst auch noch ein Oberteil kaufen! Und zwar eins mit einem möglichst auffälligen Design!« Laura nickte verständig. Peacock-Effekt nannte man das in der Psychologie, angelehnt an die Feststellung, dass dem menschlichen Gehirn beim Anblick eines Pfaus einzig dessen Gefieder in Erinnerung bleibe. Genauso mussten sie Nadja mit auffälligen Merkmalen ausstatten, damit niemand mehr auf Bedeutungslosigkeiten wie das Gesicht oder die Körpergröße achtete. Wenn ihnen das gelänge, wäre es egal, dass Laura kleiner war, ihre Nase etwas schmaler oder sie höhere Wangenknochen besaß als Nadja. Die Leute, mögliche Zeugen, konzentrierten sich ausschließlich auf die Frisur und das auffällige Oberteil.

Anschließend – »Und jetzt hör ganz genau zu!« – würde

Laura das neue Oberteil anziehen und mit dem Land Rover zu Arons Wohnung am Potsdamer Platz fahren. Die Schlüssel hätte sie aus seiner Jackentasche. Sie würde gründlich die Wohnung putzen, sämtliche Spuren, die sie in den letzten Monaten hinterlassen hatte, beseitigen und ein paar von seinen persönlichen Sachen einpacken.

»Und mach dir keine Sorgen, falls du einem der anderen Hausbewohner begegnest. Im Gegenteil, denk immer daran: Sie werden Nadja sehen und nicht dich. Je mehr Zeugen, desto besser.«

Die Uhr in der Küche zeigte inzwischen zehn nach sechs; ihr Ticken war zu laut, zu laut. Laura presste sich die Handflächen gegen die Schläfen.

»Hilfe«, drang es aus dem Wohnzimmer, Arons Stimme, die nicht real war, die es nur in ihrem Kopf gab. »Laura, hilf mir!«

Es ging nicht, unmöglich. Sie schaffte das nicht. Sie hielt es nicht aus, allein im Haus mit seinem toten Körper.

»Können wir ihn wenigstens in die Garage bringen?«, hatte sie letzte Nacht mitten in Geros Ausführungen hinein gefragt, als sie merkte, dass es ihr immer schwerer fiel, seinem komplizierten Plan zu folgen. Er hatte entschieden verneint. Alles – der tote Körper, das Blut – müsse genauso bleiben, wie es war. Genauso müsse Nadja es später vorfinden – nur so wirke es echt.

Es war echt, verdammt! Laura schlug sich selbst gegen den Kopf. Sie musste klar bleiben, sich den Plan und vor allem das Ziel vor Augen halten. Vivi.

Vivivivivivivivi.

Sie atmete tief. Sie würde also, bekleidet mit dem neuen T-Shirt, zu Arons Wohnung fahren, dort putzen und einige seiner Sachen zusammenpacken. Danach würde sie sich wieder umziehen und weiter zur Kanzlei fahren, um ihr Spiel vor Nadja abzuziehen. Sie hatten sich seit Jahren nicht mehr gesehen, seit dem Vorfall mit Vivi hatte Laura sie gemieden. Sie konnte nur hoffen, dass sie Nadja richtig einschätzte, sie immer noch so einsam und bemitleidenswert war und alles tun würde, um wieder Lauras Freundin sein zu dürfen. Denn egal, wie sie es letztlich anstellte: Sie musste, musste, musste Nadja unbedingt in das Haus im Spreewald locken.

»Aber ist es denn wirklich so wichtig, dass sie von Aron und seinem Tod weiß? Ich könnte sie zur Reaktivierung unserer Freundschaft doch auch so zu einem Mädelswochenende im Spreewald einladen, und wir würden die Leiche einfach heimlich dorthin schaffen.«

»Nein«, bestimmte Gero. »Sie ist erbärmlich, aber nicht dumm. Warum sollte dir nach all den Jahren plötzlich einfallen, dass du dich mit ihr versöhnen willst? Du musst so nah wie möglich an der Wahrheit bleiben, nur so wird es funktionieren. Ihr braucht eine gemeinsame Mission – die Leiche – und einen gemeinsamen Feind – mich. Gib ihr das Gefühl, mitzuentscheiden, und denk daran, sie hat zwei wunde Punkte: den Tod und ihre Selbstzweifel. Versuch, ihre eigene Geschichte zu spiegeln. Je stärker sie sich an sich selbst erinnert fühlt, desto mehr wird sie bereit sein, für dich zu tun.«

Laura hatte Gero angesehen und wieder zu weinen begonnen. All diese Details, dieses imaginäre Drehbuch, das er innerhalb kürzester Zeit verfasst hatte und das nun darüber entscheiden sollte, wie ihr weiteres Leben verlaufen würde. Sie war zur Toilette gerannt und hatte sich übergeben. Er war ihr gefolgt, hatte sich neben sie gekniet, ihr die Haare aus dem Gesicht gehalten.

»Hey. Wir tun das für unsere Familie, okay? Wir tun es für unsere Tochter und für unsere Ehe. Bis dass der Tod uns scheidet. Vergiss das nicht.«

Sie hatte genickt und weitergewürgt, an ihrer Tat, ihrer Angst, dem Plan und der Frage, was geschehen würde, wenn etwas schiefginge. Irgendein nicht bedachtes Detail, das ihnen das Genick brechen würde. Was, wenn Nadja früher Feierabend machte und gar nicht mehr in der Kanzlei anzutreffen wäre? Was, wenn irgendein anderer Mitarbeiter etwas von Lauras Besuch mitbekäme? Was, wenn Laura in einem bedeutenden Moment aus ihrer Rolle fiele und einfach zusammenbräche?

»Es wird gutgehen«, hatte Gero gesagt und dabei geklungen wie ein Hypnotiseur, »solange du dir nur immer wieder vor Augen hältst, wofür du es tust.«

Nadja, überlegte er weiter, musste die kommende Nacht bei ihnen im Haus verbringen, zum einen, damit sie unter Kontrolle wäre und keine Chance hätte, einen Rückzieher zu machen, zum anderen, damit Gero nachts heimlich ihre Hausschlüssel aus ihrer Handtasche entwenden, zu ihrer Wohnung in der Marchlewskistraße fahren und dort das rote Kleid sowie Arons persönliche Sachen deponieren konnte.

»Und am nächsten Morgen drehst du ihr die Perücke und das Oberteil an, und dann geht es in den Spreewald.«

»Und wie werden wir es da machen?«

»Konzentrier dich auf den ersten Teil des Plans. Alles Weitere erkläre ich dir noch. Und: keine Sorge, okay? Ich habe alles im Griff«, hatte er geantwortet und gelächelt.

Viertel nach sechs. Laura glitt mit dem Rücken an der Spüle hinab. Ihr Magen krampfte erneut. Der Schmerz kam in Schüben, fühlte sich an wie Stiche. *Messerstiche.* Was hatte sie getan? Sie hatte ein letztes, entscheidendes Mal auf Aron eingestochen, um Gero ihre Liebe zu beweisen. Sie stellte sich vor, zum Telefon zu gehen, die Polizei anzurufen, zu gestehen. Es war noch nicht zu spät. Es lag an ihr, diesen Alptraum zu beenden, bevor er seine kalten, schwarzen Krallen vollends ausstreckte und sie alle in die Tiefe riss.

Es wird gutgehen, solange du dir nur immer wieder vor Augen hältst, wofür du es tust.

Laura wollte ins Leere nicken, doch die Bewegung gelang ihr nicht, ihr Hals war steif, alles an ihr wie erstarrt. Er habe alles im Griff, hatte Gero gesagt. Aus irgendeinem Grund, den sie selbst nicht benennen konnte, fand sie den Gedanken inzwischen alles andere als beruhigend.

Nadja

Ich denke an Zabrew. An einen Sommertag. An einen Himmel, der vernebelt vom Stahlwerkstaub gelblich wirkt. Ich denke an Kindergelächter im Hof, an kleine Hände, die sich nach einem Einmachglas auf einem Fensterbrett strecken, und an flinke, nackte Füße, die um die nächste Ecke verschwinden. Ich denke an spitze Finger, die unter Gekicher nach den eingekochten Mirabellen fischen, während eine aufgebrachte Erwachsenenstimme durch den Hof schallt, das Verschwinden des Mirabellenglases beklagt und seine Diebe beschimpft. Ich denke daran, dass uns dort, wo wir sind, nichts erreicht. Kein Schmerz, kein Vorwurf, kein Geschrei. Wir haben unsere eigene kleine Welt und wir haben einander. Ich denke an Umarmungen, an Zusammenhalt, daran, wie wir uns Hand in Hand, mit einem Mirabellenglas und voller Entschlossenheit, auf den Weg zum Meer machen. Wir können bereits die Möwen hören und wir halten unsere Nasen in die Luft und wir riechen das Salz, und dabei ist es egal, dass wir gerade mal die Hauptstraße erreicht haben und man uns wenige Minuten später aufgreifen und zurück nach Hause bringen wird, denn das wissen wir ja noch nicht, nicht in diesem Moment. Ich denke noch weiter zurück, ganz zum Anfang. An das winzige glitschige Bündel in meinem Arm und an den ersten Blick seiner Augen, der weder Angst noch Scham in mir auslöst, nur Zuversicht. Ich denke an kleine Hände, die fest nach meinen greifen, an unsichere, zitternde Speckbeinchen und die ersten zaghaften Schrittversuche. Ich denke an krickelige bunte Liebesbeweise auf DIN-A4, eine Strichmännchen-Nadja und einen Strichmännchen-Janek, die zusammen über einen Strand laufen. Ich denke sogar an eine Frau, die selbstverloren durchs Wohnzimmer tanzt, und an zwei Kinder, die sich zu ihr gesellen; sie tanzen mit.

Und wenn ich nun all meine Erinnerungen sortiere wie Aschenputtel seine Erbsen und nur die betrachte, die im Töpfchen gelandet sind, dann weiß ich, dass mein Leben nicht durch und durch schlecht gewesen ist. Dass ich glücklich gewesen bin und doch mehr weiß als nur, wozu Menschen fähig sein können.

Ich weiß, was Liebe ist.

Und ich weiß, dass es Zeit ist, meinen Frieden zu machen. Ich habe es verdient zu leben.

Also atme ich noch einmal tief, beuge meinen Oberkörper über den Tisch und winke Laura näher.

Ihr wollt spielen? Ich spiele mit.

»Irgendjemandem muss ich es sagen, Laura«, sagt meine gedämpfte Stimme. »Ich muss es loswerden, bevor ich sterbe. Du sollst wissen, wer meine Mutter umgebracht hat.«

Und dann – tätige ich meinen Spielzug.

Mein Arm, der nach vorn schießt, meine Hand, die Lauras Kopf packt. Nur eine kleine, entschlossene Bewegung, mit Kraft und ohne Zögern. Nur ein kurzer Moment, genau wie damals, als ich meine Tablettendosis ignoriert hatte und mit dem Kopf auf die Platte meines Küchentischs gekracht war.

Dumpf schlägt Lauras Schädel auf, ich höre etwas knacken. Sie schreit nicht, sie gibt nur einen Laut von sich. Die Überraschung, der Schock, das viele Blut – für ein paar Sekunden ist sie wie gelähmt. Ich nutze die Gelegenheit, springe von meinem Platz auf, hechte hinter sie. Ich reiße ihren Kopf wieder nach oben und lege hinterrücks meinen Arm um ihren Hals, sodass er wie eingeschraubt zwischen meinem Bauch und meiner Ellenbeuge klemmt. Sie röchelt. Währenddessen wird im oberen Stock das Wasser abgedreht, gleich darauf sind Schritte auf der Treppe zu vernehmen. Ich atme stockend; die Aufregung. Es ist so weit, gleich.

Jetzt. Herr van Hoven betritt die Küche und weicht augenblicklich wieder zurück. Ich kann förmlich sehen, wie der Schreck ein Stakkato durch seinen Körper pumpt, seine Halsschlagader pocht. Seine Augen sind weit aufgerissen, sein Blick zuckt zwischen Laura und mir hin und her. Ich öffne den Mund, das vermeintliche Bauernopfer hat noch etwas zu sagen.

»Sie denken, dass es nicht schade ist um jemanden wie mich. Weil ich mit meiner Geschichte doch sowieso nichts wert bin. Niemand wird überrascht sein, nicht wahr? Ich bin einfach nur eine Mörderin, die einen weiteren Mord begangen hat. Und Sie sind aus dem Schneider.«

Herr van Hoven hat sich offenbar immer noch nicht gefangen. Der Anblick des blutigen Gesichts seiner Frau lässt ihn im Türrahmen taumeln.

»Bitte«, ringt er sich ab. Aus Lauras Nase tropft warmes Blut auf meinen angewinkelten Arm.

»Aber vielleicht haben Sie ja sogar recht, Herr van Hoven. Manches steckt wohl einfach in einem drin. Ich habe schon in der Schule die kräftigsten Jungs verprügelt, wenn sie es wagten, meine Familie zu beleidigen. Und nur weil ich es in den letzten zwanzig Jahren nicht mehr getan habe, heißt das nicht, dass ich nicht immer noch dazu fähig wäre. Zumindest mit Ihrer Frau kann ich es locker aufnehmen.«

»Bitte, Nadja, lass sie los.« Ganz langsam bewegt er sich in den Raum hinein. »Laura, bist du okay?« Unter meiner Umklammerung versucht sie ein klägliches Nicken.

»Hinsetzen.« Ich deute eine ruckartige Bewegung an. Der Stuhl scharrt, Herr van Hoven sitzt. Vorsichtig lasse ich von Lauras Hals ab, bleibe aber zur Sicherheit direkt hinter ihr stehen. Sie reißt sich die Hand vor die Nase und krächzt, als sie sie wieder zurücknimmt und das Blut erkennt. *Kein Mitleid*, mahne ich mich stumm. *Kein Mitleid, so wie sie auch keines mit mir haben.*

»Wo ist Ihre Waffe?«

»Im Wohnzimmer.«

»Gut.«

Herr van Hoven macht Anstalten, sich zu erheben.

»Sitzen bleiben.«

Er fängt an zu lachen. Es irritiert mich.

»Du glaubst doch nicht ernsthaft, dass du mich mit deiner kleinen Schwitzkastennummer auf Abstand halten kannst?« Er tut es tatsächlich: Er steht auf. »Das böse Mädchen vom Pausenhof. Wirklich süß.«

»Hinsetzen!« Meine Stimme überschlägt sich; reflexartig winde ich erneut meinen Arm um Lauras Hals. Sie greift danach, zerrt, bohrt ihre Fingernägel in mein Fleisch. Ich bleibe unnachgiebig. Doch diesmal sieht Herr van Hoven unbeeindruckt aus.

»Denk doch mal nach, Nadja. Alles, was du Laura anzutun gedenkst, wird den Mord an Aron Bruckstätt nur umso glaubhafter machen.«

Ich schwanke. Er hat recht, und dennoch kann ich nicht glauben, dass er seelenruhig dabei zusieht, wie ich Laura, für die er das alles inszeniert hat, Schmerzen zufüge. Sie keucht und röchelt unentwegt. Ihr Hals ist nach hinten überstreckt, ich sehe ihre weit aufgerissenen, angsterfüllten Augen.

Er tritt näher.

»Wie vor Gericht, Nadja: Man sollte wissen, wann man verloren hat.«

Ich reiße Laura von ihrem Stuhl nach oben, meinen Arm weiterhin um ihren Hals gelegt; sie ist mein Schutzschild.

»Bleiben Sie weg!«

Er denkt nicht daran. Er macht einen Satz auf uns zu, gleichzeitig stoße ich Laura von mir, sie fällt ihm entgegen, mitten in ihn hinein. Ich zögere nicht, ich stürze auf sie zu, verpasse ihnen einen weiteren Stoß, laufe, aus der Küche hinaus, in den Flur. Im Schloss steckt noch der Schlüssel, den er versäumt hat abzuziehen, nachdem er Aron Bruckstätts Leiche ins Haus geschleppt hatte. Ich muss mich entscheiden – die Waffe holen, die angeblich im Wohnzimmer liegt, oder nach draußen.

Ich entscheide mich.

Der Schlüsselbund klimpert wild, die Tür fliegt auf. Ich laufe, ich stolpere – die dunkle Nacht und der unebene Boden unter meinen Füßen, knackendes Geäst. Sie kommen mir hinterher, ich höre sie. Zuerst will ich über die Brücke zum Auto laufen, in der Hoffnung, Laura habe den Schlüssel in der Zündung stecken lassen. Doch sie scheint den gleichen Gedanken zu haben, ruft in diesem Moment: »Das Auto, Gero!«, also schlage ich einen Haken. Hinein in den Wald, hinein in absolute Schwärze.

Juli 2019
(heute Nachmittag)

»Was zum Teufel sollte das?«

Laura van Hoven drosch ihre Fäuste gegen die Brust ihres Mannes. Anfangs ließ er sie gewähren, doch als sie weitermachte, immer weitermachte und einfach nicht aufhörte, packte er ihre Handgelenke und hielt sie fest, bis ihre Bewegungen unter seiner Kraft müde wurden. Er hatte sie reingelegt. Er hatte sein eigenes Spiel gespielt und sie genauso zu seiner Spielfigur gemacht wie Nadja. Und sie hatte nichts gemerkt.

Zuerst war alles abgelaufen wie geplant. Pünktlich um acht Uhr morgens kam Staatsanwalt Fred Mertens und holte Gero für das gemeinsame Tennisspiel ab. Ursprünglich sollte Gero zu Alibizwecken den ganzen Tag mit Mertens verbringen und darauf warten, dass Laura ihn mit Nadjas Handy anrief. Es wäre der Anruf, den angeblich Nadja absetzte, um ihn um Hilfe zu bitten. Falls die Polizei später die Verbindungsdaten checkte, musste sein Telefon zur Zeit des Anrufs bei einem Handymast in Berlin eingeloggt sein. In ihrer Geschichte würde er anschließend in den Spreewald rasen, Nadja und das Geschehen vorfinden und die Polizei alarmieren. Dass er dabei war, wenn die Beamten anrückten, das war ebenfalls wichtig, unerlässlich sogar.

Auch um Lauras Alibi hatte er sich Gedanken gemacht. Sie sei mit Vivi bei seinen Eltern. Seitdem sein Vater im Rollstuhl saß, unterstützte Gero seine Eltern großzügig. Ohne ihn hätten sie ihr Haus längst aufgeben müssen; es würde reichen, sie daran zu erinnern, wenn er sie bäte, der Polizei gegebenenfalls zu bestätigen, dass Laura den Tag bei ihnen verbracht habe.

Laura sollte sich währenddessen mit Nadja beim Spreewaldhaus treffen. Im Kofferraum des Porsches hätte sie die Tatwaffe, die Putzutensilien vom Vortag und einige Reinigungsmittel dabei, die Gero in der Nacht zuvor aus Nadjas Wohnung mitgebracht hatte. Sie würde Nadja dazu bringen, das Grab zu schaufeln, den Spaten mit ihren Fingerabdrücken zu übersäen, überhaupt das ganze Haus mit ihren Fingerabdrücken zu übersäen.

Nur hatte sich Gero nicht an den Plan gehalten. Wie abzusehen gewesen war, hatte Laura das vermeintliche Haus ihrer Großmutter lange vor Nadja erreicht. Und sie war ahnungslos gewesen, als sie es betrat. Gero jedoch hatte das Tennisspiel mit Mertens abgebrochen und sich mit Lauras Mini ebenfalls auf den Weg in den Spreewald gemacht. Er war zuerst da gewesen. Er hatte in der Küche gesessen und »Hallo, Laura« gesagt. Ihr war sofort klar gewesen, dass die Tatsache, dass er, ohne sie einzuweihen, den Plan geändert hatte, nichts Gutes bedeuten konnte. Sie sah seinen selbstzufriedenen Blick und die raubtierhaft gebleckten Zähne und wusste nur eins: weg. Weg von hier, aber schnell. Sie versuchte zu fliehen, doch er überwältigte sie.

»Jetzt spielen wir«, hatte er gesagt, während seine Hand über ihrem schreienden Mund lag. Er hatte sie in das zweite Schlafzimmer geschafft, sie gezwungen, ihre Kleidung abzulegen und das blutverschmierte Nachthemd anzuziehen. Anschließend hatte er sie gefesselt und geknebelt, sie im Zimmer eingesperrt und erst zur Gerichtsverhandlung wieder abgeholt.

»Warum hast du das getan?«, wollte sie jetzt schreien, doch schon wieder lag seine Hand auf ihrem Mund.

»Sei leise, verdammt. Sonst hört sie uns.«

Sie: Nadja. Nadja, die, nachdem sich Gero wegen des Handys auf Laura gestürzt hatte, in der Küche des Spreewaldhauses zusammengebrochen war. Nadja, die er gerade nach oben ins Schlafzimmer gebracht und dort eingesperrt hatte, zum zweiten Mal an diesem Tag.

Laura nickte heftig zum Zeichen, dass er seine Hand von ihrem Mund nehmen sollte. Er tat es.

»Was sollte der Scheiß mit der Verhandlung?«, zischte sie. »Du hast mir eine Todesangst eingejagt!«

Er machte eine zuckende Kopfbewegung, lächelte.

»Das war der Preis, den ich für meine Hilfe festgelegt habe, Laura. Mein Anwaltshonorar dafür, dass ich dir das Gefängnis erspare. Ich wollte die Wahrheit erfahren. Ich wollte wissen, wie es angefangen hat mit dir und Aron Bruckstätt.«

»Du hättest mich doch einfach danach fragen können, gestern, heute, morgen, irgendwann.« Sie gestikulierte wild. »Jetzt hast du kein Alibi!«

»Irgendwas wird mir schon einfallen. Du siehst doch, mir fällt immer etwas ein.«

Zum Beispiel, den Plan zu ändern und ihr eine Riesenangst einzujagen. Laura fröstelte.

»Es ist dein Ego, nicht wahr? Es hat dir keine Ruhe gelassen, dass ich dich mit Aron betrogen habe. Du wolltest mich quälen.«

»Alles im Leben hat seine Konsequenzen.«

»Dann auch noch die Nummer mit dem Tanz zu ›Somethin' Stupid‹! Ich dachte ernsthaft, du wärst verrückt geworden.«

Er grinste.

»Du wolltest wirklich die Polizei rufen, als du dir mein Handy vom Tisch geschnappt hast?«

Sie bebte. Begann stockend: »Gero … vielleicht sollten wir es abbrechen. Diese ganze Sache ist doch offenbar völlig aus dem Ruder gelaufen.«

»Wieso? Es war doch sehr authentisch, wie ich mich auf dich gestürzt und dir das Handy abgerungen habe. Nadja hat große Angst um dich gehabt. Jetzt wird sie alles tun, was ich von ihr verlange.« *Es war nicht nur authentisch*, berichtigte Laura stumm. *Es war echt.* Wie er sich vor ihr aufgebaut und so fremd und unberechenbar gewirkt hatte. Wie er nach dem Handy gegriffen, ihr dabei das Handgelenk verdreht und sie schließlich zu Boden gerissen hatte. Gleich würde er zutreten, hatte Laura gedacht, sich schützend zusammengekrümmt und ihr Gesicht mit den Händen abgeschirmt. Letztlich grundlos, doch das machte in diesem Moment keinen Unterschied. Sie legte sich eine zitternde Hand aufs Brustbein.

»Und ich hatte Angst vor *dir*.«

Gero sah ungerührt aus. »Vielleicht ist das ja gar nicht so schlecht, mein Schatz. So wirst du es dir beim nächsten Mal zweimal überlegen, ob du mich wirklich betrügen willst.«

»Du weißt, was ich getan habe, um dir meine Liebe zu beweisen.« Sie schüttelte ungläubig den Kopf. Aron. Er hätte jetzt als Schwerverletzter nach einem eskalierten Streit auf der Intensivstation liegen können. Stattdessen lag er im Kofferraum seines Wagens, tot. Für Gero.

»Und ich beweise dir meine, indem ich tue, was ich hier tue.«

»Bitte, Gero.« Sie drängte sich an ihn, schlang die Arme um seine Hüfte. Spürte etwas, hinten in seinem Hosenbund. Sie wusste, was es war, schon bevor ihre Hand danach griff und es herauszog. »Du hast die Waffe mitgebracht?« Sie wich zurück. Die .22er zitterte.

»Gib sie mir, Laura.« Gero wollte sie ihr abnehmen.

»Wieso hast du die Waffe mitgebracht?«

»Nur zur Sicherheit. Gib sie mir jetzt, bitte.«

Er trat auf sie zu. Sie wich weiter zurück.

»Willst du uns beide erschießen? Nadja und mich? Ist das der neue Plan?«

»Blödsinn. Gib mir die Waffe, bevor noch etwas passiert.«

Seine Finger klimperten in der Luft. Laura richtete die Pistole auf ihn. Sie wollte sich nicht vorstellen, wozu er fähig wäre, wenn er auch nur ahnte, warum es wirklich zwischen ihr und Aron zum Streit gekommen war. Dass nicht sie, sondern er Schluss machen wollte. Weil sie nie mehr für ihn gewesen war als seine *kleine Hure*. Ein Spielzeug auf Zeit.

»Nein. Wir beenden das jetzt. Wir rufen die Polizei und sagen ihnen, was geschehen ist.«

»Dann gehst du ins Gefängnis.«

»Dann ist es eben so. Sieh uns doch an, Gero. Was ist mit uns passiert? Was tun wir hier?«

»Wir retten unser Leben«, dann eine Handbewegung, die sie nicht hatte kommen sehen. Der Schuss ging los, ging ins Holz des Spülschranks. Laura ließ die Waffe fallen, hielt sich die Ohren zu, sank auf den Küchenfußboden. Gero schnappte sich die Waffe.

»Ich liebe dich, Laura. Und weil das so ist, wirst du tun, was ich dir sage. Wir haben es fast geschafft, wir sind fast am Ziel. Und jetzt reiß dich verdammt noch mal zusammen.«

Sie blickte zu ihm auf. Weinte, wieder.

»Ich kann das nicht.«

Er half ihr vom Boden auf.

»Doch, du kannst. Du wirst jetzt nach oben gehen, dich umziehen und einfach warten. Ich sehe nach Nadja.« Er strich ihr über die nackten Arme. »Alles wird gut.«

»Versprichst du mir, dass du die Waffe nicht benutzen wirst?« Er nickte. Erinnerte sie daran, dass er noch nie ein Versprechen gebrochen hatte, und an das wichtigste Versprechen von allen, das er ihr vor fünf Jahren gegeben hatte: »In guten wie in schlechten Zeiten.« Bis dass der Tod sie scheide.

Nadja

Im Wald ist die Nacht konturlos, ich kann nicht mehr rennen, mich nur noch schrittweise und mit nach vorne gestreckten Armen bewegen. Es ist, als hätte man mir eine Augenbinde umgelegt und mich ein paarmal um die eigene Achse gedreht. Ich taste mich zwischen Hindernissen hindurch, von Baumstamm zu Baumstamm. Unter meinen Füßen bricht Geäst, rascheln Blätter; in meinen Ohren rauscht mein Blut wie Wasser bei einem Sturzgefälle. Ich unterdrücke einen Schrei, als ich danebentrete und eine Böschung hinabrutsche, die in einen Kanal mündet. Das Wasser ist beißend kalt und frisst sich innerhalb von Sekunden bis auf Kniehöhe durch den Stoff meiner Jeans. Ich fasse unbestimmt ins Schwarz, nach Halt, erwische eine Baumwurzel, ziehe mich daran nach oben, zurück an Land.

»Dahinten!«, höre ich Herrn van Hoven, und im nächsten Moment lauter: »Nadja! Sieh es doch ein! Du kommst nicht raus aus dem Wald!« Ein weißer Lichtpunkt tanzt – das Licht einer Taschenlampe oder eines Handys. Ich nutze die Gelegenheit, mich zu orientieren, erkenne die Schemen der umliegenden Bäume, bewege mich auf allen Vieren weiter.

»Ich bin Jäger, Nadja!«

Ein Jäger, der eine Waffe hat. Der sich problemlos zurechtfindet, selbst im dunkelsten Wald. Ein Jäger, der der Fährte seiner Beute folgt. Mir folgt. Irgendwo schreit ein Käuzchen und weckt damit den Grünspecht, der im nächsten Moment zur Antwort keckernd lacht.

»Nadja!« Laura, gellend.

Ich richte mich auf. Das Knacken unter meinen Händen und Knien ist zu laut. Ich verharre stehend, überlege, ins Wasser zu steigen, wo nichts raschelt, nichts bricht.

»Nadja, bitte! Wir wollen doch nur reden!«

Lauras Stimme und der tanzende Lichtpunkt entfernen sich. Ich atme auf. Ich muss es durch den Wald schaffen, bis zum nächsten Haus. Ich sehe mich mit den Fäusten gegen eine Tür hämmern, um Hilfe flehen. Ich sehe blinkendes Blaulicht und wie man Laura und Herrn van Hoven in Handschellen abführt und spüre ein kurzes, erschöpftes Lächeln über meine Lippen zucken. Ich muss es nur durch den Wald schaffen. Plötzlich – ein neuerliches Knacken, direkt hinter mir. Ich fahre herum, gleichzeitig blitzt Licht auf, blendet mich. Ich reiße mir die Hand vor die Augen, schirme sie ab gegen das gleißende Licht, blinzele. Und erkenne die Silhouette des Jägers vor mir.

»Ich hab sie, Laura!«, ruft seine Stimme.

Ich wanke rückwärts, pralle gegen einen Baum.

»Lass es doch endlich gut sein, Nadja. Du merkst doch selbst, dass du nicht wegkommst von hier.«

Das Licht der Taschenlampe bringt meine Augen zum Tränen.

»Und Sie werden nicht durchkommen mit alldem«, krächze ich. »Selbst, wenn Sie sämtliche Spuren im Haus verteilt und die Leiche gewaschen haben, wird die Rechtsmedizin mit Sicherheit feststellen, dass der Todeszeitpunkt von Aron Bruckstätt um einiges weiter vorausliegt und sich nicht mit Ihrer Geschichte deckt.«

»Das heiße Wetter hat den natürlichen Prozess eben beschleunigt«, gibt er unbeeindruckt zurück.

Erneut knackt ein Ast, das Licht der Taschenlampe bewegt sich; er tritt näher. Abwehrend strecke ich die Hände nach vorne. Es ist das Ende, das weiß ich. Es ist der Moment, in dem das Schicksal mich Stimmen hören lässt. Die von Onkel Adwo, die sagt: *Du hattest deine zweite Chance, Nadja. Du hattest ein zweites Leben und hast es nicht genutzt.* Die von Tante Evelyn: *Alle wissen Bescheid, über deine wahre Natur, Nadja Kulka. Du bist das personifizierte Unglück.* Und schließlich Martas Stimme, die nichts sagt, die nur lacht. Es ist das Ende, das weiß ich – nur was ich nicht mit Bestimmtheit weiß, ist, wie es aussehen wird.

»Ich habe also die Leiche ins Bad gebracht und meine Spuren von ihr abgeduscht, ja? Und was tue ich laut Ihrer Geschichte als Nächstes?«

Herr van Hoven seufzt.

»Du bist wirklich hartnäckig, weißt du das? Na schön … Nachdem du die Leiche gereinigt hast, beginnst du, ein Grab auszuheben. Aber es ist zu anstrengend und dir wird klar, dass du es nicht schaffen wirst. Dir wird überhaupt klar, was du getan hast: Du hast einen Menschen umgebracht. Schon wieder. Voller Verzweiflung rufst du mich an und bittest mich, herzukommen.«

»Warum sollte ich das tun?«

»Weil ich Anwalt bin und einer der wenigen Menschen,

zu denen du Vertrauen hast.« Der immer gut zu mir gewesen ist. Der mich normal behandelt hat und mich Fotos von Vivi ansehen ließ.

Ich heule. Schlussfolgere. Es ist das Ende, und so sieht es aus: »Sie kommen, finden die Leiche, erschießen mich und behaupten danach, es sei Notwehr gewesen, weil ich Sie angegriffen habe. So sorgen Sie dafür, dass ich meine Version der Geschichte niemals werde erzählen können ...« Meine Beine knicken ein, ich sinke zu Boden.

Es tut mir so leid, Janek.

– Ich muss dir was sagen, Schatz. Ich bin das Mädchen mit dem schiefergrauen Inneren.
– So was Blödes. Ich kann auch in Leute reinsehen, und ich bin mir ganz sicher, dass du eine andere Farbe hast.
– Und welche?
– Mirabellengelb.
– Ach, Janek ...
– Doch, es ist so. Ich sehe es ganz genau. Du bist sehr gelb.
– Und du bist süß, mindestens genauso süß wie Tante Evelyns Mirabellen. Komm her, ich will dich drücken.

Leider hast du dich geirrt, Janek.

Und Marta hatte recht, mit allem. Ich bin, was ich bin. Und jetzt bin ich tot, vermutlich zu Recht.

Juli 2019
(heute Nacht)

Sie waren Nadja in den Wald gefolgt, nur haben sich ihre Wege irgendwann getrennt. Sie hat Gero, der sich in dieser Umgebung selbst bei Dunkelheit viel schneller und geschickter bewegt als sie, verloren und stolpert ziellos umher. Bis eben noch hat das Knacken eines Astes ihr ab und zu einen Hinweis auf seine Position gegeben, doch egal, in welche Richtung sie die Taschenlampe nun schwenkt, zeigt ihr der Lichtkegel bloß Nacht und schwarze Bäume. Und still ist es plötzlich, ungewöhnlich und bedrohlich still. Laura van Hoven weint. Alles ist schiefgelaufen, verdammt, verdammt noch mal schiefgelaufen, und hat diese fürchterliche Eigendynamik entwickelt; sie wünschte, sie könnte die Zeit zurückdrehen und hätte in der Nacht von Arons Tod einfach die Polizei und den Notarzt alarmiert. Schließlich gab es doch Paragrafen, die Handlungen im Affekt verteidigten, und vor allem gab es ungeschriebene Gesetze von Moral und Gewissen. Stattdessen hatten sie ihren Plan geschmiedet und eine Unschuldige vor das Schafott gestoßen.

»Und was machen wir mit ihr, wenn wir im Haus alles präpariert haben?«, hatte sie Gero in der Nacht zuvor flüsternd gefragt, während Nadja nebenan in ihrem Gästezimmer lag und ahnungslos schlief, und seine Antwort gefürchtet. Gero, der gerade dabei war, sich anzuziehen, um zu Nadjas Wohnung zu fahren und dort Arons persönliche Sachen und Lauras rotes Kleid zu platzieren, sah sie irritiert an.

»Was meinst du?«

Laura sagte nichts, blickte nur auf ihre Hände, die sie in ihrem Schoß knetete, während sie auf dem Ehebett saß, dem Bett, in dem sie und Aron sich keine vierundzwanzig Stunden zuvor noch geliebt hatten. Erst danach hatte er ihr gesagt, dass es das letzte Mal gewesen sei und er sich von ihr trennen wolle.

»Du denkst doch nicht, dass ich vorhabe, sie zu töten?« Gero legte seine Sweatjacke beiseite, ging vor dem Bett in die Hocke und ergriff ihre zitternden Hände. »Warum sollte sie sterben, Laura? Es reicht doch völlig, dass niemand ihr glauben wird. Im Gegenteil: So ist es doch sogar noch viel besser. Sie wird ihre absurde Geschichte erzählen über das, was sie im Spreewaldhaus angeblich erlebt hat.« Sein Mund zuckte ein mitleidiges Lächeln. »Ich sehe mich schon mit Fred Mertens bei einem gemeinsamen Drink sitzen, wie wir die Köpfe über sie schütteln und sehr bestürzt sind. Was für ein grausames System, das nach dem Mord an ihrer Mutter nicht erkannt hat, wie schlecht es wirklich um Nadja steht und ihr nicht rechtzeitig die Hilfe zukommen lassen konnte, die sie gebraucht hätte. Aber es wäre ja nicht das erste Mal, dass das System versagt hätte, nicht wahr?«

»Trotzdem muss die Polizei doch ihrer Aussage nachgehen«, wandte Laura ein. »Sie wird sie zu uns nach Hause schicken. Sie werden dieses – wie heißt es noch? – Luminol versprühen, mit ihrem Schwarzlicht herumwedeln und dabei die Spuren von Arons Blut in unserem Wohnzimmer finden.«

Gero schüttelte den Kopf.

»Wetten, dass nicht? Sie ist nicht mehr als eine Mörderin, die einen weiteren Mord begangen hat. Die sich überdies seit Jahren in therapeutischer Behandlung befindet. Nein, Laura, glaub mir. Es wird niemanden überraschen, was sie laut unserem Plan getan hat. Schon gar nicht, wenn man bedenkt, dass sie bereits nach dem Mord an ihrer Mutter versucht hat, sich mit der erfundenen Geschichte vom bösen, letzten Freier aus der Affäre zu ziehen. Erfolglos, wie wir alle wissen.« Erneut lächelte er und fasste ihre Hände noch etwas fester. »Vielleicht hat sie ja Glück und kommt statt ins Gefängnis diesmal direkt in eine Anstalt. Überleg mal: Vielleicht tut ihr das ja sogar gut. Sie hätte endlich Ruhe und müsste sich nicht mehr weiter quälen bei dem Versuch, ein normales Leben zu führen, was ihr doch ohnehin niemals gelingen wird.«

Laura hatte genickt und sich abermals eingeredet, es sei das Beste, für alle. Doch jetzt, als sie in dieser Nacht durch den Wald stolpert, mit dem Wissen, dass Gero schon einmal den Plan geändert, dieses grausame Gerichtsspiel inszeniert und zudem seine Waffe mit zum Spreewaldhaus gebracht hat, nach Nadjas Attacke, die ihr gezeigt hat, dass diese nicht bereit ist, sich einfach so opfern zu lassen, sieht Laura kein anderes Ende mehr als das: Gero wird Nadja töten, wenn er sie findet. Warum sonst hätte er die Pistole aus dem Wohnzimmer holen sollen, bevor er der flüchtenden Nadja hinterhergestürzt ist?

»Nadja!«, ruft sie unbestimmt ins Dunkel. »Wir wollen doch nur reden!« In Wirklichkeit sind ihre Worte als Erinnerung an Gero gerichtet: *Du hast mir versprochen, die Dinge ohne den Einsatz der Waffe zu klären. Nur reden, Gero*, beschwört sie ihn aus der Entfernung stumm. *Verhandle über ihr Schweigen, biete ihr Geld an. Lass sie nach Hause gehen.*

Ihr Magen krampft bei jedem Schritt. Diese Angst. Das mit Aron ist eine Sache gewesen, findet sie. Auf ihn einzustechen eine kopflose Affekthandlung. Ihm den letzten Messerstich zu verpassen eine Verzweiflungstat, um Gero nicht auch noch zu verlieren. Aber das hier, die Sache mit Nadja, ist etwas Vorsätzliches, Geplantes. Etwas durch und durch Heimtückisches. Und Laura ahnt, dass sie eine Grenze überschritten haben. Das ist auch der Grund gewesen, warum sie versuchte, mit Arons Land Rover abzuhauen, nachdem Nadja Gero draußen beim Grab mit der Schaufel niedergeschlagen hatte.

Tu doch nicht so, mischt sich ihr Gewissen ein. *Du wolltest weg, weil du Angst um dich selbst hattest. Angst, dass Nadja Gero mit der Schaufel getötet haben könnte und du die Nächste wärst. Was bist du nur für ein Mensch, Laura van Hoven?*

Beginnt es so? Das, was Nadja ihr vorhin am Küchentisch prophezeit hat? *So funktioniert Schuld, Laura. Du wirst sie in dir tragen wie eine unheilbare Krankheit, wie ein Geschwür, das in dir wuchert, bis es dich eines Tages komplett zerfressen hat.*

Laura schüttelt den Kopf, stolpert weiter.

Schließlich findet sie Nadja und Gero, während er ihr

gerade erklärt, dass ihr Tod niemals Bestandteil seines Plans gewesen sei. Stattdessen würde Nadja Gero nach dem Mord an Aron Bruckstätt anrufen und um Hilfe bitten. Er raste daraufhin in den Spreewald, überredete sie, die Polizei zu alarmieren und versicherte ihr, an ihrer Seite zu stehen. Die Beamten würden kommen und eine geistig völlig verwirrte Nadja festnehmen. Nein, sie müsse nicht sterben – er lacht –, es genüge allein ihre Unglaubwürdigkeit. Die Unglaubwürdigkeit einer verurteilten Mörderin. Im Licht ihrer Taschenlampe sieht Laura das zufriedene Gesicht ihres Mannes und Nadja, die zu Boden sinkt und weint. Vielleicht ist ihr gerade klar geworden, dass es sogar noch einfacher gewesen wäre, um ihr Leben zu kämpfen als um ihren Ruf. Sie hat keinen. Sie ist, was Gero sagt: eine Mörderin, der niemand glauben wird. Sie wird wieder ins Gefängnis gehen, und sie kann nichts dagegen tun. Nein, sie nicht.

»Das war's«, sagt Laura und hält Gero den Strahl der Taschenlampe direkt in die Augen.

»Ganz recht, das war's, Nadja«, stimmt Gero zu und macht eine Handbewegung, um Lauras Taschenlampe beiseitezuschieben. »Du kannst dir jetzt überlegen, ob du selbst die Polizei anrufen und deine Tat melden willst oder ob es dir lieber ist, wenn ich das für dich tue.«

»Nein, Gero.« Laura blendet ihn erneut. »Das war's für uns. Ich habe es dir schon einmal gesagt: Wir sind zu weit gegangen.«

»Und ich habe dir gesagt ...«

»Nein«, unterbricht sie ihn. »Du verstehst mich nicht. Ich will das nicht mehr. Ich werde Nadjas absurde Geschichte bestätigen, wenn ich muss.«

»Laura …«

Sie schüttelt energisch den Kopf, verlässt ihre Position neben Gero und setzt sich zu Nadja auf den Waldboden. Nadja zuckt zusammen, als Laura ihre Hand ergreift.

»Entweder, wir rufen die Polizei und sagen, was wirklich passiert ist, oder du wirst uns beide – Nadja und mich – jetzt und hier töten müssen.« Wie fest ihre Stimme klingt in einem Moment, in dem ihr alles andere unsicher erscheint. Es stimmt schon: Noch nie hat Gero ihr gegenüber ein Versprechen gebrochen, und er hat ihr versprochen, die Waffe nicht zu benutzen. Doch nun, als sein Gesicht von der Dunkelheit verschluckt liegt und sie nichts in seinen Zügen lesen kann, zweifelt sie.

Zeit verstreicht, zieht Fäden. Offenbar überlegt er. *Wir müssen weg*, denkt Laura nur. *Wir müssen weg, bevor er seine Entscheidung trifft.* Also reißt sie Nadja auf die Füße.

»Komm, los.«

Sie muss es noch einmal sagen, bevor Nadja klar zu werden scheint, dass Laura es ernst meint. Jetzt laufen sie. Sie laufen Hand in Hand und im Schein ihrer Taschenlampe zurück durch den Wald, wobei sie immer wieder die Köpfe über die Schultern wenden, in der Erwartung, Gero zu sehen, der ihnen nachstürmt, außer sich und voller Wut, dass Laura sich auf Nadjas Seite geschlagen und seinen Plan zunichtegemacht hat. Laura zieht an Nadjas Hand und presst alle paar Meter ein »Schneller!« hervor, bis sie schließlich rennen.

»Laura!« Tatsächlich. Anscheinend hat er etwas Zeit gebraucht, sich zu fangen – aber jetzt folgt er ihnen. Das Knacken der Äste unter seinen schnellen Schritten klingt wie Geschosse, Geschosse, die von überall her zu kommen scheinen, über ihre Köpfe hinwegsausen, ihre Rücken treffen. Sie rennen schneller. Gleich wäre es ein echtes Geschoss, das sie eine nach der anderen hinterrücks niederstrecken würde. *Nadja*, denkt Laura. *Nadja zuerst.* Er wird wollen, dass Laura sieht, wozu er fähig ist. Zuerst Nadja, dann sie.

»Laura!« Sein Gebrüll hallt durch den Wald, scheucht ein paar Vögel auf.

Sie strauchelt. Nadjas Griff um ihre Hand wird fester, doch sie stürzt, sie fällt. Und schreit. Nadja wirft sich auf sie, umfasst ihre Schultern. Laura stöhnt auf vor Schmerz. Sie hat sich geirrt. Sie ist die Erste gewesen. Kein kurzer Prozess, sondern ein quälender Streifschuss, um sie niederzustrecken und doch noch so weit am Leben zu lassen, dass sie mitbekommt, was er mit Nadja anstellt.

Ach, Gero … wie konnte das alles bloß geschehen? Was ist aus uns und dem wichtigsten Versprechen von allen geworden?

Sie blinzelt, erfasst, wie Nadja im nächsten Moment von hinten gepackt und aus ihrem Sichtfeld geschleudert wird. Gero fällt auf die Knie, zieht Lauras Oberkörper in seine Arme.

»Laura! Oh Gott, was hast du?«

Da erst wird ihr bewusst, dass es nicht seine Pistole gewesen ist, die sie verletzt hat. Dass sie vielmehr bloß über eine Baumwurzel gestolpert ist und sich, den Schmerzen nach zu urteilen, eine Rippe verletzt hat.

Sie weint. Sie weinen alle drei. Sind erschöpft, fast erleichtert und womöglich vereint im Gedanken, dass endlich alles vorbei ist. Ein gutes Ende genommen hat. Nur für einen Moment wollen sie unbedingt daran glauben, auch wenn Laura weiß – sie alle wissen –, dass der Moment absehbar ist. Denn nichts ist gut, nichts vorbei. In der Badewanne des Spreewaldhauses liegt immer noch die Leiche von Aron Bruckstätt.

»Helfen Sie mir mal bitte, Nadja«, hört Laura Gero sagen, während er seine Hände unter ihre Achseln schiebt und sie vorsichtig auf die Beine zu ziehen versucht. *Er siezt sie wieder*, fällt ihr auf. So wie früher, vor dem heutigen Tag, vor *alldem*. Und Nadja entspricht seiner Bitte, ist sofort zur Stelle und hilft ihm, die verletzte Laura durch den Wald zurück in Richtung des Hauses zu schleppen. Laura sieht Blitze auf ihrer Netzhaut explodieren, der Schmerz in der Rippengegend ist unerbittlich, sie keucht bei jedem Schritt. Ihr linker Arm ist um Nadjas Schulter gelegt, der rechte um Geros.

»Und was machen wir jetzt?«, fragt Nadjas zitternde Stimme. Geros Antwort bekommt Laura nicht mehr mit, der Schmerz macht sie ohnmächtig. Sie fühlt noch ihren Körper erschlaffen und dann nichts mehr.

Nadja

Laura liegt mit geschlossenen Lidern auf dem Sofa im Wohnzimmer des Spreewaldhauses. Reglos. Wie tot. Ich sitze zu ihren Füßen auf der Armlehne, kann meinen Blick nicht von ihr lassen und bin seltsam dankbar um jedes Mal, das sich ihr Brustkorb bewegt, sich hebt und wieder senkt in Abständen, die mir unerträglich lang vorkommen. Herr van Hoven steht, mir den Rücken zugewandt, vor dem Bücherregal, direkt vor dem Fach mit Aron Bruckstätts Fotoband. Der Raum ist wie erfüllt von einem kalten Vakuum, das keinen Ton zulässt und jegliches Gefühl verschluckt, und auch ich bin vollkommen leer, bis auf die Erleichterung, die mich stoßweise überkommt, wenn ich Laura atmen sehe.

Und was machen wir jetzt?, hatte ich Herrn van Hoven gefragt. Eine Antwort ist er mir schuldig geblieben. Ich sehe einen gebrochenen Mann mit schlaffen Schultern und gesenktem Blick. Jemanden, der seine gesamte Kraft aufgebracht hat, um ein kompliziertes Puzzle mit tausend Teilen zusammenzusetzen, und nun, kurz bevor er das letzte Teil legen konnte, habe ich – ausgerechnet ich, das Puzzleteil, das besser als kein anderes in sein Bild zu passen schien – das ganze Werk vom Tisch gefegt. Jetzt liegen sie da auf dem Boden, die tausend Teile, und alles ist umsonst gewesen.

»Herr van Hoven …«, setze ich an. Meine Stimme durchdringt das Vakuum nur leise und fast klingt sie, als schämte ich mich. *Wofür?*, fragt mein trotziger Verstand. *Dafür, dass du ihren Plan zunichtegemacht hast? Dass du dich geweigert hast, deinen Kopf für ihr Verbrechen hinzuhalten? Erstmals für dich selbst eingestanden bist? Du bist doch verrückt, Nadja Kulka. Verrückt und dumm.* Ich sollte vom Sofa aufstehen. Hoch erhobenen Hauptes und festen Schrittes dieses Haus verlassen. Mein Handy aus Aron Bruckstätts Auto holen, die Polizei und einen Krankenwagen für Laura rufen. Und doch tue ich nichts. Gar nichts. Ich sitze hier und rühre mich nicht. »Laura wird Schmerzen haben, wenn sie aufwacht.« Mehr fällt mir nicht ein.

Herr van Hoven dreht sich zu mir um. Nickt, als hätte er eine Entscheidung getroffen. Mir wird mulmig. »Ich habe noch eine letzte Aufgabe für Sie«, sagt er und hört sich dabei an wie an einem normalen Arbeitstag im Büro, wie der Mann, den ich kannte, über viele Jahre mein Chef. Und ich, ich frage nicht nach. Ich höre seinem Anliegen zu und sage am Ende: »In Ordnung«, so wie früher. Als wäre ich seine Assistentin, ein letztes Mal noch.

»Wirklich?« So sicher er gerade noch wirkte, so überrascht scheint er jetzt doch. »Nach allem …?« Den Rest spart er sich.

»Ja«, sage ich. *Nach allem* ist da jetzt plötzlich doch ein Gefühl, wenn ich ihn ansehe, mit dem fiebrigen Glanz in seinen Augen, mit der leicht zitternden Unterlippe und den Händen, die steif aussehen, als er sie vor seiner Brust knetet. Zuerst denke ich, dass es Mitleid ist. Aber ich irre mich. Ich kann kein Mitleid mit einem Menschen haben, der versucht hat, mein Leben zu zerstören. Es ist etwas anderes, vielleicht Schlimmeres. Es ist – Verbundenheit. Verständnis. So wie ich Laura verstand, dass sie alles getan hätte, um Vivi nicht zu verlieren, verstehe ich ihren Mann. Er wäre nicht der Erste, der versucht, jemand anderen für die eigenen Taten – oder die seiner Frau – zu opfern.

Laura kommt erst zu sich, als ich ihren Mini bereits in die Stadt hineinsteure. Den Großteil der Fahrt über musste ich mir immer wieder über das Gesicht wischen, irgendwie die Tränen bezwingen, die dafür sorgten, dass die Fahrbahn vor meinen Augen verschwamm.

»Was ist hier los?«, fragt sie erschrocken, nachdem sie sich kurz orientiert und begriffen hat, dass sie in ihrem Auto sitzt, mit mir am Steuer und ohne ihren Mann. Bevor ich antworten kann, schiebt sie einen schmerzerfüllten Laut hinterher.

»Tut's sehr weh?«, frage ich dümmlich.

Laura schüttelt heftig den Kopf.

»Sag mir, was hier los ist!« Der Versuch, mir ins Lenkrad zu greifen, scheitert an ihren Schmerzen. Zumindest denke ich das, denn sie zieht ihre Hand auf halber Distanz von selbst wieder zurück und ächzt erneut auf.

»Beruhig dich«, sage ich, als mir klar wird, dass sie vielleicht glaubt, wir hätten das Spiel wiederaufgenommen, mit der Wendung, dass ich sie gerade entführe oder irgendetwas anderes tue im Zuge eines Racheaktes. »Ich befolge nur die Anweisungen deines Mannes.«

»Was?«

Ich nicke.

»Was ist mit ihm? Was ist mit Gero?«

»Er ist im Spreewaldhaus geblieben. Er sagte …«

… Wissen Sie, Nadja, ich habe schon als Kind gewusst, dass – wäre ich jemals mit einer richtigen Familie gesegnet – ich alles in meiner Macht Stehende tun würde, um diese Familie zu beschützen. Ich wollte nie so sein wie mein Vater, und ich wollte nie eine Frau, die wie meine Mutter wäre – beide auf ihre Art so schmerzhaft unstet und ignorant. Stattdessen habe ich Laura bei unserer Hochzeit meinen Beistand in guten wie in schlechten Zeiten geschworen, und Vivi bei ihrer Geburt, dass ich ihr für den Rest meines Lebens der Vater sein würde, den ich mir selbst immer gewünscht hätte. Mit allem, was ich dazu tun müsste, und selbst wenn es mich mein eigenes Leben kosten würde …

»Nein! Nein, nein, nein, nein!« Laura wird panisch, beginnt, sich im Beifahrersitz zu winden, ich höre ihren Gurt schnappen.

»Laura«, sage ich. Meine Stimme wird getragen von einer sonderbaren Ruhe, die mein Inneres erfüllt. Ich frage mich, ob es wirklich sein kann, dass ich abgeschlossen habe, mit diesem Tag und allem davor. Doch ich ahne, dass das nicht sein kann. Dass ich wahrscheinlich einfach nur zu erschöpft bin für eklatante Ausbrüche. Oder es liegt an diesem Gefühl. *Verbundenheit.* Ich lenke den Mini an den Straßenrand und greife über Lauras bebende Brust nach dem Sicherheitsgurt, um sie wieder anzuschnallen. »Ich musste ihm versprechen, dass wir alles genauso machen würden, wie er es mir aufgetragen hat …«

… Ich bin Anwalt. Seit fast zwanzig Jahren besteht meine Existenz aus Reden. Ich rede mit Richtern und Staatsanwälten, ich rede Mandanten ins Gewissen, rede ihnen Dinge aus oder ein, rede die Dinge zurecht. Und auch die Versprechen, die ich meiner Familie gegeben habe, sind ja letztlich nichts als Worte. Sinnlose Worte, wenn man ihnen keine Taten folgen lässt. Die richtigen Taten. Aber dazu brauche ich Ihre Hilfe. Bringen Sie Laura nach Hause und wählen Sie den Notruf. Geben Sie sich als Laura aus und sagen Sie, Sie seien auf der Wohnzimmertreppe gestürzt und hätten sich dabei die Rippen verletzt. Es ist wichtig, dass Sie verschwunden sind, wenn der Krankenwagen eintrifft. Gehen Sie einfach heim und schlafen Sie sich aus …

Laura weint die stummen Tränen, die mir über den letzten Rest der Strecke ausgegangen sind. Herr van Hoven hat sich entschieden, im Spreewald zurückzubleiben. In Aron Bruckstätts Haus, mit seiner Leiche in der Badewanne. Vor dem Haus steht Bruckstätts Land Rover, irgendwo in der Nähe Herrn van Hovens Porsche. Es könnte aussehen, als hätte Herr van Hoven dem Liebhaber seiner Frau einen Besuch abgestattet. Einen Besuch mit Folgen.

Wir schweigen. Mutmaßen nicht, was er vorhat. Wissen nur eins: Diesmal opfert er keine Fremde, diesmal bringt er das größte Opfer, zu dem er fähig ist – sich selbst. Dennoch frage ich mich, was wohl zeitgleich im

Spreewald geschieht. Ob er die Polizei ruft. Ob die Polizei möglicherweise sogar zwei Leichen im Haus findet. Zwei Leichen und einen Abschiedsbrief mit einem falschen Geständnis. Aus dem Augenwinkel sehe ich Laura den Kopf schütteln und weiß, dass sie gerade dasselbe Szenario durchdenkt.

»Hat er sonst noch was gesagt?«, stößt sie nach einer Weile hervor.

Ich nicke schwach.

… Sagen Sie meiner Frau, dass ich ihr vergeben habe.

Laura schweigt jetzt. Nur ab und zu höre ich sie leise schluchzen. Ich erfülle meine Aufgabe und bringe sie nach Hause. Ich parke den Mini in der Garage, helfe Laura aus dem Wagen, helfe ihr ins Haus. Dann wähle ich den Notruf.

»Ich brauche Hilfe, ich bin gestürzt …« Ich gebe Lauras Namen an und die Adresse der van Hovens durch. Ich lege auf. Verlasse das Haus ohne Abschied, ohne letzten Blick. Wir waren einmal Freundinnen, in einem früheren Leben.

August 2019
(zwei Wochen später)

»Vivi …«

Laura van Hoven zieht Luft durch die geschlossenen Zähne, der Schmerz in der Rippengegend wirkt wie eine stetige Erinnerungsfunktion. In einer halben Stunde hat sie einen Termin zur Nachuntersuchung. Ihr behandelnder Arzt ist zufrieden mit dem Heilungsprozess, doch sie selbst spürt ihre Verletzung bei jeder Bewegung und nimmt weiterhin die Schmerztabletten, die man ihr nach der Nacht im Wald verschrieben hat. Noch dazu zieht Vivi an ihrer Hand, was das Stechen in der Rippengegend nur umso heftiger aufflackern lässt. Laura wechselt ihre Tochter an die andere Hand und bittet sie, etwas langsamer zu laufen, während sie auf dem Weg zur U-Bahn-Haltestelle sind. Vivi mag das typische Gedränge in der U-Bahn nicht, aber Autofahren ist Laura mit ihrer Verletzung immer noch nicht wieder möglich.

Es ist erst kurz vor acht an diesem Morgen, der sechzehnte Morgen nach der Nacht im Wald, der achtzehnte nach der Nacht, in der sie Aron Bruckstätt getötet hat. Manchmal fragt sie sich, ob es für immer so weitergehen und sie ihre restlichen Tage auf diese Art abzählen wird: der achtzehnte Morgen danach. Der dreiundzwanzigste. Der fünfhundertdreizehnte. Und gleichzeitig geht das Leben ja doch irgendwie weiter. Die Erde dreht sich unermüdlich, und immer wieder geht die Sonne auf. Laura weiß nicht, ob sich das tröstlich anfühlt oder wie blanker Hohn. Andererseits wird sie sich nie wieder fragen müssen, ob Gero wirklich der Richtige für sie war. Sie denkt zurück an eingeschlafene Tage in schlabberigen T-Shirts und bequemen Yogahosen, an die ewige Warterei, wenn er wieder mal zu spät Feierabend machte, an vertrösteten Urlaub und all die Dinge, die sie ab einem bestimmten Zeitpunkt an der großen Liebe zweifeln ließen. Es war die größte, weiß sie jetzt. Sie ist es immer noch, sie wird es bleiben. Gero hat sein Versprechen gehalten. Er hat alles für sie getan und sein ultimatives Opfer gebracht. Daran kann Laura immer noch nicht denken, ohne dass es ihr die Sicht verschleiert. Hastig wischt sie sich über die Augen. Vivi soll sie nicht weinen sehen.

»Beeil dich, Mami!«, ruft ihre süße, unbedarfte Tochter, als die U-Bahn-Haltestelle in Sicht kommt, und reißt sich von Laura los. »Sonst verpassen wir die Bahn!«

*

Jan Spenger lacht, als ein kleines Mädchen an ihm vorüberspringt. Es will die Bahn nicht verpassen.

»Guten Morgen«, sagt er zu der Frau, die kläglich versucht, mit der Kleinen Schritt zu halten. Sie grüßt nicht zurück; Jan zuckt die Schultern. Er kurbelt die grün-weiß gestreifte, vom Regen und von der Sonne schon leicht ausgebleichte Markise heraus, um die Waren zu schützen, die er in der Früh mit seinem Kastenwagen vom Bauern geholt hat. Über dem morgendlichen Charlottenburg liegt die kurzfristige Reinheit eines Wolkenbruchs von letzter Nacht, der nasse Asphalt dampft. Jan blinzelt in die Sonne, die noch schüchtern über die Häuserfront gegenüber lugt, dann dreht er das Schild an der Tür seines Ladens auf die »Geöffnet«-Seite und geht hinein.

Er hat den kleinen Lebensmittelladen von seinem Vater übernommen, etwas anderes hat es nie für ihn gegeben. Seine Freunde sind Ingenieure, Mediziner, Künstler; Jan nennen sie »den Gemüsemann«, und es gefällt ihm, darauf ist er stolz. Schon als Kind kam er direkt nach der Schule hierher, machte zwischen Kartoffelstiegen und Riesenmelonen seine Hausaufgaben und bestaunte seinen Vater bei der Arbeit. Wie freundlich er zu den Kunden war, wie viel hier gelacht wurde, auf welch schöne Art und Weise die Zeit in dem kleinen Geschäft, in dem die Waren noch mit einer altmodischen Marktwaage gewogen und Preise oft noch Pi mal Daumen gemacht wurden, langsamer verging als im Rest der hektischen Großstadt – etwas, das Jan mit zunehmendem Alter immer mehr zu schätzen weiß. Er ist glücklich. Er hat *Glück gehabt*. Hätte Onkel Adwo damals nicht für seine Adoption gesorgt, würde er jetzt nicht in seinem kleinen Laden stehen, sondern in einem polnischen Stahlwerk. Vielleicht sogar hätte sich seine Asthmaerkrankung verschlimmert und er wäre nicht einmal mehr am Leben.

»Guten Morgen, Frau Kaiser«, begrüßt er die alte Dame, die wie immer samstags die erste Kundin ist. Er erkundigt sich nach den Wehwehchen ihres Mannes, während er ihr ein Pfund Bohnen, einen Brokkoli und eine

Handvoll Kirschen in braune Papiertüten füllt. »Ach, Fräulein Müller!«, ruft er lachend der nächsten Stammkundin entgegen, die währenddessen den Laden betritt, gefolgt von Herrn Jasper, der mit seinem kleinen Sohn Mats wie jeden Samstag für ein üppiges Familienfrühstück sorgen will. Fräulein Müller kauft einen Blumenkohl, eine Grapefruit, ein paar Äpfel und Mirabellen. Als er sie abkassiert, wartet Herr Jasper bereits mit seinem Einkauf hinter ihr. Mit einer Hand reicht Jan Fräulein Müller das Restgeld, mit der anderen streckt er Mats, der quengelt, eine Nektarine über den Tresen.

»Hast du schlecht geschlafen, Kumpel?«

»Schlecht? Eher gar nicht«, berichtigt Herr Jasper und lacht. »Ist bestimmt die Aufregung, morgen geht's in den Urlaub.«

»Hey, toll«, sagt Jan an Mats gerichtet. »Und wo fahrt ihr hin?«

»Oschtsee«, antwortet der Junge kauend, während ihm Nektarinensaft über das kleine Kinn läuft.

»Und freust du dich schon, ja?«

Mats nickt so eifrig, dass ihm seine Haare ins Gesicht schwingen. Jan lächelt. Das Meer hat er auch immer geliebt. Er tut es immer noch. So wie seine Eltern immer mit ihm ans Meer fuhren, verbringt auch er mit seiner Frau dort jedes Jahr die Ferien. In zwei Wochen werden sie zum ersten Mal zu dritt nach Italien reisen. Die Kleine ist inzwischen vier Monate alt, alt genug für das Meer, den schönsten Ort der Welt.

»Ich war sechs, als ich zum ersten Mal an der Ostsee war«, sagt Jan, woraufhin Mats grinsend erwidert, er sei erst vier, und Jan: »Gut so. Mit dem Meer kann man gar nicht früh genug anfangen.«

Erst als Mats mit seinem Vater aus der Tür ist, bemerkt Jan, dass etwas auf seinem Tresen liegt, was da nicht hingehört. Es ist ein Brief. Fräulein Müller hat ihn hinterlassen.

Nadja

Eine Panikattacke ist Stehen am Rand einer weißen Klippe. Über mir zieht sich der lavendelfarbene Himmel zu. Ein falscher Schritt, ein kleiner Stoß nur, und ich falle. Ich blicke in die Tiefe, erwarte, Marta zu sehen, die auf dem Rücken im roten Salzsee von Aigues-Mortes treibt, in einem weißen Kleid, das vom Wasser fast durchsichtig ist und nur noch rosa schimmert. Ich weiß, dass sie ihre blauen Augen aufreißen und mich anstarren wird. Ich atme und trete zurück. Es ist immer noch gefährlich dort, wo ich bin, aber heute stehe ich sicher. Ich habe überlebt. Ich bin frei. Ich habe es zurück nach Hause geschafft, und ich weiß, dass das eine Chance ist, die ich unbedingt nutzen will.

Ich stehe nicht am Rand einer Klippe.

Ich stehe vor einem fünfstöckigen Mehrfamilienhaus in Charlottenburg und mein Finger schwebt über der Klingel neben dem Namen »Spenger«.

*

Lieber Janek,
ich komme jeden Samstag in deinen Laden, um zu sehen, wie es dir geht. Zu Anfang habe ich mich nicht hineingetraut. Du warst zwar noch sehr klein damals

in Zabrew, gerade mal fünf, dennoch war ich mir nicht sicher, wie scharf deine Erinnerung ist, wie sehr das Gesicht unserer Mutter dir präsent ist und ob du es möglicherweise in meinem erkennen würdest. Ich trieb mich also draußen an der Auslage herum, nahm, um unauffällig zu wirken, einen Apfel in die Hand und betrachtete ihn. In diesem Moment bist du aus dem Laden gekommen und hast gefragt, ob du mir helfen könntest. Für ein paar Sekunden hatte ich verlernt zu atmen.

Du.

Mein kleiner Bruder, aus dem ein großer Mann geworden war. Wie gut du aussahst, wie deine Augen strahlten, wie freundlich deine Stimme klang. Ich blickte zu Boden, rechnete damit, dass du mich erkennen und wegjagen würdest. Onkel Adwo hatte mir schon, kurz nachdem ich ins Gefängnis gekommen war, gesagt, dass er gute Eltern für dich gefunden habe und du bald nach Berlin ziehen würdest. Später, dass du es schön hättest bei deinen neuen Eltern, dass sie dich behandelten wie ihren eigenen Sohn und dass du dich problemlos eingelebt hättest. Dass du ein ausgezeichneter Schüler seist, in deiner Freizeit gerne Fußball spieltest und ein paar nette Freunde hättest. Ich glaube, indem er mir all das über dich erzählte, wollte er mich motivieren, mein eigenes Leben in Angriff zu nehmen, was ihm allerdings nur mäßig gelang.

Du musst wissen, dass ich nach meiner Entlassung aus dem Jugendgefängnis zurück nach Zabrew gegangen bin. Ich habe mich um Tante Evelyn gekümmert, die sehr krank geworden war, bestimmt auch wegen mir und der ganzen Sorgen, die ich ihr bereitet hatte. Nach ihrem Tod hat Onkel Adwo mich überredet, nach Berlin zu ziehen, und mir deine Adresse gegeben. »Geh zu ihm«, hat er gesagt. »Rede mit ihm.« Aber ich hatte Angst. Ich weiß, dass du nach deiner Adoption nie wieder in Zabrew gewesen bist, und das wird Gründe haben. Der schwerwiegendste bin sicherlich ich.

Doch du erkanntest mich eben nicht, an diesem Tag vor deinem Laden, und der größte Teil von mir war froh darüber. Nun konnte ich jeden Samstag bei dir einkaufen. Als Frau Schmidt, Fräulein Wagner oder Müller und unter all den anderen Namen, die du dir ahnungslos lachend für mich ausgedacht hast. Ich konnte dich sehen. Dich erleben. Den Gesprächen mit deinen Kunden lauschen. Ich erfuhr, dass du verheiratet und Vater bist. Ich erfuhr, wohin ihr in den Urlaub fahrt. Ich erfuhr so vieles, was mich freute. Du führst ein ganz normales, glückliches Leben, so wie ich es mir immer für dich gewünscht habe.

Vor kurzem hatte ich ein einschneidendes Erlebnis, wobei mir klar geworden ist, dass ich dir noch etwas schulde: die Wahrheit über den 17. Juni 1999 und den Mann, der unsere Mutter getötet hat. Selbst wenn du nie wieder nach Zabrew zurückgekehrt bist, weiß ich aus eigener Erfahrung, wie sehr einen die Vergangenheit doch verfolgt. Man kann sie verdrängen, aber in bestimmten Momenten holt und zerfetzt sie einen eben doch. Ich möchte dir hiermit nur eine Möglichkeit geben, Janek. Wenn du abgeschlossen hast und befreit

lebst, dann will ich mich nicht aufdrängen. Falls du aber doch in bestimmten Momenten das Gefühl haben solltest, du wüsstest gerne, was damals wirklich geschehen ist, sei dir versichert, dass ich da bin, um deine Fragen zu beantworten. Ich verspreche dir, ich werde mich in Zukunft von deinem Laden fernhalten, hinterlasse dir aber hier meine Handynummer. Du kannst sie jederzeit wählen – egal, was du mir zu sagen hast.
Ich hab dich lieb, mein Engel.
Deine Schwester Nadja

PS: Wusstest du eigentlich, dass mein Name – Nadja – so viel wie ›Hoffnung‹ bedeutet?

*

Du hast mir nur eine SMS geschrieben, mit einer Adresse und einer Zeit. *Sonntag, 15 Uhr.*

Mein Finger drückt auf den Klingelknopf. Während ich auf das Summen des Türöffners warte, zupfe ich nervös meine Haare zurecht. Es brauchte drei Haarwäschen, um den Perückenkleber rückstandslos zu lösen. Die Symptome meiner Gehirnerschütterung sind abgeklungen, und die Wunde auf meiner Stirn ist nur noch ein hellrosa Strich. Das *einschneidende Erlebnis*, von dem ich dir in meinem Brief geschrieben hatte, hat mich sehr nachdenklich gemacht. Ich denke immer noch oft an sie, an eine ehemalige Freundin, die in dieses Erlebnis involviert war, und an ihren Mann. Ich denke, dass ich ihnen vergeben kann, weil ich es aus Erfahrung ja eben selbst weiß: Ich weiß, wozu Menschen fähig sein können, aus Liebe oder aus Angst. Dennoch werde ich sie nie wiedersehen. Stattdessen habe ich gestern Abend bei meiner Nachbarin geklingelt, um mich vorzustellen. Sie hatte gerade ein paar Freunde zu Besuch, trotzdem bat sie mich herein. Es war ein schöner Abend.

Ein garstiges Summen ertönt, ich drücke gegen die Tür und betrete einen schwarz-weiß gefliesten Hausflur. Unter der Treppe steht ein Kinderwagen. Ich frage mich, ob es eurer ist. Die Kleine ist, wie ich bei einem Gespräch in deinem Laden mitbekommen habe, inzwischen vier Monate alt. Ich habe ein Geschenk für sie dabei. Den rosafarbenen Frotteehund, den ich ursprünglich einmal für die Tochter dieser ehemaligen Freundin gekauft hatte. Er soll nicht mehr sinnlos in meiner Kommodenschublade herumliegen. Ich gehe die Treppe hinauf, deren alte Stufen unter meinen Schritten knarzen, bis ich in den dritten Stock gelange. Deine Frau steht in der geöffneten Wohnungstür. Sie hat lange blonde Rastazöpfe und lächelt unsicher.

»Nadja?«

»Ja«, sage ich und lächle genauso unsicher zurück.

»Ich bin Kati, Jans Frau.« Sie schüttelt meine Hand und bittet mich herein. Alles ist bunt in eurem Flur, aus einer grüngestrichenen Wand quillt eine Geschwulst aufgehängter Jacken. Unter einer Lichterkette hängen in unterschiedlichen Rahmen Fotos von dir und Kati und dem Baby. Ein schöner Anblick und gleichzeitig einer, der mir bewusst macht, was ich hier gerade tue. Dass ich hier bin, bei dir, zwanzig Jahre zu spät. Für einen Moment wogt der Boden unter meinen Füßen wie rotes Wasser, möchte ich am liebsten wieder kehrtmachen und davonrennen. Aber dann tauchst du aus einem der Zimmer auf, und ich bin starr. Betrachte dich, so wie du mich betrachtest. Ich spüre, wie du nach etwas Bekanntem suchst. Etwas, das die fünfunddreißigjährige Fremde mit deiner fünfzehnjährigen Schwester verbindet. Ich weiß nicht, ob du etwas findest und was es sein könnte. Dein Blick ist rätselhaft.

Du sagst: »Komm mit«, und gehst ins Wohnzimmer voraus. Ich folge. In meinem Rücken sagt Kati: »Wenn was ist, ich bin in der Küche, ja?« Sie erhält keine Antwort.

Du setzt dich auf eine mit grünem Cordstoff bezogene Couch; ungewollt versinke ich dir gegenüber in einem Loungesessel aus Leder. Wir schweigen eine Zeit lang, sehen einander bloß an. Dann räusperst du dich.

»17. Juni 1999.«

Ich nicke. Knete die Plastiktüte mit dem rosafarbenen Frotteehund in meinem Schoß. Sie gibt knirschende Geräusche von sich.

»Nadja?«, setzt du nach. »Warum hat Martas letzter Gast getan, was er getan hat?«

Ich nicke abermals. Hatte mir die Worte extra zurechtgelegt, krame danach – vergessen. Es ist egal, die Wahrheit braucht nichts Vorgefertigtes. Ich beginne einfach.

»Weißt du, als ich so alt war wie du damals, konnte ich nie einschlafen. Es hat Marta genervt, aber dennoch setzte sie sich auf die Bettkante, erzählte mir Gutenachtgeschichten und sang mir Chansons vor, bis sie irgendwann die Geduld verlor. Dann sagte sie: *Schlaf jetzt, Herrgott*, und aus irgendwelchen Gründen funktionierte das.

Für dich hat sie nie gesungen. Dabei hast du dich mit dem Einschlafen noch viel schwerer getan als ich. Sie hat viel geschimpft. Wie sollte sie ihren Gästen erklären, dass im Nebenzimmer ein Kind weint und quengelt? Wie sollten ihre Gäste da entspannen und sie ihren Job machen?« Ich ziehe die Nase hoch. »Letztlich war es ein Tropfen, der das Fass zum Überlaufen brachte, wie man so sagt. Wir waren an dem Morgen so unfassbar müde, du und ich. Wir hatten mehrmals das Weckerklingeln verschlafen und kamen kaum aus dem Bett. Ich sagte dir, wir müssten uns beeilen. Du sagtest, du habest Kopfschmerzen und wolltest zu Hause bleiben, aber ich ließ nicht mit mir reden. Ich habe dich angezogen und zu Tante Evelyn geschickt, damit sie dich in den Kindergarten bringt. Als du weg warst, bin ich zurück in unser Zimmer gegangen und aufs Bett gesunken. Ich habe nach der Cola, die neben deiner Seite des Bettes auf dem Boden stand, gegriffen und meinen Mund damit gespült. Dabei fielen mir die seltsamen weißen Flocken auf, die sich am Flaschenboden abgesetzt hatten. Ich wusste es sofort. Ein paar Tage zuvor hatte ich die Verpackung des Schlafmittels in der Küche liegen sehen, mir aber nichts dabei gedacht. Nur nahm Marta das Mittel nicht selbst ein. Sie hatte es in die Cola gemischt, die sie dir am Vorabend gegeben hatte. Ein Zufall, dass ich ebenfalls davon getrunken hatte. Ich saß eine Ewigkeit auf dem Bett und war fassungslos – alles zog an mir vorbei. Wie wir lebten, wie viel im Argen lag, wie oft wir uns vorgenommen hatten, etwas zu ändern, und doch nie etwas geschehen war. Nicht mal, nachdem Tante Evelyn uns die Frau vom Jugendamt auf den Hals gehetzt hatte und der Ernst der Lage nicht mehr auszublenden war. Wie du mich jeden Tag ansahst, mit deinen wunderschönen, hoffnungsvollen Augen, und mir glaubtest, wenn ich dir sagte, alles würde besser werden. Wie ich dich jeden Tag aufs Neue belog. Aus dem Bad hörte ich Geräusche. Marta war aufgestanden und ließ die Wanne volllaufen. Ich saß auf dem Bett und heulte. Ich hörte, wie sie in die Wanne stieg, das Wasser unter ihren Bewegungen schwappte. Ich hörte sie fröhlich vor sich hin summen, ›Retiens la nuit‹. Ich nahm die Colaflasche und ging damit ins Bad. Ich schrie sie an. *Reicht es nicht, dass er wegen deiner Raucherei schon Asthma hat? Gibst du einem Fünfjährigen Schlaftabletten, damit er dich nicht beim Ficken stört?* Sie reagierte gar nicht darauf. Sie sah mich bloß an und fragte, warum ich nicht in der Schule sei. Sie nannte mich ein faules Stück und eine Schmarotzerin und sagte, ich solle doch bloß nicht so tun. *Du bist, was du bist, Nadja.* Vor allem sei ich nichts Besseres als sie – sie habe mich schon durchschaut gehabt, als ich noch ein Kind gewesen sei, und mein schiefergraues Inneres bemerkt, und eines Tages, wenn ich selbst ein Balg hätte, das ich nicht wollte, würde ich solche kleinen Tricks wie den mit dem Schlafmittel in der Cola schon zu schätzen wissen. Ich verließ das Bad, knallte die Tür zu und hatte auch nicht vor zurückzukommen, wirklich nicht. Aber sie war einfach nicht still, sie machte immer weiter. Ich war inzwischen in der Küche und füllte mir Leitungswasser in ein Glas. Durch die geschlossene Badezimmertür hörte ich sie mit Frankreich anfangen. Dass sie ja als Tänzerin nach Paris hätte gehen können. In diesem Moment fiel mein

Blick auf die Bronzeballerina im Fensterbrett. Ich stellte das Glas ab, nahm sie von ihrem Platz wie ferngesteuert, ging ins Bad und schrie: *Du bist keine Scheißballerina mehr, du bist eine Mutter!*

Und dann ist es passiert. Ein ausgestreckter Arm, der zum Schlag ausholte. Der zuschlug. *Dunk-dunk-dunk-dunk.* Viermal hintereinander hörte ich das dumpfe Geräusch. Die Schläge auf Martas Schädel.« Ich blicke auf, in dein unbewegtes Gesicht. »Es war kein Gast. Es war ein schiefergraues Mädchen. Ich bin das Monster, Janek.«

»Ich weiß«, entgegnest du. »Ich wusste es immer, schon als Fünfjähriger.« Du beugst dich mir entgegen, die Unterarme auf den Knien abgelegt, die Hände gefaltet. »Wieso hast du die Geschichte von dem Mann erfunden?«

Ich schüttele den Kopf.

»Es ist sehr kompliziert, Janek. Ich habe sie schließlich auch geliebt, trotz allem. Sie war nicht nur schlecht, manchmal ... im Gegenteil. Weißt du noch, wie schön sie war, wenn sie mit uns zu Johnny Hallyday getanzt hat? Oder wenn sie an einem ihrer guten Tage auf die Trittleiter stieg und anfing, die alten Tapeten von den Wänden zu reißen? Ihr kehliges Lachen, wenn sie sagte: *Ach, Scheiß drauf. Die können uns alle mal. Wir sind eine Familie, oder?* Und wenn sie uns dann in die Arme nahm? Wir drei gegen den Rest der Welt.« Ich wische mir die Tränen aus dem Gesicht. »Ich habe nicht bewusst gelogen. Zuerst hatte ich überhaupt keine Erinnerung an das, was im Bad geschehen war. Mein Verstand muss einfach dichtgemacht haben. Ich glaubte, was ich sagte. Dass ich dachte, Marta wäre krank. Dass ich den Mann gesehen habe. Vielleicht war es auf diese Art einfacher für mich, damit umzugehen, was ich getan hatte.«

»Und wann fiel es dir wieder ein?«

»Als ich in Zabrew in Untersuchungshaft saß und die Farbe von der Wand pulte. Es war, als würde ich die Schichten meiner Erinnerung freilegen. Als dann Onkel Adwo kam und mir erklärte, wie der aktuelle Ermittlungsstand aussehe, und schließlich den Zementstaub durch seine Finger rieseln ließ, wusste ich plötzlich mit Bestimmtheit, dass ich niemals ans Meer kommen würde. Und ich wusste auch den Grund. Ich gehörte nicht ans Meer. Marta war tot. Ich, ihre Tochter, die offenbar Einzige, die sich zum Tatzeitpunkt ebenfalls in der Wohnung aufgehalten hatte, die noch dazu jahrelang gebeutelt durch die heimischen Zustände war, musste sie in einer Kurzschlussreaktion getötet haben. Aber war es wirklich immer so einfach? Ja, Janek. Es war so einfach. Es war genau so, wie sie es in der Anklage zusammengefasst haben. Deswegen gehörte ich auch nicht ans Meer, sondern ins Gefängnis. Ich habe unsere Mutter getötet.« Zum ersten Mal spreche ich diese Worte aus. Sie wiegen schwer, schmecken nach Gallensaft und lassen meine Zunge anschwellen. Und doch sind sie richtig. Es ist die Wahrheit. Das, was Onkel Adwo, meine Therapeutin, die Polizei und überhaupt alle immer vermutet, was sie sich gedacht und zusammengereimt, aber nie in dieser Deutlichkeit von mir zu hören bekommen haben. *Ich habe unsere Mutter getötet.*

»Und dennoch hast du dich nie revidiert, was die Lüge mit dem letzten Gast anging.«

»Womöglich … ich schäme mich, das zu sagen, aber …

womöglich hatte ich die kleine, dumme Hoffnung, sie würden mir vielleicht doch glauben und mich gehen lassen. Dann hätte ich mich um dich gekümmert und versucht, auf diese Art und Weise alles wiedergutzumachen. Ich denke, die wenigsten Menschen sind bereit, zu dem zu stehen, was sie getan haben, wenn es sich dabei um eine so grausame Tat handelt. Stattdessen versuchen sie davonzukommen. Das liegt wohl einfach in unserer Natur.«

Du atmest hörbar.

»Ich glaube, das ist das, was mich am meisten enttäuscht hat, Nadja. Dass du feige warst. So habe ich dich nie gesehen. Für mich warst du meine mutige große Schwester. Die, die die stärksten Jungs verprügelt hat, um uns zu verteidigen. Die, die bereit gewesen wäre, sich mit mir bis zum Meer durchzuschlagen, hätte man uns nicht vorher aufgegriffen.«

Ich muss lachen.

»Mitsamt dem Mirabellenglas auf Tante Evelyns Fensterbrett.«

»*Diebesgesindel!*«, imitierst du ihre Stimme und lachst ebenfalls, fast kommt es mir gelöst vor.

Ich lache lauter. Nicht, weil es wirklich etwas zu lachen gäbe. Nicht, weil unsere Geschichte auserzählt wäre oder mit einem einzigen Lachen alles, was geschehen ist, plötzlich keine Bedeutung mehr hätte. Ich weiß nicht, ob der erwachsene Mann, der mir hier gegenübersitzt, jemals wieder mein kleiner Bruder sein wird. Vielleicht wirst du mich, sobald wir aufgehört haben zu lachen, aus deiner Wohnung jagen und mir hinterherbrüllen, dass ich mich nie wieder bei dir blicken lassen solle. Ich lache trotzdem, selbst wenn dieser Moment nur ein Moment bleiben sollte. Ich lache trotzdem, und du tust es auch. Es klingt schön, wenn du lachst.

»Hey!« Kati tritt in den Durchgang der offenstehenden Wohnzimmertür, mit an die Lippen gelegtem Zeigefinger und strengem Blick. »Das Baby!«

»Entschuldige, ja«, sagst du zu Kati und bedeutest mir mit ausgestreckten Händen, dass wir die Lautstärke reduzieren müssen. »Marta schläft.«

Ich verstumme augenblicklich, sehe dich fragend an.

Du hast deine Tochter Marta genannt.

Du nickst und sagst lächelnd: »Ein neuer Anfang.«

Berliner Star-Anwalt von Mithäftling attackiert

In der Justizvollzugsanstalt Berlin-Tegel kam es gestern zu einem blutigen Zwischenfall. Der ehemalige Berliner Star-Anwalt Gero van Hoven (47), der dort zurzeit eine sechsjährige Freiheitsstrafe verbüßt, wurde durch eine Messerattacke, ausgehend durch den Mitinsassen Paul H. (46), schwer verletzt. Wie der Leiter der JVA Tegel, Dietmar Jungblut, auf Nachfrage mitteilte, habe H. mit einem Messer auf van Hoven eingestochen und nur knapp dessen Herz verfehlt.
Van Hoven hatte im Juli gestanden, seinen Bekannten und Tennispartner, den Fotografen Aron B. († 39), im Affekt erstochen zu haben. Als Grund nannte van Hoven damals, dass er B. Geld für ein Kunstprojekt geliehen, dieses aber nicht wie vereinbart zurückerhalten habe. H. hingegen war 2015 als »das Autobahn-Monster vom Zervenwald« bekannt geworden und verbüßt eine achtjährige Haftstrafe wegen Totschlags an seiner jungen Geliebten Nelly S. († 22). Dies soll auch Hintergrund des blutigen Streits gewesen sein: Van Hoven hatte H. seinerzeit anwaltlich vertreten. H., der stets seine Unschuld beteuert hatte, habe van Hoven für seine Inhaftierung verantwortlich gemacht. Woher das von H. bei der Auseinandersetzung verwendete Messer stammte, sei laut Auskunft der JVA-Leitung bisher ungeklärt.

Wie van Hovens Anwältin Tabea Lenggries am Vormittag mitteilte, sei der Zustand ihres Mandanten inzwischen stabil. Lenggries: »Herr van Hoven hegt keinen Groll gegen Herrn H. und sieht seinerseits von einer weiteren Verfolgung des Vorfalls ab. Er hofft, dass er seine verbleibende Zeit in der JVA Tegel friedvoll verbringen kann, und freut sich darauf, anschließend zu seiner Familie zurückzukehren.« Wie bereits aus diversen Quellen zu erfahren war, verhandele Lenggries derzeit mit der Staatsanwaltschaft um eine Haftverkürzung für ihren Mandanten. Dazu gefragt, wollte Lenggries jedoch keinen Kommentar abgeben.
Auch van Hovens Ehefrau hat sich inzwischen zu dem gestrigen Vorfall in der JVA Tegel geäußert. Sie sagt: »Ich bin sehr froh, dass die ganze Sache glimpflich ausgegangen ist. Gero ist der beste Ehemann und Vater, den man sich nur wünschen kann. Ich werde immer zu ihm stehen, so wie er zu mir. Genau das ist es, was aus unserer tiefsten Überzeugung heraus eine anständige Ehe ausmacht: in guten wie in schlechten Zeiten.«

Epilog

Alles gleitet vorbei. Ich glaub, ich falle.

Lass dich einfach fallen. Es ist ein Fallschirmsprung. Ausatmen und fallen lassen.

Ich tue es, ich schließe die Augen. Und falle – mitten in dich hinein. Ich bin jetzt ein Teil von dir, für immer. Genauso, wie du es dir immer gewünscht hast, und doch auf eine andere Art und Weise, eine, die du verfluchen wirst, wenn du erst begreifst, was geschehen ist, was du getan hast. Was es wirklich bedeutet, dass ich dich von nun an für den Rest deines Lebens begleiten werde.

»Glaubst du, dass jemand aus der Vergangenheit – eine Tote – von einem lebenden Menschen Besitz ergreifen kann?«, fragt Tom Helmore alias Gavin Elster seinen alten Freund Scottie (James Stewart) in ›Vertigo‹ (1958, Regie: Alfred Hitchcock). Scottie antwortet: »Nein« – aber das ist unerheblich, denn er ist nicht mein Mörder.

Entscheidend ist, was *du* glaubst, Hannes.

Glaubst du, du wirst jemals wieder deinen Blick in einen blauen Himmel richten können, ohne an mich zu denken? Glaubst du wirklich, dass du jemals wieder einen Spaziergang durch den Wald unternehmen wirst, ohne dass ich dein Schatten sein werde, du meine Stimme im Wispern der Bäume hörst, im kleinsten Rascheln, im zartesten Windhauch? Dass du die Straßen unseres Heimatortes entlanglaufen kannst, ohne dich daran zu erinnern, wie wir dort einst gemeinsam liefen? Dass du meine Eltern ansehen und ihre schmerzverhärmten Gesichter ertragen kannst?

Ach, Hannes.

Am Schluss, kurz vor dem Fall, hörte ich dich schluchzen. *Verzeih mir, Nelly. Bitte verzeih mir.* Das habe ich getan, ich habe dir verziehen – natürlich – warum nicht? Warum hätte ich in meinen letzten Sekunden Hass fühlen sollen, wenn ich genauso gut noch einmal glücklich sein konnte? Mit der Liebe für Paul in mir, mit der warmen Stimme meines Großvaters im Ohr, mit den Gedanken an meine geliebten Filme und einem letzten Blick in einen zauberblauen Himmel.

Nein, Hannes. Ich hasse dich nicht. Und ich vergebe dir – wenngleich dir das nichts bringt und meine Vergebung dich nicht davor bewahrt, was von diesem Moment an mit dir geschehen wird. Du müsstest dir selbst vergeben – das wäre deine Heilung –, bloß wird dir das nicht gelingen.

Nein, ich hasse dich nicht. Du tust mir leid, wie du mir immer leidgetan hast. Denn »Schuld« ist auch nur ein Synonym für »Tod« – den grausameren, qualvolleren Tod. *Armer Hannes.*

Danke!

Wahrscheinlich würden Sie lachen, wenn Sie wüssten, wie lange dieses Buch schon fertig war, während ich mich weiter und weiter darum gedrückt habe, eine Danksagung zu schreiben – nicht, weil ich undankbar wäre, im Gegenteil: »Danke« ist so ein kleines, leider schon so abgenutztes Wort, und ich bezweifle, dass es mein Staunen und meine Ehrfurcht gegenüber dem, was in den letzten beiden Jahren geschehen ist, auch nur annähernd ausdrücken kann. Da sind Sie, Claudia Baumhöver. Sie haben mir bei dtv das beste Autorinnen-Zuhause gegeben, das ich mir hätte wünschen können (im Zuge dessen möchte ich die »gute Bude« hiermit offiziell auf »beste Bude« hochstufen). Da bist du, Bianca Dombrowa. Du bist nicht nur meine wunderbare, schlaue Lektorin, sondern auch meine stets wachsame »Big Sister« und so eine Seele von Mensch, dass es mich immer wieder zutiefst rührt. Da seid ihr, Andrea Seibert und Team. Ihr schickt meine Geschichten um die Welt und macht damit etwas wahr, von dem ich nicht mal ansatzweise zu träumen gewagt hätte. Und sowieso, ihr alle bei dtv: Ihr verrichtet nicht nur euer Tagwerk, sondern lebt vollen Herzens Bücher und begreift wahrhaftig die Menschen, die dahinterstecken. Ich hoffe, ihr wisst, wie großartig – und eben nicht selbstverständlich – das ist. Auch dir, Caterina Kirsten, danke ich – wieder und immer wieder –, nicht nur dafür, dass du mich als Agentin vertrittst und so wertvoll mein Schreiben unterstützt, sondern auch dafür, dass du in den richtigen Situationen die richtigen Dinge sagst (oder Schokolade schickst). Lala, meine bekloppte Kuh und ewige Itsy: Danke für deine Freundschaft und die vielen guten, schmerzhaften, notwendigen Tritte. Tim: »Wenn du jetzt aufhörst, wirst du nie wissen, wie nah du schon dran gewesen wärst«, habe ich einmal in einem deiner Artikel gelesen, lange bevor ich selbst angefangen habe, für mymonk zu schreiben, und diesen Satz nie wieder vergessen. Die Arbeit mit dir hat mir in vielen Situationen den Mut gegeben, weiterzumachen und darauf zu vertrauen, was in mir schlägt. Christian: Ich sage dir viel zu selten, wie froh ich bin, dass wir zueinandergefunden haben – aber das bin ich, das ist ein großes Geschenk. Mama und Papa: Besonders in den schweren Zeiten zeigt sich eben doch, wie tief die Wurzeln reichen. Danke für das Wertvollste von allem: Bedingungslosigkeit. Karl: Dir ist dieses Buch gewidmet als Erinnerung daran, dass nichts von Bedeutung wäre ohne dich. Ich möchte, dass du weißt, dass, was auch immer dieses seltsame, schöne, manchmal gemeine Leben für dich bereithält, einer immer parat stehen wird, um dir für deine Kämpfe das Lichtschwert zu reichen: Deine »olle Muddel«. Abschließend an euch, Ihr LeserInnen, BloggerInnen, BuchhändlerInnen, VeranstalterInnen, meine treue »Gang« in den sozialen Medien, die mich lesen, verbreiten, einladen und Anteil nehmen: Wo wäre ich ohne Euch? Danke, dass ihr mich auf dieser aufregenden Reise begleitet und mich täglich daran erinnert, dass kein Traum sinnlos oder – im Gegenteil – zu verrückt ist, ihn zu träumen.

Romy Hausmann im Februar 2020

Leseprobe

ISBN 978-3-423-26315-3

Ann stirbt an einem Donnerstag, sie verreckt ganz jämmerlich. Sie liegt auf dem Rücken, die Beine steif ausgestreckt, die Hände presst sie zitternd auf die klaffende Wunde in ihrem Brustkorb. Die Männer haben ihr Herz mitgenommen, sie haben es ihr aus dem Körper geschnitten und einfach mitgenommen. Sie will schreien, aber das geht nicht, aus ihrer Kehle drängen schon andere Töne, sie gurgelt, sie fiept. Gleichzeitig explodieren Lichter auf ihrer Netzhaut, und das ist anstrengend, so schrecklich anstrengend, und sie wünscht sich, es wäre einfach vorbei, sie kann nicht mehr. Also lässt sie los, lässt sich fallen, schließt die Augen, bereit. Es ist besser dort, hinter ihren geschlossenen Lidern. Dort glitzert die Sonne und der Himmel ist blau, und sie, sie sitzt auf den Schultern ihres Vaters und bewegt die Arme, als könnte sie fliegen. Viele Jahre ist das her, sie ist sieben und Papa nennt sie sein »Käferchen«. Er hält sie fest und sicher an den Beinen, sie muss sich keine Sorgen machen, nie mehr.

So ist das also, konstatiert sie. So ist der Tod.

Und so schnell kann das gehen.

Vor einem Fingerschnippen noch war dieser Donnerstag bloß ein Donnerstag. Sie warteten auf ihr Abendessen, die Pizzalieferung von Casa Mamma. Papa hatte Musik aufgelegt, eine Platte von Lou Reed aus den Siebzigern, als es Ann noch nicht gab, nur die törichte, ungestüme Jugend ihres Vaters. Sie grinste, wenn er so etwas sagte. Sie fand die Vorstellung absonderlich: Papa und töricht – niemals! Aber die Platte, die mochte sie trotzdem. Es gab wahrscheinlich keine, die er öfter spielte; Anns gesamte Kindheit klang danach. Im Kamin knackte Holz, und es roch, als hätte Papa zum Anzünden Altpapier verwendet. Ann hasste den Geruch, er hatte etwas akut Gefährliches. So als könnte gleich in der nächsten Sekunde das ganze Haus in Flammen stehen.

»Wo bleibt das Essen?« Diese Ann-typische Quengelei, und Papa, der sich darüber lustig machte. »Du kannst dich mit etwas Sinnvollem ablenken und noch ein bisschen Feuerholz holen«, sagte er und streckte ihr den Holzkorb entgegen. Ann verzog das Gesicht. Wenn sie Hunger hatte, war sie nicht zu Späßen aufgelegt.

Im Garten hatte der November Gebilde geschaffen, die im Zwielicht von Dunkelheit und Terrassenbeleuchtung nur umso seltsamer wirkten. Die Sträucher, die sich unter der Schneelast krümmten wie bucklige Alte, schienen auf den Berg zuzustreben, unter dem sich ihr altes Trampolin versteckte. Ann stapfte zum Holzverschlag, warf ein paar Scheite in ihren Korb und ging zurück zum Haus.

Und da begann es, das Sterben.

Zuerst das Licht, das von der anderen Seite des Hauses, der Vorderfront, durch die Fenster fiel. Blaue Kreise, die plötzlich durch den Raum tanzten. Ann, die irritiert mit dem Holzkorb dastand, und ihr Vater, der scherzhaft darüber spekulierte, ob ihre Pizza nun per Express und mit Blaulicht angeliefert würde, weil der Lieferdienst gespürt hätte, wie ungemütlich sein Käferchen werden konnte, wenn es hungrig war.

Doch dann.

Die Haustür, die aufsprang, und die Männer, die hineindrangen. Die sich auf Papa stürzten und ihn zu Boden rangen. Offenbar gab es jede Menge Geschrei, denn Ann sah aufgerissene Münder. Aber sie hörte nichts; alle schrien stumm unter dem hohen Ton, der ihren Schädel besetzte wie ein Tinnitus. Die Männer zerrten an ihrem Vater, zerrten ihn auf die Füße, zerrten ihn in Richtung Tür. Ann klammerte sich an ihren Holzkorb. Sie sah, wie Papa eine ruckartige Bewegung machte und sich noch einmal zu ihr umdrehte. Sein völlig leeres Gesicht. Dann schafften sie ihn fort, hinaus in die Nacht. Zwei der Männer blieben im Haus und versuchten ihr zu erklären, was da gerade geschehen war. Ihre Worte schnitten in Anns Brust, sie stießen tiefer und tiefer in sie hinein, bis sie schließlich auf ihr Herz trafen. Ihr Kreislauf sackte weg. Der Korb fiel zu Boden. Erst schlugen die Holzscheite dumpf auf, dann ihr Schädel. Ihr Körper begann zu krampfen, zu zucken, sie röchelte, fiepte, und es war schlimm, bis sie hierhergelangte: in die Welt hinter ihren geschlossenen Lidern, wo ihr Herz noch intakt ist, wo es Sommer ist und sie mit Papas Hilfe fliegen kann. Sie ist sieben Jahre alt und sein »Käferchen«, und Lou Reed singt von einem perfekten Tag …

»Wir brauchen einen Sani!« Von irgendwoher stört eine fremde Stimme, die zunehmend lauter wird. Dass Ann atmen soll, befiehlt ihr die Stimme – einatmen auf eins, ausatmen auf zwei, und vor allem ruhig, ganz ruhig.

»Hier, das Asthmaspray!«

Sie spürt, wie ihr Kopf bewegt wird. Grobe Finger reißen ihr den Mund auf und schieben etwas Hartes hinein. Ihr Rachen wird kalt, ihr Brustkorb entkrampft. Träge schlägt sie die Augen auf. Jemand beugt sich über sie.

»Schön, dass Sie wieder da sind«, sagt der glückliche Idiot, der keine Ahnung von der Hölle hat.

Neue Spur im Fall der Berliner Schleifenmorde: 55-Jähriger nach dreizehnjähriger Fahndung in Haft

Berlin (JW) Im spektakulären Fall der seit 2004 andauernden Mordserie an neun Mädchen hat die Kriminalpolizei am Donnerstagabend einen 55-Jährigen festgenommen. Der Mann sei dringend tatverdächtig, die sechs- bis zehnjährigen Opfer zunächst an unterschiedliche abgelegene Orte im Berliner Umland entführt und anschließend getötet zu haben. Um die Auffindung der Leichen sicherzustellen, hinterließ der mutmaßliche Täter rote Schleifenbänder. So wurde zuletzt die Leiche der Schülerin Sophie K. († 7) in einer Hütte im Königswald entdeckt. Das Mädchen war in der Woche zuvor von einem Spielplatz in Berlin-Schmargendorf verschwunden. Wie die Polizei mitteilte, habe eine Zeugenaussage auf die Spur des 55-Jährigen geführt.

Ann

Berlin, 24.12.2017
(sechs Wochen später)

Die Stadt ist wie leergefegt, kein Auto zu sehen, kein Mensch, nicht mal ein herrenloser Hund. Die Schaufenster sind schwarz, die Ladeneingänge mit Rollgittern verrammelt. Berlin ist tot, alle sind es. Bis auf mich. Die letzte Überlebende, die einzig Übriggebliebene nach dem Ende der Welt. Nur ich und Berlin und die allerorts aufgehängte Festtagsbeleuchtung, die in trügerischem Rhythmus blinkt, so als hätte die Stadt eben doch noch einen Herzschlag, einen letzten Rest Leben in sich.

Ich bin in Eile, meine Schritte sind schnell und plump. Schneematsch spritzt mir bis hoch zum Knie. Egal, meine Hose gehört sowieso längst in die Wäsche. Früher war ich eitel, aber das ist vorbei. Zoe hat das Schloss an unserer Wohnungstür austauschen lassen und nur eine kleine Reisetasche für mich im Treppenhaus deponiert. Ab und zu stelle ich mir vor, wie sie in meinen dunkelroten Samtjeans in der Uni sitzt oder bei einem Date mein goldenes Paillettentop trägt. Es ist okay, oder einfach so, wie der Vater von Saskia E. kürzlich in einem Interview gesagt hat: *Die Schmerzgrenze verschiebt sich.* Dinge, die sich früher wie eine Fleischwunde anfühlten, empfindet man irgendwann nur noch als einen Kratzer. Saskia E. war Opfer Nummer 7, ermordet vor drei Jahren, an Weihnachten 2014.

Ich steigere mein Tempo, hetze Schatten und Schritten davon, die es gar nicht gibt. Manchmal spritzt Blut statt Schnee. Auch das hat Saskias Vater in dem Interview richtig erfasst: *Man wird ganz unausweichlich ein bisschen verrückt.* Er lenkt sich ab, indem er durch sämtliche Medien tingelt; ich lenke mich auch ab, aber mit der Arbeit. Auch wenn ich keine Ahnung habe, wer sich ausgerechnet heute in einen schmuddeligen Fast-Food-Schuppen wie das Big Murphy's verirren sollte – das müssen schon sehr, sehr einsame Menschen sein. Die Wahrheit ist: Die Stadt ist nicht tot. Sie lebt noch, natürlich, und wie. Sie hat sich nur zurückgezogen in ihre warmen, liebevoll geschmückten Wohnzimmer. Sie sitzt an reichlich gedeckten Esstischen, auf denen gefaltete Servietten ausliegen und das gute Besteck. Sie überreicht einander Geschenke und erfreut sich an leuchtenden Augen. Sie ist glücklich, diese Stadt, und wer heute übrigbleibt, ist nichts anderes als ganz unten. Es ist Sonntag. Und Heiligabend.

»Da bist du ja endlich!« Hinter der Kassentheke rudert Antony mit den Armen. Er ist Kubaner, gerade einundzwanzig und seit zwei Jahren in Berlin, ganz allein, ohne seine Eltern und die vier Geschwister, die immer noch in Moa leben, einer Industriestadt an der Nordostküste Kubas. Er braucht das Geld, das er bei Big Murphy's verdient, um sein Studium und sein WG-Zimmer zu finanzieren, aber hauptsächlich für die Überweisung, die er monatlich per Western Union nach Hause tätigt.

Ich drücke die gläserne Eingangstür hinter mir zu und blicke mich um. Bloß ein einziger Tisch ist besetzt, von einem alten Mann, dessen Gesicht nur aus Augen und Bartwuchs zu bestehen scheint. Er trägt einen schmutzigen braunen Mantel, und ich erkenne löcherige Fingerstulpen, als er in diesem Moment in einen schlappen Burger beißt. Ketchup tropft aus dem Brötchen wie dicke, rote Tränen.

»Ja, zum Glück, bei dem Andrang«, murmele ich im Vorbeigehen und verschwinde in die Umkleide.

Meine Uniform besteht aus einem kurzärmeligen, grünen Polyestershirt und einer braunen Hose, die sich an den Seiten öffnen lässt; Belüftungsschlitze, die man zu schätzen weiß, wenn in der engen Küche des Fast-Food-Restaurants in fünf Fritteusen gleichzeitig 180 Grad heißes Öl sprudelt.

Es ist nicht der beste Job, aber einer, der fast sträflich leicht zu bekommen war. Keine schriftliche Bewerbung, keine Zeugnisse, kein Lebenslauf. Nur ein Anruf und am nächsten Tag ein Vorstellungsgespräch unter dem Mädchennamen meiner toten Mutter. Die Managerin mochte mich sofort, ich machte einen unkomplizierten Eindruck. Arbeitszeiten, Überstunden, selbst die Vergütung: egal. Mich interessierte nur, ob es möglich war, mir meinen Lohn in bar auszuzahlen. War es, solange ich den Erhalt mit meiner Unterschrift quittierte. Nach einer Schulung in Hygienerichtlinien und Infektionsschutz und noch einer weiteren in Sachen Unfallverhütung wurde ich direkt eingearbeitet.

Heute sind wir nur zu dritt im Laden: Antony, der sich um die Kasse und die Getränke kümmert, Michelle, die in der Küche die Burger zubereitet, und ich, die ihr nebenbei assistiert, weil beim Drive-in, für den ich zuständig bin, sowieso niemand vorfährt. Natürlich nicht, es ist schließlich Heiligabend.

»Ann? Geht's dir gut? Du bist so still heute.« Liebe, süße,

einfache Michelle. Wie besorgt sie klingt. Sie ist Mitte vierzig, mit gelbstichig gefärbten Haaren und immer stark geschminkt, was sie zu Beginn ihrer Schicht mindestens fünf Jahre jünger aussehen lässt, später aber, wenn sich ihr Make-up in den Augenfältchen abgesetzt hat, genau den gegenteiligen Effekt hat.

»Klar, alles prima«, sage ich und fingere grundlos in dem Behälter mit den Tomaten herum.

Michelle knufft mich aufmunternd in die Seite. »Ich finde Weihnachten auch deprimierend, falls es das ist, was dir zu schaffen macht. Drei Tage lang tun alle so, als wäre die Welt in Ordnung, Liebe-Frieden-Lichtlein-an. Als ob.« Michelle ist alleinerziehende Mutter von zwei halbwüchsigen Söhnen und einer erwachsenen Tochter. Ihre Große feiere schon seit Ewigkeiten kein Weihnachten mehr mit ihr, und auch die Jungs seien dieses Jahr bei ihrem Vater. »Und deine?«

Sie meint meine Tochter. Ich hatte sie, weil mir auf die Schnelle nichts Besseres eingefallen war, Diana genannt, nach der römischen Göttin der Jagd – nicht, wie Michelle glaubt, nach der toten Prinzessin. Aber im Grunde ist es auch egal, wie meine Tochter heißt. Sie ist mir passiert, als ich gerade achtzehn war, sorglos und naiv, eben eins von diesen jungen, dummen Dingern, die einfach nicht aufpassen können. Jetzt bin ich vierundzwanzig und muss Geld für sie verdienen, so wie alle hier bei Big Murphy's für irgendjemanden Geld verdienen müssen. Ich sage nur: »Auch bei ihrem Vater«, und fummele weiter an den Tomaten herum. Ich will Michelle nicht ansehen.

»Was schenkst du ihr?«, fragt sie als Nächstes, und das Erste, was mir in den Sinn kommt, ist: »Ein Trampolin.«

So wie das Trampolin, das ich zu Weihnachten bekommen habe, als ich in Dianas Alter war. Der Karton, der das Gestänge enthielt, war braun und so riesig, dass man mehrere Rollen Geschenkpapier benötigt hätte, um ihn einzuschlagen. Mein Vater hatte deshalb einfach nur eine große, rote Schleife darumgebunden. Sobald es Frühling wäre und die Sonne die letzte Schneenässe aus dem Boden gesogen hätte, würde er es im Garten aufbauen, mit seinen beiden linken Händen, dem rührenden Ungeschick eines Akademikers. Er würde es so aufstellen, dass er, wenn er in seinem Arbeitszimmer am Schreibtisch säße, nur aus dem Fenster zu blicken bräuchte, um mich springen zu sehen. Mir gefiel mein Geschenk, das schon. Nur konnte ich jetzt, im tiefsten Winter, nichts damit anfangen. Also bat ich ihn, die Metallstangen aus dem Karton zu entfernen. Und dann legte ich mich hinein und klappte den Deckel zu. Das fand mein Vater interessant, erstaunlich, eigenartig. Mit diesem Blick, der immer alles analysieren will, fragte er mich, was ich mir dabei vorstellte, wenn ich mucksmäuschenstill, mit geschlossenen Augen und reglosen Gliedern in meinem Karton lag. Er dachte, es hätte vielleicht etwas mit meiner Mutter zu tun. Dass ich ausprobieren wollte, wie es sich so lag, in einem Sarg. Ich entgegnete: »Aber Papa. Das ist doch kein Sarg. Es ist einfach nur ein Karton und ich liege drin.«

»Toll!« Michelle wirkt aufrichtig begeistert, bevor ihr Gesicht in der nächsten Sekunde etwas Trauriges annimmt. Ich weiß, dass sie Angst hat, ihre Söhne könnten nach ihrem Ex schlagen, der wegen Körperverletzung schon zweimal im Gefängnis saß. »Genieß es, solange deine Diana noch klein ist.« Seufzend wischt sie sich mit dem Handrücken über die schweißglänzende Stirn. »Kaum sind sie älter als zwölf, bist du abgeschrieben und sie klauen dir Geld aus dem Portemonnaie, um sich Gras zu kaufen.« Als sie die Hand wieder aus dem Gesicht nimmt, sind braune Spuren daran erkennbar und ihre linke Augenbraue ist etwas farbloser als zuvor. Jetzt lacht sie wieder, so wie sie immer lacht, wenn sie feststellt, dass es offenbar kein besseres Abschminkmittel gibt als Bratfett. Vielleicht lacht sie auch nur, um nicht zu weinen. Ich kenne das Gefühl, aber ich schäme mich trotzdem. So viele Lügen. Vielleicht würde Michelle es ja sogar verstehen, wenn ich es ihr erklärte. Vielleicht würde sie mich gar nicht verurteilen, sie ist ein guter Mensch. Andererseits hatte ich das von Zoe auch gedacht.

»Erde an Ann! Ann, bitte kommen!« Michelle spricht mit verstellter Stimme in ihre geballte Faust hinein wie in ein Funkgerät. Mütter sind wohl einfach so. Wenn ihre Kinder klein sind, gewöhnen sie sich irgendwelche Albernheiten an, die sie nie wieder loswerden.

»Sorry, ich war in Gedanken.«

»Hab ich gemerkt.« Schmunzelnd deutet sie auf den Monitor, der das Bild aus dem Drive-in überträgt. Gerade ist ein Auto vorgefahren. »Kundschaft.«

Ich stülpe mir eilig das Headset über den Kopf und atme noch einmal tief, bevor ich den Knopf drücke, der das Mikrofon mit der Sprechanlage im Außenbereich verbindet. »Frohe Weihnachten und willkommen bei Big Murphy's Burgers and Fries.« Ich kann nicht fassen, wie freundlich ich klinge, wie unbeeindruckt. Dass ich anscheinend auch so einen Knopf habe, genau wie mein Headset – einen inneren Knopf, der mich, wenn ich ihn nur fest genug drücke, in einen anderen Modus versetzt. *Man funktioniert eben*, hat der Vater von Saskia E. in der Zeitung gesagt, und es stimmt. »Ihre Bestellung, bitte.«

Zuerst rauscht nur die Leitung.

»Hallo?«

Irritiert recke ich den Hals aus dem Ausgabefenster. Die Sprechanlage liegt fünf oder sechs Meter davon entfernt; erst nachdem sie ihre Bestellungen aufgegeben haben, fahren die Kunden weiter bis zur Ausgabe vor. Auf diese Entfernung jedoch sehe ich nur den Schemen eines Wagens und wie die Scheinwerfer zwei grelle Kreise ins Dunkel des späten Nachmittags stanzen.

Da verstummt das Rauschen, und die Stimme eines Mannes knarzt: »Du hast doch nicht wirklich geglaubt, dass du mir so leicht davonkommst?«